U0126029

密室王国

[日]柄刀一 著

吴静 译

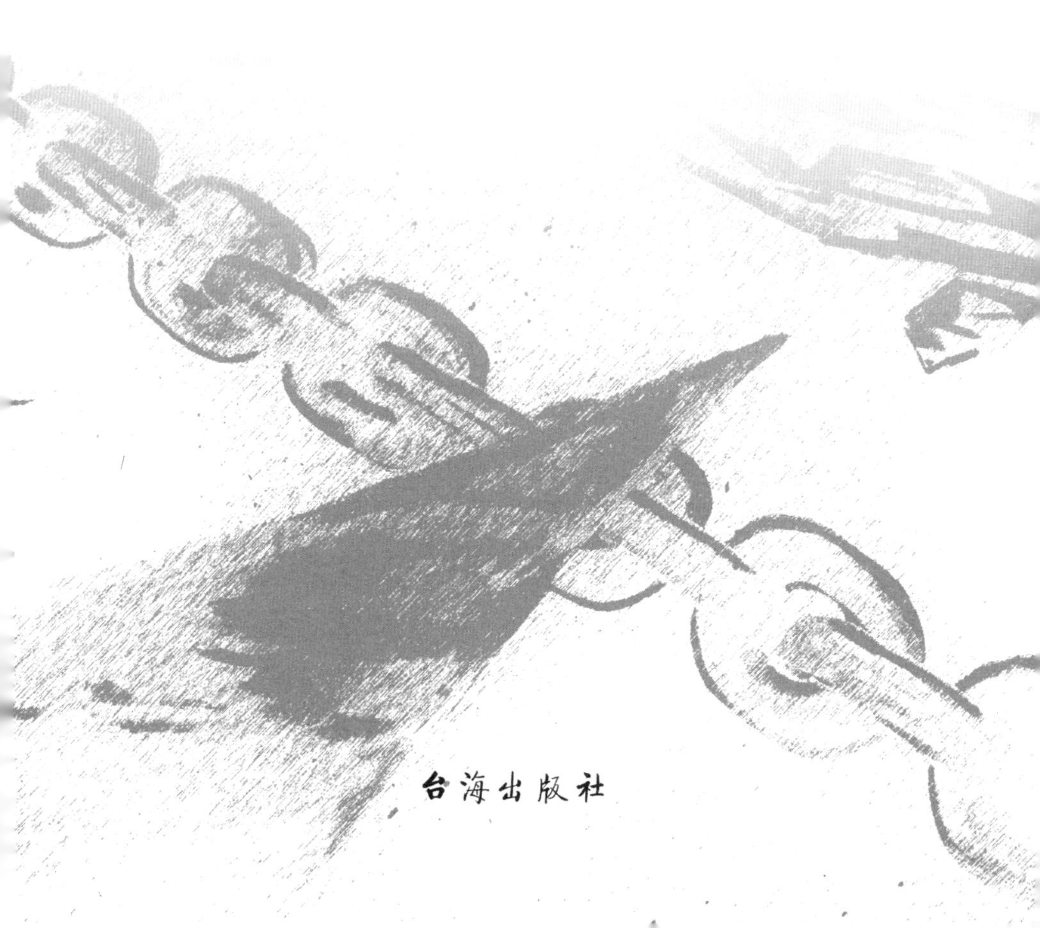

台海出版社

◇千本樱文库◇

◇前言 PREFACE

文库，原本是指收纳书物的仓库和书库，也指收纳书与记事簿以及不常用物品的小箱子。以前者为例，京滨急行线的“金泽文库站”就是以前镰仓时代北条氏用来收藏汉书的，“金泽文库”名字的由来便是如此。东京都的世田谷区也存在收集着珍贵汉书的“静嘉堂文库”。后者则更多地被称为“手文库”。

江户时代以来，可以放入袖袂的小开本书籍逐渐流行起来，被称为“袖珍本”。明治三十六年（1903 年），富山房发行了小开本的丛书，起名“袖珍名著文库”。随后，明治四十四年（1911 年），讲述日本战国时代猿飞佐助和雾隐才藏系列故事的讲谈社“立川文库”发行出版。讲谈是日本民间艺术，以口语化的方式讲述历史故事。而“立川文库”则是将讲谈收录成册集中出版的丛书，据统计，当时刊行量为 200 册左右。从那时起，文库就脱离了原本的释意，逐渐演变成了现在的类书集丛。

文库说法借鉴了日本出版业界的传统说法。而千本樱源自日本奈良县吉野山樱花盛开的奇景，世人皆以“一目千本樱”来形容樱花美景。千本樱文库纳入的作品皆为日系作品，题材包括推理、悬疑、幻想、青春、文化等类型，正如千本樱满山盛开的绝景。

现代日本,以“文库”命名刊行的丛书系列有200种以上,所谓“文库本”只不过是统称而已。日本传统的“文库本”常用的是A6尺寸的148mm×105mm,也叫“A6判”。千本樱文库的所有书籍将在“文库本”的基础上提升,达到148mm×210mm的开本标准。追求还原的前提下,力图带给读者更清晰的阅读体验。

1997年,第八届鲇川哲也奖的评委收到了一部作品。作者是一位年近四十岁的配管工,他从高中起就开始投稿,坚持了二十年之久。虽然这部投稿作品《3000年的密室》最终没能获奖,却也进入了最后的选拔阶段,并得到评委有栖川有栖的推荐,获得了出版的机会。自此,三十九岁的柄刀一正式出道,走上了职业作家的道路。接下来,柄刀一进入高产期,从1997至2007年的十年间,他出版了二十余部推理小说,逐步确立了在本格推理小说中的地位,如“奇迹审问官系列”“三月宇佐见茶会系列”“天地龙之介系列”“绘画修复士御仓瞬介系列”以及“南美希风系列”等。

2007年,出道十年的推理作家柄刀一,将自己高中时期创作的第一部长篇小说大幅修订改稿后,取名为《密室王国》并出版,900多页的巨篇在推理小说之中也是屈指可数。本作作为柄刀一最具代表性的佳作,不仅入围了四大推理榜单,还获得了当年“本格推理BEST10”的第三名。

“密室”被称为诡计之王,也是柄刀一的创作本源。他在本作中布置了五个密室,类型皆不相同,可谓本格推理爱好者的盛宴,密室狂热者的狂欢。为了能让读者更加身临其境地感受作品氛围与魅力，千本樱文库邀请 jyari 老师为本作特别绘制了封面插画，通过独特的色彩与极具冲击力的画面，希望能够在您阅读之前泛起心情激荡前夕的涟漪。

千本樱文库编辑部

MULTI-NEW ROUTES OF MYSTERIES

推理的多元新航路

如今，推理已经成为全世界都非常热衷的娱乐元素，冠以推理概念的动漫作品、影视作品、游戏作品更是层出不穷。

随着这些娱乐形式深入生活的方方面面，作为原生土壤的推理小说却日益被边缘化。为了适应不同时代读者的需求，推理小说也会进行相应调整，因此世界各国的推理小说都在探索新的内容与形式。

不同的时代会涌现不同风格的文学作品，推理小说也无法脱离时代背景。在经济全球化愈演愈烈的现在，推理也在多元化的大航海中不断开辟着新的航路。所以，我们不仅要挖掘深埋于历史中的名作，也要竭力推广优秀的新作品。

从某种程度来说，奖项和销量是衡量一部作品的重要参考指标，获奖作品与畅销作品代表着所处时代的文化趋势。但是，任何时代都有很多充满创作热情的作者，他们的作品或许没能满足当时市场的需求，却同样富有个性与魅力。

“推理的多元新航路”旨在敢为人先，在发现、传播新人佳作，为推理文化注入活力的同时，我们也想将埋藏于历史的杰出作品传递给热爱推理文化的读者。宛如大航海时代一样，联结古今文化，共享推理盛宴。

千本樱文库

N

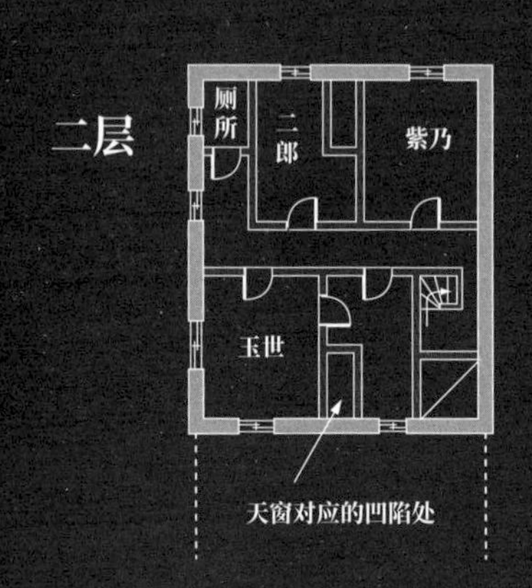
二层
厕所
二郎
紫乃
玉世
天窗对应的凹陷处

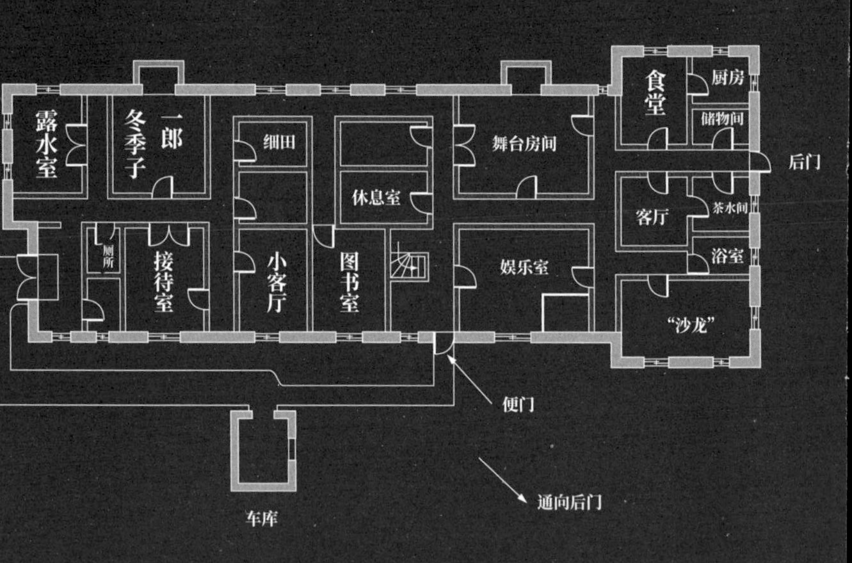
露水室
一郎
冬季子
细田
休息室
舞台房间
食堂
厨房
储物间
后门
客厅
茶水间
浴室
厕所
接待室
小客厅
图书室
娱乐室
“沙龙”
便门
车库
通向后门

吝宅邸平面图

目录
CONTENTS

我们由梦的元素构成。

——莎士比亚

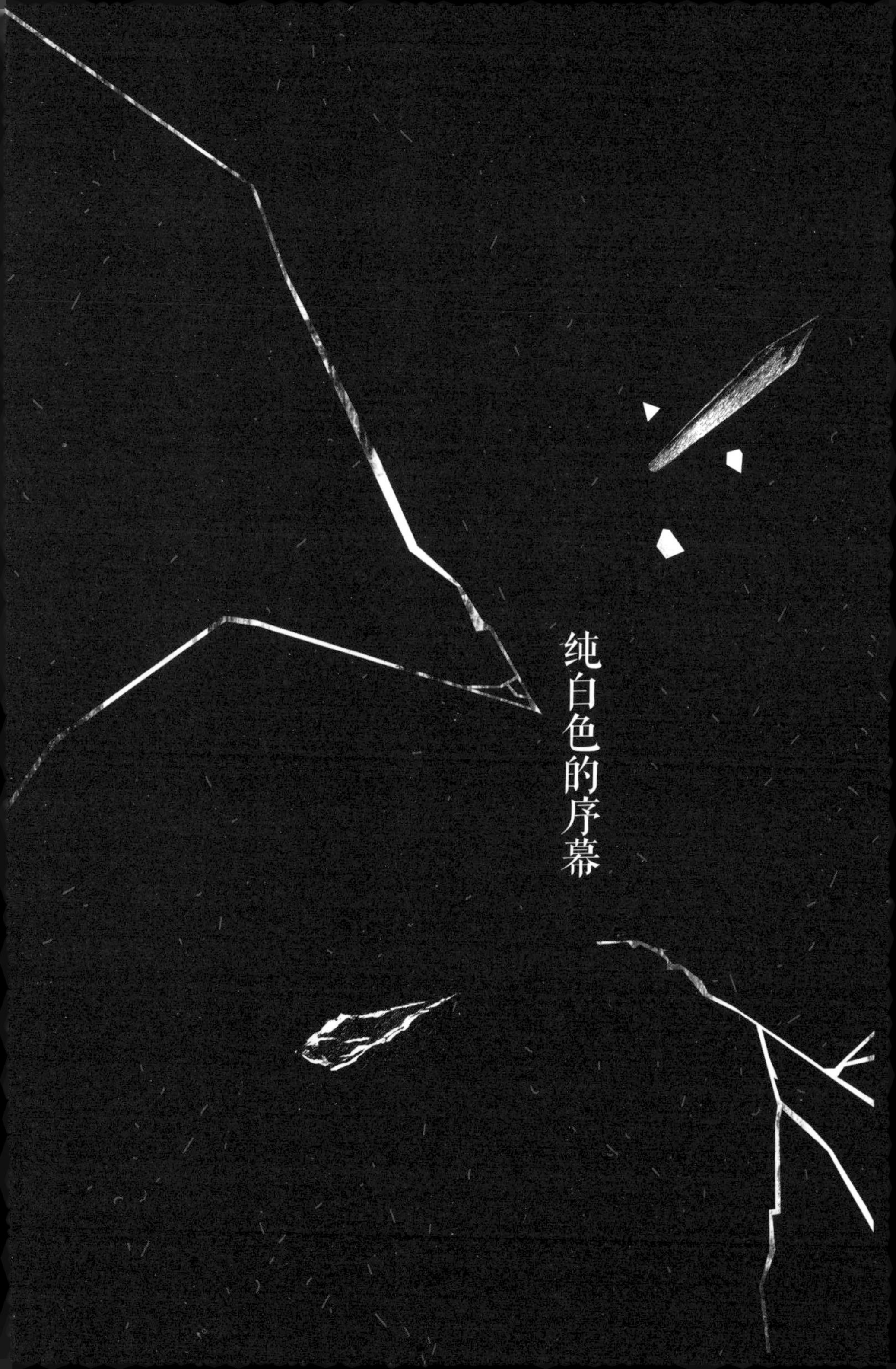
纯白色的序幕

凛冽的冷空气寂静地笼罩着一片白皑皑的雪原。

放眼望去，雪原映射出的耀眼白色上点缀着斑驳的林荫。

梧桐树上的叶子已经翩然落下，树身披上了纯白色的外套，然而这白色看上去并没有那么自然，倒像是被人刷上了一层厚重的油漆，又像是沙漠中被风沙冲刷后的白骨。

在这个季节，在这个地方，凛冽的寒风侵蚀着所到之处的一切，万物都褪去了本来的颜色。

皑皑白雪覆盖之下的诊所招牌，原本应该是搪瓷质地的白色。现在看上去就像是经过长年使用的象牙烟嘴，已经微微泛黄。

“南河出诊所”所在的这一带算是医疗的空白地带，刚好位于出城的方向，并不繁华。

在这家诊所雾蒙蒙的玻璃窗里面，医生和一名患者正围坐在暖炉旁。

山崎良春医生大约三十岁出头，坐在转椅对面的患者看上去比他稍微年长一些。

“哎呀，要不是这次得了感冒，又怎么会在这里见到山崎先生呢？”

二人不约而同地相视一笑，就像两个孩子在互做鬼脸一般。

“南先生，您这是在旅行中吗？”

“我是个摄影师啊，这次也是一边旅行一边拍摄。”南美希风向面前这位老相识简要地介绍了此行的工作。

房间角落里有一个老式的煤油炉子，上面插着一根烟囱，炉子上的药罐正“噗噗”地冒着热气。

眼前这位穿着白衣的医生看起来非常和善，眼角稍微有点下垂，脸上长着一些皱纹。南美希风则穿着略显粗糙的户外装，但他的体型和气质却给人一种玉树临风的感觉，眼睛清澈透明，透出几分柔和的光芒。

“非常了不起啊，山崎先生。在这样偏僻的地方从事医疗事业……”

“这个嘛……”

“镇上的人们都是慕名而来的吧？”

山崎面露苦笑，看起来像是有些害羞。他故意把刚才的话题岔开，说道：“还是赶快让我给您诊断一下吧。”他将手指放在患者的颈部，让对方张开嘴，开始认真检查对方的咽喉。

“请把胸前的衣服解开。”

南美希风撩起毛衣咳嗽了几声询问对方。

“山崎先生，那些魔术后来派上用场了吗？你的本事可是‘梅菲斯特’[1]亲传的啊，没用过吗？”

1　梅菲斯特（Mephisto）是歌德所创作的《浮士德》中魔神的名字，全称“梅菲斯特费勒斯”，简称“梅菲斯特”。按希腊文解释，意为“不爱光者”，按希伯来文解释，意为“破坏者、撒谎者”。——译者注

“是舞台上的梅菲斯特，不然容易招人误会。”

“嗯。你可是‘舞台上的梅菲斯特’的弟子。”

“还没到弟子的程度，顶多也就是助手吧。”

他注视着南美希风的前胸，拿着听诊器的手突然停住了。南美希风光滑的皮肤上，有着一个大大的十字形疤痕。

“……对了，你之前做过心脏移植手术啊。”

“我在美国做的心脏移植手术，你已经听说了吗？”

“我毕竟也是干这一行的，略有耳闻。大家的传言多多少少也会听到一些。”医生的声音中透露着几分沉稳，“手术之后，你的身体恢复得还算可以吧？”

“我非常幸运，身体恢复得很不错。”

“那我就放心了。”

山崎把听诊器贴在南美希风的胸前，像是在确认他说的话。

“心脏移植手术的伤口应该是纵向的切口。但是，这个横向的伤口看起来要比纵向的切口更早一些……”

“那个伤口确实是旧伤，因为当时发生了一点意外……一横加上一竖，就变成了现在这个样子。”

“原来是这样啊……嗯，已经可以了。”山崎突然滑动转椅与患者刻意拉开了一段距离，他以医生的口吻继续说道，“你只是感冒而已，最近得病的人挺多的。我们这里的护士也有感冒的。先开点药吃一吃吧。就算只是感冒，你也不能麻痹大意啊，不然会延误病情的，要多多注意自己的身体哦。”

山崎医生仔细询问过南美希风常用的免疫药品后，便开始给他开处方药。

“‘梅菲斯特’是一位伟大的魔术师。他对自己的要求非常严格，他教会了我要时刻保持不屈的斗志……”山崎凝视着南美希风接着说，“我当初报考医学院的时候，在家赋闲了整整一年。从那个时候到现在，已经很久没有接触过真正的魔术了，魔术技巧也退步了很多。不过，我从事医生工作的时候，有一些戏法倒是经常能够派上用场。比如，让紧张的孩子放松下来。去独居的患者家里出诊的时候，也可以通过魔术表演调节气氛。”

“这不是挺有用处的吗……不过，只要想到这可是在那位魔术师身边学到的手艺，总觉得太可惜了。”

“是呀，我感觉非常对不起吝老师。”

“嗯，倒也不必心怀愧疚……你哥哥的身体还好吗？”

“嗯，他的身体还不错，现在在电视公司工作，已经是两个孩子的父亲了。对了……”他凝视着对面的南美希风，眼睛忽然一亮地问，“你姐姐的身体还好吗？”

“那个人啊，挺让人讨厌的呢。整日里像个蜜蜂一样到处飞来飞去，还会像马蜂一样到处蜇人。”

笑声顿时充满了这家位于雪原之中的小诊所。

“她至少能比我长寿五十岁呢。”

“你说的是南美贵子小姐吧……我马上就想到了她的名字。一切都那么令人怀念。”

“但是，那次事件……”

山崎“嗯”了一声，声音逐渐变得低沉。二人的表情倏然之间都变得严肃起来。

“那次事件中死了好多人……”南美希风咳嗽了一声。

“那可是一生中不会遇到第二次的大事件。即使是警察，也不太可能再次见到那样的杀人现场。说句冒犯的话，当时那场面真是令人叹为观止啊。”

“每一个环节都经过凶手的精心策划。”

“在犯罪史上绝对是史无前例的惨案。被那次事件牵连的人，就算极不情愿，他们的命运也已经被彻底改变了。”

“山崎先生，你能够在医疗的道路上勇往直前，与经历过那场人间惨剧，看到太多人的死亡，想来有很大关系吧？”

“或许吧。”医生用力点了点头表示赞同，“那个时候除了想当魔术师，我心中又多了一条出路。”

山崎直视着南美希风。

“南先生，那次事件也成了你命运的转折点吧？据传闻说，你一直在关注一个案件，寻找神秘犯罪的真相。”

“这就是缘分使然吧，摊上了这样奇怪的事件。”

“你不得不直面它。也许正是吝家的事件将你推向了这样的宿命。”

“如果真有一把能打开这种宿命的钥匙，那就是……”南美希风把手放在自己的胸前，“我感觉，这颗心脏就是一把打开这宿命的钥匙。”

“哦……”

“不知是谁给了我这颗心脏，它成了一把钥匙，而那个锁孔就是在吝家发生命案的时候造就出来的东西。”

“那次惨案硬生生地切开了你的胸膛，把宿命之匙强行塞了进去……那么吝家的事对你来说，就是命运转折的序曲。”

“也许是这样吧。以一种非常惨烈的形式……”

山崎良春缓慢而沉重地点了点头。

“那次事件，过于出人意料，而且悖乎常理……虽然事件已经过去十五六年，那个时候我才刚上高中……”

“那是一个被称为‘昭和’的时代……”

两个人的视线和思绪相互交织着，进入了通向过去的时光隧道。

或许就在此时此刻，解开尘封记忆的钥匙突然出现在了这间小小的诊所。

一段强烈、掺着血腥味道的记忆在他的噩梦里频频上演。

出于下意识的防卫心理，他会将这段过去深深埋藏在心底。

那是独自一人根本无法承受的记忆，如影随形般挥之不去……

但是，若两个人一起……

只有做好万全的心理准备，才能直面那段惨烈的过去……

“那还真是一个炎热的夏天啊。”南美希风说道。

他乡遇故知，还真是命中注定。

这扇沉重的记忆之门，马上就要打开了——

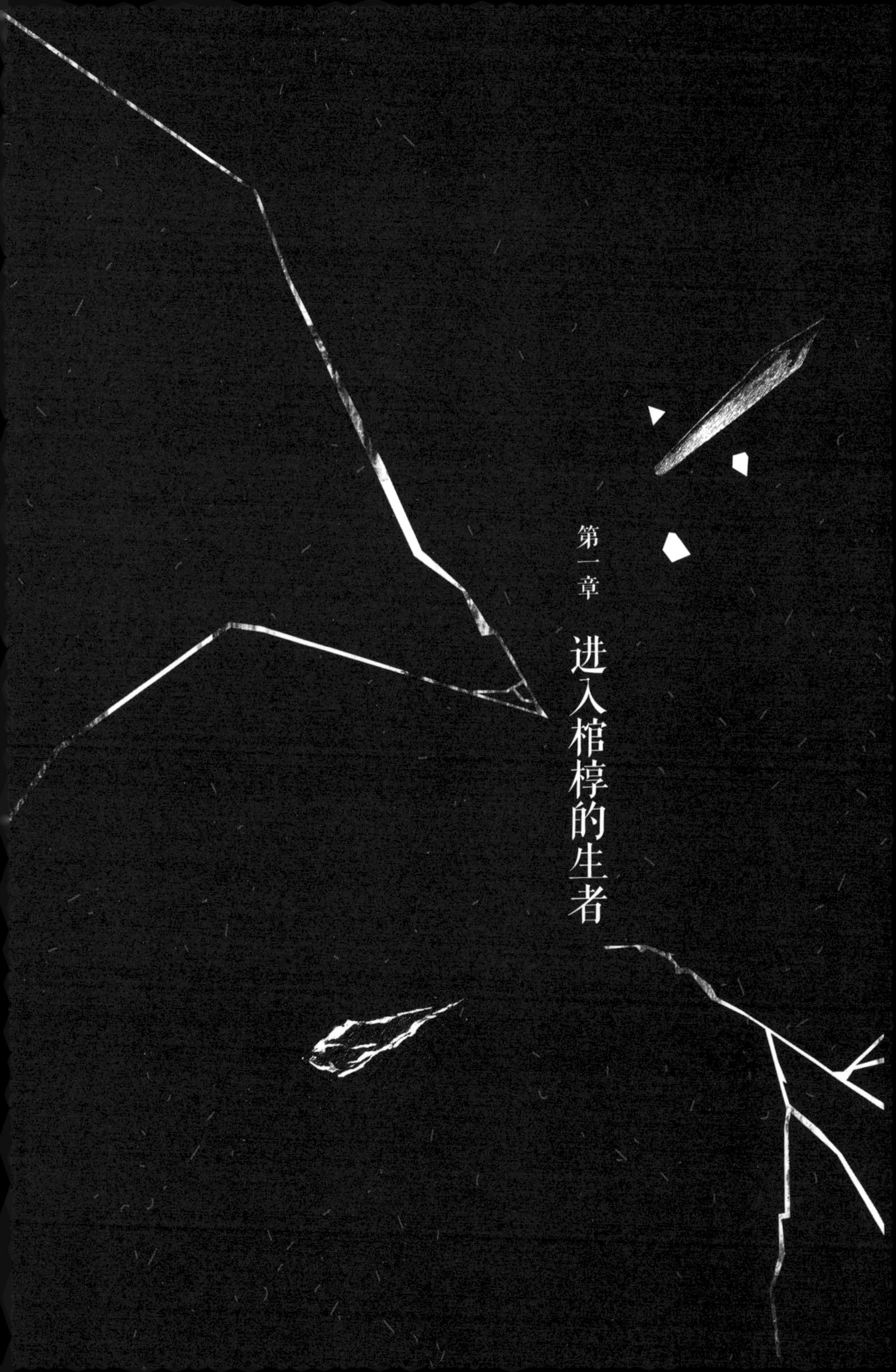

第一章 进入棺椁的生者

1

在夜幕和酷暑的双重笼罩之下，人们聚集在城市的一角。

白天令人窒息的闷热到了夜晚也依然强劲。夜晚黏糊糊的暑气也激发了人们的热情。

这么多的人一下子涌入札幌市市民中央会馆，是该馆建成以来的第一次吧。如果仅从观众人数来看，以前也有过类似的时候。不过，近年媒体从业者的人数不断增加，称得上是史无前例。在目标人物进入会馆之前，为了捕捉其声音和身影，手里拿着录音机和照相机的男人会比观众进来得更早，完全无视被乌云与闪电笼罩的夜空……

八月的暴风雨。

虽然暴雨还没有倾盆而下，但这天象就让人觉得无论从天空中落下什么都不足为奇。厚重的乌云将白天的酷热严严实实地包裹起来，宛如一个充满恶意的团块。被包裹在里面的高温大气为了躲避这层层叠叠的压制，而与乌云做着殊死斗争。不知是不是因为这个原因，乌云卷成了旋涡状。

在翻滚的乌云中，闪电突然炸裂，紧接着，震动虚空的暴雷低沉地怒吼着。

人们不由得缩着头，皱着眉，仰望天空。

电闪雷鸣，这是在警告人们暴风雨即将来临吗？

对于活动现场来说，这绝对称不上是好天气。然而，没人觉得这如此恶劣的天气是上天为即将带来表演的男人设下的障碍或考验。与之相反，这更像是献给“恶魔”的礼物，让观众更加血脉偾张的礼物。

因为即将站在舞台聚光灯下的这位“恶魔”，便是有着“梅菲斯特”之称的奇幻魔术家——吝一郎。

南美希风提到这个名字总会加上“老师”二字，他在等待开场的人潮中自言自语。

“这会儿果然还是会紧张吧？”

那个时候他刚刚高中毕业。穿着一件青色泛黑的衬衫，像融化了的糖一样贴在他那异常苗条的身体上。他的脸色也白皙得几乎透明，显得身体甚是柔弱，但那双眼睛却散发着求知若渴的光芒，嘴唇伶俐地抿成一道缝。

南美希风是魔术学校的学生，吝一郎是他的讲师，而今晚就是老师展示魔术的舞台。

“在这样的舞台上肯定会紧张。”站在他旁边的姐姐南美贵子说道，“空白期那么久，就算是有经验的老手，也跟新人差不多吧。”

与弟弟不同的是，姐姐的表情和躯体都极富生命力。她一头丰盈的大波浪卷发蓬松而有弹力，异常丰满的胸部也显得气势凌人。

因为自小就一直照顾着体弱多病的弟弟。所以“保护”这个行为成了她的第二天性。即使现在，无论是不是下雨天，为了不让南美希风淋到雨，她总是会将折叠伞放进包里以备不时之需。

站在姐弟身旁的一名杂志记者毫无顾忌地打量着南美贵子的脸和身材，直到发现被对方狠狠地瞪着，他才将脑袋转向一边，然后满脸若无其事地望着天，对同事缓缓说道：“今晚的天气真好啊。”

“这是……好天气吗？”旁边的新人同事不以为然地歪了歪嘴。

“对身为魔术师的吝先生来说是的。就算是暴雨和狂风，也没有造成客流量减少。天空中只能勉强看到遮住月亮的乌云和让星星失去光芒的闪电。丹乔·一郎本人也会为这出神入化的演出效果而感到高兴吧。”

“梅菲斯特”的正式艺名便是丹乔·一郎。

丹乔·一郎以在仿岩石洞穴的道具里面表演魔术“大变活人”而成名，他的艺名里隐含着“地牢”和“地下迷宫”的意思。“丹乔”这个词在日本并不流行，然而随着他的人气越来越高，与“丹乔”发音相近的别名“台上”也开始广为流传。

他从出道时起就是棱角分明、光怪陆离的老人妆容，这副装扮早就成了人们心中那个“梅菲斯特”的固定形象。

“至于现场的演出效果嘛……”年轻的记者仰头望着夜空不禁感叹，“就连今晚的天气都助他一臂之力了。”

“今天的天气也很适合作为报道的前奏。”

“是啊。但要想与众不同就得有差异化。”

“那就麻烦你好好琢磨了，以你的才华，没有什么能够难倒你吧。”

“啊……不过，我没被选为会场组的成员，实在有些遗憾。”

“在外面就地取材就好了，抓住离场观众的表情变化。丹乔・一郎离开会场的方式好像有什么特别的设计。”

“真想看看‘梅菲斯特’时隔十一年的魔术表演啊。”

“准确地说是十年零十个月。他在当红时突然飞去了国外，从大众的视野中消失得无影无踪……一年半前才回来的。那时我们也报道了此事。事实上他已经退隐，但我觉得他这次回来大概有什么计划，如今终于等来了复出公演。”

“你看起来非常高兴啊？”

“因为我是他的粉丝嘛。”

“我对丹乔・一郎过去的辉煌事迹倒没什么印象。”

“毕竟那时候魔术可不是面向普通观众的娱乐节目，但是我这个年龄段的人里有很多他的狂热粉丝。想必大家现在都很兴奋，翘首以盼呢。‘梅菲斯特’——丹乔・一郎，好令人怀念的名字呀。”

他的表情缓和下来，再次望向天空，旋即又换了一副表情，眉宇之间透露出几许忧郁。

“就算演出效果是一百分，这天气也太奇怪了。”

天空中的云层被连续的闪电撕得七零八落。在西边遥远的天空中，相隔不远的云间闪电飞光，雷声轰鸣不停歇。

“这样的天气我还是第一次见呢。虽说这样的意境格外绮丽，但也让人觉得格外恐怖。”

“刚才有摄影师在这里拍摄这诡异的天气情况呢。”

刹那间，挤满会场前的数百人突然发出尖叫声，大家在慌乱中蜷缩着身体。闪电在人群附近炸裂，刺眼的闪光笼罩在头顶，空气中仿佛也带着电流，雷鸣声敲击着人们的鼓膜。

“这是异常气候吧……”

八月的暴风雨……还真不能说它是一时兴起。

无法用常识解释的诸多气候变化正在世界各地发生。“气候异常”在各种各样的场合被广泛使用，人们早已对此习以为常。

即使在日本的最北端，也是一样的情况。

那个夏天异常酷热。连日以来，北海道路面的沥青都快被晒融化了，这样的酷暑让人喘不过气。往年不怎么受重视的空调类家电的价格一路飞涨，市场持续走高。

在外面稍微溜达几分钟，就会见到有人因中暑、热射病、脱水而倒下……老婆婆突然病倒，家畜成群结队地患病而亡，食物中毒事件接连不断。

这覆盖日本全国的酷热难道是一种象征吗？象征着仿佛被热病缠身，盲目追逐物欲的世态。当时日本正处于泡沫经济时代。

无论大地还是天空，仿佛都在熊熊燃烧着。事后看来，或许这是昭和时代意识到自己即将迎来终焉，拼命挣扎着最后一口气，从而瞬间爆发出了一股狂躁的热量吧。

在昭和时代，许多人都沉溺在未来经济愈渐繁荣的幻想中。东京的地价接连创下历史新高，各种房地产开发商横行于世。东京巨蛋可以开放使用，濑户大桥正式通车，少年漫画周刊空前绝后地发行了近五百万本。

年轻的男男女女们纸醉金迷，而大人们则挖掘着日本的土地，努力将其变成一捆捆钞票。就在那一年，凡·高的《向日葵》拍出了五十三亿日元的价格。

然而，这浮世繁华却像极了一个内在已经腐烂的苹果。冷漠与空虚感在人们内心深处滋生，浮躁的情绪好似一个空洞在不断扩大。人们被时代潮流打破了头，扼住了喉咙……

风卷云动，乌云覆盖了整个世界。

两年前，苏联切尔诺贝利核电站发生了重大的放射性物质泄漏事故。

而在日本，校园欺凌事件频发，自杀率上升。当时被认为无法治愈的艾滋病首次在日本出现。同年，埼玉县的西部和东京发生了连环诱拐幼女杀人事件，自此，日本的犯罪史揭开了黑暗的一页。

在富裕环境中成长的人，其人性却是极其贫瘠的。

就像光彩中的黑点……

日本就像一艘小船，先是被大浪高高掀起，旋即又被拍入水面下，瞬间裂成两半。日本在昭和时代迎来了令国情失衡的巨大分水岭。或者说，如果日本国民的整体素养还没有成熟到真正意义上的富裕状态，日本社会就必然会走下坡路。

就是那样的一年——

在昭和时代即将结束的一年，斉一郎试图东山再起。

伴随着天空中前所未有的异样乌云雷电，“梅菲斯特”正式开始了表演。

翘首以盼的观众们如潮水般涌进会场。

2

宽阔的舞台上，瘦高的男人为了让自己看上去比四十岁的实际年龄大一倍而做了特殊妆容，现在他的身上隐隐约约地透露着一股要将这场惊心动魄的演出，推向高潮的坚毅气势。

白发向后梳拢，顺着鬓角和脸颊一直垂下，还有雪白的胡须，被一片银白色环绕的是一张棱角分明的脸和清晰可见的皱纹。他的眼神也十分锐利，与老态龙钟的装扮格格不入，算是浪费了化妆师的一番精心设计吧。虽然他那苍白的脸色不禁让人联想到死人的脸，但是这个重返舞台的男人却洋溢着无法克制的满足感。

观众席上有间接照明，而舞台上现在还没有任何灯光。

照亮他身影的是一根从玻璃骷髅的右眼向上伸出的蜡烛。那具用作装饰的骷髅能够在眼眶中插上蜡烛。这个独特的照明方式也是他一直以来的标志。

丹乔・一郎曾经夸口，无论观众站在哪个角度，都看不出这个魔术的破绽。为了证明这一点，他在舞台上摆出四面大镜子，并将四面镜子摆放成不同的角度。这样不仅可以宣扬他的独特个性，台下的观众还可以通过镜子捕捉到他流畅的手部动作。表演者华丽的动作会被镜子放大，从而产生一种富有艺术感的视觉效果。当然，这些镜子有时也会起到迷惑观众眼睛的作用。

当舞台上用来照明的蜡烛只剩下一根时，镜子反射出的光便会造出多个分身。魔术师只要动一下，那些影子也交错着舞动起来，在昏暗的空间中共同营造出丹乔・一郎的玄妙世界。

除了展示魔术技术，与观众互动起来，让观众亲身感受用魔术打造出的幻想世界，也是舞台的设计理念之一。

他或是用网兜从空中抓住一只蝙蝠，或是用鞭子击落从旁边倏地腾空飞来的剑。本以为也就如此而已，却又眼睁睁看着那把剑穿过他手中的鞭子，又穿透他的身体，刺中后面的墙壁。如此惊人的大型的魔术表演接二连三地呈现在观众眼前。

观众们瞪大眼睛，惊愕地屏住呼吸，献上赞叹的掌声。而令人遗憾的是，这场演出在不知不觉中已经接近尾声。

就在这时，那个人的全身都被烛光照亮，站在众人眼前。他身穿晚礼服，肩膀上搭着一件可以包裹住全身的黑色斗篷。“梅菲斯特”慢慢接近舞台上唯一的光源——那根正在燃烧的蜡烛。他的表演只能用不可思议形容，与其说是在走路，倒不如说是移动。忽闻“嗞”的一声响，他缓缓朝旁边滑去……只是凝望着他在舞台上移动，现场的观众就已经被魔术师所营造的氛围和紧张感深深吸引，不由得屏住了呼吸。而就在这一瞬间，魔术师突然将自己的手放在那根燃烧着的蜡烛上，现场的观众们顿时发出一阵尖叫声。

舞台上微弱的灯光恰到好处地开启。

魔术师把熄灭的蜡烛往上一拉，只见蜡烛慢慢地伸长、变细，变成了一米左右的长度。它变成了一根白色的魔术棒，在魔术师的手中挥动着。下一秒，所有照明灯一齐开启，耀眼夺目的光线将舞台彻底照亮，台下的观众们随之齐声欢呼起来。

这段表演引起了雷鸣般的掌声，面带微笑的丹乔·一郎，深深地向观众鞠躬行礼。

他反复行礼几次，等待着台下观众们的掌声平息。

不久，会场就像吸走热气的水面般寂静。

观众们顿时明白了，魔术师想和大家说几句话。

苍白的脸、深深的皱纹……

然而，他的表情和声音却充满了张力。

“谢谢大家克服了对落雷的恐惧，前来观看演出。”等观众的笑声停止后，他继续说道，“真是做梦都没想到，时隔十年，重返舞台的我能够得到如此热情的迎接。我不会辜负各位的支持，继续为大家带来精彩的魔术表演。今后也请大家多多关照。接下来是抽奖环节。不知是幸运还是不幸，我们将邀请五十名观众前往被‘梅菲斯特’的鲜血所浸染的巢穴。请大家好好享受这一时刻吧。”

丹乔·一郎说完，向后退了两步，然后再次朝观众席深深地鞠了一躬。

“感谢大家参与‘梅菲斯特’的复活仪式，我们后会有期。”

他披上斗篷的刹那，舞台上的灯光陡然熄灭，窗帘也被拉上。

当掌声再次响起，热闹的观众席上传出窃窃私语声时，幕布微微晃动，随后向两侧滑开。不知何时，明亮的舞台上出现了一个黑色的大抽奖箱。

“接下来请大家关注手中的入场券号码。”主持人拿着话筒开始说明抽签方法。观众席上充满了欢声笑语，南美希风和南美贵子当即离开了座位。他们已经取得了访问后台的许可。

两人穿过人群往后台走去。

“第三十二名，是一家三口。”主持人将小刀插入抽奖箱，刺中木牌，木牌上的号码清晰可见。

“上条女士的丈夫也来后台了吗？”南美希风刚走出过道，就忙着询问姐姐。

“我不清楚。如果他来了的话，可能会在观众席上欣赏夫人的盛装吧？”

上条春香是斉一郎的助手，就是她邀请姐弟两人来的。

“我刚才好紧张，但是看到春香没有出现失误，就放心了。”

上条春香是斉一郎的小姨子，与南美贵子交情颇深，从高中开始就是好朋友。

南美希风则从小学起就是“梅菲斯特”的忠实粉丝。

“以前都用的鸽子，但这次使用的是蝙蝠吧？”南美希风指出了这场魔术表演的特别之处，“那些蝙蝠还活着吗？要是跑掉了，有点恶心呢……那具玻璃骷髅倒是格外漂亮。”

“更加讲究了呢。以前用的是仿真骷髅哦。蜡烛变成魔术棒的那个魔术以前没看过呢，或许为了强调没有设置机关，才将骷髅做成了透明的吧。”

“每天都在追求新事物，这就是魔术师的探索精神吗？”

抽签现场的广播传来——

“一百六十六号及其同伴。”

“欸？”

南美希风慌忙从口袋里拿出票根。

“……我被选中了。”

没错。

“我中了……”

南美贵子也看一眼票根，确认着入场券号码。

“我们成了沾满鲜血的‘梅菲斯特’的客人了呢。”

3

吝一郎正在化妆间卸妆，有人从背后向他搭话。

叫他的男人四十岁左右，鹰钩鼻，称得上是美男子，只是身材有些矮小。

“演出实在精彩！”

吝一郎端正地站起身，回头看去，身上的斗篷随之摆动着。

“谢谢，你的称赞我可当真了。”

两人愉快地笑着，似乎陶醉在成功的喜悦之中。

他是吝一郎长久以来的表演合作伙伴——早坂君也。一郎回国以后，与他的联系相当密切。

两人的魔术风格截然不同。早坂君也的艺名是“杰克早坂”，他比较擅长搞笑类的魔术表演，充分利用西洋风男人的魅力，以及与此不相称的矮小身材，仅凭外表和表情就能营造出轻松幽默的氛围。美男子却在认认真真地搞笑，就是他受到观众欢迎的理由。

虽然最近偶尔会在电视上露面，但大多数时间都在地方进行巡回演出，这一点与策划大型节目的吝一郎形成了鲜明的对比。

“我可以走个后门，跟大家一起去您的宅邸参观吗？”

“当然可以。你跟他们一起去吧。喂，良春。”

随着屏风后传出整理行李的声音，一位十四五岁的少年跑了出来。他是吝一郎的助手，叫山崎良春。他取得了父母和学校的应允，与哥哥一起协助吝一郎的工作，算得上是魔术狂热少年。吝一郎也很照顾他，就把公演放在了暑假期间。山崎良春的身材比普通人健壮一些，眼角下垂的脸庞却显得憨态可掬。

“走的时候别忘了带上早坂先生。”

“我知道了，马上就忙完。”

“喂喂，正忙的时候少一个助理，这样没问题吗？”

“不用担心，一切都在计划之内。他刚好可以协助我准备家里的魔术表演。”

正往外走的少年看到了站在门外的姐弟二人，于是喊了一句：

“南先生……”

“打扰您了。”南美希风客气地鞠躬行了一礼。

“哦！欢迎欢迎！”魔术师用力向他们招了招手，“请进，快请进。”

“百忙之中打扰您，实在非常抱歉。”南美贵子也走进了化妆间。

少年向姐弟二人点头示意后，想回到屏风后侧，却被吝一郎叫住安排了别的工作。

“这件斗篷也拜托你了，下次表演用不上。”

此时的南家姐弟正在称赞道：“恭喜您本次演出圆满成功，吝老师。”

“真是太精彩了。”

“谢谢。如果接下来在家里进行的魔术表演也能够顺利进行就好了。”

随后，魔术师将南美贵子介绍给了早坂。而南美希风早在一郎的魔术学校里就认识了早坂。

“这是南美希风的姐姐，南美贵子。她是我妻妹春香的好朋友。在Town杂志的编辑部工作。”

“见到您是我的荣幸，美丽的小姐。”

他那副装腔作势的模样甚是滑稽。本以为他伸手是来握手的，结果他手翩翩一动，竟变出一枝白色玫瑰。

“啊，谢谢。”

南美贵子将它塞进夹克外套胸前的口袋里当作胸花，可是花瓣随即便纷纷散落，最后剩下的竟是《鬼太郎》中的“眼珠老爹”。

南美贵子笑着任由它留在了口袋里。

会场的气氛变得更加和谐，南美希风摊开一张票根给大家看。

“老师，我抽中了。”

“哦！好厉害，太棒了。”

“能够欣赏下一场表演，真是太幸运了。难道说是您故意让我中奖的吗？”

“不，我可没有特别对待，完全是偶然。这是上天给予优等生的照顾啊。”吝一郎说着将身体转向化妆镜，“不好意思，请允许我一边卸妆一边谈。”

他手上拿起脱脂棉向南美贵子说道。

“春香小姐还没有回来，可能正忙着收拾后台。”

“嗯，您忙您的，不必刻意招呼我们。”

“话说回来，经纪人去哪里了？”

早坂爽朗地回应道：“青田先生啊，我刚才在观众席看到他了，待客之道简直无懈可击。我听到有家长对孩子说‘这个时间必须得回家了，就算抽到也不去哦’，而那个孩子一直在闹脾气。这个时候，青田先生安慰那个孩子说‘魔术师给提前回家的人施了非常棒魔法哦’。”

“他工作很努力呢。当我告诉他我打算复出时，他是真的非常高兴……”

卸妆之后的吝一郎让周围的气场都变得温和起来，仿佛从魔术师回归到了一个平凡人。

微微消瘦的脸颊、突出的颧骨、笔挺的鼻梁、浓眉、深邃的眼窝，四十岁的素颜散发出与“梅菲斯特”极为相称，又略显个性的端庄感。

他的脸上还留有一丝淡淡的红润，让人借此窥探到他内心兴奋的痕迹和满足感。

十五分钟后，观众席上只剩下被选中的五十名客人，南美希风和南美贵子也在其中。

观众们在台下交头接耳地纷纷议论着，因为现在的舞台上摆着一口棺椁。

当然，这只是魔术道具，但它就像是真正的棺椁。倒是很有“梅菲斯特”的风格。那个被涂成纯黑色的长方形盒子中央装饰着一个金色十字架。这个黑色棺椁被放在基座上，立在了舞台的正中央。

少年助手山崎忠治站在棺材旁边，他是良春的哥哥。他穿着演出用的黑色西装，看着并不紧张。

台下噼里啪啦地响起掌声，一下子热闹起来。

“梅菲斯特”再次登场。

掌声逐渐平息下来后，观众席上却传来了充满疑惑的私语声。因为此时魔术师已经没了白发和胡须。原本不知道吝一郎年龄的观众，此时见到他的本来面目，显得略有意外。

“抱歉，让大家久等了。”魔术师的声音十分响亮，“刚才是

‘梅菲斯特’的魔术表演，而接下来我将邀请各位去我的宅邸，在斉一郎的私人空间里表演魔术，所以我卸下了装扮。”

他开始解释魔术内容。

“那么，第二部分的第一个魔术，使用的道具自然就是这口棺椁。我会被捆绑在这口棺椁里，在用车将棺椁运到家的途中成功逃脱。但是，只从里面逃出来不免有些无趣，所以这具棺椁的内外侧都会上锁，并且我不会解开反绑着双手的绳索。”

他抓住燕尾服的前襟展示给观众看。

“衣服领子里没有安装任何机关，只是佩戴了无线麦克风。大家可以在整个过程中与我聊天，免得路上会无聊。另外，棺椁中有没有可疑的声音也可以听得非常清楚。能否识破本人的魔术呢？欢迎大家来挑战。那么，让我们到外面去吧。魔术表演即将开始。”

帷幕终于落下。

运送棺椁的车辆是一辆引人瞩目的灵柩车，是从专供电视剧、电影拍摄的公司借调来的。

斉一郎被选中的观众，以及采访团的闪光灯包围在中央。他高高地举起手臂说道。

“各位，在这样的天空下演出，是多么奇妙的事情啊。”

虽说此时此刻闪电已经平息，但漫天的乌云仍在四处蔓延，令人毛骨悚然。

“不过，要是下雨就麻烦了。那么，有没有人想检查一下棺椁呢？”

没有人站出来，吝一郎只得亲自检查。盖子的一侧安装了合页，可以开关。

“里面就像这样，什么都没有，是空的，而且锁非常结实。稍后会挂上西洋锁，就像刚才说明的那样，从内外两侧都会锁上。”

为了能够上锁，金属制成的锁扣是拱形的。在这口棺椁的开合盖上，内外都安装了金属锁扣。

“接下来请一位观众来确认我身上有没有道具。”

这次依旧没人主动请缨，场面略显尴尬，南美希风决定毛遂自荐。

一郎见状，嘴角也微微泛出笑容。

“我身上没有什么异常吧？”

南美希风恰如其分地摸索着魔术师的身体答道：“没有。”

“那么，谁愿意用绳子帮我把手腕绑起来呢？”

一位看起来四十多岁、身材丰满的妇人从助手山崎少年手中接过白色绳子，将吝一郎的手绑在他身后。

“请绑紧到绝对不会脱落的程度。”

妇人直接打了两层、三层绳结。

“如何？已经解不开了吧？”

被暑气摧残到满头大汗的妇人喷出重重的鼻息说道：“解不开了。”

“接下来，请另外一个人在那张纸上写下数字或签名，不要给其他人看，再绑在绳子上。”

一位年轻的女性在山崎少年递过来的纸条上写着什么，然后把它系在了吝一郎身后的绳结上。

“现在我只要稍微用点力，这张纸就会被弄破。我的手已经完全被绑住了，谢谢各位的合作，请别忘记结绳方式和数字纸条。”魔术师把视线投向少年山崎移动着的棺椁，“我只需静静等待这临时的床榻被装上车了。”

带轮子的底座慢慢倾斜，直到平放的棺椁和灵柩车的厢架一样高。随后，棺椁被缓缓送到了车上。

“最后，我想请一位观众朋友帮我锁上棺椁……那就交给您吧。”

一位举起手的男人被选中了。

“锁好后请您拿好钥匙。”

棺椁停在预定位置后，魔术师灵巧地走上厢架。

山崎少年打开棺椁盖。

“那么，我们在第二舞台再会吧。”

魔术师用充满戏剧性的动作躺进了那口棺椁里。少年盖上棺椁盖后，里面传出了吝一郎的声音。

“请上锁吧。”

一位略上年纪的男人走上厢架，神色紧张地锁上了那把锁。

“可以了吗？”里面发出一声沉闷的声音，在听到外面的回答后他继续说道，“在接下来的一段时间里，我们只能用声音进行交流了。各位敬请期待。”

灵柩车的厢门随即关上了。

接着，人群向着包租车缓缓走去，准备前往第二舞台——吝家宅邸。

站在南美希风和南美贵子旁边的老婆婆正皱着眉头，忐忑不安地回头望着那辆灵柩车。

“他躺到那里面去，不会有问题吧……棺椁和灵柩车一般都是用来装死人的啊……”

黑色的灵柩车渐渐融入了异常闷热的黑暗之中。

一九八八年八月六日，星期六。

这便是那天晚上发生的事情。

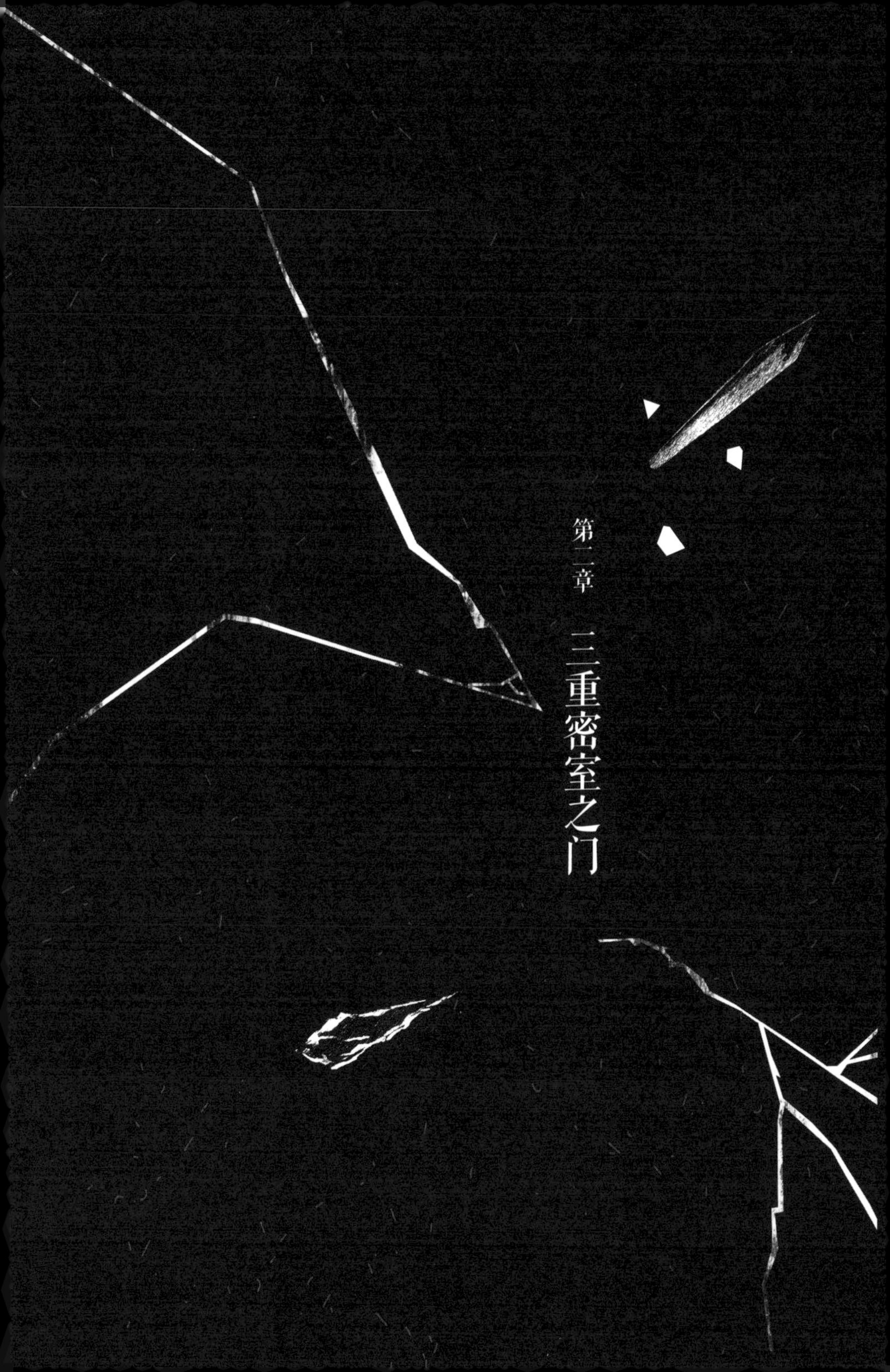

第二章 三重密室之门

1

南美贵子在斉家宅邸的走廊上，思考着要怎么写这篇报道，文章既要写得精炼又要直达主题。虽然写的是居住在北海道的世纪级大魔术师的故事，但一本小小的城市杂志所能分配的版面空间实在有限。

她觉得自己能够被邀请到斉家宅邸无疑是非常幸运的。能够在现场看到魔术师家人的反应，可以站在其他记者看不到的位置，记录魔术师一行的生活和言行。虽然，斉一郎的亲人是她的好友，但南美贵子并不打算利用这层关系，她不会为了抢头条而不择手段。到目前为止，她的这个想法从没有过改变。要是知道南美贵子会明目张胆地刺探名人隐私，上条春香也不会毫无忌惮地跟她交往。

还是写与病魔斗争的事吧。南美贵子在心里盘算道。

斉一郎在十一岁的时候，曾罹患过某种病症导致右臂神经麻痹。经过长期治疗和康复训练，他终于克服了困难，还在二十二岁的时候成为一名需要灵活运用手指进行表演的魔术师。魔术师是斉一郎从小的梦想。但可怕的病症随时随地都可能断送他的梦想，但他没有放弃，竭尽全力与病魔做斗争。那时的他还仅仅只是孩子，却最终战胜了病魔。他的经历几乎人尽皆知，所以他自从出道以来就备受关注。

吝一郎就这样顺利地出道，成为如今闻名世界的一流魔术师。当时年近三十的他，本该更上一层楼的……

然而，潜伏在吝一郎身上的病魔却没能让他如意。

吝一郎有个弟弟，他在十一岁的时候也生了病，引发视神经麻痹。当时，医学上还没有出现有效的康复训练方法，最终治疗无效，双目失明。

那种先天性疾病似乎是想要证明其遗传性，在十多年前，它再次引发了吝一郎的手臂麻痹。他的身体无法支撑他继续从事魔术表演，所以，他从日本消失了。

然而，作为一名伟大的挑战者，他又一次克服了病痛。在经历了相当漫长的空白期后，终于在今晚复出。

南美贵子认为若是以曾经的隐退为切入点展开，那么这次的复出表演将具有不同的意义。

“天气炎热，请问要不要用一些冷饮呢？”领路的细田贴心地向姐弟问道。

他们已经拜访过这所宅邸很多次了，本来不需要向导，但细田对工作总是非常热情。

“老师都还没有休息，我也不太好意思。”南美贵子礼貌地表示了拒绝。

似乎有人提前打过招呼，管家细田寿重专门出来迎接南美希风和南美贵子。南美贵子在聆听细田介绍自己时，不禁发出日本居然还有管家这个职业的感叹。

细田寿重仿佛是从画中走出来的管家一般，总是一身黑西装，搭配着一件没有一丝褶皱的白色翻领衬衫。斑白的双鬓整洁而服帖，略带骨感的脸上无时无刻不挂着高雅的微笑。他的年纪有六十多岁，颇有专为绅士淑女们服务的职业管家风采。

他毕业于英国的巴特勒学院，此后就在当地的上流社会家庭工作。吝一郎离开日本以后到过英国，二人就此相遇。后来，吝一郎非常看重细田寿重，视他为忘年交，还诚邀他来日本担任管家。

南家姐弟在他的带领下，穿过充满复古气息的挑高走廊，前往休息室。吝家的人都已经在那里等着了。

“我们还是受到了特别招待。”南美希风苦笑着露出了难为情的神情。

“这是理所当然的。”

“其他观众去哪里了？”

“庭院里设有露天舞台，山崎弟弟会在老爷抵达之前，表演魔术暖场。”

载着五十名观众的大巴已经率先抵达了宅邸，所有人都在等待着迎接棺椁中的魔术师。

昏暗的走廊尽头，有几个人影在来回走动。

“那些人是谁？有什么情况吗？”南美贵子问道。

“是记者，老爷请来的。”

大家都佩戴着简单的胸章，红白色花瓣形状的布上垂下一条细带，上面写着报社或出版社的名称。

“我们虽然准备了休息区域，不过客人早早就把舞台房间围得水泄不通了……”

今晚的第二舞台布置在了像是大厅的房间，那里以前好像是舞蹈室。

这时，有人小跑着向这边跑来。

“啊，太好了……我们又见面了，美贵子！”

说话的人是上条春香。

“春香。”

她身材娇小，像是十几岁的样子。富士额，温润的五官与华丽的栗色头发，巧妙地调和出了恰到好处的女性魅力。

她的发型是为了今晚的舞台做的，身上穿的演出服也是专门设计的无尾晚礼服。

“听说你是被选中的。抱歉啦，本来该由我邀请你来的。”

“没关系。”

“我最近有很多事情要忙，就算正式邀请你，大概也不能亲自接待……”

“明白明白。这不重要，恭喜你第一阶段圆满成功，这身衣服也很适合你哦。”南美贵子指着对方的衣服，“真是一位神采奕奕的助手呢。”

“又开我玩笑……”春香被逗笑了，然后换上一副急切的样子，“我得去接吝一郎了，抱歉，请允许我先失陪。”

说完，上条春香就往南家姐弟来的方向快步小跑了过去。

姐弟二人则向前方的休息室走去，等到细田把门打开，两人进入了房间。

斉家的四个男人和两个女人就在那里。

坐在中央的是穿和服的妇女。奶油色的捻线丝绸上点缀着银色新月和金色飞鸟。南美贵子跟对方寒暄几句后，不禁发出感叹：“您实在太美了，冬季子夫人。”

“什么夫人，请别这样称呼我。”她虽然这么说着，脸上还是绽放出了灿烂的笑容。

她是上条春香的姐姐，也是宅邸的主人斉一郎的妻子。同样的富士额、鹅蛋脸、薄嘴唇，宛如玩偶般的容貌很适合和服装扮。盘起的黑发十分美丽，可以感觉到是为了今天这个特殊的日子精心打扮的。与此同时，她的装饰却很自然，充分表现出了三十岁后半的女性特有的冷静气质。

虽然斉一郎还没有完成所有魔术表演，大家不免紧张，但整个房间里都弥漫着庆典的气氛。

对于躲在椅背后面乱跑的少年，大家都很宽容。

“晚上好，流生。”南美希风和南美贵子同时向他搭话。

五岁的少年穿着西装短裤套装，灰色的布料看上去很有质感。少年含着大拇指，将身体掩藏在母亲的椅子后面，抬头望着眼前的客人，只是鞠了一躬。

“你这孩子，要好好跟客人打招呼啊。”

这位少年就是吝一郎和冬季子的孩子。

吝一郎和冬季子是因为魔术结缘。冬季子原本也是一名魔术师，不过她本人却经常自嘲说自己就是外行，只不过是一名想要努力成为魔术师的狂热爱好者罢了。

她受到吝一郎热烈地追求，放弃了自己的事业，成为魔术师的妻子。虽然前途并不平坦，但从冬季子如今的幸福表情来看，她没有选错道路。

他们给孩子取名“流生”，是源于经历过一次流产，而且过了很长一段时间后才有的这个孩子。他可是魔术师夫妻的心肝宝贝。

当流生发出意味不明的声音，并举起自己的小拳头后，夫人停止了斥责。

“这么说来，”冬季子凝视着南家姐弟，“两位都是第一次见到远野宫叔父吧，他平日很少来这里。”

她用手指着墙边躺在大号安乐椅上的男人。

其实，南美贵子自从进入房间，就注意到了那个男人。南美希风也是如此。比起坐在正中央的冬季子夫人，他散发出的存在感更强。他的体格很壮，膀大腰圆，如同身材魁梧的人穿着一身“威风凛凛”的衣服。

肥厚的脸顶在粗壮的脖子上，一对粗眉似乎在展示他的坚韧意志，饱满的下巴微微凸出，略显呆滞的双眸却又让人不得不产生戒备心。随意穿在身上的高级西装透露出他本人已经习惯上流社会的生活。他绝对不是一个俗气的男人，相反，给人一种独断而有谋略的印象。

“这位是我的叔父，远野宫龙造。”

南美贵子有过耳闻，他名字里有一个辨识度很高的“龙”字。

远野宫龙造原本是警察，现在是安全防范器具制造商的会长。据说他给当局捐了很多钱支持警察活动，还担任了北海道公安委员会的委员长。

远野宫的目光扫过南美贵子的胸口，发现了她口袋里的“眼珠老爹”。

“这位是南美贵子小姐，是春香的旧识。”

“旧识？”

“大概是高中时认识的吧。春香比较内向，经不起打击，是个爱哭鬼。从那个时候，她就很依赖美贵子。”

“她很会照顾人，很受女生欢迎呢。”南美希风从旁插口说道。

“是吗？”远野宫的视线上下移动，低沉的声音缓缓流淌而来，“也就是说对男人也很有吸引力了？”

“大学时候，有很多人都在追她。”南美希风不以为然地说道。

“那是因为我们大学只有一名女生。”南美贵子偷偷踩了一脚多管闲事的弟弟。

“这位是她的弟弟南美希风。”冬季子夫人介绍道。

“南美希风？”远野宫的眼神似乎认真起来，像是在打量着什么。南美希风没有理会，只是随意地站在那里，但两人之间的气氛却有些微妙。

“我听一郎说过，他是学校里的优等生。”

“但是出席率非常差。”

“那是因为身体原因……”冬季子面带怜惜的表情做了说明。

“听说是心脏问题，你在上大学吗？”远野宫说道。

“入学考试期间，我在长期住院，现在准备复读。”

“他不用去补习班，只是自学。”南美贵子一边解释，一边向冬季子问候道，“令堂的情况怎么样？”

吝一郎的母亲玉世体弱多病，长期卧床不起。

“一直都是我来照顾她的，一切如旧。”她的表情非常严肃，声音有些沙哑，“就算向外行人解释也不会明白的。”

回话的人是站在冬季子身后的中年女子——诹访凉子。她的身形消瘦，穿着一袭形似修女的黑色长裙。她是玉世的专属保姆，属于私人雇佣的看护人员，还身兼女佣的工作。虽然细田不会让她触碰家务，但在南美贵子看来是这样的。

诹访一边抚摸着头发，一边补充说道：“话说，这几天老夫人的心情有点激动。”

“是啊。”冬季子发出明快的声音，“她好像因为吝一郎东山再起而开心呢。”

“抱歉，让你们一直站着说话。”冬季子示意南家姐弟落座。

除了站在门口等候的管家细田，房间里还有两个人，杰克早坂和上条春香的丈夫——利夫。

上条利夫今年三十二岁，经营宠物的生意。他平时不太注重仪表，今天却穿着一身西装，系着领带。

“晚上好，你去过会场了吗？”利夫听了南美希风的问候，开心地眯起细长的眼睛。

“我怕自己紧张，本来不想去的，但我老婆还在舞台上努力工作，我必须去为她加油。更重要的是我怎么能缺席吝一郎先生的复出公演呢？”

他总是一副扑克脸，只有在谈论动物的时候才会两眼发光，而他现在的表情就是这样。

南美贵子把魔术道具“眼珠老爹”还给杰克早坂，有一搭没一搭地聊了一会儿。没过多久，室内突然响起魔术师吝一郎的声音。

“漆黑的旅程即将结束。”

声音通过他身上佩戴的无线麦克风传递到这个房间里的扬声器。当然，在户外舞台也能听到。

“逃出黑暗之棺，坠入神秘魔术的黑暗深渊中吧。”

“梅菲斯特”终于要回到宅邸了。

2

总算不用担心下雨了。

雷声渐行渐远，乌云笼罩之下是不见一丝星光的深邃黑暗，以及让人汗流浃背的酷暑。

吝家宅邸乏力地蹲踞在夜幕之下。巨大的剪影呈四方形，只有中央部分为两层建筑，但一楼的屋顶却十分高。

在阳光下呈灰白色的建筑此时被涂上了黑夜的颜色。这是一幢石造建筑。明治时代用札幌软石建造而成，很有历史的韵味。

昭和二十二年，吝一郎的父亲离开山里的故乡，买下这里。十七年之后，札幌市的名胜之一丰平馆被指定为国家重要文化遗产，也就是昭和三十九年。这一年，吝家宅邸也被列入北海道物质文化遗产的候选名单，但当时的户主在接受询问时称，打算将其作为住所自由地进行改建和维修，拒绝了文化遗产的认定。

这座古色古香的建筑位于札幌西部，背靠三角山，周边的住宅很少。

从吝家宅邸的窗户泛出一团团灯光。黑暗中，吝家宅邸的门灯很容易让人误以为是远处的路灯……

这些光反倒突显了周围的黑暗，门前已经陆陆续续地聚集了一些粉丝和记者。随着“梅菲斯特”即将抵达的消息，他们也开始躁动起来。

乌黑的铁门阻挡着他们的侵入。

过了不一会儿，那扇铁门被打开了。就像张开的大嘴……

宅邸的影子静静地等待着。

灵柩车的黑色车身从大门缓缓进入。

九点三十二分。

“顺利抵达舞台房间。”

休息室的扩音器里传出了斉一郎的声音。

“我太太和山崎负责搬运和安置棺椁。”上条利夫轻声对南美贵子说道。

“安置？”

“棺椁需要放在专用的展台上。你们在会馆见过吧？要平放在那个上面。然后要将棺椁立在舞台房间的中央。”

此时，扩音器突然传来“咚”的一声，斉一郎情不自禁地喊了一声。

“没事吧？千万不要摔倒哦。”

“对不起，老师。”从棺椁外面传来一个微弱的声音。是少年的声音。

“好了。”这是上条春香的声音。

“作为‘梅菲斯特’的弟子，就不能有失误，要做到超越常人。是吧，各位？”

聚集在庭院里的观众听到这番话，脸上会是怎样的表情呢？

“辛苦了，谢谢你们。”听到“梅菲斯特”这样说道，两位助手便离开了。

“现在这里只剩下我一人了。”魔术师再一次向观众证明自己的身体被层层封锁，被绳子捆住的手，写有数字的纸条，阻止逃跑的挂锁。

“被关在棺椁里的‘梅菲斯特’能成功逃脱吗？”

休息室里的人们侧耳倾听，气氛突然变得紧张起来。

“后边会发生什么呢？”南美贵子看了一眼弟弟。

南美希风微微动了一下眉，仿佛在说“谁知道呢”，虽然他在学校里是最受老师喜爱的学生，但对于今晚的魔术表演，老师没有对他透露一点情报。

扩音器里传来衣物的摩擦声。

过了一会儿，突然又响起“咔”的一声。

“刚才是我打开棺盖的声音吗？”魔术师用语言刺激着听众的想象。

南美希风将目光转向了杰克早坂问道：“他逃出来了吗？”

早坂耸了耸肩膀。似乎魔术师的朋友也不清楚实际情况。

“这、这是？本以为一切都会顺利进展，这太奇怪了。我突然感觉全身无力，不，就像是生命力被一点一点榨干……宛如吸血鬼暴露在阳光之下……”

就在人们以为这是魔术表演的台词时，吝一郎的语调有了些许变化。

“哦？你们是想让我大吃一惊吗？”

如他刚才说的那样，语气中表现出惊讶、疑惑，声音也失去了演出的语调。

休息室里的几个人面面相觑，不知道是不是发生了突发情况。

“究竟是什么时候把我带到这里——”

声音被切断了。

随后，“啪”的一声，好像有什么东西突然弹开，紧接着传来一阵痛苦的呻吟。

“什……”

勉强挤出来的声音掺杂着极度的惊愕。他的声音变得沉闷，然后再次扭曲成痛苦的呻吟。

下一瞬间，伴随着一阵嘈杂的声音，信号中断了。

扩音器里填满了不祥的沉默。

休息室里的所有人都愣在原地，这个时候，南美希风最先做出反应。

“这是魔术表演的环节吗？”他环视着吝家人问道。

屋内屋外，不知所措的讨论声乱成一团。

“怎么回事？”远野宫的声音有些嘶哑。

冬季子夫人答道：“我没听说他会做这样的事，可能只是表演吧。”

“最后那是弄坏麦克风的声音吗？”南美希风说道。

冬季子突然脸色铁青地站了起来。

“还有，那个痛苦的呻吟……”

“这不太正常啊。”远野宫龙造拖着肥硕的身体敏捷地起身建议道，“大家一起到舞台房间看看吧。”

细田一脸茫然地打开门，以远野宫为首的一行人直接冲向走廊。延伸舒展的昏暗走廊上，聚在那里的记者纷纷投来了疑虑的目光，因为走廊上没有扬声器，听不到麦克风那边的声音。

这条走廊和向左延伸而去的走廊的夹角处就是舞台房间。左手边走廊上的房间入口距离休息室最近，那里没有记者围观。

大家加快脚步，南美贵子也在队列中，她对这个曾经路过好几次的地方，产生了异样的感觉。是因为遇到了突发状况而产生的错觉吗？

地上铺着很有年代感的亮黑色木板，深邃的黑暗静静地伫立在高高的天花板和角落。中央的冷色调旧地毯呈深蓝色，上面有着紫色的贝丝利花纹。两种色彩在昏暗中暧昧地交融在一起，使得地毯看起来变成了蓝紫色。那是将月亮和星辰都完全吞没的夜空的颜色。躺在脚下的夜色长条地毯在中段向右延伸而去，消失在门下。

位于这条走廊上的门便是通往“舞台房间”的门扉之一。两扇厚重的木门为内开门。

远野宫握着门把手试图转动，却遭到了意想不到的阻力。

“有锁？门锁上了吗？”

南美希风走过来，将门把手扭得咔咔作响，结果仍是一样。

“谁有钥匙？”

远野宫用粗壮的声音向在场的各家人询问道，可是没有人能回应他。他又焦急地命令细田管家：“你去检查一下其他的门能进去吗？”

“我知道了。”

早坂叫住刚转过身的细田说道：“我跟你一起去吧。”

“原本在魔术表演的计划中需要锁上这扇门吗？”

面对远野宫的询问，伸手抱起流生的冬季子露出困惑的表情。

“如此具体的事情……”她刚说到一半似乎想到了什么接着说，“啊，应该没有吧。春香和山崎将棺椁运进来时走的就是这扇门。安置完毕棺椁出去时，应该也不会将它锁上。”

远野宫对已经走到拐角的细田和早坂大声吼道：“如果见到春香和那名少年助手，请把他们一起带过来。”

二人收到指示，转了个弯，消失在了众人的视线中。

“钥匙孔。”冬季子在不安的驱使下提议道，“钥匙孔看不到房间里面的情况吗？”

旧式锁孔贯通了门的内外两侧。

远野宫弯下腰朝里面看了看，摇了摇头说道：“不行，屋子里面一片黑，什么也看不见。”

记者们逐渐聚集在他们的周围。

“发生了什么事了吗，夫人？”一位戴着眼镜的长者问道。

“这不是魔术表演的内容吧？”另一个人紧接着追问道，“大家的脸色不太对劲呢。”

“请让我过去一下。”

这时，一名男子突然从记者的身后冲了出来。他是吝一郎的经纪人青田高广。

“现在是什么情况？”

他的声音非常小，不知是在向谁确认情况，忐忑不安的眼神顿时变得严肃起来，为了寻求解答，他环视着周围的面孔。

青田高广戴着茶色大框眼镜，中等身材，从额头到头顶都没有头发，看上去比四十多岁的实际年龄还要大。但是，他身上穿的服装却非常花哨。夹克是黄色的，领带上画着粉色和金色的条纹。光论打扮，一时竟分不清他和吝一郎到底谁才是要登上舞台进行魔术表演的人。

可是现在，在如此花哨的服装的映衬之下，他的脸色却显得格外苍白。

面对青田的提问，上条利夫满脸不安地反问道：“你刚才没听到扬声器里发出的声音吗？”

“我在记者的休息区域听到了。”

“那……那不是魔术表演吧？”

“当然不是魔术表演。”青田的声音有些颤抖，“不，准确地说，在那之前都是表演的一部分，包括他说自己全身无力，但是信号不可能突然中断啊。”

“我想进去看一看，可是门被锁上了……”

“啊，早坂先生刚刚跟我说了……”

青天似乎想亲自确认一下，他握住门把手使劲转动，门把手依旧纹丝不动。

冬季子一边敲门一边呼喊丈夫的名字，室内异常安静，没有任何回应。

随着事态僵持，南美贵子更加确信现场发生了突如其来的状况，焦虑和不安的情绪在心中高涨。

就在远野宫龙造应付记者们的时候，有几个人跑了过来。正是山崎兄弟中的哥哥忠治和上条春香，以及细田。

“其他两扇门也都被锁上了。”细田急忙调整急促的呼吸又说，“这是房间的钥匙。”

细田手里握着一把旧式钥匙，细细的圆柱底端有矩形齿。

远野宫一把接过钥匙，插进钥匙孔里扭动一下，只听“咔嚓”一声，锁打开了。但转动门把手后，门还是没有打开。他又拧了几次钥匙，结果还是一样。

“里面还装了一把滑动锁。”上条利夫说。

“看来只能强行破门而入了。”南美希风将身体转向门。

“好！”

远野宫和南美希风并排站在一起，两人往后退了几步。

“大家赶快让开。”诹访凉子用她尖锐的声音驱赶着聚集在附近的记者。

远野宫和南美希风同时用肩膀撞向那道门。想到弟弟的身体状况，南美贵子很想让其他人代替弟弟，但看到他和远野宫配合默契的样子，又很难说出口。

远野宫和南美希风准备进行第二次撞击。

“一！二！”

二人的身体再次被门弹开。

看起来好痛的样子。南美贵子看着弟弟，就像疼在自己身上一样，她皱起眉头，双臂紧紧抱着肩膀。

二人的撞击也不是完全没有效果，两扇门之间已经渐渐有了一道缝隙，从那里可以看到一小段黑色铁条。黑色铁条宽约两厘米，作为螺栓来说算是相当坚固的类型。现在铁条多少已经向室内弯曲。

这时，与细田他们分头行动的早坂也跑了回来，注视着这场与门的战斗。

在第三次身体与门的撞击下。随着螺栓被破坏的声音，门终于被撞开了。两个男人踉跄几步，保持住身体的平衡，没有滚进屋内。

在被称为“舞台房间”的屋内，除了远处极其微弱的一小簇火焰，灯火尽数熄灭。从门外射进来的光线是室内唯一的光源。

十几米外的尽头处就是舞台，面向舞台排列着几十把椅子。

在呈现出蓝紫色的地毯上整齐排列的每一张椅子都盖着紫色的高级布罩。吝一郎非常喜欢紫色，他认为紫色是高贵的颜色，因此为了向客人们表示敬意，招待观众的这个大厅采用了以紫色为基调的内部装饰。

细田打开开关，灯光瞬间照亮了整个大厅。

舞台两侧都有幕布遮盖，用来隔出后台。右手边的墙上有一扇门，左手边有一扇可以通往北面庭院的阳台窗户，但现在只能看到厚厚的遮光帘。遮光帘为桔梗色，或许是因为紫色和蓝色占据了太多的视觉空间，即使亮起了灯，室内仍旧显得阴冷。

这个房间的气氛与平时不同。那具棺椁就在大厅的正中央。椅子被分开摆放在两侧，在众人所在的门前笔直地开辟出一条通道。通道前方就是那具棺椁。

舞台前的地毯上立着一扇用透明塑料制成的大屏风，棺椁则被立在椅子和屏风之间。

大厅里的空气仿佛凝住了，金色十字架静静地注视着众人，立在通道正对面的棺椁吸引着视线。那黑色是不祥的征兆。

虽然众人的心情都十分焦躁，但并没有手忙脚乱，反而都迈着谨慎的步子向棺椁走去。细田和诹访站在门口阻止记者们进入，不了解现场事态的摄影师拼命地按着快门。

某个东西闯入了南美贵子的视野，她顿时停下了脚步。

“那是什么？有人坐在那里吗？”

同行的其他人也注意到了。似乎有人坐在离棺椁最近的通道右侧角落的观众席上，越过椅背能够看到类似人的头部……但是，样子不太寻常。

头上没有一根头发，或许是被剃光了。颜色也和人的肌肤不同，是暗淡的灰色，看起来很坚硬，渗出丝丝血色……

“不会吧？”南美贵子倒吸了一口凉气。

那像是人的头盖骨。还没有完全干燥，活生生的头盖骨。那个座位上难道坐着一具白骨吗？

“啊，不是那种东西，没关系的。”山崎忠治的一番话让南美贵子冷静了下来，然后他接着说道，“那是魔术道具。”

“魔术道具？”远野宫盯着那具白骨。

“没错，是我做的一具骷髅。本来要在老师逃出后把它放在棺椁里的。”

远野宫上前看向座位嘀咕道：“原来如此。”

南美贵子跟着凑上前去，战战兢兢地瞧了一眼。白骨倚靠在椅子上，僵硬地保持着直立的姿势。大概是为了方便立在棺椁里吧。血的痕迹以及残留的皮肉十分逼真，令人毛骨悚然。

南美贵子的视线在骷髅上停留几秒以后，便被奔向棺椁的弟弟吸引了过去。

“锁……”南美希风嘀咕道。南美贵子也注意到那把用来锁住棺椁的锁不见了。

“老公！”冬季子呼唤道，却没有得到回应。远野宫试图打开棺盖，棺盖却纹丝不动。

“魔术表演结束后，老师会直接到外边去吗？”南美希风问山崎忠治。

南美贵子想起“梅菲斯特”曾说过将在棺椁内侧上锁后现身。那么，棺椁被从里面锁上了吗?

“这个……”由于疑惑和紧张，少年的声音非常微弱，“老师失去联系了，这和原本的计划不一样，我也不知道他有没有离开棺椁。”

远野宫拍了一下肚子上的肉，环视着周围，大声喊道：“你在哪啊，一郎……”

冬季子夫人也望向四周，寻找丈夫的身影。南美贵子注意到遮光帘的另一侧人声嘈杂。院子里近五十名观众正紧张地窃窃私语。

这时，转到棺椁后面的南美希风突然惊讶地喊出了声。

远野宫、经纪人青田，以及南美贵子相继往那边看了过去。

南美希风的视线停在了棺椁附近的地毯上。紫色花纹上有一些圆形斑点，比百元硬币还要大一些。那些斑点原本或许是红色的，只不过与深紫色晕在一起，看起来更像是黑色。

远野宫压低身体，用手指摸了一下。手指被红色染湿了。

“是血！”

南美希风敲着棺椁喊道：“老师……”

血迹将众人心中的不安激化成了不祥的预感。但是，到底发生了什么呢……

“有打开棺椁的机关吧？能打开吗？”南美希风猛地转向山崎少年。

“那个机关是从内部控制的。”

“也是。不过，魔术表演结束之后呢？逃出来的老师必须让观众检查棺椁内侧是否被锁上了吧？”

“那时会使用撬棍。原本是要让观众破坏棺椁。”

“撬棍？”远野宫突然大声叫道，“把这个该死的箱子砸烂好了！”

“可是……”南美希风平静地回答道，“最好不要弄坏锁。”

“什么？”

“先把合页弄坏怎么样？”

远野宫看向南美希风，点了点头，同意了这个提议。

“既然如此，就需要比撬棍更有破坏力的工具，哪里有更合适的工具呢？”

“或许后台有……”上条春香也不确信。忽然，旁边的那扇屏风吸引了她的注意力，“这个怎么会出现在这里……”

钢铁外框包裹下的塑料屏风宽两米，高数米，原本是三张一组的组合型屏风，此时其他两扇屏风被随意地摆放在阳台窗户附近。框架底端有滑轮，可以轻松移动。

站在远野宫后面的南美希风问道：“平时这扇屏风和那两扇是摆放在同一个地方的吗？”

“平时会放在阳台窗前，摆放得整整齐齐。”

“那就是说，那边的两扇屏风也被移动过了……”

“这几扇屏风平时被用来降低室内温度，调节舞台明暗。在演出需要墙壁时，会在上面贴一些东西充当墙壁……但是，今晚并没有打算放在这里。”

“屏风这个位置有一个洞。”

棺椁正后方的屏风上有一个橘子大小的洞，因此，塑料薄膜上多少有些褶皱。

“那个洞原本也是没有的……”

春香困惑地走了几步。南美贵子停留在原地，注视着走向舞台的三人。

冲进这个大厅时，首先进入视野的便是那簇小小的火焰。冷静下来后，南美贵子知道了它的真面目。那是“梅菲斯特”的标志——玻璃骷髅，以及立在骷髅眼眶中的蜡烛。不久前在会馆表演的时候曾经用过。

身后传来记者们的声音，但是没有人回应。大家光是控制自己的情绪就已经竭尽全力了。

大约过了半分钟，三个人从后台出来。远野宫握着一把道具手斧。说到底只是一个道具，一把崩了刃的手斧。

远野宫大步接近棺盖，握好手中的斧头。棺椁是被立起来的，由于是左开的设计，右边是锁，左侧是合页。远野宫站在左侧，摆好姿势说了一句："我要动手了。"

他对准了合页的位置，用手斧击打在合页附近。斧刃上闪现出阵阵银光，房间内回荡着撞击的钝响。

手斧又挥动了两三下，木屑四处飞散。

时间一点一点地流逝，棺椁上的两个合页终于崩裂开来，盖子缓缓打开。那道缝隙只有几厘米的宽度。

大厅突然安静下来，众人的耳边似乎还残留着方才手斧的撞击声，空气异常压抑。

远野宫顺势将手斧放在了地板上，双手抓住棺盖边缘，用力一推。

棺盖"嘎吱嘎吱"地发出响声。

冬季子夫人和经纪人青田担心会出现什么突然状况，下意识地将流生护在了身后。

二十厘米、三十厘米，棺盖完全打开了……

随后，粗犷大胆的远野宫龙造竟然悲痛地呻吟起来，摇摇晃晃地后退了几步。打开棺盖的他，第一个目击到了那幅情景。接着，南美希风和南美贵子也看到了。冬季子、青田、早坂、山崎忠治、上条夫妇，大家都见证了这个时刻。

所有人都愣在原地。

一阵无声的惨叫堵在了南美贵子的喉咙深处。

谁都没有想到竟会是这样的结局。

“梅菲斯特”——吝一郎，竟死在了这副棺椁里。

或许，是哪个疯子将棺椁里的他误认为是吸血鬼德古拉？在吝一郎心脏的位置，一根木桩透过他身上的衬衫，扎扎实实地钉进了他的身体里。

3

虽然南美贵子立刻移开了视线，但那幅凄惨的情景仍深深刻进了她的眼底。

怎么会这样？

吝一郎筋疲力尽地弯着膝盖，半立着的身体被狭窄的棺椁侧板支撑着。他的表情说不出到底是痛苦还是惊愕，扭曲的脸上充斥着死亡的颜色。他的胸口恐怕是被一根圆锥形木桩刺穿的，白衬衫染满了鲜血。魔术师死亡时，双手还被绑在背后。

棺椁中填满了用血描绘出的黑暗。

这个血腥的场面带来的冲击感，并不是普通的杀人现场能相提并论的。这里是由恶意、鲜血和残虐构成的人类最残酷的虐杀画面。

“姐姐……”冬季子夫人差点摔倒，好在春香跑了过去及时扶住了她。

南美希风瘫坐在观众席的椅子上。显然，敬爱的老师以这种方式死去，对他的冲击过于强烈。他的脸色苍白，双肩无力地垂下。南美贵子担心地凝视着弟弟的脸，希望这一切并没有对他的心脏造成太大的负担。

门口突然传来了说话的声音。身穿白色长裙的女人走进大厅，正与细田和诹访轻声说着什么。她是吝一郎的姐姐——紫乃。

即使在同性的眼里，她也是一位极具成熟魅力的女性。披在肩上的大波浪卷长发光彩奕奕，丰满润泽的嘴唇无须涂抹口红，纤长灵动的睫毛下是一双感情丰富的眼睛。有不少人觉得她是怪人，是个我行我素的女人。

紫乃迈着匆忙优雅的步伐走了过来。见到棺椁里的惨况，她的脸色一下子变了，脚下有点站立不稳。南美贵子闻到一股酒气迎面扑来。就在弟弟复出的这天，紫乃应该是刚刚庆祝了一番。

“我听细田他们说了大致情况，一郎……死了吗？”她一边询问，一边将双手紧握在一起。

远野宫将手指放在魔术师的脖子上答道：“非常遗憾，他已经断气了。”

冬季子一下子瘫倒在椅子上。细田和诹访急忙跑了过来。

大家进来的那扇门现在是关着的，不过门锁已经被破坏，所以想要打开那扇门并不困难，但目前还没有记者趁机闯进来。

“姐姐失去意识了……”

“把她搬到别的房间吧。”远野宫用命令的语气指示道，随后便跟着搬送冬季子的细田和诹访同行，春香拉着流生的手紧跟在后。

远野宫向门外的壁挂式电话走去，准备报警。

“对，那个斉一郎被杀害了。”

“究竟是怎么回事……”南美贵子颤抖着低声说道。

今晚，斉一郎在表演时，本该安全逃脱，回在观众眼前。然而，他却被残忍地杀害了，凶手还将木桩钉进了他的胸口。

为什么是今晚？这是一场噩梦，是非人的无情暴行……

“到底是谁干的……”紫乃的声音清晰了些许，但仍带着醉意，“你说那具棺椁一直是锁着的？这难道不奇怪吗？那种情况下，凶手是怎么将木桩刺入他的胸口的？”

上条利夫似乎想回应什么，虚弱地点了点头，但他突然感到不适，也就没有再说什么。

“房间的门全都打不开又是为什么？”紫乃往房间的右手边，也就是南侧，摇摇晃晃地走了过去。

的确非常奇怪。南美贵子也这么认为。如果所有门都被锁上了，那么杀害斉一郎的凶手到底是怎样离开杀人现场的呢？

这是一个未解之谜。

紫乃无意中看到骷髅模型时非常吃惊，青田告诉她这是道具。随后，紫乃就朝另一扇门走去。

这时从背后传来了声音。

“喂，不要随便走动和触摸。现在这里是犯罪现场，不要单独行动。”

远野宫打完电话后向室内的众人喊道。

南美贵子说会陪着紫乃，走在她的身后。利夫叹了口气也非常忐忑地跟了过去。

进入这个舞台房间的路径只有那三道门。首先是西侧被撞开的双开门，从那道门进入后的右手边，也就是南侧还有一扇门，然后是房间东侧，即舞台幕后也有一扇门。

南美贵子三人正在靠近南侧的门。

南美贵子一眼就看到了锁，是那种又大又结实的类型。南美贵子记得听人说过，这座宅邸的所有门都安装了滑动锁，而“舞台房间”的锁尤其特别。因为这里是招待客人和表演魔术的地方，所以锁也是演出道具之一，是室内装饰的一部分。有的时候，魔术师需要向观众证明这个房间已经被牢牢地锁上了。有的时候，也可以将锁作为素材进行魔术表演。

所以，锁的外形非常漂亮，甚至有些夸张。锁不是嵌在门里，而是安装在门表面上的滑动锁。锁身整体被涂成了黑色，除螺栓部分外还刻有浮雕，看起来十分高级且有质感。此时，螺栓插在鼻儿上，手柄也刚好嵌入固定螺栓的凹槽内。

紫乃将脸靠近门。

“最好不要碰，不然会妨碍调查的。”南美贵子轻轻说道。

紫乃对这句话没有做出反应，只是嘟囔了一句“好好锁着呢”。或许是无法理解吧。她又走向东侧的门，南美贵子和利夫也跟了过去。

说不定凶手就藏在里面。南美贵子小心翼翼地观察四周，从背影就能看出不安的她提高了警惕。这非同一般的死亡方式滋生出一种强烈的紧张气氛。

紫乃登上舞台，将身体面向后台，发现左侧暗处有一扇门，把手在门的右边。这扇门不算旧，锁是常见的球形门锁。门的室内侧没有锁孔，只要按下把手中心的凸起就可以锁上。现在门上的滑动锁和球形门锁都是上锁状态，只是滑动锁的螺栓手柄没有嵌入凹槽。

“每一扇门都被锁上了……”为了消除酒意，紫乃用力挠了挠头。她一边思考着，一边离开门前。

“窗户那边怎么样呢？”南美贵子走下舞台时思忖道，她看向阳台窗户说道，“从这里能逃到院子里去吗？”

“不可能吧。”上条利夫马上否定道，“外面的阳台就是户外舞台，山崎兄弟中的弟弟在那里为观众表演魔术，出去就会被发现。”

“要不要确认一下窗帘后面有没有藏人？”紫乃说完向阳台走去，俨然一位女刑警。而且是休息时间在酒吧喝酒却被紧急召回的女刑警。

她掀开长而厚重的窗帘。庭院里几十名男女就这样出现在窗户的另一边，南美贵子一时有些不知所措，但随后她意识到外面的人看不到室内的情形。

“这扇窗户安装的是单向玻璃。”利夫解释道。

“原来如此。”

南美贵子听说过这种玻璃。用单向玻璃做成阳台窗户，从室内可以眺望景色，但从外面却看不见室内的情形。在阳台表演魔术时，房间便可当作后台使用。坐在室内的助手能随时观察表演的进展，而坐在外面的观众则无法知晓幕后行为。

这栋古老的建筑物的墙壁很厚，有七八十厘米，外侧有双层窗户，内侧有遮光帘。窗户和遮光窗帘之间的狭窄空间很适合作为“第二后台”。如果不想让室内的人看到后台情况，只要拉上遮光窗帘，靠着窗户进行演出协助就可以了。

这是一个从室外和室内都看不到的“隐形后台”。

阳台窗户由两扇推拉窗组成，所有双层窗户的内外都牢牢地锁着。当然，也没发现任何可疑人物。

几人回到大厅中央，看到远野宫正在跟经纪人青田说话。

“应对记者的方法就这样吧？”

“是啊。警察抵达之前就说丹乔・一郎失去意识了。观众那边暂时中止表演。”

青田脸色发青，一副不知所措的样子。看得出他在努力保持平静，完成眼前的任务。青田一边叹着气，一边摸着头顶，接着又捋了捋打着华丽领带的胸口，迈着蹒跚的步伐走向走廊。

杰克早坂和山崎忠治坐在椅子上。失去挚友的早坂蜷着身体，双手抱头，一句话也说不出来。而失去师父的忠治努力抑制着颤抖的身体，紧紧抓住膝盖。虽然他身材壮实高大，但不管怎么说，他还只是一名十六岁的少年。

“你还好吗？”南美贵子想让对方振作起来，将手搭在了少年的肩膀上。

“嗯。”忠治坚强地回答道。

“不管哪一扇门，滑动锁都是锁上的。”紫乃自言自语地报告着现场情况，“只是舞台那边的门没有固定螺栓手柄。南侧的门是否被钥匙锁着，目前还不清楚……”

“是锁着的。我和细田先生从外面转动把手，把手完全没有动，所以是锁上的。”早坂轻声说道。

“是吗……奇怪的是窗户也没有任何异常。”

紫乃接着自言自语地分析着房间状况。

“没有异常？每一扇窗户都是锁着的吗？”上条春香无力地抬起头发出疑问。

“是的。”

“如果是这样就非常奇怪了。原计划是一郎先生出棺以后，我将带领院子里的观众从阳台窗户进入房间。所以，要预先从室内打开阳台窗户的锁……”

原本在房间里进行的逃脱魔术似乎是这样安排的。

首先，一郎留下“突然感觉全身无力，就像是生命力被一点一点榨干”等谜一般的语言和一阵苦闷的呻吟以后，一郎和观众们的通话会被中断。以此为契机，在室外舞台附近等待时机的春香将山崎良春用在魔术表演上的灯拿在手里，说“各位，让我们一起确认一下情况吧。由于时间紧急，大家穿着鞋子也没关系”，然后她引导观众，打开阳台的窗户，进入舞台房间。

当然，这个时候吝一郎已经逃出棺椁，取而代之的骷髅模型也已经放置完成。骷髅单手握住锁站在棺椁里。

昏暗的大厅里，观众们依靠着妖艳摇曳的灯光前进，到达棺椁的位置之后打开棺盖。在棺盖被撬棍撬开的瞬间，握住锁的骷髅便会一跃而出，吓得观众惊讶不已，尖叫连连。

在开锁的瞬间，丹乔·一郎突然变成了一架骷髅。

正当观众被这样的演出震撼时，灯光亮起，不知什么时候已经坐在旁边观众席上的丹乔·一郎会向观众打招呼。接下来，沐浴在热烈掌声中的他会向观众展示另一件不可思议的事情。即椅背上的金属柱竟在被绑于背后的双臂形成的圆环里。这是一个贯穿魔术。横向的金属柱居然贯穿了没有缝隙的圆环。如果丹乔·一郎的双手不分开，就根本不可能实现。最后，他会让观众亲自确认绳子有没有被解开过的痕迹。

展示了不可思议的魔术后，丹乔·一郎则解开绳索，走向舞台，开始表演第二舞台的魔术。

这是原本的表演流程。山崎忠治的工作是在舞台房间适时控制灯光效果。

“为了让客人们顺利进入，阳台窗户的其中一把锁应该是打开的。”紫乃说道，“可是不知道被谁锁上了，应该是凶手吧？”

“为什么要锁上？”

“不知道。难道是为了在作案时间里不让任何人进来吗？”紫乃的视线飘落在盖着盖子的棺椁上，“虽然我也不太明白，但那根木桩……那根木桩也是魔术道具吗？”

“是、是的。”山崎少年挤出一个微弱的声音，“虽然那根木桩的材料是木头，但为了不让尖端轻易折断或受损，做了涂层处理，非常结实。”

“这到底是怎么回事？棺盖被弄坏了，那里面是锁上的吗？”

“没错。”远野宫保证道，“我看过了，确实是锁上的。”

“凶手能从里面锁住吗？不过，既然被害人的胸口被插了一根木桩，说明棺盖已经被打开过了吧？”

“是老师亲手打开的……”

南美希风这样说道。他将身体靠在椅子上，保持着低头的姿势，长长的刘海挡住了眼睛，看不见他的表情。

“老师应该是想出去的，但被那个东西扎在那里无法动弹。”

“因为地板上出现了血迹吗？”远野宫用随意的语气问道，似乎是在试探对方，“但那不一定就是被害人本人留下的，也可能是凶手移动带血的物体时沾上的。”

“我想当时棺盖应该开得很大，不然……”

“你似乎很有把握。那有没有证据能证明那时一郎已经成功逃脱了呢？即使棺盖打开过，也可能只打开了一道缝，以便凶手用木桩杀人。”

“老师还环视了整个棺椁外面的房间。”

“环视房间？你怎么知道的？”远野宫十分惊讶。

“老师的最后一句话，大家都忘记了吗？他说‘什么时候把我带到了这里’，老师为什么会如此惊讶？因为他误以为自己被送到了计划之外的地方。”

南美贵子也想起来了。眼前的悲剧场面，使她的精神短暂偏离了自我意识。

魔术师吝一郎为什么会对这个房间抱有疑问？

“确实……”早坂不紧不慢地站起身，“听你这么一说，我觉得那句话不对劲……他误以为这里不是舞台吗？”

“为什么？”南美希风接过早坂的话头，“在棺椁中的老师是凭借什么信息得出这里不是舞台房间的结论的呢？”

“信息……”

“听觉信息？不对，我们也通过麦克风听到了，没有多余的声音。相反，‘没有多余的声音’也不能作为判断的标准，我们没有听到‘舞台房间’，更没有听到具备清晰特征的其他声响。”

“是啊……”经过深思熟虑，远野宫表示了赞同，“那个时候舞台房间非常安静，麦克风也没有传来其他声音。”

“那么，是嗅觉吗？有什么味道让老师产生了误会吗？”南美希风保持着微微前屈的姿势，在一排排柔和的紫色当中，深蓝色衬衫的颜色看起来更加深邃，“应该不是气味。棺椁周围以及舞台房间中，并没有留下什么与众不同的气味。温度也没有明显的变化。不是听觉，不是嗅觉，也不是触觉，那么给老师带来错觉的信息只能来自视觉了。老师那个时候向棺外张望，从而造成了信息混乱。”

“造成什么混乱？”南美贵子问道，“为什么一郎先生会产生错觉呢？”

“这个目前还不清楚。”

几个人朝棺盖的方向仔细观察着。吝一郎揭开棺盖，临死前究竟看到了什么？

现在棺椁的正面是一扇被打破的双开门。当然，在吝一郎看到的时候，那扇门还是完好无损的。墙壁和椅子都没有异样。

“如果他是因为看到了什么才产生错觉的话……”远野宫的声音没有了强硬的气势，“春香小姐，你们抬棺椁进来的时候，灯是关着的吧？然后你们就径直离开了？”

“是的。”

“凶手很有可能是为了将身体隐藏在暗处，才故意在行凶时不开灯的。不是吗，南先生？”

“我认为这是完全有可能的。”

“那样的话，除了蜡烛的火焰，这里几乎黑得伸手不见五指。在这样的环境里能看清楚吗？”

“老师一直待在漆黑的棺椁中，眼睛已经习惯了这种黑暗，所以即使凶手没有使用手电筒之类的东西，大概也能够在一定程度上看到室内的状况。”

“原来如此。”

“只是，有一件事如果不搞明白的话，可能会混淆视听。”

“什么事？”

“我们从扩音器里听到的声音，是不是被伪装过的？”

“你说什么？”

南美贵子也不明白对方的意思，她等待着弟弟接下来的回答。

“老师的麦克风如果从一开始就被凶手控制了呢？扬声器里面传出来的声音或许和现实没有任何关系，只是一段事先就准备好的录音。如果是这样的话，老师在哪里，做了什么，说了什么话，就完全不知道了。”

“我们听到的是凶手伪造的声音……”

“我想都没想过。”上条利夫瞪大了细长的眼睛。

“如此，我们的论据就是错误的。我想确认一下，可以吗？山崎。”

少年十分惊讶地抬起苍白的脸。

“你和上条春香小姐在抬棺椁进来的时候，不小心让棺椁震了一下吧。当时你说了一声‘对不起’，我记得没错吧？”

少年点了点头，表情带着几分困惑和忐忑。此刻，他还没有理解这个问题的意图。在场的人也是如此。

“之后春香小姐和老师好像说了什么。你还记得当时两个人的对话吗？”

“嗯……春香说‘已经立好了’，老师说‘作为‘梅菲斯特’的弟子，就不能有失误，要做到超越常人’。大概就是这个意思。”

“这和我们听到的内容是一致的。”南美希风语气平静点了点头。

“那只是一个小小的意外，不是计划好的。所以那时的对话如果是事实，只要不是春香小姐和山崎共谋的口供，我们听到的就是老师本人的声音。”

“应该是的。”远野宫说道。

“在走廊上，记者也和老师有过对话。”

“是的，当时一郎似乎感觉到人很多，所以很惊讶的样子。”

“还有记者对着棺椁说话来着，我记得当时斉一郎苦笑着说‘怎么记者们都没有待在自己的休息区域，而是聚集在走廊里啊’。”

“那种交流也是无法伪装的。”远野宫表示接受这个观点，“也就是说，从扩音器里听到的声音就是棺材里传出来的，可以相信。”

“真是心思缜密呢。”坐在椅子上的紫乃摇着裙子翘起了长腿，语气略显倦怠。

“请不要这么说，紫乃小姐。”远野宫的表情和声音都透着严肃，“一郎他……”或许心情有所波动，他欲言又止，“这也是为了不被杀害你弟弟的凶手使用的卑劣行径所欺骗。那混账胆大包天，但也能看出是经过了精心策划。凶手此刻正沉浸在计划得逞的兴奋中吧。”

窗户和门都是从里面关上的，凶手故意制造出了一间密室。

“我想起来了。”早坂说道，“斉一郎通过麦克风这样说过，‘你们是想让我大吃一惊吗’。他看到凶手时说的是‘你们’。如果是这样的话，会不会是团伙犯罪？”

远野宫的表情表示“这是一个非常好的着眼点”，而南美希风则心存怀疑。

“为什么凭这句话就能做出判断呢？‘你们’也可以理解为老师以外的所有人。老师或许认为家里的人瞒着他，偷偷策划了一个小惊喜呢。”

“那个时候的语气和这种情况很相似。”南美贵子说道。

“不过有一件事能肯定吧？”早坂再次开口，“木桩是从正面刺入吝一郎胸部的，所以他应该看到了凶手的模样。”

“至少看到了人影……”南美希风含糊地回答道，随即看向山崎忠治，“老师的逃生口是不是在棺椁背面？”

“背面？”南美贵子情不自禁地反问道。

“他要以双手被绑在身后的姿势逃出，而地毯上的血迹也在棺椁后面。”

“是、是的，南美希风先生。”山崎少年抬眼看向南美希风，“那具棺椁的后盖，也就是底板是空的，弟弟和春香小姐都知道这个机关。”

“是什么样的机关呢？”

“底板内侧的边缘有一个木质细框，右手侧的部分是可以移动的，在背后可以用手轻松地向上推开，这样制动器就会解除，使底板发生旋转。”

“旋转……”早坂看着眼前的棺椁沉吟道。

“会以正中央为轴旋转。从上面看，是逆时针的方向。老师出去之后就会打开锁，背着手就可以开锁。”

“备用钥匙呢？”南美希风继续询问道。

“没有。老师用一根细细的铁丝就可以打开大部分的锁，铁丝就藏在衣服后面的下摆里。然后老师会回到后面，再从内侧把锁挂上。关上底板，制动器会自动开启，底板就不会再动了。”回答完了问题后，忠治垂下眼睛，过了一会儿，他抬起头来怔怔地看着南美希风。

“难道在我放置棺椁的时候，凶手就已经潜伏在这里了吗？”

他的眼神中充满了心痛和遗憾。

“应该是的，但你不必因此自责，换成其他人也不会注意到的。你不要多想，罪孽都在凶手一个人身上。”

“南先生……”紫乃看着依旧保持着坐姿的南美希风的侧脸，“你怎么看待这起案件呢，是怎么想象的呢？”

“想象……”大概是为了整理思路，南美希风停顿了一会儿，然后再次开口说道，“目前我能想到的情况是这样的……首先，山崎和春香小姐放下棺椁，回到走廊。然后凶手就从室内锁住了那道门，阳台窗户的锁是提前锁好的，防止行凶过程中有人进来。凶手锁上门后，移动了屏风。”

屏风……

不仅是南美贵子，所有人的视线都集中在用透明塑料制成的大屏风上。

“就在老师通过麦克风轻松地讲述着双手被绑的情况，打算进行逃脱时，凶手将三扇屏风中的一扇移动到了棺椁后方。其他两扇也被移动过，但原因不明……凶手确定位置后，打开滑轮上的固定器，将屏风固定在那里。地板上有地毯，只要稍加注意，几乎不会发出声音。接着老师在旋转底板准备出去时，凶手已经站在屏风后面，拿好手中的凶器了。也就是说，凶手知道这个棺椁的机关。”

室内的空气仿佛凝固住了。发现嫌疑人可能就在身边，大家都陷入沉默。

“屏风到棺椁的距离就是底板旋转的半径，老师的身体正面朝向屏风，凶手瞄准这个时机，用木桩刺破塑料，刺进老师的胸膛。那时老师的……呻吟，夹杂着什么东西裂开的声音，那就是戳穿塑料时发出的声音。屏风可以防止血溅到身上。刺破的瞬间，由于紧绷的塑料表面有张力，因此洞会变大，比凶器的直径粗。”南美希风的声音中流露着悲伤。

“这扇屏风是用来避免血溅到身上的吗？”身材矮小的早坂抬头看着屏风说道。

“我想至少有这个用处。就结果来看，似乎并不用担心溅血。衬衫吸收了流出来的血液，木桩起到了栓塞的作用，因此血液几乎没有溅出来。”南美希风扫了一眼地板继续说，“凶手刺入木桩，把老师推回棺椁里后绕过屏风，靠近棺椁，一边堵住老师的嘴，一边扯掉麦克风并将其踩碎。”

远野宫稍稍推开棺盖，压低姿势观察着底部。

“嗯，这里有麦克风的碎片。”

“凶手将老师的身体正面朝向棺盖摆放后，从里面扣上锁，盖上底板。”

“为什么要将棺椁从内侧锁上呢？”早坂对此有些疑问。

“为了制造一间密室。让我们煞费苦心，却收获了一场悲剧。”

“把棺椁变成密室状态……”

凶手这么做正是因为斉一郎是一名魔术师吧——南美贵子突然产生了这样的想法。“梅菲斯特”将表演逃脱魔术，而凶手却将他困于层层枷锁中。站在阳光下的魔术师与黑暗中的魔术师……

“这个舞台房间本身就是一间密室吧？”远野宫无趣地环顾着四周，“在被滑动锁锁着的密室行凶杀人？还真是前无古人。我们是不是漏了什么关键点？有没有人注意到什么奇怪的地方？”

几秒钟的沉默之后，南美希风的声音再次响起。

“说到奇怪的地方……插着蜡烛的骷髅眼睛正好相反。”

“什么？”

与远野宫一样，南美贵子也把目光再次聚焦在了舞台上。实物大小的玻璃骷髅中，蜡烛已经烧短了，看起来就像是从眼窝里直接冒出火焰般。

“真的呢！在会馆时，蜡烛是插在右眼里的，现在是左眼……”

“那个和会馆里的道具不一样吗？”南美希风向忠治询问道。

“不是的。那些小道具，老师一般都会让我们做两组以上，但只有那个玻璃骷髅是例外，只有一个，因为那是重要的象征标志，蜡烛绝对会插在右眼窝。为什么现在会插在左边了呢……”少年停顿一下，“对了，放置玻璃骷髅的展台的位置也非常奇怪。明明是放在舞台的右手边，现在却变成了左手边，而且右侧还有一辆手推车。”

那辆金属推车看起来十分沉重，里面好像什么也没装。

“那个也应该摆放在舞台右侧，藏在幕布后面，没想到竟然会出现在那么明显的位置上……”

“也就是说……”远野宫指着舞台，“推车和放置骷髅的展台都应该在右手边。”

“还不止这些。”紫乃突然开口，“舞台下面的家具也被挪了位置。难道不是都被左右调换过了吗？”

“你说什么？”远野宫皱起眉头，心神不定。

“是啊。”上条利夫说道，“我也觉得非常奇怪，但我以为是为了演出而故意这样做的。”

沐浴在众人视线中的山崎不禁吞了一口口水。

“没、没有，至少我没听说过这种事。”他目不转睛地重新打量起舞台四周，“确实……左右侧颠倒了。”

“这也是凶手干的吗？”闻言，南美贵子一脸愕然。

舞台上的道具和家具都左右颠倒了？这到底是怎么回事？

这是人的理性所不能理解的戏谑。使用会让人联想到吸血鬼的凶器杀人，这个凶手绝不一般。

南美贵子很久以前也只是来过这个大厅一次而已。虽然她已经不记得家具摆放的位置，但心头还是涌起一股莫名的恐惧。

南美希风终于抬起头来，将视线投向出现在杀人现场的不可思议的新线索。

面对舞台，左侧是一个接待台，有三张套着蓝色椅套的椅子，其中一张是长椅，还有一张圆桌。在桌上表演魔术时可以让观众坐在这里。没有观众时，家里的人会在这里用餐或聊天。原本在房间南侧的接待台，现在被移动到了北侧。

“这个橱柜也被移动过吗？”远野宫用粗大的手指指着接待台的左后方。他不敢相信如此沉重的家具居然也被搬运过。

“被移动过了。”紫乃不紧不慢地回应道，“当有客人被邀请到接待台参与魔术表演时，那个橱柜可以营造出普通家庭的氛围，帮助客人放松心情。柜子上摆放着一些带机关的道具和私人用品。原本那个接待台在舞台的右侧，橱柜在其右后方。”

“那个大摆钟原本是放在南侧墙边的吗？”远野宫又指着大摆钟问道。

这是一件红木摆钟，是真正的高级货，有两米高，它现在立在阳台窗户那侧靠近舞台的柱子前面。

“平时是摆在那扇门的左边的。”利夫说着，用视线示意着南墙上的门。

接待台、橱柜、摆钟。能移动的家具基本上只有这些，但每样都被凶手改变了位置。这真是一个令人头疼的谜团。

在棺椁的西侧，即双开门的一侧，家具类物品除了供观众使用的椅子，只有墙上的装饰画，所以乍看之下并不容易发现家具被左右颠倒了。但仔细确认后便能发现，两幅画的位置也被调换了。

“可为什么要这样……”远野宫的声音带着深深的困惑。

“这有什么特殊意义吗？”早坂的语气像是在怀疑凶手的理智。

“这具骷髅模型呢？”南美希风似乎意识到了什么，“骷髅模型改变位置了吗？”

春香和忠治少年回答道：“那是原来的位置。”

“因为是在棺椁附近吧？”远野宫立刻做出了判断，“怕被春香他们发现，所以凶手没有移动骷髅模型的位置。”

“等等，那个……”利夫的声音听起来有些狼狈，“那个摆钟的玻璃……表盘和下面摆锤前的玻璃是不是都不见了啊？”

“什么？”

远野宫快速走向摆钟，南美贵子也靠近过去，目不转睛地观察着。

“真的没有玻璃……”远野宫在嘴里嘟囔着，“边缘有残留的玻璃，但地上并没有碎片。”

玻璃不是用自然手段打碎的。

“这么说来……”南美贵子用猜测的口吻说道，“是在移动的过程中，凶手不小心打碎了玻璃，然后带走了玻璃碎片吗？”

“为什么要带走呢？”

“看那边。”是紫乃的声音，“橱柜的玻璃窗好像也不见了。”

仔细一看，柜门上确实没有玻璃。既没有被拆卸下来放在附近，也找不到任何玻璃碎片。

“橱柜里一郎喜欢的马形玻璃雕像也不见了。”

听到这里，南美贵子突然感觉身上起了一层鸡皮疙瘩。房间里的空气仿佛停止了流动。难道又出现了一个荒谬的谜团？

早坂的声音颤抖着：“难道是……”

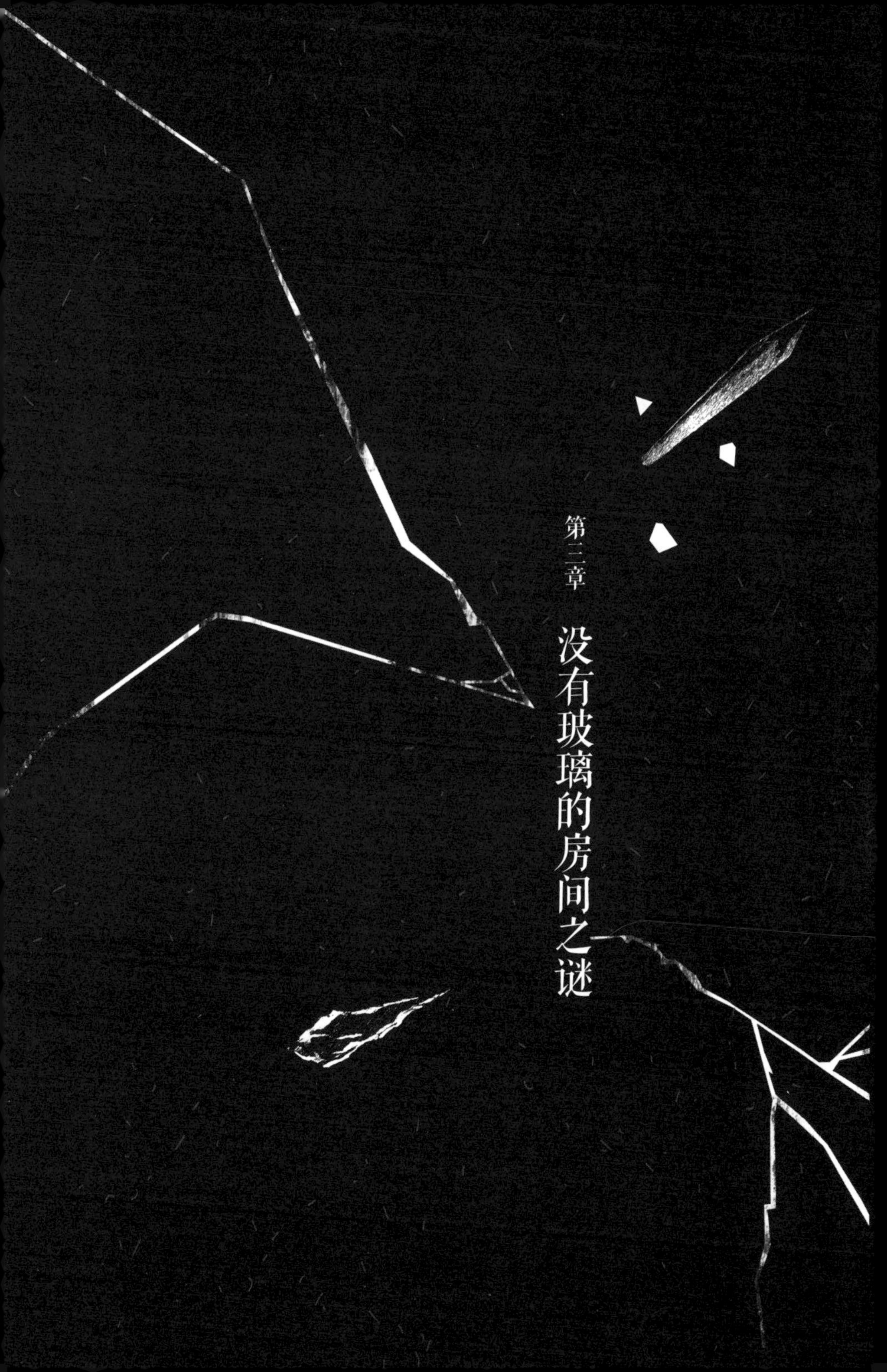

第二章 没有玻璃的房间之谜

1

“这个房间里一块玻璃也没有。”

绕着房间转了一圈之后，早坂也大叫了起来。其实南美贵子也差点叫出声来。简直太古怪了。这个诡异的房间就像充斥着令人窒息的毒气。

“我快要疯了。”抱有同样想法的上条利夫说道。

“这可不太正常啊。”早坂抓了抓的头发。

为了不破坏犯罪现场，通过粗略地观察，众人发现该有玻璃的地方，玻璃全都不见了。放在舞台侧面的魔术道具玻璃杯、耐热玻璃烟灰缸、橱柜中的玻璃餐具、相框玻璃、座钟表盘的玻璃罩……不知凶手是不是在打碎玻璃时弄坏了座钟，指针停留在了九点零六分。九点零六分，正是棺椁中那位“梅菲斯特”进入室内的十九分钟前。

“珍贵的瓷器餐具和银器没动过。”远野宫继续分析道，“该不是凶手以为玻璃餐具是最值钱的东西，才全部偷走了吧？”

或许这是长期处于警界的人才具备的思维方式，但在这种情况之下，没有比这更不切实际的见解了。不过，或许这也是远野宫龙造终于焦躁起来的佐证。

他似乎意识到了这一点，深深地吸了一口气，说道：“赶紧离开这个房间吧。我们现在已经有了可以向警察报告的线索，剩下的就是保护现场了。”

不想继续留在这个房间里才是真心话，他仿佛想尽快逃离这股侵袭着神经的烧炙感……

南美贵子也感受到了凶手的冷笑，以及散布在整个空间的暗黑的精神压力。眼前的犯罪现场充斥着史无前例的诡异谜团。

远野宫一边走向门口，一边仰着头说道：“虽说所有的玻璃都不见了，但也有例外啊。天花板上的灯具还在。”

“还有另一个例外哦。”南美希风接着说道。

“是什么？”

“玻璃骷髅。”

前方的门被静静地推开，管家细田寿重出现了。

“警察来了。”

“是吗？”

细田脸色惨白，好似一根杆子般笔直地站着，就连平时喜怒不形于色的管家也不得不紧握拳头，按捺着悲叹。

“一郎先生，真的已经……”

远野宫垂下了视线。

“胸部被刺，已经身亡了。这是无可奈何的事实。”

南美贵子担心细田会禁不住打击而晕倒。毕竟厄运降临得如此令人措手不及。

照顾倒下的冬季子夫人，被工作分散精力的这段时间里，吝一郎的死恐怕还没有给他带来切实的感受。也许他不愿去相信。但现在，他不得不接受吝一郎已经惨死的事实。

细田寿重和吝一郎的感情可谓十分深厚。据说细田在英国住了几十年，受到挚友吝一郎的热情邀请才回到国内。此后，细田便住进了这所宅邸，殚精竭虑地履行管家的职责。

细田认为吝一郎是一位值得尽忠的主人。虽然他们年龄相差较大，但友情依然深厚，是忘年之交。

得知对方死亡的消息后，细田在心底承受着突如其来的离别之殇，一度陷入绝望。但即便如此，老管家仍努力压制着自己的情绪，不让表情和声音产生丝毫的紊乱，始终保持着一贯的姿态。

“细田……在我把警察带到这里之前，能不能在门前看守一下，不准任何人进入，保护好这个案发现场……是不是太为难你了？”

“不，请交给我吧。”

所有人走出了房间，仅有一处破损的密室之门被关上了。

2

相关人员被集中在离玄关不远的接待室。警方调查结束后已接近午夜，房间里沉闷的空气混合着狂躁的余热快要使人虚脱。

原本为了采访魔术师复出而来的记者们，得知魔术师被人杀害的消息，全都非常震惊。尽管如此，依然没有产生慌乱，因为被邀请到此的客人都是与一郎交往已久的朋友，而且也没几个是报道社会事件的记者，绝大部分都是文娱杂志的相关人士。记者们被要求待在原地。

伟大的魔术师丹乔・一郎的死讯，也传到了宾客们的耳朵里。观众们一片哀号，现场尽是流泪和恐慌的人。警方安抚完混乱的现场后，进行了最低限度的问询并确认了在场人员的身份，随后让他们逐一离开。警方从一位年老的客人手中收回了挂锁的钥匙。吝一郎的助手山崎兄弟也在接受调查后被送回了父母的身边。女佣兼保姆的诹访凉子虽然通过了排查，但仍被要求留在家里。同样，南家姐弟也被留了下来。

南美贵子怔怔地望着站在长椅侧的弟弟。而南美希风则闭着眼，将身体斜靠在椅背和扶手之间，脸色略显苍白，状况不佳。然而，南美贵子十分清楚，这是由情绪低落所引起的，而非心脏问题引起的身体不适。辨别两者的区别对姐姐南美贵子来说易如反掌。为了不给弟弟造成多余的压力，她总会用余光注视着弟弟。正因如此，多年以来养成的观察能力是不会有错的。

仰慕已久的大师吝一郎的死亡，着实给了南美希风沉重一击。其实，南美希风不会因为死亡而受到冲击，他从小就在受到死亡的威胁，也有过几次濒死经历，甚至目睹了同龄病友们相继离开。虽说死亡对任何人来说都是一种打击，但是令南美希风无法接受的是，死亡这种毫无道理的命运，竟会以这种方式降临在他的周围。

对于弟弟来说，身边发生的死亡有两种含义。其一，不管周围的人怎么劝慰他，南美希风都觉得自己的生命不会维持太久。这位叫作南美希风的少年认为自己随时都有可能死去。久而久之，他便在无意识中有了“无论对方多么年长，自己都有可能在某一天先他而去”的想法。他并不觉得自己的想法奇怪。不，是他在潜意识里自然地接受了这个事实。

或许就像年迈的祖父母守护着新芽般娇嫩的孙辈一样。上了年纪的他们自然而然地认为自己会先一步离开人世，但如果天真无邪的孙辈先他们而死的话……

或许，南美希风对死亡的认知便是如此。

身边人的骤然离世，时常也会给南美希风带来不小的打击。

其二，死亡的另一种含义便是让他觉得“下一次或许就会轮到自己”。

死是任何生物都无法逃离的宿命。无法延续的生命就像是可以与万物产生共鸣的钟声，南美希风的内心被它的余音深深地撼动着，原本压抑在内心深处的死亡预感伺机蠢蠢欲动，死亡的冰冷触感正在冲击心脏。

从小看着弟弟在死亡中挣扎，南美贵子也明确了自己的位置，她要守护着弟弟，尽可能地帮助弟弟。

“打起精神来哦。”南美贵子轻轻戳了一下弟弟的膝盖。

“唔……”南美希风发出梦呓一般的声音。

梦呓……

这个词让南美贵子回想起了往事。

梦、沉眠……对弟弟来说有着特殊的含义。因为只要闭上眼睛，就可能再也醒不过来。南美希风还上小学时就有了哲学性的思考。他认为沉眠是死亡的一部分，是生命的梦境。很多时候只有在沉眠中才能发现真相，自由地探索充满希望的世界，经历宝贵的邂逅。

少年时代的南美希风便会用笔记录下自己的梦境，家人们把它称作《南美希风笔记》。随身携带的笔记本上不仅记录着他做过的梦，还有很多灵光一现的想法，只要是他认为有趣的、有价值的，他都会一五一十地记录下来。

“有些想法和记忆仅仅存在于我的头脑里，如果我死掉了，它们就会随之消失，未免太可惜了。”少年时代的南美希风曾如此说道，“如果我突然死去，读一读这个《南美希风笔记》就能知道我临死前想过什么。”南美希风敲了敲笔记本，“上面还写了一些非常科幻的想法，说不定会成为某个伟大发明的灵感呢……”

虽然现在已没有那般多愁善感和自我反省的内容，但已经有几十本之多的《南美希风笔记》里依然记载着各种各样的事情。说它是日记也好，流水账也罢，或许压根儿就是一本异想天开的随笔。

吝一郎的死，不仅仅是对南美希风造成了影响，很多人都受到了某种程度的打击。

冬季子夫人躺在床榻上，由诹访负责照顾。被害人的母亲玉世一直卧床不起，也没有人告知她儿子的死讯。

南美贵子找到了上条夫妇的身影。两人靠墙站着，互相倚着肩膀。虽然丈夫利夫看起来有些不可靠，但春香却很满意。如今，两人完全就是一对羡煞旁人的伴侣。

即使已经成年，春香偶尔也会像妹妹一样向南美贵子抱怨。可是自从结婚以后，她来倾诉的次数就少了很多。今天，那个曾经的“爱哭鬼”春香还在舞台上扮演了重要角色，不得不说这又是一次巨大的成长。

事发以后，南美贵子只是简单地安慰了春香。这种事已经轮不到她了，交给她的丈夫就好。只是，这个可怜的丈夫偏偏有一个小问题，他只要感到紧张，肚子就会不舒服。今天晚上他去了好几次卫生间，好像还呕吐过一次。不只是因为看到血腥场面而恶心，而是因为紧张引起了神经功能紊乱。

“在舞台房间里发现了一些玻璃碎片。”

说话的是远野宫龙造，以及一名约三十中旬，表情十分严肃的刑警雾冈圭吾。那种从性格本身散发出来的严肃气场让这位刑警看起来又年长了几岁。

雾冈似乎并不想谈及搜查上的事情，但对方毕竟是北海道警界的大人物，也就不好推辞。

北海道公安委员会委员长远野宫，经常与警察部部长和各警署署长往来，并同时拥有很多权限，与上层的关系非常密切。他似乎就是传说中的“大佬”。雾冈至少会把声音尽可能地降低，可这位大人物却一边抽着烟，一边扯着破锣嗓子说话。

“凶手将玻璃收集在一起，在院子的角落里进行粉碎的吗？”

“是在阳台附近的草丛里。”

“我刚刚查看过了。看起来像是把所有玻璃都打碎了，但凶手没准儿悄悄拿走了什么，你们能不能鉴定一下？”

“鉴定部门说无法复原。大部分玻璃渣都像粉末一样细微，而且我们也无法确保能将院子里散落的玻璃碎片一片不落地收集到，因此不可能完全还原。”

“嗯……”远野宫把烟灰弹到细田准备的烟灰缸里，“碎片堆附近好像有地毯？”

“凶手似乎是用那个包着玻璃进行粉碎的。地毯有两三张榻榻米一般大小，是魔术道具之一，我们还在上面发现了一些血迹。”

“血迹……”

“是吝一郎先生的。凶手可能是将这块地毯搬到了棺椁后方，然后铺在地板上。从地毯的面积推测，是与塑料屏风垂直放置的。血迹的流向也证明了这一点。有一部分是滴落血迹，其他血迹呈流柱状，是先落在地毯上，再垂直流淌的。”

“由此看来，被害者还是有一定程度的出血。”

“凶手绕过屏风，挪开地毯，清理脚边的血迹，然后再将棺椁的底板盖上，似乎非常警惕迸溅出的血液，我不禁怀疑凶手作案时身上是不是穿着雨衣。”

“凶手挪开那块地毯后，血液就滴落到室内原本铺着的地毯上了……”

“是的。凶手还用这块地毯做了另外一件事情，就是打碎玻璃。

地毯有一定厚度，可以有效地降低玻璃破碎时的噪音。”

“除了照明灯具和骷髅，室内还有其他玻璃制品吗？”

“好像没有，化妆瓶之类的也全都不见了。山崎少年供述的关于被害者的手表……”

“是原本放在接待台桌子上却不见了的那块手表吧？”

最先注意到那块手表不见的是山崎兄弟中的弟弟良春。家里人都知道接待台的桌子上有一块手表，那是吝一郎为了纪念自己复出定做的纪念品，背面刻有今天的日期和“纪念复出公演”的字样。

一郎没有戴着手表去会馆，因为他要在双手被反绑的状态下回家，戴手表的话会碍事。那块手表也是第二场演出时要使用的魔术道具。

良春还供述了另一件事情。他乘坐春香驾驶的车和早坂一起回到这里之后，就进入房间摆放玻璃骷髅。像往常一样，他在骷髅的右眼窝中插上了蜡烛。室内没有开灯，他仅靠着从门口照进来的光线完成了工作。随后，他点燃蜡烛，按照预定方案将放置着玻璃骷髅的展台放在了舞台的右侧。他说自己就没有碰过展台旁边的手推车。

如此看来，凶手果然对蜡烛、展台和手推车动了手脚。

“是的，那块手表的玻璃罩也不见了，最后手表是在长椅靠背和座面的缝隙间发现的。”

“那凶手就是在收集完犯罪现场的玻璃之后，再移动家具的？在移动家具的过程中，手表从桌子上滑落，掉入了椅子的缝隙间。”

“也可能是同时进行的。”雾冈冷冷地说道，“或许是边收集玻璃将其敲碎，边移动家具的。”

“手表上显示的时间准确吗？”

南美贵子突然想起了时间停留在九点零六分的那台座钟。

“时间准确，并且指针还在动……但是，把玻璃全部搬到外面，凶手做这种毫无意义的事情是出于怎样的动机呢？这里好像没有什么特别重要或者昂贵的玻璃制品吧？”

此时，远野宫环视了一圈房间。

“有没有人想到些什么？比如高价的玻璃制品，或者如果不见了会造成很大损失的物品。”

现场无人作答。南美希风忽然撑起上半身，却什么也没说。

过了一会儿，经纪人青田自言自语般地说道：“刚才提到的手表，是为了纪念复出而订制的，虽然非常重要，但它并没有被拿走。”

“按照这个说法，玻璃摆件也是如此。”紫乃补充道，“放在橱柜里的玻璃马像对于一郎来说非常重要。这是他回日本之前，在英国魔术大赛上获得冠军后得到的奖品。”

那个大概也被弄坏了吧。南美贵子痛心疾首地暗暗思忖道。

就在紫乃解释说那并不是十分昂贵的物品时，房间的门突然开了。

一名五十岁左右的男子走进了房间，是负责审讯的大海博信警部。

“搜查一科科长来了。”

远野宫熄灭手中的香烟，站起身来，大海博信警部打开门迎来了搜查一科的科长。

“听说受害者是您的亲属……”

远野宫向搜查一科科长投去一个微妙的表情。

“今晚本该是庆祝之夜，然而……”

“听说似乎是一个非比寻常的犯罪现场。”三个人一边讨论着一边走出了门。留下雾冈大概是为了监视其他相关人员。

经纪人青田用微弱的声音说道：“动机？清除玻璃制品，再加上挪动家具……这完全不像是正常人的行为，有什么正经的动机吗？南美希风先生，你认为呢？”

“常规的犯罪动机……”南美希风像测量体温一样，用手掌贴着自己的额头，“如果是说玻璃的话，首先想到的就是伪装。”

“伪装？”

“如果留下了某种痕迹，可能很快就能锁定凶手，所以凶手这样做是为了伪装。”南美希风用纤细的手指抚摸着刘海。

“收集玻璃来伪装？”

“将所有玻璃收集起来打碎，能够让其中某种痕迹变得不那么引人瞩目。”

“嗯……”青田轻轻地扭过头去回应道。“具体来说呢……”

“比如那个玻璃层被取下来了的相框。当然，这只能作为一种假设。哦，说起来，那张照片上是两个人，是谁呢？”

“是冬季子夫人和流生。”紫乃懒洋洋地回答道，“流生是他们好不容易才有的孩子，一郎在各处都摆着他的照片……”

“是吗……”在青田催促的目光下，南美希风继续开始解释，“假如，凶手想拿到照片或照片背后藏着的东西，又或者想换一张照片，但他不知道如何打开后面的盖子，就不得不打碎相框的玻璃。我再重申一次，这只是一个愚蠢的假设。如果案发现场只有相框的玻璃碎片，那么警察自然会把侦查重心放在相框上。如此一来，凶手不会打开后盖的事情就有可能暴露。若只有凶手一人不知道打开后盖的方法，那么他的身份就会被锁定。”

“你是说，为了掩盖这一切，凶手把其他玻璃都一并处理了吗？”南美贵子似乎有些疑问，“不过，要处理室内所有玻璃，未免也太费事了吧？”

“越是费事，越能有效地误导人们。房间里的玻璃全都莫名其妙地消失了，这种异样感会让凶手那个现实且微小的动机，看起来不切实际，让人无法在合理的范围内判断凶手的行为，就像谁也不会想到有人会为了隐藏一个不起眼的痕迹而费这么大劲。”

“故意扰乱大家的视线，欲盖弥彰。”早坂点了点头。

抓住心理，转移视线，制造各种令人诧异的神秘事件，这是常见的误导推理的手法……

“而且姐姐，与如此显著的效果相比，付出这点力气其实不算什么。从道具和橱柜中挑拣出玻璃制品，然后一起处理掉就可以了……不过，要将那个摆钟的玻璃罩打破，又清理得干干净净，的确有点麻烦。”

这时，南美希风突然轻声嘀咕道：“摆钟……”

“摆钟怎么了？”青田探出身子。

“啊，这是另一个例子。说得像悬疑剧似的，但经常有这样的情节不是吗？在案发现场发现的坏掉的时钟指针，恰好停在了凶手进行伪装的时间上。如果舞台房间里的摆钟也是这样的话……”

伪装的时间……

“凶手想让摆钟停止在有利于自己的时间点上，就打算将其破坏掉。但要是摆钟外观完好无损，人们不一定会发现。那么，干脆就把摆钟时间停止的原因，伪装成是因为打碎了其表面的玻璃造成的。随后再把室内所有玻璃都打破，这样就显得顺理成章了……”南美希风忽然抬起头补充了一句，“不，是我想太多了吗？”

“‘伪装说’只不过是一种想象，也可能是一种信息。”

“信息？”南美贵子反问道。

“凶手把杀人现场布置得非常戏剧化，展示出他强烈的自我表现欲。那么，这个没有玻璃的房间或许就是一种类似暗号的信息。”

暗号和信息。几个人不禁小声地念出了这几个词。

紫乃跷着二郎腿，晃着脚尖。

“没有玻璃的房间，有人想到什么吗？”她突然开口，但是无人作答。

“有意思。”青田兴奋地说道，“南美希风先生的推理鞭辟入里。虽然很年轻，但洞察力却很犀利。”

春香立马插了一句：“所以一郎姐夫很看重他呢，说他具有强大的分析能力和独特的创造力。蝙蝠的视角和思维，鹰的眼睛，貘的梦境——姐夫是这么说的……”

南美贵子关切地看着弟弟，用平淡的声音问道：“以你这么犀利的洞察力，能想象出那个问题的动机吗？”

“哪个问题？”

“家具的换位啊。”

“家具的南北换位啊……面对舞台，是左右的调换，但若以南北方位为参照的话，就是前后互换……”

“把家具位置互换的这种行为，真的有理由吗？”青田似乎想把将噩梦般的复杂情况转化为可以用理性解释的事实，从而得到实际的线索。

“这里也可以用‘伪装说’来解释，除此之外……”南美希风用指尖摩挲着下巴，流露出思索的神情，“另一组道具……”他将视线转移到经纪人青田和上条春香的身上，“老师一般会让你们做两套魔术的道具吧？”

“这个我不太了解……”青田支支吾吾地说道，春香却点了点头。

“是的，一直以来都是这样，连舞台上放道具的箱子都会做两个。”

“作为备用道具再正常不过了，但我还是感觉哪里不太对劲，连箱子都……另一套道具是放在其他地方进行保管的吗？”

“我认为并没有单纯的保存备用。”紫乃回应道，“家里人也都这么想。虽然有专门放置道具的房间，但听山崎说不是所有物品都会放在里面。”

“不在保管室里吗？”

“可能是被搬到训练室了。”

“训练室？”

“正如其名，是用来训练魔术技巧的房间。”紫乃补充说道。

“姐夫有时会提到训练室，但谁都不知道那个房间在哪里，所以也只是猜测。”春香说。

“什么？”南美希风挑起眉毛，“谁都不知道吗？”

南美贵子凝视着眼前的雾冈警官，他似乎也开始对这件事情感兴趣了。

“姐夫说那里是研究新魔术，练习手法的地方，想让它成为自己的私人空间，所以没有告诉任何人。”

“哪怕是家人？”

“嗯，或许正因为是家人，才会保密的吧。因为每时每刻都在身边，要是一有什么事情就贸然闯进去，会让他很难办吧。”

“不，可是……”南美希风有些困惑，“房间的位置大致能推断出来吧？在家里……不，是在这座宅邸的外面吧？”

“是的。”春香答道，“肯定不在院子里。因为院子里没有其他的独立建筑，只有一个带顶的休息场所和兼做储物用的车库而已。”

“那应该是在其他地方了。”南美贵子按照常识推断道。

“应该离得很近。有时我能感觉到姐夫刚从训练室回来，但在往返的路程上似乎没有花费很长时间。”

“难道训练室就在隔壁……”南美贵子喃喃道。

“训练室和案发现场有什么关系吗？”上条利夫向南美希风问道。

“只是可能性啊……老师在遇害前，不是把舞台房间误认为是其他地方了吗？”

“有这个可能。”

“老师打开棺椁底板，最先看到的是舞台。舞台上点着蜡烛，所以骷髅的周围是很容易看清的。然而，当时展台的位置被移动了，所以我猜想老师是把舞台房间误认为是保管着另一个骷髅展台的房间了。凶手会不会把舞台房间的布置，搞成了跟某个房间一样的样子？”

“原来如此！”利夫由衷地感叹道。

南美贵子也对弟弟天马行空的想象力感到惊叹。原来他还拥有这样的才能吗？

“如果真有那么一个训练室，那里就是最有力的候补。”南美希风继续说道，“训练室中应该也有练习用的舞台，而且和舞台房间里一模一样，但展台所在的位置是不同的。玻璃骷髅只有一个，所以老师自然而然地就以为是从外面拿到训练室里去的。如果这个假设成立，那么关于老师为何会诧异，并说出‘究竟是什么时候把我带到这里——’也就说得通了。”

“好厉害！原来是这么一回事。”

“两个房间中的家具可能并不一样，但凶手把家具布置成了训练室里的样子，在昏暗中能够让人产生错觉就足够了。”

“训练室中的家具位置。”早坂发出了赞同的声音。

“有这样的可能。”青田的表情开始凝重起来。春香则表示怀疑。

“让姐夫把舞台房间误认为是训练室，凶手这样做有什么好处呢？”

“关于这一点还不清楚。”南美希风直白地说道，“在目前这个阶段，一切都是假设，几十种假设中的一种罢了。”

“可是……”青田露出了略显豁达的表情，“有可能解开谜团的推理会带给人们希望。案发现场那些出乎意料，令人毛骨悚然的谜团，用人的智慧也能抗衡，只要明白了这一点，我就放心了。”

“用人的智慧抗衡？那锁的问题怎么说呢？”紫乃将手肘撑在大腿上，用手掌托着脸颊继续说，“凶手能从那个现场逃出来吗？”

“密室。”南美贵子脱口而出。

“继棺椁的密室之后，还有第二个密室。”

“棺椁的密室？”

面对紫乃的疑问，南美希风回应道：“因为棺椁是从内部锁上的，看起来就是一间密室。为了弄清楚里面发生了什么，我们费了不少功夫。”

“这么说……”紫乃眯起眼睛思索着什么，这给她娇美的侧颜又增添了几分魅力，“凶手让舞台房间无法从外面轻易地打开，是为了争取时间吗？为了让我们感到棘手，专门这样设置的吗？”

“那样的话……”南美希风摩挲着下巴，改口道，“如果只是为了争取时间，很容易就能够做到。我觉得有必要考虑一下凶手争取时间的目的。”

“目的难道不是为了自己能够顺利逃走吗？”

“这是比较常规的观点，你说得没错，姐姐。而另一个目的就是为了让受害者不易被发现，或者让人难以到达受害者所处的地点，阻碍救助，确保受害者死亡。但是，为了顺利逃跑而做出双重封锁的密室，很难有什么说服力，因为就在我们打破房门，试图进入舞台房间的同时，凶手也得想着尽快逃离现场。”

“凶手逃跑和棺椁的密室没有关系吧？”

“是的。凶手无法藏在棺椁中，所以在那里做过多的准备也没用，可以从讨论范围内排除。那就只剩下一种可能，那就是凶手想让我们把注意力集中在棺椁上，而棺椁就是诱饵。”

“诱饵？什么意思？”

“在我们进入舞台房间时，凶手仍在房间里。从时间上来说，凶手的计划无论如何都存在这种风险吧。假如凶手躲在舞台两侧的幕布后，那么他一定盼望着进入房间里的人在一段时间内聚集在一处，所以这具棺椁就是吸引大家注意力的绝佳工具。但是，这种推论实际上也没有多大说服力。”

“与棺椁内侧上锁没有关系，我们的目光最初只是集中在了棺椁上。”

“没错。我们通过麦克风知道老师在棺椁中发生了意外情况，而凶手也知道这一点。我们会把注意力都放在棺椁上，没有人会置老师的安危于不顾，转而四处搜寻房间里的其他地方。打开棺椁后更是如此……得知老师的死讯，我们都慌了神。而且，那样的死法也让大家深受震撼，就连侦查经验丰富的远野宫先生都受到了冲击。我们花费了很长时间在外观没有任何异常的棺椁上，所以我认为凶手根本不必从棺椁内部上锁，浪费时间，这是完全没有意义的。”

“原来如此。因为给棺椁上锁反而会占用凶手的时间，与其在棺椁上动手脚争取逃跑时间，还不如赶快逃走。”

“那么，制造双重密室是为了延缓救助，确保吝一郎的死亡吗？”经纪人青田看向南美希风，“棺椁内部的锁很棘手，达到了凶手想要的效果。”

“单独分析的话，确实合乎道理。但如果和舞台房间的密室结合起来分析的话……”南美希风的视线微微移动，仿佛在思考着其他问题，“从面向棺椁的方向来看，如果房间的门是第一密室，那么棺椁就是第二密室。不，这种形式姑且不提，为了拖延营救时间，而设置了棺椁密室的解释似乎也不成立。理由就是姐姐说的，与时间和劳动力有关。按照刚才的假说，制造没有玻璃的房间要花费相当多的劳动力，但其产生的效果是巨大的，值得冒险。然而，从棺椁内部上锁这件事却恰恰相反。不仅消耗劳动力，还要承担一定的风险，带来的收益却不大。凶手用铁丝或备用钥匙打开了棺椁外部的挂锁，然后又要在放着尸体的狭窄棺椁内侧重新上锁。这么做究竟能够争取到多少时间呢？”

“好像也没有你说得那么劳而无功吧，南美希风先生。”青田努力回忆着什么，“我们还是耽误了一些时间。找工具，然后把两个合页弄坏，这个过程花了一到两分钟的时间。”

“冒着风险，才争取到一两分钟的时间？”

“风险？”

“凶手一直提防着飞溅的血液，可如果从内部上锁，他就要紧贴着老师正在流血的尸体，这是存在一定风险的。况且，那个时候大家已经走向案发现场了，在这个节骨眼上凶手还留在案发现场，本身就是一种增加潜在危险的行为。”

“嗯，说的也是。”

“如果想争取一到两分钟的时间，有很多既安全又方便的方法。那就是房间的门，另一个密室的门。”

“嗯？”

“只要将门稍微加固一下就可以了。比如将旁边的椅子搬过来，用重物或者结实一点的棍子抵住大门。”

“啊！”青田用手拍了一下光秃秃的脑袋。

“很容易就能从后台找到一些抵门用的道具，凶手在作案之前完全可以准备好。”

“凶手没有这样做，更没有理由在棺椁内部上锁浪费时间啊……”青田环抱着胳膊，脸上的表情十分凝重。

“案发前，舞台房间在很长一段时间内都没有人吧，春香？”南美贵子抬起头来问道。

“三点钟做完晚上表演的准备后，几乎所有人都去了会馆，全神贯注地欣赏那场演出。舞台房间是接待大量宾客的舞台，是神圣之地，大家都心知肚明，所以谁也不会随意进入。至少目前涉及的人里，没有人会去那里。”

“只有凶手为了行凶而潜入了舞台房间，而且拥有足够的时间。”

南美希风没有加入二人的对话，只在一旁轻声说道：“正常来说，凶手没有理由不准备一个抵门用的支撑物啊……”

早坂突然对此有所反应。

“难道是为了掩饰逃跑路线？”

“对，没错。”南美希风将白皙的脸庞转向他。

“掩饰逃跑的路线？”

“凶手是从三道门中的其中一道逃跑的。但是，三道门都从内侧上了锁，凶手可能是使用了什么机关。因此，凶手无法将逃跑的那道门从内部用棍子顶住。那么，如果他将另外两道门都用棍子顶住了，只有一道门没有，不就等于告诉我们他的逃跑路线了吗？”早坂回答了青田的问题。

“原来如此，是为了保持一致性。”

“也许封锁房门达不到拖延时间的程度，所以凶手在棺椁内部上了锁。”

“这很难说。”紫乃似乎对此抱有不同意见，“难道不觉得奇怪吗？南美希风先生不是说过，如果为了拖延时间，还有很多更简单的方法吗？比如用胶把棺椁的盖子粘上。这比在浑身是血的尸体边上锁要安全得多。如果想阻碍大家前来救助，确保受害者死亡，根本不必耍花招，直接给予对方致命伤害不就可以了？割断颈动脉之类的。”

虽然意见非常合乎道理，但言及的内容略显血腥，气氛随之变得沉重起来。

南美希风在仿佛褪了色的空气中陷入了沉思。

“总的来看，分析双重密室的意义如同雾里看花。棺椁的密室到底有什么意义？难道凶手本人有不得不那样做的理由吗？”

“或许，这根本就不是什么数学上的逻辑问题呢？”紫乃叹了口气，将身体往椅背上一靠，“就像凶手选择用木桩作为凶器，正是为了表现他的疯狂，为了渲染自己行凶的独特之处。”

“这种可能性也很大。”南美希风也有相同的看法，“并非必要，而是出于自我表现和情感的宣泄……”

“但是……”南美贵子的脑海中浮现出下一个难题，“从密室中逃脱的方法，就比较现实了吧？不管动机如何，凶手在现实中肯定是做了什么……怎么样，南美希风，凶手有可能从舞台房间这间密室中逃出去吗？”

“有可能吧。”南美希风回答道。

3

大家将各自的信息拼凑起来，进行交换，大致搞清了吝一郎密室事件的基本情况。

通常情况，如果尸体出现在内部被上锁的封闭环境中，就意味着死者要么是自杀，要么是意外。这次的事件不可能是意外，更没有可能是自杀。一位天生的魔术师，在迎来复出的那天晚上，是绝对不可能自杀的。今天是大家翘首以盼的时刻，是人们祝福其事业再度开始的时刻。在这样的情况下，绝对不会产生自杀的动机。从死者死亡的方式也能看得出来。木桩深深地刺进了胸膛，尸体被密封在棺椁之中，根本不存在自杀的可能。

这是一宗密室杀人案。吝一郎被凶手夺去了性命。

当所有人都从扩音器里听到了凶案时，凶手就站在吝一郎的面前。那么，这个人是如何从封闭的房间里消失的呢？

首先不可能是通过阳台窗户。

在吝一郎到达舞台房间的前十分钟，山崎良春就在阳台表演魔术，有近五十名观众都注视着阳台的窗户。从扩音器传来异样的声音，从而表演中断后，他们也都一直停留在原地，直到警察找他们问话。包括山崎良春在内，所有人都可以证实，别说是人，没有任何物体在阳台出现。

那么，在远野宫和南美希风一行人赶到案发现场之前，凶手一直躲在那里，之后又从被破坏的门逃出去了吗？

也是不可能的。无论是破门之时，还是破门之后，周围都有好几双眼睛盯着那里。即使撇开目击者不谈，走廊上还有好几个记者呢。从被破坏的那道门逃出去是不可能的。

那么，究竟是从哪里逃出的呢？

“他是怎么逃离案发现场的呢？”青田紧接着向南美希风询问道，“现在还不能断言凶手是成功逃脱了，咱们按照案发的先后顺序探讨一下吧？”

他的视线突然停在空中，像是在整理脑中的情报。

“首先，除了被打破的那扇门之外，另外两扇门的锁是怎么样的呢？把螺栓推过去就锁上了吧？我们进去的时候，是上着锁的吧？”

“我们得问你啊。”天生一副西洋面孔的早坂突然插话道：“南美希风先生和远野宫先生、上条太太他们去寻找打开棺椁的工具时，你看到的那扇门是锁上的吗？”

“我看到了，我也确认过了。这一点，远野宫先生也一样。我在录口供的时候也说过，滑动锁的螺栓插到了锁的根部，而且把手中央的锁钮也被按下去了。”

“彻底地锁上了。另一处，阳台对面的那道门也被锁上了。”南侧墙上有一道门，是南美贵子和紫乃最先去确认的。

“我们当时看到了那道门。门是锁着的。”

“我也仔细确认过了。”紫乃紧接着说道。

经过警方的确认，门上用的是铁条锁。远野宫让细田和早坂去检查过了，并证实了门把手不能转动，确实上了锁。

“那么，也就是说……”魔术师早坂摊开双手，摆出了一个自己在表演中非常熟练的动作。

“凶手不可能跟着大家一起冲进现场，趁着混乱的时候把门上了锁。因为没有人独自接近过门窗。远野宫先生和南美希风先生破门而入时，门全部都是上锁状态。眼锁只要有备用钥匙就可以锁上，但是，滑动锁只能在室内手动上锁。”

“还有插锁呢。”利夫肚子疼似的捂着腹部喃喃道。

“那个插锁非常重要哦。”早坂的眼神集中到了一起。“那个房间的门下面有很大的缝隙，如果只是螺栓的话，或许可以用别针或铁丝之类的从走廊外操作。但是，那个插锁是无法从外部上锁的。”

插锁是从门轴一侧垂下来。整体呈长方形，长度约三厘米，有圆柱形凸起部。将螺栓插入门轴后，门轴的孔会与螺栓上的孔对齐，再插入插锁的圆柱形凸出部分，才是完整的上锁状态。

“南美希风先生，那个带有插锁的滑动锁，可能被做过什么手脚吗？”

早坂露出一副绞尽脑汁的样子，继续说道：“没有一丝可乘之机吧？”

南美贵子也投来忐忑不安的目光，南美希风淡然回应道。

“可乘之机的第一步就是，滑动锁可能已经坏掉了。”

“坏掉的？”

“是我和远野宫先生用身体撞坏的那道双开门的锁。”

“但是，那把锁……”

那道门的滑动锁的确被锁上了。

细田负责监视，所有人都从房间里走出来的时候，远野宫一直盯着地上的滑动锁。当然，他并没有用手去摸，而是近距离观察。

从走廊方向看去，滑动锁被甩到中间偏左的位置，掉在离墙壁三米远的地方。螺栓有中等程度的弯曲，有从锁本身的安装处和门轴连接根部被扯下来的痕迹。留在门上的螺丝钉上还残留着被扯下来的木片。那个锁不像是因为身体撞击而偶然挂上去的。肯定是人为锁上的。

南美希风用手势制止说话的早坂。

“我的意思不是说那把锁有可能被做过手脚，而是说我们要从这里切入考虑。”

“什么样的考虑？”

“锁事先被弄坏了，门根本就没有上锁。”

“啊？”

南美贵子无法理解，她大吃了一惊，几乎所有人都有同样的反应。

“但是，有没有上锁，亲自撞开门的你应该是最清楚的才对啊。”

“虽然我撞开那道门费了很大的力气，但是，那到底是不是锁的效果还不确定。”南美希风慌忙补充道。“不，只能说是不够明确，需要讨论一下。比如这样的情况，滑动锁事先已经坏掉，掉在了地板上。凶手出门以后，从房间内部往门下面的缝隙里塞上楔子一样的东西。”

“从房间内部？啊？南美希风，凶手不是已经在门外了吗？”

“把楔子拴上绳子，可以从外面拉。用力拉紧后，再把绳子解开收回来。楔子随着身体的撞击逐渐挪动了位置，最终门被撞开了。”

就像是锁被撞坏了一样……

青田一边发出感叹的声音，一边抱起自己的胳膊，早坂则皱着眉点了点头。

“但是……”这次表示疑问的是春香，“这样的话楔子会不会留在现场呢？”

“凶手趁大家蜂拥而入的时候将它藏起来？不可能的。”南美希风又举起一只手，像是在阻止什么。“这个假设貌似可行，但果然还是不太可能。在撞门的时候，门下面的楔子和腹部高度的滑动锁的触感是不同的。在第二次撞击后，门上出现了缝隙，当时能够看到滑动锁吧？”

“是的，我看到了。”南美贵子突然回想起来，十分肯定地说道。

“用肩膀撞门的时候，正是从滑动锁的位置传递来的阻力。滑动锁也非常自然地发生了变形。第三次撞击还听到了木片碎裂的声音。撞开门后也听到了金属掉在地板上的声音。远野宫先生也有同感吧？”南美希风环视着众人继续说道。

“非常抱歉，但是，那道门的上锁问题非常重要，所以我想确认一下。您觉得怎么样呢？滑动锁是否真的上了锁，您是怎么判断的呢？”

青田偷偷看了看周围人的脸色说道。

“那种阻力的来源，不是楔子之类的东西，而是滑动锁吧。”紫乃的语气更加坚定了。

“那就没问题了，两边都是上了锁的。”

“不，但是，但是……”早坂一边申辩着一边慌乱地挥动着双手，“如果两扇门上的滑动锁都上了锁，那密室问题要怎么解释呢？又回到最初的无解谜题了呢。”

“不，早坂先生。”南美希风的声音非常冷静。“不是还有一条出路吗？”

“出路？”

“舞台后面的那道门，滑动锁的卡锁没有被扣上。”

“啊……”

听他这么一说，早坂流露出赞同的表情，随后表情又阴沉了下来。

“不过……”他似乎刚想开口，却被开门声打断了。

看到进来的是远野宫龙造和大海警官，雾冈刑警立刻起立。

大海警官透过粗框的眼镜，环视了一下室内的所有人。

“有一件无论如何都想确认的事情。”

他的身材比远野宫略小一号，胖墩墩的倒也显得非常可靠。除了耳朵周围，渐秃的头顶也让人生出一种苦涩。

“不是别的，就是作案现场被上锁的事。”

你可真会挑时候，南美贵子浑身一颤如此想道。

“门上用的不是螺栓，而是用钥匙才能上锁的门锁。大家撞开的那道门被上了锁，扭不动把手，用钥匙可以打开。所有人都可以作证。南侧的门也是锁着的。细田先生和早坂先生转动把手确认过，随后青田先生也亲自试验过。”

青田默默地点了点头。

“发现舞台房间的情况不对，大家都想打开门看看里面的情况，但是门被锁上了。撞开的门和南侧的门可以通用一把钥匙。这个钥匙有两把，都放在固定的位置。都在厨房旁边的一个储藏室的墙上挂着。细田先生和早坂先生也确认过。细田先生拿过来了其中的一把。”

细田闭上眼睛，恭恭敬敬地听着。

"舞台附近的东侧门。用的是大家日常生活中经常看到的滑动锁。大家也看到了把手中央的锁钮被按了下去，我们也确认过确实是锁上了。另外，细田先生，以及中途遇到的人们，其中也有几位扭动过把手，确认门是锁上的。这扇门的钥匙也有两把。一把在储藏室的墙上挂着。"

"那另一把呢？"南美贵子情不自禁地继续询问道。

"另一把是由山崎良春管理，因为他需要把玻璃骷髅和两三样道具放在舞台房间里，今晚那个房间将作为魔术的舞台。因此，舞台后面的门和朝南的门都是锁上的。为了将棺椁抬进屋内，只能使用那道被撞开的门。"

说话之间，远野宫离开墙边，走到了那个地方。

"凶手应该是在安放棺椁的山崎忠治和上条春香小姐离开后，将被撞开的门锁上的。这就说明凶手可能配了一把钥匙。一郎被杀以后，相关人士都聚集在了一起。凶手想把钥匙送到附近的储藏室里，显然不太可能。所以无论怎么考虑，凶手一定是内部人，配一把钥匙是非常简单的。虽然是有些过时的钥匙种类，但是，只要花点时间还是可以复制的。

凶手为了筹备这次的犯罪，可能多次出入舞台房间，有备用钥匙会更方便。另外，如果长时间使用储藏室里的那把钥匙，也有被发现的风险。而在作案结束离开现场时，有把备用钥匙用来锁门也比较方便。所以，大家可能已经想到了，现在的关键问题在于滑动锁。这个只能在室内操作。但是……"警官的粗眉下，圆睁的双目发出暗淡的光芒。

“综合大家的叙述，在第一时间抵达现场时，所有的门都是被锁上的。这非常不可思议。于是我想再次问问大家。有没有人趁着现场的混乱，接近过门口的位置，大家有没有看错或者认错，请再冷静地回想一下。”

沉默了几秒钟后，青田似乎下定决心。“警官！不，我并不是说我想起了什么。嗯……”他谦恭地看着对方的眼睛，用经纪人的口吻和表情说道，“我们作为亲眼看见了凶案现场的相关人员或者家属，现在也正在讨论案情。我们一致认为那三道门都是被锁上的。但是，南美希风先生注意到了舞台后面的那道门的插锁没有被上锁。我们刚刚正说到这里。”

远野宫突然停住了正要往墙上靠的身体。饶有兴趣地看着这位“梅菲斯特”的弟子。他没有理会大海警官，直接用沙哑的嗓音插话道：“密室的谜题解开了吗？南美希风。”

远野宫的视线又飘向了雾冈。

“虽然还没有推理到关键部分，但至此之前的分析，都很有说服力，没有漏洞……”

“是吗？”

被大海警官这么一问，雾冈刑警微微耸了耸自己的肩膀。

“不可小觑哦。”

“南美希风。”远野宫向前走了一步。“你已经有想法了吧？说来听听吧。不用客气。”

“虽说是推理，但也要一边确认现场情况一边整理线索。随便说出来只会丢脸，还会招来不必要的混乱……”

“那就在现场一边确认一边说吧。这样可以吗？大海警官。”

“啊？”

“我让他去现场，听听他的意见。”

警官吃惊地半张着嘴，望着那个还不到二十岁的瘦弱年轻人。

“你在开玩笑吧？远野宫先生，让一个无关人员……我们可是有保密……”

“要说无关人员，‘猫头鹰脑袋的信先生’怎么样？”

“已经退休了。”

“那‘圆山的印刷屋’呢？”

“……”

“拒绝与外界进行沟通，会导致内部意识固化的。”

“但是，那个年轻人现在也是嫌疑人。”

“他和那边的姐姐是抽签被抽到才到这里来的，是嫌疑最低的人之一。而且，大海警官，我对自己的眼光还是很有信心的。”

“您发掘并培养出了许多有能力的人才，这我很清楚。”

“你也是其中之一，我的眼睛没看错过。”

“大黑，他现在是警备部的系长了吧。当初有些人对他并不理解，但是他不负众望，最终展现出了自己的实力和能力。那个南美希风，在我看来也有不输给你们的光环呢，只是类型不太相同。你们的聪明才智，就像嗅觉灵敏的野生动物的眼睛一样，是褐色的。而他……”远野宫向南美希风点了点头，“是生活在海洋里的俊美游鱼的银鳞之色。”

大海警官深深地闭上眼睛，像是在寻找记忆和思索。

“那个怪异的现场，你也看到了吧？警官。”这一问似乎是为了勾起对方的同感。

“按照警方常规的办案方式，目前的状况可谓相当棘手，这次是极其罕见的情况，不是吗？实际上，我和你们都遇到了难题。但是，能帮我们推进案件的人就在那里。万一找到了什么突破口呢。这不也是受害者的家属们的意愿吗？”

大海警官双手插在西装口袋里，身体也渐渐放松下来。

“明白了！”伴随着一阵叹息声，大海警官突然答道。

“既然远野宫先生说到了这种地步，那就破例允许那个年轻人参与调查吧。”

听着这样的对话，南美贵子有些忐忑不安。远野宫好像很看好南美希风。但是，弟弟真的能不负众望吗？他确实非常聪明，也曾经通过自己的智慧帮助过别人。

但是，在这么重要的场合，面对多人的质疑和辩论，他能行吗？更何况这里还是犯罪现场，搞不好还会被人利用，造成不可消除的心理压力。

“你愿意帮助我们吗？南先生。”

远野宫龙造的语气变得严肃起来，他向南美希风问道。

“当然，我非常愿意协助您。”南美希风的声音掺杂着些许紧张。“凶手竟对老师做出那种事。但是，我没有太大自信。”

“我们可没有时间听你说丧气话。我们需要的是对于调查有帮助的内容。之所以注意到舞台后面的那道门，是因为那道门没有插上插锁吗？”

“是的。但是，还有一处。在那道门的旁边，是放着玻璃骷髅的展台，在展台的旁边有一个手推车。然后在手推车附近的地板上，我发现有一块非常小的黑色污渍。寻找破开棺椁的工具的时候，我当时留意到了一个小疑点。那么是什么呢？难道是掉落的灰土吗？”

他和远野宫交换了一下眼神。

“是的。”大海警官说出这句话的口气比刚才稍微缓和几分。“少量灰土能够推测出什么吗？”

“这只是推理的起点，还需要……”

“去现场看看吧。”远野宫硬是把下面的话接了下来。

“那么，我们一起去看看吧。大海警官。”

“远野宫长官，请不要发号施令啊。”

“对不起。”

“那么，南美希风先生，也请您跟我们走一趟吧。”

南美希风刚站起身，南美贵子也跟着站了起来。

“我也想一起去。警官，我弟弟的心脏不太好。他今天受到的打击很大，而且一直都处于高度紧张的状态……如果发生意外，我能熟练地应对。”

南美希风苍白的脸上，只有嘴唇还有较浓的血色。只见他的嘴角微微上扬。这一苦笑似乎在说不要拿心脏病当借口。

“明白了。那就请和我们一起去吧。”

“还有一个人。”南美希风急忙提出建议，“我们需要了解一些关于道具的基本常识。所以，我们需要上条春香小姐。”

“可以吗？”

大海警官问了下春香的意愿，春香连忙点了点头。

“那就一起去吧。”

两位刑警大海和雾冈率先动身来到走廊，四个人紧随其后，依次是远野宫、春香、南美希风、南美贵子。上条利夫又跑去了厕所。

“警官，被害人的弟弟二郎，你们联系上了吗？”远野宫一边走一边说道。

“嗯，刚才已经通知过了，马上就会到了吧。”

大海警官答道。但是，眼前的问题似乎还在他的脑海里挥之不去。因为那个意外之人的存在，使得他有些忐忑不安。

然后，他用期盼的口吻继续说道：“这个凶手在伪装方面的确是煞费苦心。对于案发现场的布置可谓极具挑衅意味。他是在扮演一名犯罪艺术家。但是，我们没有必要在意那些拙劣的演出，或许我们还没正式过招就结束了。凶手花里胡哨的小动作实在太多，很有可能会在哪里漏出破绽。留下具有决定性作用的物证，最后原形毕露。也不是没有可能。”

“不过，到目前为止，我们还没有找到任何的破绽，对吧？当然，这个破绽还是非常值得期待的。”

远野宫沉思了一会儿又继续说："但是，伪装犯罪现场的动机这一点还是要深究的，警官。在调查密室现场之前，有一个作为大前提的疑问，那就是为什么要选今晚，又为什么选择在这里行凶。在观众和记者们齐聚一堂的场所行凶，这不符合正常逻辑吧。南美希风，你有什么高见吗？"

南美希风只是兀自苦笑了一下，没有给出任何回答，远野宫也没等他回答，就迫不及待地接着说了下去。

"凶手的动机可能不仅仅是杀害吝一郎着一个人。悄无声息地杀他，没有任何意义。在万众瞩目的吝一郎的回归之夜，对了，凶手的动机很可能就是为了破坏属于他的这个夜晚。"

南美希风也表示赞同。

"或许是想鸠占鹊巢，把这个绚丽的回归舞台变成自己的表演舞台吧。"

"凶手利用姐夫精心布置的魔术舞台，反过来表现自己，还真是变态的表现欲。"春香恨恨地咬着嘴唇说道。

"嗯。"远野宫连忙回答道，"这么做，才能满足畸形的欲望，发泄了他内心深处的不满……他是把自己扭曲的自我意识瞄准了绝代魔术师吝一郎。"

南美贵子不由自主地说道："刚才我也在想，这个凶手可能是想超越'梅菲斯特'，成为死亡的梅菲斯特吧？"

"嗯。"南美希风露出了坦率的表情，接着说道，"这个推测也许能够映射出凶手的形象。"

大海警官轻声细语地嘀咕道："使用木桩杀人，也能看出凶手的恶意……"

几人转过走廊，就在看到那扇被撞开的双开门时，雾冈刑警倏地开口说话了。他转过脸朝着南美希风说道。

"你说的密室诡计，是用在舞台后面那道门上的吧？"

"是的。就像警官说的那样，这个凶手过于在意伪装，耍了很多的诡计，所以就算再多几个也不足为奇。"

"那么，我得事先提醒你，那扇门可是没有任何缝隙的哦。"

"你是说门的下面吧？"

"只有那扇门是在搭建舞台的时候新装上的，没错吧？上条小姐。"

"是的！"

"不知道是不想让人从走廊窥视，还是为了隔音，门的密闭性非常好。从走廊拉绳子的方法根本行不通。"

"我也没有考虑从外部操作的可能性。"

"哦，是吗？"雾冈冷静地回道。

大海警官则露出了"我倒是想看看你到底有什么能耐"的表情。

南美贵子也很困惑。凶手不是出了房间以后才操作的吗？这不是密室诡计吗？但是，从外面无法操作的话，那把锁得结结实实的滑动锁，到底是怎么锁上去的呢？

南美贵子还在整理思绪的时候，雾冈刑警已经把手伸向了舞台房间的门。

4

木色和蓝紫色的舞台房间中，几名相关人员正在进行着搜查工作。

亲眼看见专业团队的工作现场，南美贵子能看得出弟弟有点兴奋。

棺椁里的尸体已经被运走了，但是，黑色的棺椁依然还立在那里。

再次回到吝一郎的被害现场，南美希风的心里被痛苦和悲伤重重地捶打着，他不由自主地放慢了脚步。春香也是如此。

南美贵子也感受到了强烈的哀伤与环境所带来的肃穆。但是，现在还不是默哀的时候。

她在心里默默地鼓舞着弟弟。

南美希风整理好情绪，以其带有愤怒的锐利眼神，环视屋内。

“警官，被移动的家具下面有没有发现什么特别的痕迹呢？像是绒毯上的血迹之类的。”

大海警官像是被激了一下似的答道：

“搜查工作还没有结束。如您所见，很多家具都还没动过位置。”

“凶手费那么大劲挪动这些家具到底是因为什么呢？”远野宫的视线在四处打转。

南美希风的注意力集中到了窗户旁边的大扇形座钟上。

“钟摆还在正常运转，但座钟却是静止的……”

远野宫则一直看着那具棺椁。

“大海警官，关于凶器，有什么新发现吗？”

“那个木桩原本是用在舞台边缘的魔术道具，不是凶手带过来的，指纹已经被擦掉了。”

“棺椁上的挂锁，鉴定人员也检查过了吗？”

“没有留下指纹。据说那把锁是为了这次演出买的新锁。即使是有被害者那样用铁丝就能打开锁的绝技，应该也会留下痕迹。但是什么也没有留下。凶手用的应该是自己配的钥匙。”

“凶手果然是自己人。”

众人来到舞台前面的时候，大海警官叫来了三个鉴定科的警员。年长的一人被称为班长。

南美希风率先登上台阶，走上舞台，众人随后也跟了上去。他在手推车的左侧停下脚步。这是一辆有上下两层隔板，金属打造的手推车，看起来颇有分量，下面带着轮子。

距离手推车一米半左右的左手边，是放着骷髅的展台。整体是木制构造，只有顶板是金属打造的。从前面看，骷髅是在展台的中心，但实际上是放在相当靠后的地方。现在这个时候，蜡烛已经燃尽了。

展台和手推车都贴着墙壁。但是，手推车是微微斜着的，与墙壁之间的缝隙呈现出细长的三角形。

展台往左有一扇门。在舞台下方，刚好被窗帘遮住。把手在门的右侧。滑动锁的螺栓也被推到了右侧，却没有上卡锁。

正如雾冈刑警所说，门和门框之间的缝隙被缓冲材料密封得很紧。

“我发现地板上的一小撮黑色粉末……”南美希风突然弯下膝盖，观察着手推车左侧的地板，“这个是灰土吧？”

受到大海警官的指示，鉴定班长回答了南美希风。

“是灰，具体成分还没进行分析，大概是某种纤维物质吧。”

南美贵子也在观察着地板。果然是灰土。又黑又轻的灰土稀稀疏疏地掉在了地板上。

竟然能发现如此微小的线索，南美贵子对弟弟敏锐的观察力感到十分惊讶。

“滑动锁的螺栓里，检测出煤灰了吗？”听到南美希风这样问，鉴定班长吃惊地挑动了几下眉毛。

“有的。因为锁是黑色的，所以从表面看不出来，但是在做指纹检测的时候发现了新的煤灰。”

“煤灰？”远野宫突然疑惑地反问道。

“把手的下方附着一些煤灰。”

听到新的情报，南美贵子也吃了一惊。发现煤灰和灰落有什么用呢。在把手按钮上检测出了煤灰，又能够说明什么呢?

雾冈刑警发现南美希风站起身来，朝着堆放在一起的道具走去。

“主要场所指纹检测都结束了，但还是不要随便乱碰。”

远野宫向大海警官问道：“你知道煤灰的事情吗？”

大海警官转过身来答道：“嗯，我考虑过这扇门的问题。最主要的是要确认案发时是不是锁上的，煤灰的事本打算稍后再问的。如果凶手使用了什么诡计，就只能在锁上动手脚。我可能不太擅长解开这样的小把戏，如果那个年轻人能够找到解开魔术的线索，那就省事多了。”

南美贵子一边仔细聆听一边观察着周围的人。南美希风此时又关注起了一个塑料杯。

“那个杯子怎么了呀？”

“嗯，非常透明。”

“透明的啊……是三个透明的杯子重叠在一起。”

“这是一个骰子魔术的道具，是老师一直以来的拿手好戏。”

春香点了点头表示认同，远野宫却突然急不可耐地插嘴问道：“难道透明的杯子和锁有什么联系吗？”

“那倒没有，只是想起了房间里的玻璃全部消失的事。我在想会不会被消除的不只是玻璃制品，而是所有透明的东西。现在搞清楚了，这个就是被留下来的透明非玻璃制品。”

“那样的话，那里也有一个。”

春香指着的一个地方，那里有一个文艺复兴风格的道具花瓶，使用透明的树脂制作而成。

“看来凶手只拿走了玻璃……还真是奇妙的巧合。”

“什么？”雾冈刑警立即反问道。

“没被拿走的玻璃制品中，只有那个骷髅是例外。而被移动的家具中，只有那具骨骼标本没有被移动。”

“嗯，原来如此。骷髅和骨骼标本，不会是因为害怕才没碰吧？”

“那么这个密室……”南美希风指着放在收纳小道具的箱子里的一束麻绳说道，“鉴定长官，你认为地板上的灰是燃烧后留下来的吗？”

“有这个可能。”

“麻绳？”远野宫突然问道。

“不。”在场的所有人都提高了对南美希风指尖的关注度。

得到了可以触碰的许可，南美希风把那一束麻绳拿在手里，正要往回走，却突然停下了脚步。他发现脚边有一个金属工具箱放在舞台的地板上。黑色的表面光滑亮泽，却有一处损伤。好像被什么东西撞了一下，凹陷下去。

南美希风关注着那处凹陷。春香也注意到了并叫出了声。

“啊？什么时候出现的啊？这个伤痕……”

“没有印象吗？”

“嗯，做准备工作的时候，还没有那道伤痕，这是刚买的新箱子……”

“可能是凶手造成的，是撞到什么东西了吗？”

南美希风说到最后，更像是在自言自语。

“不过，不是这里……”

那个箱子在门的左手边，南美希风又将视线移到了进门右手边的手推车。

“南美希风，用那个绳子拴住螺栓的把手吗？”

“就是这样。”回答了姐姐之后，南美希风继续观察起手推车。

“鉴定长官，这里，这里也有煤灰。”

南美希风指着手推车四根支柱中的一根。就在最上面的层板的下方。鉴定班长马上走了过来，伸出戴着手套的指尖。

“确实，是煤灰。”他凝视着触碰煤灰的指尖继续说，“新的。”

“把这些遗留的痕迹和麻绳结合起来，诡计就昭然若揭了。”

“什么诡计？”远野宫毫不掩饰自己的求知欲。

“我可以推动这辆手推车吗？”在得到允许后，南美希风握住了手推车的把手，试着推动了一下，“虽然特别沉重，轮子却非常灵活，这个再合适不过了。远野宫先生，首先是将麻绳系在螺栓的旋钮上。”

“如果手推车和螺栓都没问题的话，那就试一下怎么样？”

在远野宫的提议下，南美希风开始进行现场演示讲解。

滑动锁的旋钮是一个向前伸出的圆柱形，在其根部系上细细的麻绳。麻绳的另一侧绑在手推车上。就是发现煤灰的地方。手推车靠近放着骷髅的台子，因为长度足够，所以绳子会垂下来。虽说是垂下来的，但是大部分都在展台的上方。

南美贵子的目光紧紧盯着麻绳。麻绳从螺栓的旋钮向右延伸。螺栓和骷髅的展台之间只有一米左右的距离。麻绳在台子和螺栓之间耷拉着，垂在空中。麻绳横穿过台子上方，又从右缘垂下。终点是那辆与展台相距六七十厘米的手推车。绳子被绑在手推车左侧最里面的支柱上。

货车离墙的距离是四十厘米左右。

“刚才用来浸泡麻绳的是油吧？南美希风。”远野宫突然开口确认了一下。

“这是魔术用的燃料。”

“这是一种能够快速燃烧，将物体瞬间变没时使用的油，火焰的温度并不高，也不会产生很多烟。”

南美希风使劲地往各个方向拉动麻绳，进行调试。

“好了，试一下吧。”他终于确定地说道。

“请点火。”玻璃骷髅上放好了新的蜡烛。

展台的正中央，稍偏后方。玻璃骷髅在那里面向右侧。左眼中，点着蜡烛。

“没有试验就直接展示，可能会不太顺利。但是，大家看看能不能抓到一点方向吧。”

南美希风轻轻地推动了手推车。

手推车与墙壁平行，顺畅地向右移动。

“凶手就是这个时候从那道门出去的。”麻绳被拉动，松弛感逐渐地消失了。

每个人都静得像是忘记了呼吸。就像正在参加某个仪式的信徒一样，目不转睛地凝视着，眼都不眨一下。

远野宫、大海、雾冈还有鉴定组成员们……南美贵子和春香不知什么时候，身体已经靠在一起。

“那辆手推车虽然比较沉重，但是，滑轮滚动得非常流畅。”

手推车在惯性的作用下沿着墙边移动，一点点靠近墙壁。麻绳被绷得紧紧的。悬在展台上方。轻轻划过玻璃骷髅的右侧脸颊，继续往上提升。

手推车上绑着麻绳的地方和螺栓的高度渐渐变得一致。骷髅则要略低一点。

麻绳已经绷紧成了一条直线，正在蜡烛的火苗旁边摇晃。

“啊……”不知是谁发出了叫声。

麻绳紧绷到了极限，螺栓被向右拉去。手推车本身重量所产生的惯性，足可以拉得动螺栓。

螺栓整根插进锁孔里。就在这一瞬间，麻绳也略微松弛下来，手推车也停下了。因为较重，所以并没有受到反作用力后退，只是稍微震动一下就不再动。右侧是接近墙壁一侧，也就是说，和最初发现它所在的位置完全相同。

与此同时，被绷紧的麻绳突然开始摇晃。那摇摆仿佛是把火焰吸引过来一样，麻绳一下子燃烧了起来。

“啊……”雾冈刑警虽然早有预料，但他还是不由得大吃一惊！

南美贵子也被眼前超乎想象的画面惊得瞠目结舌。

火焰瞬间发出白光，照亮四周。麻绳瞬间变成了一条火线，从骷髅上端一分为二，各自向左右两侧垂下。但是，也只不过是一瞬间。麻绳随之逐渐下垂，也化为火焰消失了。

刚才还在想着螺栓下面会不会留下剩余的麻绳时，它已经变成了轻盈的火焰，消失得无影无踪。

只剩下手推车那边的麻绳还留有一点像导火线一样的痕迹，但是，那也只不过是一两秒而已。

在火焰中诞生的华丽魔术，在这电光石火之间便结束了。

这一切都是在手推车开始移动后的几秒钟发生的事。虽然全程只有短短几秒钟，令人惊讶的结果却显而易见。

“太棒了。”南美贵子差点忍不住要鼓起掌来，“滑动锁锁上了。”

此时，她才明白南美希风所说的“不是外部操作”的意思。安装和操作都在屋内完成，凶手只要找到合适的时机就能逃到屋外……没想到还有这样的做法。

南美希风也松了一口气说了句：“幸好还算顺利。”

“干得不错。”对于远野宫的感叹，大海和雾冈也没有说什么。

正在观察螺栓的鉴定科警员抬起头。

“就连打的结都消失了，是燃烧油的效果吧。”鉴定班长环视了一下门的周围说道。

“与现场证据完全一致。”然后，他平静地汇报了这个事实。

“太棒了！”春香欢呼着说道。

随后南美希风又解释道：“从蜡烛到手推车的绳子长度，比从螺栓到蜡烛的长度要长，火焰的燃烧会也变慢，绳子的分量会变重。所以，那边可能会剩下一点灰了吧。还有，为了拉动螺栓，绳子需要在墙边向一侧拉扯。为了把绳子烧断，蜡烛不能放在骷髅的右眼上。蜡烛火焰离墙壁较远，为了让火焰发挥作用，只能把骷髅朝相反方向放置或把蜡烛放在左眼上。”

“就是为了这个，才把蜡烛交换位置的吗？”南美贵子这才恍然大悟。

“这个诡计要用到手推车，所以才把车推到这边来的。也是这个原因，本来放置在上场边的小道具也都搬到这里来了。”

“难道这就是挪动家具的动机？”南美贵子突然恍然大悟，“将其他的家具换位，其实是为了不让人发现凶手使用了手推车？”

“原来如此！”

与女性们的兴奋相反，南美希风的表情却变得阴郁起来。

“可是，总觉得哪里不对劲儿。”

南美贵子被弟弟的意外反应搞得不知所措。

“什么？‘伪装说’不是你主张的吗？”

“是啊。不过，总觉得什么地方有点混乱。”

“到底是哪里不对劲儿呢？”

“就像姐姐所说的那样，凶手为了隐瞒制造密室的诡计，隐瞒了挪动手推车的真正意图。或者说是为了掩盖原本的意图，将全部的家具都挪动一遍……这可不是一般的工作量，甚至比清除屋内的玻璃制品都要费劲。同时也暴露了共犯。”

“共犯？”春香惊讶的声音倏地打断了南美希风的话。

南美贵子也无比惊讶地问道：“共犯？为什么？吝一郎先生最后说的‘你们是……’不能作为有共犯参与的证据，不也是你说的吗？”

“那是家具被移动之前的事。姐姐你觉得那个沉重的壁柜和落地钟是一个人能搬得动的吗？”

“是啊！”南美贵子和春香突然异口同声地说道。

“筹备这次的犯罪行为，至少需要两人以上。冒着暴露共犯的风险，获得的收益是不是小了点？不，何止是小了点，可能还有反作用。”

“反作用是什么意思？”刑警们也皱着眉头问道。

“姐姐，你不觉得很可疑吗？为什么这么容易就能锁定这扇门？是因为只有这里的滑动锁没有上插锁。”

“是啊……”

“其他两处都被上了插锁，锁得严严实实。所以，这里的锁很容易就会被注意到。如果不想被注意，或者让他不那么容易被注意，只需将另外两道门的卡锁不上就好了。就像我们之前说的顶门闩的道理是一样的。印象的平等化。”

“顶门闩的道理？”

雾冈刑警对着困惑的上司，简要做了说明。

大海警官将其要旨总结成了一句话：“为了让逃跑路线更难判断对吧？”

“是的。如此费尽周折地挪动家具，有点不划算。即使是为了掩饰手推车和骷髅上的蜡烛位置的变动而设置的诡计，但要是逃脱路线被注意到了，那就本末倒置了。所以为了防止这种情况，都不上插锁才对啊。”

南美希风用力地捏着自己的下巴思考着其中的逻辑。

“那么，凶手为什么要在那两道门上插锁呢？难道是为了密室杀人的演出效果吗？还是凶手无法抵抗想要表现不可能犯罪的心理欲求呢？”

“实际上，不就是这样的吗？”大海警官突然直截了当地说道，“凶手有一种偏执的扭曲心理，即便有那么几处搞不明白的也没关系。密室诡计已经被识破了，结果不会有什么改变的。”

“正是如此。”远野宫也特别赞同，“凶手的诡计已经被识破了，这就够了。”

“不，那个……我还是觉得不对劲儿。我不觉得自己已经解开了谜题。”

“你说什么？”

所有人都陷入了混乱。

“我的推理，就像是在凶手的手掌上展开的。其他两道门上了插锁，可能是为了干扰。被叫作‘第一密室’的是那具棺椁，那是最该去破解的密室状态吧。乍看之下，大家都会因棺椁从内侧上锁而费解，但是，这并不是特别难理解的事。因为谁都知道，那具棺椁是一个魔术道具。魔术师是有办法逃出去的，锁也是在魔术表演过程中锁上去的。因此，只要问过了解魔术道具的人，谜团就不再是谜团。实际上，三名助手中的山崎兄弟和上条春香都知道怎么从棺椁内部上锁。凶手并不会用这件事迷惑警方。这是一个常识性的问题，很容易就能解开。也就是说，对于除了魔术表演以外，找不出第一密室的存在动机，凶手也知道马上就会被解开。”南美希风接着低声说道，“就像凶手在告诉我们‘赶快去解开这个密室吧’一样。那么，第二个密室是怎样的呢？这个舞台房间的密室，没有上插锁的门，也像是在引诱你去‘解开这个谜题’一样。蜡烛的火焰、地板上的灰……对于凶手来说，为了确保手段绝对精准，是必须要经过好几次试验的。所以，凶手也一定知道会留下灰土痕迹。啊，好混乱啊……到底哪些是线索，哪些是陷阱啊？”

南美希风无意中看到了金属工具箱侧面的伤痕。

“比如说，地板上的灰，不留下这些灰是不是也可以做到呢？”

“要怎么做呢，南美希风？”

“稍微再动点脑筋，就不会留下这些痕迹了。”

在得到鉴定人员可以把灰吹走的许可之后，南美希风从道具箱中拿出一张长约一米的板子。

“利用手推车的移动，或者撞击，这块板子就会……”

本来立在地板上的板子离开了南美希风的手，“啪”的一声倒在舞台上。由此而产生的风相当大，轻微的灰尘一下子就被吹散了。

“如果像这样倒下，上面沾染的灰尘一下子就会消失。”

目睹了眼前这一幕，南美贵子的注意力更加集中了，她静静地等待着弟弟继续说下去。

“既然已经使出了滑动锁的诡计，那就再动一动脑筋。如果不想用木板那样显眼的东西……那个窗帘也可以吧。”

南美希风看到舞台前挂着的黑色窗帘，用来做舞台幕布。厚度接近于真正的电子幕布。

“在窗帘下摆的一角系上麻绳，把麻绳穿到挂窗帘的圆环上，从观众席的一侧，把麻绳拉到这边，与手推车的麻绳连接起来。在拉着窗帘的麻绳上，也涂上那种油。滑动锁被锁上后，手推车的麻绳开始燃烧时，窗帘一侧的麻绳也会燃烧起来。厚重的窗帘失去了悬挂的力量，就会从对面一下子落下，在舞台上扇起一阵风，说不定连蜡烛的火焰都一起吹灭了呢。这样就可以消除蜡烛的火焰和地板上的灰烬。蜡烛和灰烬的犯罪证据都可以被消除掉。”

刑警们一瞬间露出满脸的惊讶，随后又紧绷了起来。

看着灰烬消失了的地板，南美希风继续说道。

“再仔细思考一下，为了不让火烧到窗帘，避免麻绳直接接触窗帘是比较稳妥的做法。比如，这也只是一个例子，可以利用像弹簧一样可以反弹的小工具。用它穿过窗帘的环，夹住窗帘，再用麻绳固定住。麻绳烧断了之后，弹簧就会弹开，窗帘也就掉下来了。弹簧滚动到了某个地方，或者挂在窗帘的环上。警官和鉴定员们在面积这么大的案发现场，也不会太在意这些小东西，很可能会错过一个小弹簧。即使发现了，想要将其与密室里的诡计联系起来，恐怕也不那么容易。而且，那会儿还没有灰烬和蜡烛的火焰这两个线索。”

“嗯……”远野宫陷入了沉思。

“假设板子倒在舞台的地板上，就不会发现刚才那些奇异的地方。或许会被认为是家具移动时的疏漏。如果附近的地板上没有灰，那手推车上的煤灰很有可能被忽略掉。”

“现实情况是确实被忽略了。”远野宫的话，让鉴定科员们露出了尴尬的神色。

而且，如果用窗帘来消除作案痕迹，那么蜡烛的火焰和灰烬也就没了，也没有地板上摆放的板子。即使发现了门把手上的煤灰，要看穿密室诡计也是非常困难的。即使能够做出一些粗略的推理，也没有办法掌控真相，调查人员会一直迷茫下去。

“移动的手推车和燃烧的麻绳。有了这样的道具，即便是我也能马上想到好几种消除灰烬和火焰的方法。但是……”

南美希风猛地把手伸向骷髅，火焰立刻摇晃起来。

“我认为创造了如此一个巧妙诡计的凶手，不可能想不到消灭犯罪线索。我觉得这些线索会不会是凶手故意留下的？”

“你想太多了吧？”大海警官的眉头上爬满了皱纹，语气显得非常冷淡，“也许就是单纯的技术或能力的问题。也就是说，凶手没有那么聪明。也可能是因为没有时间了。”

“我也有同感，”远野宫突然说道，“南美希风，你夸大凶手的能力了吧？”

“凶手的能力……对于这一点我也非常困惑，总觉得有些忐忑不安。远野宫先生和大海警官，你们能否根据经验，判断出凶手的智力……”

“智力。”

“我起初认为凶手的知识水平非常之高。同时我也开始迷惑……用魔术师来举例的话，就是这种感觉。比如有两个魔术师，从外表看不出真实的能力，一流的魔术师尽可能呈现出完美的道具搭配，但是，业余魔术师只会尽力模仿，让自己更像专业的魔术师。”

春香猛地点了点头，像是在说：“是啊！确实存在这样的人。”

“有的魔术表演乍一看非常拙劣，其实不然……”南美希风对着骷髅和手推车挥动着自己的手臂继续说，“如果让道具若隐若现地差点暴露，观众一定会觉得我是外行，他们就会轻蔑地以为自己看穿了一切，观众们会以为自己知道了内幕。但是，那些差点暴露出来的道具本身就是表演的一部分。最后，魔术师上演了让疏忽大意的观众大吃一惊的逆转。魔术表演也有这样的风格吧。出乎观众的意料，让他们陷入一次又一次的惊讶。”

“那么，你……”南美贵子马上明白了弟弟的意思，“你是说这个凶手是懂得操纵诱饵的一流魔术师？”

“也许是超一流的，智力非常高。你不这么认为吗？故意把棺椁设计成一个密室，这个凶手还构建出了双重密室，制造了玻璃消失之谜和家具移动之谜，以及故弄玄虚的骷髅烛焰。凶手在这里创造出了谜题的巅峰。我很难认为这样的凶手只是用了一个滑动锁的诡计。”

“可是……等一下。”南美贵子突然惊慌失措地说道，“南美希风，按你所说，这个凶手只要稍微动动脑筋就能打造出一个完美无缺的密室，刻意留下这些破绽是为了迷惑我们吗？”

“是的。”

“千万不要是这样。”雾冈刑警长叹了一大口气。

“你想太多了。”大海警官重复了一遍刚刚说过的话。

“我不认为这个凶手只是一个夸大妄想的偏执狂。凶手的谋略也非常出色，绝对是高智商罪犯。看似矛盾，却迫使你不得不沿着他的脚步追赶。而且，凶手还能利用巧妙的手段诱导你解开谜题，牵着你距离真相越来越远。”

南美贵子简直不敢相信。

弟弟巧妙地活用留下来的线索，锁上了滑动锁，由此破解了凶手的逃脱手法。难道这些都是伪装的诱饵？绝不可能。

从现场留下的作案痕迹，仿佛能够看到凶手轻蔑的笑容……简直毛骨悚然。

雾冈刑警也摇着头，表示似乎不太可能。

“现实问题是……”远野宫那有张力的声音响起，打破了凝固的气氛，“凶手除了这道门，不可能从其他地方逃走。南美希风，按照你的推理，装置启动后会从室内上锁。凶手用这种方法从这扇门逃跑了。从现实情况来看没有任何矛盾和不合理。”

远野宫用象鼻子一样粗壮的手臂拍了拍南美希风的肩膀。

“不要因过于思考而变得没有自信。毫无疑问，你取得的成果超出了凶手的想象。”

“是啊。”南美贵子也忙附和道，“不可能有人在计划与行动之间反复试验。”

远野宫拨动着门上的滑动锁，试着将手伸向门把手。

“凶手就从这里……”把手转动起来，门打开了。

“逃走了……那么，我们是不是该考虑凶手之后的行动了？”

这时，大海警官忙不迭上前说道：“其实，远野宫先生……”他的声音里充满着犹豫，“在那之后，马上就会有下一个谜团等着我们。”

“什么？”

“仔细想想，可以称为第三个密室。”

“什么？那是？”

“也就是视线密室，当时走廊上聚集了密密麻麻的记者。如果是从这扇门逃出去的，那么凶手就要在不被任何人看到的情况下穿过走廊。”

5

东向的门是为了方便舞台表演新开出的一道门。结构自然有点特别，需要走下两级台阶才能到走廊上。因为是魔术师的宅邸，房间自然会有些与众不同。南美贵子前几次拜访宅邸的时候，就这么认为了。

南美希风此时已经开始展开调查。这里的走廊中央也铺着深蓝色的绒毯。建筑的东侧没有二楼，天花板高得像个通风口，有一根粗大的横梁，让人联想起古老的民居。天花板深处的薄暗，仿佛与黑夜相连在一起。

从门出来，走廊向左右延伸，右边是南，左边是北，左侧的走廊很快就到头了。

南美贵子透过窗户望了下外面。

左手边是舞台房间的阳台，紧张得心跳加速的五十名观众，已经不见了踪影，院子里充满了无声的黑暗。

在深灰色的天空下，借着窗外的灯光，绿植像没有水分也没有生命的暗绿色假花一般映入眼帘。

两扇窗户都上了锁。

“凶手不可能从窗户逃跑的。”大海警官接着从容不迫地说道，“那里不仅上了锁，观众也会变成目击者。从那扇窗户出去的人，不可能在众目睽睽之下悄无声息地一走了之。”

南美贵子突然回过头来，回想着走廊的全貌。

南北延伸的走廊的东侧，是一条通往后门的走廊。走廊夹在北边的餐厅和南边的客厅之间。保管钥匙的储藏室就在后门附近。而他们六人现在走出来的地方的右手边就是走廊，大致位于舞台房间的中心线略偏南的位置。

眼前的这条走廊笔直地向南延伸，但是，在中途却沿着舞台房间向西拐去。与这条走廊遥相呼应的是在舞台房间的南边被称为“PLAY ROOM”的娱乐室。

“院子里的目击者和锁……”远野宫喃喃地重复了一遍，然后向大海警官询问道。

“也就是说，这条走廊上也有目击者吧？”

“记者们无处不在。”

“具体什么情况？”

雾冈刑警随即当起了解说员的角色说道。

“通往餐厅和后门的那条走廊，我们暂且就叫A走廊吧。”

南美希风也把视线投向了那条走廊。

“然后，我们所在的这条走廊一直往南，再从娱乐室往南的一段叫作B走廊。从即将抵达娱乐室的位置右转，夹在舞台房间和娱乐室之间的东西向的走廊，是C走廊。”就像在检索记忆一样，雾冈刑警稍微停顿了一下。

“受害者的棺椁被运来的时候，记者们大多聚集在C走廊或被破坏的双开门前面的走廊，我们就叫D走廊吧。棺椁进入舞台房间以后，山崎忠治和上条春香小姐从房间走出，就到了D走廊。两人沿着C走廊向东，再穿过A走廊，就通往了餐厅前面的后门。”

春香做出了一个表示认同的手势。

“棺椁停在舞台房间以后，记者们就散开了一些。有一群人聚集在B走廊。说是一群人，实际也就是四个人左右。B走廊的一侧，也就是在客厅的南侧是叫作‘沙龙[1]’的房间，那里是给记者们提供休息的场所，所以记者才会在B走廊附近停留。走廊区域是听不到受害者通过麦克风传来的声音的，大家都在打发时间。但是，没过多久，现场就发生了骚动。远野宫先生等人发现了异常情况，立刻跑到D走

1　“沙龙”原指法国上层人物住宅中的豪华会客厅，通常位于一楼，是一个宽敞、豪华、布置精美的客厅。在19世纪和20世纪，“沙龙”逐渐演变为一种社交活动，指一种特定的聚会形式。——译者注

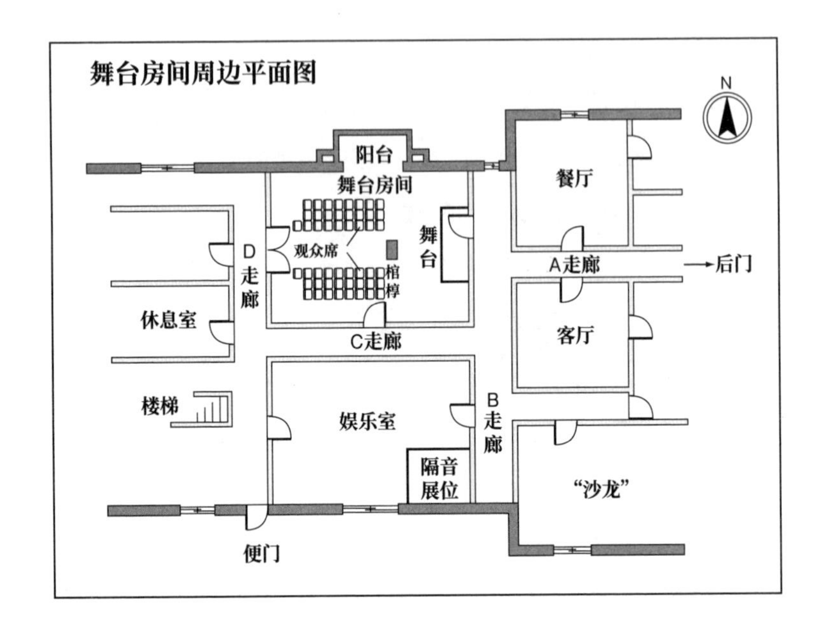

廊。陪同记者们待在‘沙龙’的青田经纪人也知道了异常情况，因为‘沙龙’里有扬声器，可以听到声音。青田从‘沙龙’出来，穿过B走廊和C走廊，奔向舞台房间。而在C走廊里的记者们，集中在了双开门的前面。人数有六七个……”

雾冈刑警似乎在记忆中确认着准确的人数。

“八……八个人。那些记者基本在那里待命。但是，之前B走廊上的四人还是原地不动。因为双开门那边的骚动传不到那边去，并且他们也看不到聚集在C走廊的记者。青田经纪人从‘沙龙’出来时候曾经见过他们，四人都说没有发生异常情况，也就留在那里了。然后，去拿钥匙的细田寿重和早坂君也来到了这条走廊。因为钥匙放在餐厅附近的储藏室里，细田两人就要通过A走廊，途经东侧门的前面时。他们轮流扭动了门把手，没有转动。细田和早坂两人的目击证词与四名记者的供述内容是完全一致的。看到细田和早坂惊慌的样子，四名记者意识到发生了变故。所以，跟着细田到了A走廊附近，想要问问情况。”

“等一下。”远野宫打断道。

“走廊上的那四个目击证人的可信度高吗？如果他们没在门前，就没有意义了。”

“这一点没有问题。所有人在慎重地回忆之后，做出的陈述都完全一致。工作中的他们一直在密切关注着舞台房间。所有人都没有移开过视线。”

“他们是在等细田吗？”

“是的，后来，细田他们带着山崎忠治和上条春香一起回到了这里。”

春香突然插上一句：“我和山崎当时在院子里的舞台上，听到那个异常的声音从扬声器传来。姐夫的声音突然中断，接着就听到了他的呻吟声……我和山崎有点犹豫，不知道是否该按照流程进行。但是，这明显不是正常流程。所以就折返回舞台房间。然后刚从后门进来，就遇见了早坂先生他们，并从他们那里了解到了情况。”

“春香他们四人回到这里之后呢？雾冈刑警。”

“因为记者们都上来询问，所以留下了早坂一个人应对，其他三个人，分别是拿着钥匙的细田、山崎忠治和上条春香，他们继续赶往

C走廊。”

“没试过用钥匙去开这扇门？”

远野宫向侄女和雾冈刑警问道。

春香连忙回答：“除非接到指示，否则我不会做多余的事情。C走廊上的门也是一样。细田先生跟我说这道门也锁上了。我自己也确认过了，果然转不动把手。但是，我没有用钥匙去开门，而是继续赶向大家集中的场所。”

见到远野宫露出听懂了的样子，雾冈警官又开始说道：“不久，早坂摆脱了记者们追上了细田他们。此时的记者们被分散到了A走廊和B走廊，他们并没有全都聚集在双开门的附近。而是在‘后方’观察着舞台房间的动静。接着，留在‘沙龙’的记者们也听到了信息，全都到了舞台房间的走廊上，在走廊里来回走动。”

“嗯……”远野宫从鼻子里哼了一声。

“可以肯定的是四名记者，从事件发生前抵达B走廊的时候开始，就没有见到有人从这扇门里出来过。”

“门一次都没有被打开过。”

“不仅是记者们，就连跑来跑去的细田他们，还有陪同记者一段时间的早坂，都能证明这扇门一直是关着的。”

南美贵子不由得说道。

“的确是非常棘手的情况。视线密室毫无破绽，从这里很难逃走。”

“是吧？姐姐，所以我说被看破的诡计其实是诱导我们的陷阱。”

远野宫看向一边正在自嘲的南美希风。

“那个利用蜡烛和手推车的手段果然是诱饵。”

“即使能从内部锁上门，也逃不到外边去吗？远野宫先生。凶手并不知道走廊里有没有人。除非这道门是开着的。凶手看来是利用我们识破物理诡计所带来的满足感，诱使我们陷入错误的陷阱。”

“没错，这个事实让我非常震惊，但是，南美希风，我认为还是有一个小小的缝隙可以切入。”

听到这里，比起南美希风，大海警官等刑警似乎更感到不可思议。

“棺椁上的锁和舞台房间的门锁是什么情况，凶手事先都有了解。甚至对周围的环境也了如指掌。换句话说，凶手事先做好了周密计划。那么第三密室又如何呢？是不是也是事先计划好的呢？”

“对啊，”南美贵子能够理解他的意思，回应道，“正常来说，采访的人都该待在在‘沙龙’吧？”

“是的，起初是这么打算的。可是，记者们并没有这么做。难道凶手早就猜到了记者们不会老实待着吗？”

雾冈刑警沉思着自言自语地说道：“不可能吧。凶手应该预测不到记者们的行动。”

“舞台房间会被记者包围，凶手并没有预料到。如此一来，从第三密室逃出的方法，也许就是突然间想到的。正因如此，才会有些草率的举动。或许这就是单纯的破绽。”

“是啊，南美希风。”南美贵子忙趁机说道，“想要从走廊上那么多双眼睛下逃出去是不可能的。凶手虽然溜出去了，但你至少找到了一种可能性。视线密室的问题，总会找到解决的方法。”

“凶手也不会游刃有余的，南美希风。他一定是在慌乱之中，绞尽脑汁。如果是临时想出来的诡计，那么我们很快就会有进展。”

听到远野宫的鼓励，南美希风缓和了僵硬的表情。

“如您所说，并不是没有这种可能。只是，我认为凶手不可能没考虑过走廊上有人的情况。我可以肯定的是第三密室与用物理诡计制造出来的密室是不同的。这次的第三密室应该没有诱导我们进入陷阱的意图。”

“是吧？”

“但是，这样一来，第二密室的谜题又要重新考虑了。”

“什么意思？”南美贵子担心地提问道。

“根据我的推理，凶手是从这个门逃走的。如果目击者的证词可靠的话，从这里逃走根本就不可能。”

“从案发前，在相当长的时间里，这扇门一次也没有被打开过……”

“所以，只能认为是凶手从另外两个出口中的一个逃走的。”南美希风沿着走廊向南走去，眺望着C走廊。C走廊的两侧，只有舞台房间的门，娱乐室的入口并不在这里。

“用某种手段从里面上锁，然后凶手又从其他的门逃了出来。”

“无论是哪个出口，凶手都不可能逃得出来的吧？”靠近南美希风的大海警官的喘气声特别粗重，接着说道，“这些门外聚集的记者的数量，可是比舞台后面那边还要多哦。不……”

大海警官推了下鼻梁上的眼镜，清了清嗓子再次说道：“但是，如果凶手没有逃走的话，那就跟现场的事实相悖了。”

“是啊，大海警官。”远野宫突然语气坚定地说道。“大概是哪里看漏了吧。”

“那扇门。”仿佛发现了什么，南美希风的眼神突然有了焦点，“C走廊的那扇门，好像存在盲点。”

“怎么回事？”大海警官锐利地转过头。

“你说什么？”南美贵子也吃了一惊。

“当我们发现异常情况赶过来时，起初是在双开门前大声呼喊的。听到骚动之后，C走廊的记者们就聚集到了D走廊。B走廊上的记者则不知道C走廊上的同行们的行动。此时的C走廊，当然包括那扇南向的门也都变成了目击盲区。凶手要是那个时候趁机逃到走廊上来。那么，接下来凶手就有两种逃跑路径。”

“两，两种？”远野宫倏地睁大了自己的眼睛。大海警官和春香也是一阵愕然。

南美贵子再次吃惊地目瞪口呆。谁能想到居然有两种逃跑路径？至于雾冈刑警，则对南美希风报以怀疑的目光。

“有两条逃跑的路线？”春香也是不明所以。

“可，可是，C走廊的两端有好几名记者在。这条走廊又没有其他的门……”

C走廊上的门，只有通往舞台房间那一道。当然也没有窗户。这条走廊本身就是一个密室，居然还有两种不被人看见就能顺利逃脱的方法吗？

“你说说要怎么做，南美希风。”

“别着急，听他慢慢说。”大海警官小心翼翼地说道。

“在讨论这一点之前，有件事情必须要先明确。案发时，处于舞台房间室内的杀人凶手，从房间里出来之前，可能会窥视走廊的情况，所以走廊里有没有人，凶手肯定有办法知道。或许是棺椁被送达之前就知道了。记者们被带到‘沙龙’，是在棺椁被送达前的十五分钟左右。然后没过多久，记者们就纷纷涌上了走廊。因此，凶手在那个时间段了解到外面的情况也不足为奇。”

“即使凶手是个天才，也需要一点时间准备吧。”远野宫突然插嘴道，“也就是说，凶手要在十分钟到十五分钟这么短的时间内，构思出从层层叠叠的目击者中逃脱的方案。”

“凶手是非常慎重的，远野宫先生。凶手不想被人发现，他会隔着门来倾听记者们在走廊里的动静。但是，只是这样也不能知道走廊上的确切消息。虽说，能够提前预测到双开门所在的D走廊一旦发生骚乱，记者们都会涌向那里。但也有很大的不确定性。所以，凶手可能会抱着碰碰运气的想法去窥探一下。”南美希风接着答道，“做好被发现的心理准备，轻轻打开门，窥探走廊上的情况，把握好时机逃出房间。这是第一种行为模式。另一种则相反，不管是不是有目击者，光明正大地走出房间，通过伪装自己完成华丽的逃脱。”

“光明正大？伪装？怎么可能做得到呢？那样只会吸引目击者的注意啊，而且还会给人留下深刻印象。”春香完全没有搞懂。

“伪装自己，将计就计。”

“伪装？”

“即便是第一种行为模式，也需要一点伪装。根据行为方式不同，逃跑的路径也可以分为两条。”

“光明正大地出现在目击者面前的伪装，你在说什么呀？南美希风。”

“假扮成‘梅菲斯特’。”

“你说什么？”

“在道具中找到一块黑色的布，像斗篷一样包裹住身体，脸上化上吝一郎的妆，或者戴上面具也可以。也就是说，伪装成让目击者没有办法分辨身份的策略。”

春香突然想起了什么，说道：“斗篷……”并看向了雾冈刑警。“刑警先生，那件斗篷……”

“什么？”南美希风紧接着问道。

“那件斗篷不见了。”雾冈突然露出一脸深感怀疑的表情。

“根据春香小姐和山崎兄弟的证词。本该出现在舞台房间道具中的斗篷和礼帽不见了。”

“好厉害。”南美贵子异常兴奋起来，弟弟的推理有了证据的支持，“凶手可能是用礼帽遮住了脸，然后再用斗篷裹住了身体。”

远野宫等人点了点头表示认同。

南美希风也多了一些自信。

“打扮成这样来到走廊上，然后呢？”

“面对那些注意到自己的记者们，比如，像这样……”南美希风在嘴唇前竖起一根手指，发出“嘘”的声音。记者们会认为这是魔术表演的一部分，本该在“沙龙”的自己撞见了魔术表演的内幕，他们多少都会有些歉意。为了不给大家添麻烦，他们会默默协助对方。即便凶手被目击到了，也不会被任何人怀疑和逮捕，而是神不知鬼不觉地离开了目击者们的视线，而且，他从头到尾都没有暴露自己的真实面目。

“喂，南先生。”大海警官连忙摇着头说，“问题是没有目击者提供这样的证词。”

“所以，结果就是这样的。凶手做好暴露的心理来到走廊上，但是，C走廊里的记者们聚集到了双开门那边，因此凶手就没有被任何人看到。”

“但是，走廊两端都有人，凶手也同样逃不出去啊？ 聚集在D走廊的你们中的任何一个人，以及B走廊的记者们，都没有见到过那样装扮的人吧？难道脱掉了斗篷和礼帽？但也没有人见过拿着斗篷和礼帽的人。走廊就那么一条直线，就算脱掉衣服也没有能隐藏的地方。不是吗？”

“当时也确实没有脱掉衣服的时间。在这种情况下，逃跑的路线只能是纵向的吧。”

“纵向？”

与大海警官略显高昂的疑问声一样，大家都抱有同样的想法。所有人都在困惑，并且迫不及待地想知道接下来会怎样。

南美希风接着说道：“如果假扮魔术师的凶手被目击者看到了，

那么他会光明正大地冲出记者们的包围，这是刚才说的第一种逃跑路径。但是，出乎凶手的意料，走廊上没有人。这样的话，以凶手的性格和作案风格来看，势必会营造出更多的不解之谜。在没有任何人目击的情况下消失，就又能制造出一个捉弄警方的谜题。所以，凶手很有可能事先就做好了从C走廊逃跑的准备，只要精心谋划，就有可能通过头顶上的死角逃出去。”

“头顶？”

所有人都不禁抬起了头。高高的天花板上，隐约可见沿着走廊的方向铺设着一根粗壮的房梁。还有两边像肋骨一样交叉过来，两根、三根……上面一片黑暗，看不出到底隐藏着什么。

“如果在墙边准备一根垂下来的绳子，当然是不容易发现的绳子。”南美希风扶着墙壁说道。

“拉一下绳子，绳索就会从上面掉下来，沿着绳索爬上去的话，就能爬到天花板。为了对标‘梅菲斯特’，凶手很有可能会使用这样的逃脱手段……但是，从时间方面来看，似乎是行不通的，所以要否定这个假设。想要顺着绳子爬到上面而不被发现几乎是不可能的。毕竟要是突然被发现根本无从解释。因此，这个仅仅只能作为可能性的假设。”

抬头凝视着厚重的古木梁的南美贵子，听到南美希风说完，她从心底觉得凶手很有可能会这么做。凶手能将木桩作为凶器，可见其疯狂程度，那么想出这样的逃脱手段也不足为奇。

“在我所能想到的两种逃脱方法中，还是另外一种更现实一点，就是凶手从舞台房间里悄悄地走出来。”

南美贵子把思绪从天花板拉了回来，看向了弟弟。

“你是说凶手是从走廊里逃出去的？”

“是的。刚才不是说凶手装扮过了，为了不让人产生怀疑。凶手轻轻地打开门，窥探走廊的情况，幸运的是外边没有人，就从舞台房间出来了。凶手可能穿着西装，胸前还别着一个胸章。”

“胸章……啊，是记者用的胸章。”

大海警官的眉头紧蹙，远野宫也将注意力集中了起来，努力思考着可行性。

“记者的装扮……”雾冈刑警像是在思考什么喃喃自语道。

南美希风接着说道：“凶手别着那样的胸章，或者类似的胸章，到C走廊上窥探一番。再用某种手段使滑动锁自动锁上。然后再次大摇大摆地走出来。当时，聚集在双开门前的我们，不可能会注意到C走廊上有没有人，又是什么人。”

“很有可能。”远野宫说出这句话的口气特别强硬。

“如果凶手是男性，可能性就很大。”南美希风接着补充道，“正式的采访人员中好像没有女性。如果凶手是女性的话，就很难掩饰了，会引起别人的怀疑。”

“这个逃脱的手段，确实可行啊。”远野宫说出这句话的语气充满了底气。

“可行的呢。”春香佩服地点着头应和道。

只有南美希风的声音还留有些许慎重。

“如果以这个方向侦察的话，有一个人要关注一下。”

“是谁？”

“青田经纪人。如果以当时的情况来看，他是独自从C走廊走到双开门前的。实际上，他很有可能是从案发现场出来的呢。”

沉默片许后，南美希风继续说道：“不过，如果有人能证明他当时在记者们聚集的‘沙龙’里，嫌疑就可以排除了。”

“那就重新录口供吧。”雾冈刑警紧接着说，“找证人这件事情很快呢。”

南美希风一边点了点头，一边露出了严肃的表情……

“调查青田的不在场证明自不必说，似乎也想不到其他的逃脱方法。即便如此，依然没能掌握凶手的行踪和相貌特征之类的信息……”

“所有的可能性，都要仔细排查。”大海警官的目光严肃而锐利，“房梁上也要检查一遍！”

6

已至深夜，南美贵子非常担心弟弟的身体情况。但是，南美希风无论如何都想知道结果。

南家姐弟只得在休息室等候，也不知道对于记者们的问讯，以及对于房梁的调查会是什么结果。

远野宫龙造也在这个屋子里。

这时，管家细田先生送来了饮品。杯子里是冰镇的乌龙茶。

“那段空白的时间吗？”

细田竭力掩盖住内心的激动，将杯子递到南美希风面前，回答着远野宫的提问。

“我想知道C走廊上没有目击者的时间有多长。”远野宫面对着细田，就像对着自己的用人一样接着问，“你和早坂先生去拿舞台房间的钥匙，路过C走廊的时候，当时有记者在吗？”

“这个……”老管家认真地回忆着说，“非常抱歉，没什么印象了。似乎没有碰到过谁，除了青田经纪人以外，我好像的确见到了他。”

“除他以外，我也没有见过其他人的印象。我们赶到舞台房间之后，为了确认一郎的安危向室内喊话、敲门，发现门被锁上了。然后拜托你去拿钥匙。这会儿记者们从C走廊过来，你们则跑进了C走廊。当时就是这样的情况吧。”

“正是如此。”细田将托盘抱在胸前附和道。

“你们两人直接穿过了C走廊吗？”

“早坂先生和青田经纪人说了两三句话。告诉他们门被锁了。然后，青田经纪人还扭了扭中间那扇门的把手，也没扭动。”

南美希风这时猛地插嘴问道：“细田先生看到青田经纪人的时候，他是从C走廊的门往这边走来吗？还是在更靠远端的位置呢？”

细田想了一想。

“远端吧，那会儿他已经走到了门口。”

“啊，是这样啊。”远野宫继续询问道，“舞台房间后面的门你也确认过了吧？”

“早坂先生和我都确认过了，肯定是锁上了，把手根本就转不动。”

“然后，你就去储藏室里拿钥匙了？”

细田做了肯定回答后，南美希风又继续询问道：“储藏室是谁都可以进的吧？”

“是的，挂着的钥匙板也是公用的。”

“那个钥匙板有没有什么奇怪的地方？”

“没什么特别的……”

远野宫紧接着说道：“跟春香他们会合之后，再次回到舞台房间附近的时候，就被记者们逮住了。”

“是的，我们被一大群记者们围得水泄不通，他们接连不断地向我们发问。多亏早坂先生灵活应对，我们才能回到那道双开门前。”

“嗯……”远野宫摸了摸下巴回道。

“南美希风，C走廊上空白的时间段，比想象中更加宽松吧？从B走廊上的四名记者在追着细田过去的时候算起，C走廊就形成了死角。后来细田遇到春香他们，简单说明情况又花了一点时间，应付记者又用了几十秒的时间。这么推算下来就有将近两分钟的时间，C走廊是没有目击者的。”

“这段时间足够凶手窥视走廊的情况，以及逃出房间。就连设置滑动锁的诡计也没问题。”

细田谨慎而不失时机地问道：“C走廊没有人的这段时间里，有什么关键线索吗？”

“我们在研究凶手的逃跑路线。”远野宫喝了一大口乌龙茶，继续说道，“或许能找到什么有力的证据。”

“是吗？希望能早一点抓住凶手。如果有需要我配合的，可以随时找我。”

“啊，有很多事情还需要劳烦你。”

细田转身刚要出去，远野宫突然叫住了他。

“冬季子的情况怎么样？”

“啊，情绪还是很不稳定，但是也没有完全失控。”

“是吗？我还得等一会儿才能去看她。”

细田鞠了一躬，离开了房间。

“但是……”在忐忑心情的驱使下，南美贵子开口说道，“在双开门的门前等着细田先生他们的时候，好像没有人从C走廊过来吧？”

“我也不太记得了，但是……”

“嗯，也是。那时大家的注意力都集中在室内了，也没有人会在意周围的情况。”

“不过，C走廊上的几个记者也许记得，没准能够得到不少有用的信息。”远野宫一边安慰自己一边挺起胸脯。

“又不是瞎了，不可能所有的人都没看到。”

话音未落，门外传来了一个声音：“说的没错，我的确是瞎了。”

站在门外的人大概四十岁的样子，略微消瘦的面颊上，突出的颧骨中镶嵌着目光深邃的眼睛。还有端正的鼻子，流畅的眉毛。

毫无疑问，那是吝一郎的脸。

其实，房间里的人都知道他不是吝一郎。他是吝一郎的双胞胎弟弟，吝二郎。

“你好。”

远野宫朝着他点了点头，南美希风和南美贵子也站起来向他打招呼。

吝二郎打着领带，穿着朴素的西装。这是他在工作或者外出时的装扮。他虽然双目失明，眼睛却让人感觉不到任何异样，看上去跟正常人没有区别。

他有时会戴着墨镜，但今天却没有戴，也没有拿着那根白色盲杖。

跟着他进来的还有大海警官。

二郎刚踏出轻快的脚步，膝盖就轻轻地撞在了椅子上。

“啊！”远宫突然大叫了一声，“今天客人很多，所以椅子的位置也改变了。请小心点。”

二郎摸索着坐了下来，然后长叹了一口气。

“难以置信。我直到现在也不敢相信，哥哥就这样死了……”

“我也一样。”远野宫没有刻意掩饰自己的情绪，而是充满同情地说，“我想大家的想法都是一样的，二郎是要去参加聚会吧？”

“是的。也可以说是欢迎会，目的是与新加入的福利团体加强联系。”

“听说聚会选在了白石的酒店。”

“里面有家叫花苑的和风日式料理店。”

“聚会从几点开始呢？”

“九点半，现在已经迟到了。”

“从家里出发的话，没顺道去看看一郎在中央会馆的表演吗？”

二郎突然苦笑了一下。

“你的意思是要我用听觉去感受下氛围吧。哎，哥哥的表演得近距离才能感受到魅力。不巧的是，比起去当后援团，今晚还有更重要的工作……演出的盛况可以听其他人讲，也可以听听录像的内容。以后，也还有很多的机会……”

语闭，他停顿了许久没有作声。远野宫向大海警官招了招手。然后，在他的耳边耳语了几句。

大海警官迟疑地点了点头，然后转身对魔术师的弟弟说：“不好意思，二郎先生，您明天有空的时候，能够协助我们做一下视力和视神经方面的检查吗？”

“啊？这个要求非常奇怪啊。是要帮我找到治疗方法吗？”

“这是调查的基本内容，这次的案子可能会需要。”

“啊……需要的话，就请吧。”

大海警官的要求似乎是远野宫的一个计谋，但是，南美贵子根本猜不出来，只能屡屡用眼神向弟弟打探。

南美希风没有出声，指了指吝二郎，然后食指像雨刷一样转动，做出交叉的动作。

交换……更换……南美贵子的脑海中倏地浮现出“调换”这个词。一个惊人的想法浮现在她的脑中。他们两人虽说是兄弟，但会不会进行身份交换呢？而且，警方似乎对此也有所怀疑。

被杀的是斉二郎，而站在眼前的才是天才魔术师斉一郎。

警察为了排除错误选项，正在确认这个男人是不是真的双目失明。

虽然不能说是受弟弟的推理影响，但是，即便是以严谨现实著称的警察组织，也在寻找各种能够突破困局的可能性。

斉二郎从大海警官那里知道了事件的大致情况。

“用木桩？”被告知凶器是木桩时，他愕然地惊叹道。

“或许是这个形状更容易穿透塑料屏风吧。如果是刀类的话，护手部分可能会被卡住。即便如此，这件凶器也够惊人的了。”

大海警官接着将话题转到现场家具挪动之谜，以及玻璃消失之谜。

“所有的玻璃都被拿走了？都拿走了什么呢？”

“不清楚。碎成粉末了，现在还很难辨认。不过，并不是所有的玻璃都被拿走了，那具标志性的骷髅被留下来了。”

“骷髅？”二郎皱起眉头兀自嗫嚅道，“为了突出演出效果吗？”

“也许吧？”

大海警官并没有说出推论，当听到使用麻绳和火，将滑动锁自动上锁的手法时，二郎突然如有所悟地说道：“因为需要蜡烛，所以骷髅才被留下来了吧。”接着他又说出了自己的想法，“不对啊，那样的话，只要留下蜡烛就行了啊。这样就不会产生骷髅的右眼和左眼的差异，没有这样的违和感，被识破的风险也会减少。”

头脑异常敏捷，南美贵子甚至有些佩服他了。

大海警官还在犹豫要不要将锁门诡计本身其实是陷阱，还有第三个密室的状况也告诉他。结果他颇有见地的观点让警官对他肃然起敬。

“二郎先生，你有没有想到什么？比如凶手的动机和线索之类的。”

二郎用那涣散的视线扫向墙壁的方向，想了想，声音略微颤抖地说道：“没有。什么都想不起来。”

“有没有听说过相关的事呢？”

“没有，我想没有。”

大海警官叹了一口气，缓和了一下尴尬的气氛，随后将后背靠在了椅子上。

斉二郎再次开口说道：“我……是最后一个被告知的亲人吗？所有人都知道了吗？”

“除了玉世夫人以外，家里人都知道了吧。不过，我们认为比较重要的人里，还有一两个没联系上。”

“是基努吧？”

“基努？”大海警官的视线落在手里的记事本上说，“那位在家里工作了很长时间的保姆吗？”

“就算你想要联系也联系不上吧，这个时间早就睡了？”

“还有，冬季子和春香姐妹娘家的表兄长岛先生。据说是个好奇心旺盛的学者，经常出入斉家。也许他知道一些不一样的信息。只是这个人现在正在旅行。”

“远野宫，他这个人向来神龙见首不见尾，来无影去无踪的啊。”

听到门把手转动的声音，南美贵子抬头看向了门的方向。门外走进来两个男人，是雾冈刑警和年轻一点的警察同事。

“结果出来了吗？”大海警官立刻探出身子问道。

“两种方法都整理出来了。”雾冈紧接着答道。

“从第三个密室，也就是视线密室逃脱的手段。只能从C走廊里的那扇门出来，才有可能不被记者和家人发现。出来以后，有两种方法可以逃离现场。要么就是走上面的天棚路线，要么就是扮成采访记者，蒙混过关。”

大海警官做了一个手势命令道：“赶紧报告你们的调查情况。”

“首先，从天棚上逃走的途径……”突然开口的雾冈，表情看上去有些僵硬。

南美希风撑着下巴也在集中精力地听着。

远野宫的鼻孔微微张开，一副迫不及待地想要知道的表情。

“调查的结果是屋梁上的灰尘属于自然散落，没有任何被破坏的痕迹。没有作案的迹象，连老鼠爬过的痕迹都没有，这个方法基本可以排除掉了。”

远野宫闻言之后，突然遗憾地叹了口气。

“然后，我们不仅调查了C走廊和D走廊的范围，还调查了后台那道门所在的B走廊上方北侧的横梁和天花板，结果都是一样的。已经有相当长的时间没有人碰过那里了。”

“另一个方法呢？”远野宫探出头来说道。

“首先，青田经纪人是清白的。扬声器中传来案发现场的异常情况时，他就在‘沙龙’。几位认识的记者都可以作证。青田也没有流露出惊慌的神色，有的记者认为他的反应太冷静了，不过这人始终是一副面无表情的扑克脸，觉得奇怪也属正常。主要是直到案件发生，他都一直在场。他还跟大家说要去支援现场，所以先走一步。接着，还对正在B走廊的记者们也说了同样的话，然后才走进了C走廊。”

“怎么看都是清白的啊。”

雾冈刑警向给出这样判定的上司投去赞同的目光。

“接下来，就是走廊上的记者们的证词。”

雾冈示意年轻的刑警打开笔记本，开始报告他们的调查结果。

“留在D走廊上，靠近C走廊一侧的三名记者的证词，相对更加重要一点。其中以高木和桑田两个人为主。其他记者，还有其间留在走廊上的受害者家属也都证实了没看到有人从C走廊出来过。但是，高木和桑田的证词说得更加具体。”

年轻刑警清了清嗓子继续说道：“高木所在的位置几乎就在C走廊上，略微靠近D走廊一侧。不过，若是有人从C走廊过来，他肯定能够发现。比如青田经纪人过来的时候，他马上就注意到了。”

“如果是因为其他的事分了神，就另当别论了。”大海警官连忙指出了这一点。

“是的，我也提到了这一点，高木记者的注意力似乎一直都在C走廊上。之所以这么说，是因为管家细田他们去取钥匙的时候，当时是向C走廊的东边走去，他都记得非常清楚。远野宫先生当时大声发出指示的时候，在场的人几乎都听到了。高木记者也在焦急地等着细田他们回来。好像一直在念叨着‘钥匙啊，快点出现吧’这样的话。所以目不转睛地盯着C走廊。他的注意力基本上都在C走廊，而不是舞台房间那扇打不开的门。他能证明没有人从C走廊上经过。无论男女，一个人都没有。”

“怎么可能？”远野宫惊讶地低声说道。

南美贵子也担心了起来，她连忙看向弟弟。南美希风只是眨了一下眼睛。

“那么，桑田呢？”大海警官继续催促道。

“他站在距离高木两米远的地方。背靠着舞台房间的墙壁。有时候是面向门，但几乎都是对着高木的方向，C走廊也在他的视野范围之内。他也能证明没有看到任何人。试想一下，就算凶手从C走廊出来，接下来会怎么办呢？除非混进双开门前的人群之中，否则根本逃不掉。要么进入大家聚集在一起的休息室，要么爬上楼梯，要么通过南侧的走廊，进入其他房间或从便门逃走。要是有人那样做了，不可能逃得过那么多记者的眼睛。”

“确实如此。”

“高木和桑田的身份都确认完毕了。”

“这到底是怎么回事呢？”远野宫一边大声问着，一边跟大海警官和南美希风交换眼神。

南美希风的表情越发苍白。

“所有的逃跑路径都被否定了。”

远野宫喘着粗气，身体深深地陷进椅子里。他咬着嘴唇，手紧紧地握着椅子的扶手。

“凶手，再次从谜团中消失……”大海警官的脸上也浮现出苦涩的表情。

“第三个密室，还是没有被突破。”南美希风一只手按着胸口说，“第二个密室也不能说被解开了。”

这个凶手到底要制造多少个谜团呢？南美贵子不禁背后发凉。弟弟心里的忧虑，正一点一点地在自己心中蔓延开来。

看似铜墙铁壁，又让你找到破绽。当你发现了破绽，却又被这个破绽玩弄于股掌之中。在凶杀现场，这个对手到底在筹划着什么呢？

凶手设计的诡计就已经如此高超，让人琢磨不透，那么他的潜在能力又是什么样的呢？这种不安在南美贵子心里越来越强烈。杀害“梅菲斯特”的凶手，不会是想制造出一个超越物理与现实桎梏的循环迷宫吧？

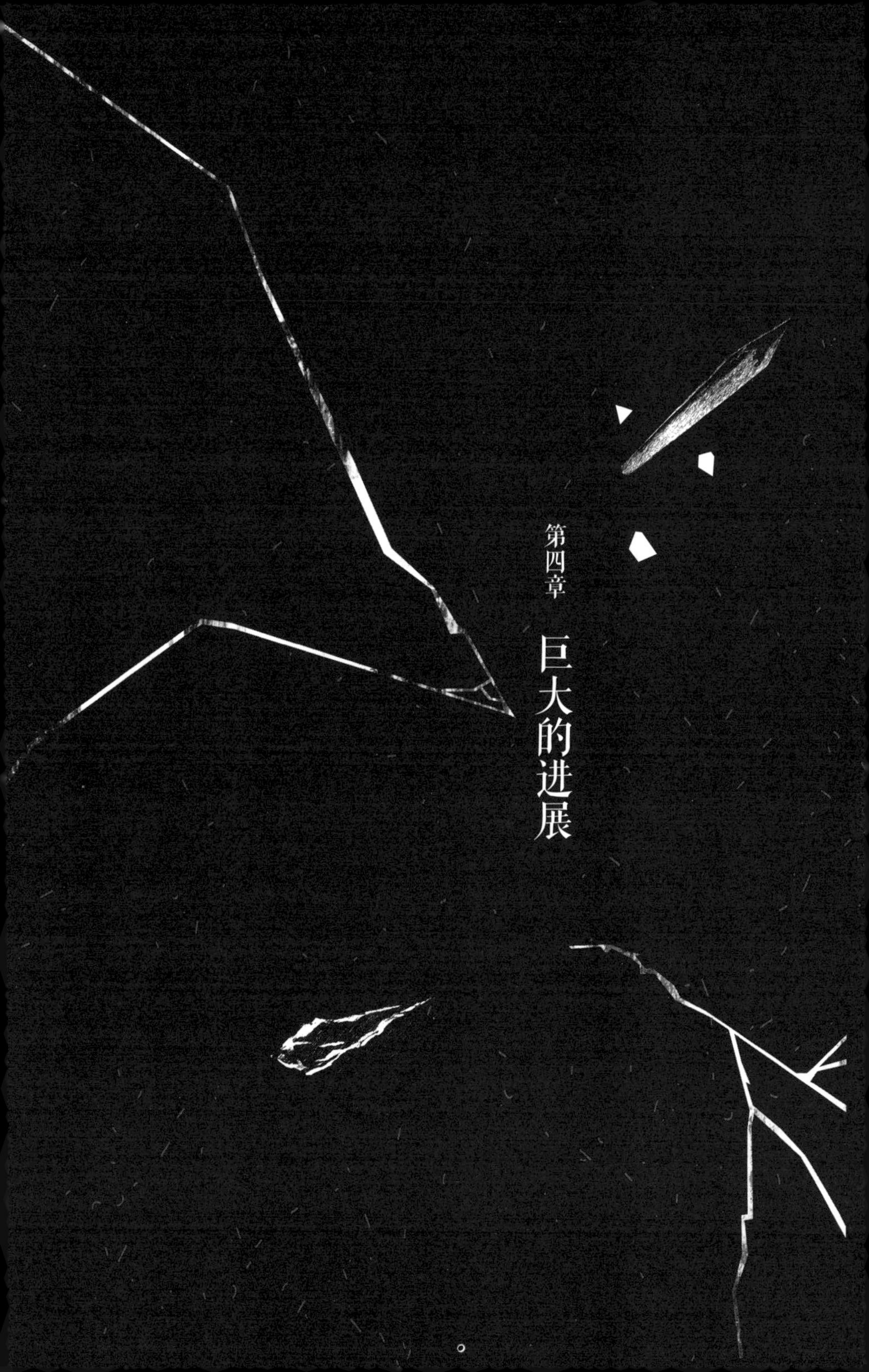

第四章 巨大的进展

1

夏天的炎热没有丝毫衰退。即使到了第二天的清晨，气温还是很快就升了起来。城市仿佛要在灼热的日光中化为齑粉。

吝家宅邸受到大量绿色植被的眷顾，所以并没有那么热。尽管如此，树木的叶子还是干燥得一片接一片地从树枝上掉落下来，就像陶器的碎片一样落在地上。那些掉落的叶片碰到灼热的大地，就像要被蒸发掉了一样。

南美贵子走出车外。酷暑让她不禁皱起眉头，灼热的阳光晒得皮肤生疼。旁边停着几辆记者的采访车。采访团在开足冷气的车内向外窥视情况，等待适合的猎物出现。他们会判断对方有没有让自己冒着酷暑出去采访的价值。

南美贵子通过对讲机取得许可，迈入了前方打开的门。南美希风应该早就到了。考虑到弟弟的心脏状况，南美贵子并不想让他在这样的烈日下出门。但是，弟弟想做的事，她也只能全力支持，而且，闷在家里他也受不了吧。

南美贵子刚刚结束编辑工作，领导就让她去追吝家的案件。她当时只是说了一些在场的人都知道的细枝末节，同事们就已是瞠目结舌。虽然保留了警方不允许泄露的部分，但他们还是知道了一些非公开的独家情报。于是，就被领导命令继续担任前方的报道工作。

虽说是要采访和报道案件，但受制于情报管控，很多内容是无法发表的，而且也不可能在地方杂志上用大篇幅报道凶杀案件。总之，编辑部期望南美贵子能与警察系统的相关人士继续加深联系。特别是跟北海道警界的大人物远野宫龙造搞好关系，这对他们以后的工作非常有利。

刚进大门，就看到细田站在玄关等待，他的脸色十分苍白，表情就像往常一样静谧。

南美贵子掏出手帕擦了擦脸上的汗水。

“今晚守夜吗？”

“是的，遗体下午会被送回来。”

细田试探性地询问正在脱鞋的南美贵子：“需要我带您到令弟那里去吗？”

“好的，拜托了。”

接着，她就被带到了一间娱乐室。面积与舞台房间相当，位于舞台房间的南侧。出入口在房间的东西两侧。房间的东南角是用于视听的隔音玻璃间，而房间中央则放置了一架钢琴。宽敞房间里还摆放着各种休闲游戏设施。比如配备了日式座椅的象棋和围棋、国际象棋和双陆棋，及其他卡牌游戏。在稍远的地方，还有轮盘、老虎机和台球桌，甚至还有能喝茶聊天的长桌。

南美希风坐在山崎兄弟旁边，那里是卡牌游戏的区域。

“南美贵子小姐，您要用点什么冷饮呢？”

“不，不用了。”

南美贵子向细田道谢后，细田转身离开。

“你好。”两位高中生齐声打了句招呼。

南美贵子回了一声，就坐在了空着的座位上。

兄弟俩穿着学生服，眼中尽是失去了重要之物的彷徨。两个人的相貌非常相近，哥哥忠治体格更加强健，留着长发。

他们是在伦敦与吝一郎相遇的。三年前，因为父亲工作的关系，兄弟两人在伦敦郊外的学校读了一年书。当时他们还不认识丹乔·一郎。但是，接触到魔术以后，马上就听说了这位魔术师的大名，父亲就带着兄弟俩找到了一郎。

吝一郎和少年们非常投缘，就给他们讲起了魔术知识。两人的进步速度让这个天才魔术师也大吃一惊。

后来，兄弟俩提前回到了日本，就参加了魔术社团，继续磨炼技术。

听到老师治好了手臂要回国的消息时，他们兴奋得喜极而泣，主动要求过来帮忙。

结果，才刚刚踏入这个行业，就不得不为老师吊唁了……

“我在向他们请教案发前后的事。”南美希风说着，视线回到良春的身上。

“中央会馆的表演结束以后，你就陪同吝家人，以及其他人一起回到宅邸，那个时候是九点左右。进屋以后，你都做了什么呢？”

“我用手推车搬运道具。把装了满满两个后备箱的东西搬进了专门保管魔术道具的小客厅。”

“这样说来，更加大型的道具，你是怎么处理的呢？”

“比我稍晚一点回来的哥哥和春香，他们会把大型道具装在板式货车里拉回来。春香负责驾驶，大概会比我晚十几分钟抵达这里。那些道具还在车上，直接停在了车库。本来打算今天再慢慢整理来着。”

结果，碰到了这样不幸的事，还没来得及整理。

少年的肩膀紧绷，试图抑制痛苦的情绪。此时，南美贵子不由自主地对他们说：“姐姐也会帮忙整理的。”她尽量让自己的语气欢快一点。

“啊，谢谢您的好意，希望晚上能凉快一点。”

良春觉得自己好像带偏了主题，露出了困惑的表情。

南美希风又把集中力放在良春身上。这次他没问其他的事，直奔主题。

“搬完后备箱的道具后，你又做了什么呢？”

“马上就去了舞台房间，还需要搬运一些道具，都没多沉，徒手就可以搬运，所以手推车就放在了小客厅里。”

“下一场的表演要做很多准备吗？”

“也没有那么复杂，只是放上玻璃骷髅，点上蜡烛而已。”

“你是从后台的门进去的吧？我想确认一下，当时门上了锁吗？”

“是的，我自己开的门。”良春承认了他在保管着钥匙。

“进去后没开灯吧？”

“是的，没有开灯。打开门借着走廊上的灯光就够了。”

“这样的话，的确很难注意到当时舞台房间的样子，也看不出来家具是否被移动过了吧？”南美希风从旁边的盒子里拿出一副陈旧的扑克牌继续说。

“是的，看不出来。”

“我记得你说过放着骷髅的那张桌子和往常一样，是吗？”

“是的。放在那附近的道具也没有变化。”

“那你有没有听到什么异常的声音？舞台房间，不，走廊那边也可以，你听到了什么不一样的声音吗？”

等待良春回答的时间里，南美希风耐心地摆弄着手里的扑克牌。

“好像没听到什么特别的声音……”良春面带歉意地摇了摇头继续说，“因为是老师时隔多年的再次公演，所以我一直都处于兴奋状态，除非有什么特别的事，否则都不会太在意。”

“嗯，是啊。”南美希风的手在桌上轻轻一滑，背面朝上的扑克牌便排列成一道弧形。

“锁上门，离开了舞台房间。然后，你就去院子的舞台了吗？”

“是的，还要做些准备工作。”

“啊，对了对了。”南美希风把整齐排列的扑克牌重新收拢在一起，“离开舞台房间的时候，有谁碰到过你吗？”

“啊？哎呀，怎么说呢？那个时候记者们好像都不在走廊。”

“在院子的舞台做准备的时候，只有你一个人吗？”

南美希风又把卡片一下摆在了桌子上。但这一次，中间出现了一张不同花纹的牌。

“春香姐后来也加入了，不过时间很短。在那之前，早坂先生过来确认过情况。”

“准确的时间还记得吗？”

南美希风用食指抽出那一张不同花纹的扑克牌推到良春面前。

良春把扑克牌拿在手上，灵巧地用指尖转动着说：“记不太清。”他迟疑了下继续说：“春香姐好像是九点二十分左右过来的。早坂先生比她早来了三四分钟，稍微聊了几句就回去了。”

良春放回桌上的扑克牌比原来小了一圈，南美贵子蓦地瞪大了自己的眼睛。

南美希风跟良春的哥哥忠治一样，对此并没有感到吃惊。

“九点二十五分左右，嘉宾团到达，他们被带到舞台房间阳台上的舞台下方。离老师到达的时间还有几分钟，良春在这段时间里，能给客人们表演一些小魔术吧？”

“什么样的小魔术？”南美贵子发挥了强烈的好奇心。

“主要是绳子的魔术。”

表情稍微缓和些的良春突然站起身来，朝着放着魔术用品的收纳处走去。

“解开绳子上打的结啦，或者移动之类的。我给观看的来宾每人发一条，让他们亲自做。还有点燃绳子，绳子就会在火焰中立刻消失。”

良春找出一条白色的绳子，拿在手上。在绳子上打了个结，吹一口气，把绳子轻轻一拉，结就消失了，又变回了原来的样子。

南美贵子欣赏后轻轻地鼓掌，南美希风紧接着继续说道："就在你忙着向客人表演的时候，扩音器里传来了通知老师已经到达的声音，以及之后的突然中断。"

"是的。就在那之前，我看到哥哥和春香姐来了这边。"

"嗯，谢谢。"

良春放下绳子回到座位上，南美希风开始询问起了忠治。

"山崎哥哥，老师进入棺椁之前，你都在中央会馆帮忙吧？然后，一起乘上了那辆灵柩车。"

"是的，我坐在副驾驶上，青田经纪人负责开车。"

"路上没出意外吧？后来呢？"

"细田先生和上条春香小姐在宅邸前迎接我们。我和上条小姐两人将棺椁搬到了舞台房间。当时完全没有注意到家具被移动了这样的异常情况，而且屋里没有开灯。"

"离开房间之后呢？"

"我要去院子里的舞台那边，在我快要到达的时候，扩音器里传来了那个声音。"

"青田经纪人当时在干什么？"

南美希风一边询问一边将良春缩小的扑克牌递到忠治面前。

"我们从玄关搬棺椁的时候就分开行动了，所以不太清楚。他好像是去了记者那边。"

忠治拿着扑克牌，做了个施咒般的动作。然后，那张扑克牌在他摊开的手掌上，又恢复到原来的尺寸。

“听到扬声器里传出的异变，我就从餐厅那边的后门进入了宅邸，然后碰到了细田先生他们。”

“那两个人是什么情况？”

“细田先生和早坂先生吗？当然，他们非常慌张。除此之外，没有什么特别之处……”

“你是在他们进储藏室之前，还是之后见到他们的呢？”

“进去之前。”

“这样啊。”

南美希风的提问中断后，良春突然对哥哥说道：“时间到了。”

“我们要去帮青田经纪人。”

“谢谢你一直陪着我们。”

兄弟站起身来。但是，他们没有马上离开，而是低头看着南美希风已经放回盒子里的扑克牌。

“老师也经常在这里玩扑克牌……”忠治喃喃自语道，“另外，教我魔术也是在这里，好想跟他多学习一点东西啊。”

“啊……”

山崎忠治转身走了，良春也跟了上去。

南美希风将装扑克牌的盒子放在桌子中央，听到门关上之后说道：“事件前后，大家的动向基本都掌握了。其实昨天就已经知道得差不多了，今天早上就去确认了一下。老师身边的人都有嫌疑，真是令人讨厌的结论。”

他翻看着不知从哪里掏出来的《南美希风笔记》，开始向姐姐讲述自己的调查成果：

“我梳理了下昨晚的时间线，看完吝一郎表演的吝家人回到宅邸的时间是九点左右。他们是在进行抽签仪式的时候离开了会馆。其中就包括我们两人，获得邀请权的嘉宾们抵达宅邸的时间是九点二十五分左右。为了让被邀请的客人们多休息一会儿，灵柩车几分钟后才缓缓驶出，按照计划时间抵达宅邸。案件发生在九点三十五分左右。再补充一点，现场的时钟坏掉了，时间停在了九点零六分。”

南美希风缓了口气继续说道：

“没有去会馆的有四个人。首先是吝一郎的母亲玉世。虽然她很想去给吝一郎加油，无奈身体状况不佳。只能躺在房间的床上。其次是负责看护的诹访凉子也留在了宅邸。第三位是细田，他要负责准备迎接大量客人的招待工作，也留在了宅邸。

“最后一位是在视觉障碍者支援中心工作的二郎，他要在吝家招待精神问题引发的后天失明者，一边共进晚餐一边交谈。送走客人的时间是在八点十分。然后，二郎要去出席在白石举办的聚会，他让细田开车，于八点四十分左右抵达了距离宅邸最近的地铁琴似站。然后就以地铁和步行的方式前往目的地，时间上没有矛盾。到达聚会地点时，已经差不多九点半了。从地铁琴似站到吝家宅邸，开车只需要五分钟。

“除了工作人员和经纪人以外，在中央会馆舞台观看表演的只有六个人，分别是一郎的妻子冬季子，其子流生，一郎的姐姐紫乃，上条利夫，同为魔术师的早坂君也，还有远野宫龙造，就是这几个人。根据各自的陈述，六人回到宅邸后的行动是这样的。首先是被细田迎了进去，过了一会，看护玉世的诹访也跟他们会合了。所有人都在餐厅休息了一会儿。然后，细田和诹访离开了餐厅。诹访回到玉世身边，细田则去处理其他的工作。留在餐厅里的人，也在不同的节点离开了餐厅。九点十分左右，远野宫、冬季子和流生三人来到了有扩音器的休息室。据说远野宫和流生一直都在休息室没有离开。冬季子夫人则是端着加热的牛肉和烤炉里的点心，穿梭在厨房和休息室之间。

“九点十五分，所有人都离开了餐厅。正好是上条春香抵达宅邸的时间，上条利夫从餐厅出来，见到细田，他们打开门让春香的车进入院内。春香将车停在车库，直接穿过院子去给山崎良春帮忙。但是没过多久，为了迎接吝一郎，又回到了宅邸里面。紫乃在九点十五分左右回到了二楼房间，直到事件发生后才在舞台房间附近现身。早坂和紫乃一起离开的餐厅，跟院子里的良春打了声招呼后，就在舞台房间附近徘徊。两三分钟以后，进入了休息室。上条利夫也几乎在同一时间，进入休息室。诹访则是在他们进来的一两分钟前进去的。”

南美贵子蓦地想起昨晚细田将她带到休息室的时候，正好见到了忙碌的春香。

“扬声器里传出异常声音时，几乎所有人都在休息室。”

“只有玉世，紫乃，青田经纪人没在，二郎先生也算一个。还有三人没在，不过……良春在五十名的嘉宾面前表演小魔术，忠治和春香在一起。”

“进入‘沙龙’之前，青田经纪人在哪里做了什么，需要了解一下。”

南美贵子的脑子里浮现出了一个穿着奇装异服的男人形象，她感觉紫乃与自己脑中描绘出的这个人倒有几分相象。正在胡思乱想之际，听到了一声闷响。

“啊！原来在这里！”浑厚响亮的嗓音说道，“我正在找你们呢。”远野宫龙造用粗壮的手臂用力地拉开了门。

刚刚收好笔记本的南美希风倏地回过头来问道：“远野宫先生，我好像告诉过您我在这里。”

“没想到你还在呢。哦，姐姐也在啊？”

“有什么事情吗？”

“玉世说你可以去问话了。”

南美希风做出一个感谢的动作，站起身来。他的表情有些紧张，但瞳孔中散发出浓厚的兴趣，注意力也越发集中起来。

南美贵子突然想到了什么，轻声细语地询问道：“她是能够问出什么来的人吗？案发当时她一直躺在床上。”

“只要不是伪证，就有必要。虽然她不太可能知道杀人案件的线索。”

远野宫站在门口等着，似乎在侧耳倾听。

“但是……”南美希风继续说道，“我想，也许能够知道些内幕也说不定。想想‘梅菲斯特’的遇害方式。”

“三重密室与那个猎奇的手法，都满溢着舞台设计感……”

“如此程度的犯罪行为，绝对不会是临时起意的犯罪，动机也不会普通，恐怕是蓄谋已久的。凶手长期以来沉积的怨念冲破了理性的桎梏。所以，从玉世夫人经历过的斉家的过去和记忆中，也许能够捕捉到些许蛛丝马迹。”

说罢，远野宫和南家姐弟就向旧宅昏暗的楼梯走去。

2

南美贵子虽与斉家关系非常亲近，却也是第一次进入玉世的卧室。宅邸只有这个房间有空调，室温保持在二十三度。虽然南向的窗户能够照射进来阳光，但室内却仍然给人一丝阴冷的感觉。这是为什么呢？南美贵子不禁纳闷起来。当然，或许是自己的错觉，也有可能是因为室内的装饰……

像古老的日式酒店一样的天花板，呈土黄色，墙板和粗大间柱的材料就像涂了一层炭，黑乎乎的。墙上装饰的编织饰品是焦茶一样的胭脂色，就像吸了水似的沉甸甸的。陈年累月的尘土覆盖在上面，似乎连毛刺都看不见了。

一张大床贴着古色古香的墙壁，床头靠向墙壁一侧。与过时的装修形成鲜明对比的是以白色为基调的大床，还具备护理功能，散发着现代气息。清洁明快的床铺，将裹着睡袍的玉世衬托得干净利落。房间的环境氛围自不必说，玉世有被精心地照料这一点是毋庸置疑的。从阳光照射进来的同时，还能保持着舒适的室温就可见一斑。

六十九岁的吝玉世坐直了上半身，背后垫着靠垫。她左手的窗边站着诹访，右侧则是一张椅子，坐着眼睛中有些充血的冬季子夫人。

南美贵子她们在床尾，与玉世相对而坐。

“我这样的身体状况，实在抱歉。”玉世按着胸口轻微地低下头致歉。

常年与病魔斗争的她，脸上刻下了明显的皱纹，但是却没有改变她曾经俊美的脸庞，只是缺了一些活力。

玉世接着说道：“南美贵子从我健康的时候算起，见过有几十次了，南美希风和远野宫都是第二次见面。”

远野宫点了点头，南美希风回复道：“是这样的。”

“像我这样，都没办法正常地打招呼，真是太失礼了。”

“您不必在意。”远野宫压低着声音和体态，显得十分僵硬，“我们才是失礼，这种情况下还来打扰您。”

“请抓紧时间。”诹访的声音显得相当严厉，她的后背则像铁板一样挺得笔直，透过眼镜的视线一如既往的冰冷，“刚刚才协助了警方的调查，没过多久。”

玉世就像没有听到诹访的话一样。

“正因为是这种时候，才有必要。”她故作坚强地继续说道，“就算躺着没人打扰，也不代表就能接受死亡。即使眼泪哭干了，他也不会重生……”

“请您节哀。”远野宫一脸严肃地说道。

“你们想知道些什么呢？”

“我想您已经跟警察说过了。那么，我们就从案件本身来说吧，您有没有发现有什么可疑的事情呢？”

“关于这个问题，我帮不上任何的忙。”玉世十分沮丧地说道，“我只能待在这里，拖着一个没用的身体躺在这里而已。希望佛祖也能够早日把我带到极乐世界去。”

“您又这样说。”南美贵子用平时那种轻松口吻劝说道，“您说这种丧气话，谁都不会高兴的。对照顾您的诹访小姐和家人们也很没有礼貌哦，就连被杀害的一郎也会生气的。”

远野宫将视线转向了南美贵子夸了一句：“说得非常好。”

玉世露出了苦笑，勉强地赞同了。

冬季子闭上眼睛，像是将涌上心头的悲伤全部压了回去。她手里握着手帕，穿着黑色连衣裙。想起昨晚华丽的和服，南美贵子顿时心痛不已。原本华丽的装束，转眼就变成了丧服。这份转变过于痛苦。如今她已是遗孀……

南美希风开口问道：“昨天晚上，您的家人们是在九点左右从中央会馆回来的。请问您了解家人们的行程吗？”

“诹访小姐会不厌其烦地向我汇报。我对时间没什么概念了，手表也不怎么戴。但我非常期待一郎的归来，我是从扬声器里知道的。”

玉世将脸转向靠近枕边的小桌子，像是要告诉他扬声器就放在那里。但现在那里只有一套茶具。

“一郎快要回到宅邸的时候，我让诹访小姐去找大家，因为我想一个人在这里听一郎的演出。”

结果听到的却是儿子痛苦的呻吟声。想到这里，南美贵子的心情低沉下来。南美希风似乎也察觉到了沉重的气氛。

“在那种情况下，声音突然断掉，您一定非常担心吧？”

“我当时担心他是不是受伤了。不过，可能就是一个小小的失误吧。我当时尽可能地宽慰着自己忐忑不安的情绪……这里也没有馆内的电话，没办法取得联系。倒是有紧急按铃，但那是平时呼叫隔壁的诹访小姐的，不管用。”

“换个话题，玉世夫人，您知道您儿子的‘训练室’在哪里吗？”

“啊，是一郎专心研习魔术的房间吧？应该搬进去过很多大型道具和小道具。不过非常遗憾，我没有问过他具体位置。”

“有没有说漏嘴呢？例如，在您身边说过其他家人都不知道的房间格局，或是夸赞过很多次浮现在脑海里的景色之类的……”

见玉世皱起细眉，一副陷入沉思的样子。诹访立刻不失时机地插嘴道：“请不要给她增加负担，过度紧张会晕倒的。”

“不不不，诹访小姐，只是这点程度不会有问题的。”

“但是……”玉世摇了摇头接着说道，“我想不出什么。我不记得了。南美希风先生，如果找到了那个房间，一郎的魔术技巧可能就会曝光，说不定还会发现未公开的节目。”

“一郎作为我的魔术方面的启蒙老师，其实，我有很多想知道的事情，都还没来得及询问老师本人。比如说患上麻痹病症的一郎老师怎么当上魔术师的，以及在英国的生活等。如果可以的话，请您讲给我听听。”

“没关系。”

也许是从凶案的话题中脱离，玉世的肩膀渐渐地放松了下来。

吝玉世像是在翻看回忆录一样，开口说了起来。

“一郎和二郎，都是在十一周岁的时候，大脑发生了病变。这是一种有潜伏期的病，在第二成长期就已经有所显露。你们也知道的，一郎是上肢末梢，二郎则影响了视神经。非常可怜，对不起……”

即使避开了凶案的话题，玉世的声音还是因悲伤颤抖起来。

孩子患有先天性疾病，做母亲的一定非常痛苦，南美贵子能够深切体会。母亲会责备自己，但是，从出生就被安排了不幸和疾病的命运，任凭谁都是无能为力的。母亲完全没有必要怀有负罪感或是感到羞耻。南美贵子想起昨天晚上的事。为了确认被杀害的是哥哥一郎，大海警官说要检查二郎的视神经，这个检查出结果了吧？

“但是，那个孩子……”玉世抬起自己的视线，继续说道，“一郎，竟然克服了病症，实现了梦想，当上了魔术师。手都不听使唤的少年想当魔术师，没有人会相信他的话。他们无视他，认为他脑子坏掉了，阻止他，劝阻他。说实话，我们夫妻也没想到他能恢复到可以表演魔术的程度。但是，只要那个孩子想做，我们就会尽全力去帮他。最终，他真的克服了障碍，其中也付出了极大的辛苦和努力。你们不是想听这些吧，我们说说成为魔术师之后的事。”

玉世说着，声音里依旧透着忧郁。

“二十多岁正是年轻的魔术师大展宏图的年龄，但他的手再次出现了麻痹的病症。为了不让病情恶化，只能去医院采取了按摩治疗。不过，麻痹的恶化没有停止。少年时代的一次胜利，最终还是没能战胜宿命。一郎当时非常失落，他不得不放弃魔术师的道路。他那时刚刚结婚没多久，也给冬季子带来了很大的困扰，明明与魔术师吝一郎结了婚，不应该是这个样子的。这一切都是生病的缘故，对此我非常抱歉。”

冬季子微微摇了摇头，仿佛在说不需要道歉。

“就算手指动不了，老师后来还是继续挑战舞台表演了吧？”南美希风接着询问道。

“是啊。近景魔术当然不行，不过，也有不太需要手部技巧的魔术，就是所谓的幻象类魔术。”

南美希风转向远野宫，像是在给远野宫做解释。

“就像大变活人、切断、飞行等大型魔术，有的时候也会让大象消失。”

“如果是这样的表演，基本上只要动一动道具就可以了。倒不如说，这是需要助手们配合操作的表演。”

南美贵子的眼前也浮现了画面。在表演幻象魔术时，作为主角的魔术师，大多只是向美女示好，或是为了烘托气氛而表演。

“不过，因为麻痹病症，手腕完全使不出劲儿，就连幻象魔术也不得不放弃了。也就是说那个孩子从手腕以上就举不起来了，无法做出华丽的手势，指尖也只能向下垂着。那个姿势就像是图画书中的幽灵。这样就会影响魔术的表演。”

“不，母亲。与其说是表演……”冬季子突然细声细语地说道，“他觉得，那样的话魔术就失去了本质的美。”

“是的，就是这样的感觉。”

“他认为如果那样的话，根本就称不上是魔术。南美希风先生应该很有感触吧？魔术的精髓就在于将观众的视线和心理引导至尽可能远离真相的地方，相当于心理战术吧。”

“从罗贝尔·乌丹的时期开始，魔术的奥秘就是戳中心理和感官的盲点。”

“一郎也正是从这个观点上发现了美。”曾经的女魔术师，说到魔术的声音显得格外清脆响亮，“但是，无法充分地使用手。观众的视线和注意力就会从表演者那双动不了的手上溜走。”

“原来如此。”南美希风低声嘀咕着。

“虽然也有反其道而行之的误导，但是，这与那个人的审美意识和魔术风格背道而驰。完美的魔术舞台表演被自己那双不能自由行动的手扰乱节奏。作为闻名世界的‘梅菲斯特’，他决定在魔术的品质还没消失之前，离开舞台。离开舞台之后，他当时的心情一定是既后悔又不甘心。”

玉世长叹了一声接着说道：“但他没有放弃治疗和训练，准备再次挑战病魔。可是呢，身在日本还是会在意周围的视线。作为‘梅菲斯特’，他也有不想被人看见的一面。在最痛苦的时期，最好不要被狗仔队[1]的镜头追赶，或者被传言影响。因此，他才决定到国外去

1　指一些专门跟踪知名人士的从业者。——译者注

治疗。”

“是不是从那个时候开始，您的愧疚感越来越强烈了？毕竟，您经历了陪一郎做康复训练，到他离开日本的那些日子，他的人生起伏有点太大了。”

“面对周围变化的环境，冬季子你在英国也付出了很多吧？”

“除了一郎先生的手指没有完全康复以外，我并不觉得辛苦。只要能够在一郎先生的身边，尽全力照顾他就好。我无视了他想成为优秀魔术师的梦想，我只要能作为妻子陪伴在他身边就好了。他没有自暴自弃，而且是个非常努力的人。我也一直承蒙母亲的照顾，在英国生活的那段时间是非常宝贵的回忆。这是其他夫妻所经历不到的。”

“是十一年前去英国的吧？”远野宫连忙确认道。

“是的。”玉世接着答道，“我、儿子、儿媳妇三个人。”

“那段时间，这栋房子怎么处置的？”

“二郎住在这里，中途，廉价租给了上条夫妇。二郎管理得非常好，他当时已经在视觉障碍者支援中心工作了。紫乃结婚以后，住在东京，遗憾的是三年前她离婚了。我们决定回国的时候，她也回到了这里。”

一郎去世以后，当下住在吝家宅邸的只有六个人，分别是玉世、冬季子、流生、紫乃、二郎，还有受雇的细田寿重。

冬季子、流生和细田的房间在一楼，二楼除了玉世居住的这间房子，还有紫乃和二郎的房间。

“紫乃曾经到爱丁堡来玩过一次吧？”

“老师当时住在爱丁堡的旧市街。”南美希风突然说出自己了解到的事实。

“刚刚去英国的时候住在里瓦布尔，在那里住了两年左右，之后就一直住在爱丁堡。”

玉世伸手去拿水壶，冬季子接着替她解释道。

“与细田先生相识是住在爱丁堡的第五年。我和山崎兄弟也是在那里结识的，所以那是个充满回忆的地方。”

诹访往杯子里倒满水，递给玉世，用更加严厉的目光瞪着在场的所有人，用夸张的动作低头看着手表提醒众人。

像是没有注意到这种无声的抗议，冬季子继续说道：“细田先生原本是为住在城堡的福克纳伯爵服务的管家。

“毕竟是管理整个城堡，可见伯爵对细田先生有多么信任。伯爵是通过朋友认识我们的，曾经多次亲切地邀请并招待了我们。在伯爵的许可下，细田先生也加入了弘扬东洋文化的团体。就在那里，一郎先生和他的交情更加深厚了。”

玉世润了润喉咙，接过话茬。

“两个人遂成了莫逆之交。我想这跟国籍没有关系，只是个体之间的吸引。两个人在很多方面都特别合得来。他们之间没有夸张地大笑，而是始终维持着相互敬重的关系。这种关系的形成，可能跟细田先生年纪稍长，以及一直从事管家的工作有关吧。”

玉世说话时压低了语气，显得特别柔和，言语之间，也多了喘息的停顿。随后，她拉平了白色被套的褶皱，继续说道：“一郎的手奇迹般地恢复，是在三年前的初春。也就是复活节的前后。从那以后，他为了完全康复付出了很多。从魔术的基础开始，一天到晚埋头苦练，直到两年前在当地的魔术大会上获得大奖。”

“那可是全欧洲的魔术竞技大会。”南美希风的声音听起来非常开心。

南美贵子蓦地回想起了那个奖杯的事，就是那尊被凶手从舞台房间里拿出来破坏了的玻璃马。

“自此，他找回了重返魔术世界的自信，并决定回到日本。另外……”吝家的老女主人，低头看了看自己干枯的手继续说，“我的身体状况日益恶化，一郎决定回国也是考虑到了这一点吧。那个时候，一郎热切地邀请了细田先生。”

“细田先生本打算一直留在英国的。”冬季子紧接着说，“给人一种归乡之心不甚强烈的感觉。不过，最终还是被一郎的热情打动了，以此为契机回到了国内。”

“伯爵先生一定苦苦挽留了吧？”南美贵子暗自在脑海里想象着说道。

“那倒也是。不过，对于要返回自己故土的人，一味强求也不太合适。最后，他还是十分愉快地把我们送走了。”

摸着玉世手腕上的脉搏，诹访连忙开口说道：“差不多该结束了，身体会吃不消的。”

“再稍微聊一会没关系的。”玉世看起来确实有些疲惫，但还是继续争取道，“不是经常来的客人，聊聊天心情会好一点。”

“那么，我们就尽快地推进，再稍微忍耐一下。”南美希风惶恐地快速说道，“那是怎么认识早坂先生的呢？”

“一郎隐退之前就认识了。因为同是居住在札幌的魔术师，两人结识了有四年左右时间。一郎上次发病去英国以后，那位先生还想方设法要联系我们。”

“他非常重视在当地的工作，知名度提升得很快。”冬季子这样评价他道。

“近两三年据说他也经常在电视上露面。本来一郎重返舞台后，可以互相切磋的……”冬季子一边说着一边握紧手中的手帕。

“那个……”南美希风略有踌躇地说道，“早坂先生和一郎老师都有自己独特的风格，因此在艺术上也有过冲突吧？”

冬季子稍微思考了一下，接着回道：“年轻的时候，是有过一些磕磕碰碰。但是，也仅此而已。双方都不是激进的性格，只是存在竞争关系的朋友罢了。”

“早坂先生也是一个非常有趣的人呢。”玉世也开口说道。

“那么，青田经纪人呢？”远野宫接着询问道，“那个男人以前也跟过一郎吧。他会被再次雇用，是因为关系非常要好吗？有没有过什么矛盾？”

“关系非常要好。他是个非常可靠的人。一郎先生隐退的那段时间，他在做话剧的经纪人和制作人。”冬季子点了点头说道。

“因为自己的企划公司倒闭了，所以生活并不轻松，但也正因这段经历，能力也得到了很大提升。”玉世对他的评价也不坏。

“得知一郎要复出的消息后，他就减少了其他的工作，继续过来帮忙。如果一郎这边的工作量增加的话，将来他会成为专职经纪人……这次担任助手的春香是我的妹妹，她有本职工作。”冬季子主动展开话题，将目光投向了南美希风，“夫妻在南区开了一家宠物店。因为姐夫是表演魔术的，所以春香非常感兴趣，学了很多关于魔术的知识。而且，当得知一郎先生克服病魔回归的消息时，她深受感动，主动提出要留下来帮忙。”

远野宫紧接着说道：“魔术有很多需要保密的诀窍。在这一点上，由家人来当工作人员会更放心。”

“已经可以了吧？”诹访更加坚定地说道，“必须要休息一下了。”

南美贵子偷偷地看向弟弟的脸。他的表情略有遗憾。他一定是想挖掘出更多凶手隐藏起来的东西。当然，他并不会因此勉强身体抱恙的人。

“是啊……”南美希风非常麻利地站起身说道，“打扰了，非常抱歉。谢谢您。”

玉世似乎也想要继续聊下去。

“休息半个小时到一小时就可以了，如果还有什么想问的，随时再来问我就行，不用太客气啊。”

她将自己的身体靠在靠垫上，缓缓地呼出一口气。

3

“吝二郎的视神经，调查过了吗？远野宫先生。”南美贵子一边下楼梯一边问道。

“啊，已经有结果了。没有意外，他确实是一郎的弟弟，二郎本人。失明不是眼球问题，而是大脑影响了视神经。指纹，也和其他家庭成员一样，采集完毕。二郎也挺好奇的。”

“好奇什么？指纹？”

“好奇他跟哥哥的匹配度。据说以前也曾经有个著名的魔术师是同卵双胞胎，某次电视节目中将二人做了很多对比，结果发现两人的指纹几乎一致。”

“是啊，就算是双胞胎，指纹也是不一样的啊。”

“指纹相似的情况也不是没有，吝家兄弟可能也是这样。手指可能会有某些细微的差别，但是，整体上非常相似。鉴定也证实了这一点。”

比起基本上没有悬念的二郎身份，南美希风更在意有没有发现有外部闯入的痕迹。

“年久的石头围墙帮了忙，还覆盖着一些爬山虎。如果有人翻墙进来，一定会留下明显的痕迹。但目前没有这样的线索。从后门进来倒是不难，甚至可以说能够自由出入。然而事实上，我认为凶手不是从这里出入的。”

吝家宅邸的正门是西向的，所以后门本该是东向的。但是，宅邸的后门却建在车库的南侧，通向林间小路。这条小路只能容得下一辆车通过，尽头是一条便道。这边没有记者盯梢，案发当晚也是一样。

下了楼梯，来到走廊。大海警官和青田经纪人正从舞台房间的方向走过来。两个人都戴着眼镜，从额头到头顶也都没有头发。但是，大海警官的体格要健壮很多。

青田经纪人一改平日花哨的打扮，换上了吊唁用的黑色服装。在他茶色边框的眼镜后面，眼睛微微转动，向南美贵子点头致意。

远野宫毫不犹豫地向大海警官探问道：“我们刚才说到外部入侵的话题，发现痕迹了吗？”

“从外部闯入宅邸的可能性非常低，窗户和门上都没有侵入痕迹。从后门出入的话，倒是可以进入宅邸，但是，从案件的本身考虑，无须考虑外部行凶。”

“你是在找青田先生问话吗？”

“我们只是碰巧走在一起而已，调查已经告一段落了，稍事休息。”大海警官看了一眼远野宫的脸色，接着继续补充道，“只是稍微歇歇。”

你的手下应该都还在工作吧。南美贵子暗暗在心里吐槽。

“我也告一段落了，休息一下。”青田指着客厅的方向，“死者家属该做的事情，二郎都处理得非常周到，帮了大忙。”

“这么说，青田先生在负责对接外部的事务吗？”南美贵子连忙继续问道。

“是的。我要告知所有与一郎的工作有关的人，商议日后的安排。还要应付媒体。本以为轻车熟路，可以……但这次是葬礼，可能也是这个原因，我有些精神衰弱。”

所有人都聚集在昨晚被充当记者休息室的“沙龙”。

紫乃和管家细田也在那里。细田在摆茶具，紫乃则坐在稍远的座位上，悠闲地拉伸腿部。她穿着一件非常精致的素色长裙，但披肩却是鲜艳的绯红色。她在穿着正式的丧服之前，依旧坚持着自己的风格。或许那条披肩是她最后的坚持，看起来就像一面旗子，南美贵子觉得那条披肩似乎在跟弟弟告别，绯红色的披肩就像降下来的半旗。卷曲缠绕的长发之间，可以看到她珍珠色的侧脸。

紫乃看向房门这边。但是，与细田的对话还在继续。

“当然，今天晚上跟BLUE Z请了假。店长也从新闻上知道了这件事，有心理准备了。”

“明天不是紫乃小姐表演的日子。”

细田一边回答，一边转向了进来的五个人。

“我刚刚换了热水，大家也都来一杯红茶吧。”

南美贵子也拿了一杯。

细田整理好杯子，走到橱柜前。大海警官离开人群点了一支烟。和其他人一样落座的南美希风，马上就向紫乃问起话来。

“请假，是工作吗？”

“是啊。在朋友开的爵士乐店里，有时候去那边弹一弹钢琴。”

南美贵子记得自己也听过两三次她的演奏。

“作为剪纸家的工作呢？”

“我本打算将它作为本职工作，但是收入太少了。为了日常生活，不得不变通一下。前些日子，我还在一家关系不错的杂志社策划的品酒大赛上担任评委呢。”

“你真是多才多艺啊，真羡慕你。”

“羡慕？”紫乃微微歪着头反问道，“因为多才多艺吗？”

“你这才是艺多不压身呢。”青田也加入了这次谈话。

“真正的才能，只要一种就够了，除此之外都是束缚身体的才能。南美希风，南美贵子，自由和才能，如果让你们选择一种的话，你们会选择哪一种呢？”

这种选择太难了，南美贵子没办法马上回答，南美希风也很为难。远野宫接过了话茬。

“只要有强大的才能，自由就会随之而来。但是，为了才能，就要在某种程度上束缚自己的自由，难道不是吗？”

“自由随才能而来啊……从这个意义上来说，我有的并不是我想要的才能。细田先生所拥有的才是真正的才能啊。”

细田先生倏地停下了手上的工作，露出一副无比困惑的表情。

“即使是孑身一人，想去全世界的哪里就去哪里。他可以靠着自己擅长的事谋生，我则需要钢琴，需要纸和剪刀，需要很多东西，当然，也需要男人。为了想要得到的东西而工作，工作还需要利用各种各样的东西。”

“与生俱来的出自本体的能力才是才能。”

细田走到桌子前，小心翼翼地将杯子递给众人。

“不自量力地与您相比较，我还是觉得紫乃小姐的才能更加出色。用自身具有的乐感给别人带来愉快的氛围，影响他人对话的节奏。丰富的经验，使您与他人的人际关系更有深度。像我这样的人，如果遇不到雇主，就成了无用之人。”

南美贵子想自己倒茶，却被紫乃阻止了。

“不要抢了细田的工作，那是他存在的价值。”

“是的。”

细田小心翼翼地把红茶倒进每个人的杯子里，确认没有别的事情便退了下去。

“所以……”紫乃侧目看向南美希风，“有才能的青年，你想要问我什么问题呢？”

“不，才能什么的……您过奖了。”

“那么，我该说些什么呢？”

“啊……对了，昨天晚上您从中央会馆回来之后的事情，能不能再详细说说呢？”

“你是指离开餐厅后的事吧。我说过九点十五分左右回到二楼的房间。除此之外，我没有什么可说的，只是待在房间里。”

“喝酒了吗？”青田在一旁说道。

“贝利兹酒，晚上我会喝点这个或者樱桃白兰地。天气变了，又是一个闷热的夜晚，但我的心情还不错，喝了一杯。”

“有警员说您并不打算去看舞台房间的精彩表演，这一点是不是不太合理。”站在窗户附近的大海警官把香烟从嘴里拿了出来问道。

“并没有不合理啊。在自己家里还要跟一大群人抢位子，看自己弟弟的表演，也许这才是不明智的。而且，我支持的已经够多的了。”

“房间里没有扬声器吧？”

“是的，南美希风先生。我好清净，从不参与弟弟的魔术表演，我就是我。从窗户可以看到舞台房间外面的阳台，所以偶尔也会一边喝着酒一边观察聚集在那里的客人的反应。”

南美贵子认为吝紫乃会这么说是为了掩饰羞怯心吧，其他人应该也有同感。弟弟的复出表演相当成功，紫乃当时是在独自庆祝。她的心情也不错，也许动了去参加下团体活动的念头。不想去舞台的她，还是会关注地从窗户向外看。如果不是出了意外，紫乃也许都不想透露自己从窗户偷窥室外舞台的事。

紫乃房间的窗户面向庭院，楼下的右下方就是舞台房间。可以清楚地看到室外舞台的阳台。她的房间在二楼的东端，二楼也就到此为止。

舞台房间和娱乐室的楼上都没有二楼，只有高高的穹顶。

“不一会儿，室外舞台前的客人就乱了起来。”紫乃继续说道，“不再集中在一起，非常嘈杂。我当时有点忐忑不安。过了一会儿又看了一眼楼下，感觉更加混乱了。所以，我就决定去舞台房间看看发生了什么。除此以外，我就什么都不知道了。”

“室外舞台当时是什么样子的？”南美希风又问道，“有什么特别的事吗？或者某些人的异常举动？”

“没有。”紫乃耸了耸肩膀说道。

“那你看到早坂和春香了吗？”远野宫追问道。

“没看仔细，也没有什么印象。”

“舞台上的山崎良春呢？”南美希风接力似的问道。

“没看到他，他离屋子特别近，从我房间的窗户看过去正好是死角，除非我打开窗户。我也想提供一些有用的线索，但是，我真的什么都不知道。”说完，紫乃便不再开口了。

“青田先生呢？”远野宫把头转向青田，“你有没有想起什么？”

“没有……”青田像是在思考似的拉长了尾音，他一边调整音调似的拍着大腿，一边站了起来说，“想不出什么。无论是在中央会馆的时候，还是到这里之后，都没有什么奇怪的地方。”

远野宫又看向了大海警官。

“一郎先生没有收到过勒索信吧。他有忐忑不安的时候吗？”

“没有，没有。”为了抑制焦躁和紧张感，青田开始来回踱步。他给人的感觉总是有些心神不宁。

“没有任何忐忑不安的迹象。丹乔·一郎为了重返久违的舞台，一直都非常兴奋，注意力高度集中。正如你们看到的那样。”

大海警官突然插话道：“你昨天晚上开着灵柩车，在九点三十分左右到的宅邸，对吧？能不能将之后的行动讲一讲？我想跟其他的证词对照一下。”

“我已经说过好几次了，警官，我已经对你们说过了，没有什么可补充的。”

青田踱步到还没来得及回话的对方面前，突然转变了方向，一边继续踱步一边说道：“目送用推车把棺椁搬运走的上条小姐和山崎离开后，我就把灵柩车停到了车库附近。从一侧的便门进入室内，沿着走廊向东走，打算去记者们聚集的‘沙龙’。路过那里的时候，我看到送棺椁的两个人刚刚进入了舞台房间，那扇双开门被关上了。走廊里有几名记者在徘徊，大概是想找到一些爆料吧，我轻声细语地拜托他们不要妨碍我们的表演。”

青田站在墙镜前，望着镜中的自己，好像被穿着黑色衣服的自己吓了一跳。他托了一下眼镜，又开始继续走动。

“在‘沙龙’的时候，我和记者们一起听着扬声器里传来的声音，回答问题，他们开始兴奋起来。就在这个时候，传来了一阵异常的声音，这不是普通的声音。”

“你当时吓了一跳吧？”南美贵子连忙附和道。

“吓了一跳。”他认真地看了南美贵子一眼，继续踱步，“但我没有惊慌。在还不知道发生了什么事情的情况下，让记者们骚动起来可不是什么好事。所以我就随机应变地说了一句‘这个环节表演得还挺逼真啊’之类的话，试图安抚住现场。但是，我又有点坐立不安，就说现场可能需要我去帮忙，就离开了房间。随后，我就往舞台房间的门口走过去了。”

大海警官连忙补充道：“扬声器里发出声音的时间，证实了青田经纪人的话。同在‘沙龙’的八名记者，有几位在当时都看了手表，证实了事件发生的时间。”

青田经纪人的不在场证明是确凿无误的。南美贵子默默地在心里记了下来。

“那么优秀的才能，竟以这样的方式消失了……”青田懊悔地悲叹道，“他克服了无数的困难，才走到现在的。”

南美贵子表示赞同，但是紫乃的话语中略带了几分冷酷。

“可能是一郎抗拒命运过头了吧。”

“哎？”青田皱起了自己的眉头惊讶道。

“弟弟被才能之神附体了，那是不能被容于俗世的才能。他的魔术师力量被夺走时，如果停止抗争，或许还能保下性命。但他违背天意，拿回了才能。所以被上天夺去生命。命运的齿轮不会容忍人类的叛逆，它会让你看到反抗的后果。”

“什么天意啊。”脸色苍白的青田高广走到座位上，抓住椅背愤恨地说，“他取得的成果才是天意啊。魔术师是他的职责，如果是因工作殉职，或许他是心甘情愿的。但是，他的未来是被残酷的暴力夺走的。死在一个残忍的男人的手上，简直荒谬。”

紫乃从容地回道：“是不是男人，还不能断言。这个暂且不说，我也讨厌命运论的说法。绝对不能原谅愚蠢的杀人行为。只是……我想，如果一郎不是魔术师，也许就不会遭遇这样的横祸，所以才这么说。”

“如果不是魔术师……”

“在万众瞩目下重返舞台。似乎唤起了凶手的杀意，让他采取了非正常的手段。你不这么觉得吗？刑警先生。”

“犯罪手法确实像是一名魔术师的手法。”大海警官也承认了这一点。

“就是这里……”远野宫前倾了下身体说，“这个凶手似乎陶醉在自己的手法之中。需要注意的是这个案件很可能是连续作案，当然，这种事是绝对要阻止的。大海警官和搜查本部都会留意。我突然想到一点，这种大胆唐突的行凶手段的动机，会不会是出于他内心深处的某种强烈的自卑感呢？”

“自卑感……”南美贵子突然开口重复道。

“嗯，当然不能说自卑感就是杀人的动机。但是，很多作案动机的根源就是自卑感。恋人被抢走后备受打击而产生了杀意，就是因为自尊心受到了伤害，从而触及了自卑感。图财害命的人，也是因为经济上的自卑感吧。只是犯罪动机大概不是这样的自卑感，而是多重自卑感并发形成的。”

所有人都听得入了神，南美希风好像在听讲义一样，目不转睛地看着远野宫。此时，大海警官衔着香烟的嘴唇微微突起。

“而且，对于某个方面持有强烈的自卑感，其他人是很难从外部观察到的。谁都羡慕的美女，可能因为耳朵的形状而怀有严重的自卑感。但是，本人能够意识到的自卑感，都可以说是比较浅显的，甚至本人偶尔也会谈论到。但是，潜伏在潜意识的自卑感若是浮出表面，那就非常可怕了。可能就连当事人也不是非常清楚，外人就更是猜不透了。只是……”远野宫伸出一根手指接着说，“在这个案件中，自卑感就特别强烈。凶手的自卑感无疑是来自那位‘梅菲斯特’。凶手的对抗意识已经扎根于无法控制的领域，所以现场才会有那些匪夷所思的过激表演。凶手的那种暗笑，或许正是自卑感的投影。”

“远野宫先生，您有没有觉得凶手的自卑感和自我陶醉的行为有些孩子气？”南美希风点了点头接着说道。

“孩子气啊。”远野宫似乎还在仔细斟酌，南美贵子却又率先表示了疑问。

“孩子气？从哪里看出来的？这不是一场既血腥又复杂，而且非常疯狂的蓄意谋杀吗？”

“我们虽说被凶手耍得团团转，但这并不重要。‘孩子气’说的不是凶手的智力水平，而是这宗犯罪的……怎么说呢，应该是精神层面的东西。譬如制造出好几重密室这样的偏执，不是跟成年人的行为刚好相反吗？在棺椁中杀人，偏偏使用木桩作为凶器。凶手的残忍行为，就像是孩子们抓住昆虫之后，拔掉它们的翅膀，用别针钉在什么地方，肆意玩弄着这些昆虫，自己非常开心一样。这难道不是一种天真的残忍吗？”

“或许确实有点孩子气，也可以说是幼稚。”远野宫表示赞同地说道，“倾向于煽动效果，甚至还有些自负，直白地强调自我主张。说起煽动效果，像是美国发生的那些禽兽不如的猎奇杀人事件。简直就是疯狂。不过，我认为这正是幼稚的外在表现。在学习获得的理智发挥抑制作用之前，显露出来的是人类原始的残虐性。

“这是作为抑制剂的人性没有成熟起来的行为，或是曾经存在的理性被打破，压抑已久的情绪爆发出来的产物，最后到了没办法控制的地步。如果用脑科学来解释的话，可以说是大脑新皮质中的动物性中枢。人类，散发着动物身上未有的残酷……”

此时，房间里的电话响了起来，远野宫喘了一口气，在铃声停止后接着说道：“杀害一郎的凶手，也散发着狂热偏执的气息，也许可以比喻成一个男孩子。他的行为符合男性的特征。但是，自卑感这样的内在特性，把它作为线索和判断依据显然是不可能的，至少要等发现嫌疑人时，做性格对照看看是否存在矛盾，到时活用即可。”

“嗯，总之这个凶手的情绪一定是愤怒的。”大海警官走了过来，在桌上的烟灰缸里揉灭了烟头继续说，“那些电视剧里才会出现的物理诡计，我们无论如何都要破解。”

电话边传来细田的声音。

“是长岛要先生打来的电话，他说烦请有时间的人接个电话，无论哪一位都可以。”

紫乃站起身来走过去说道：“我来接。”

她接过话筒，按下了闪烁的按钮。

“长岛要……”大海警官的表情突然绷紧了起来，说，“他主动打电话过来吗？”

大海警官赶紧向紫乃发出指示：“如果可以的话，请使用免提接听对方的电话，让我们听听长岛先生打算说什么。”

紫乃轻微点了点头，切换开关，把话筒挂回了电话机上。

大海警官贴在远野宫耳边补充说道："我们之前没联系上他。"

长岛是冬季子和春香姐妹的表兄。南美贵子多少知道一点他的情况。他是北海道美术大学中世纪绘画（主要是壁画）专业的教授，利用暑假时间一个人去进行实地考察。就这样怀着学术研究的冲动，在云端飞来往去。

简短的寒暄之后，长岛率先说道："是真的吗？听说一郎先生死了，而且听说他是被杀害的。"

"是真的，你是从新闻上看到的吗？"

"是的，就是刚刚看到的。"电话那头陷入了凝重的沉默。

"你在哪里？"

"正在前往秋田的途中，现在是在盛冈站。"电话另一端突然传来了广播的声音。

"正在北上的途中吧？"

"在仙台站买的晨报上刊登了报道，我是在新干线途中看到的……他竟然被杀害了……在家里举行复出表演的时候，在表演途中被杀害的，却没有抓到嫌疑人吗？这到底是怎么回事啊？现场没有人看到凶手吗？"

只是通过报纸报道才了解案件的长岛，没有办法掌握案件的详细情况也情有可原。参加昨晚演出的报社中，最有名的是《北海道新闻》。这份报纸只在北海道和东北部的一小部分地区发行。在今天早上的报纸中，用头条报道了魔术师"梅菲斯特"遭到杀害并被锁在了舞台里，以记者的视角描述了案件的不解之处。但是，全国性的报纸还没有进行采访。再加上警方没有公开家具被移动过的信息，也没对外说明房间里没有玻璃等案件细节，电视报道中也只有部分电视台说了“现场像是密室一样不可思议”。如果只是看了仙台买的报纸，应该不会了解具体情况。

“没有目击者。”紫乃回答了长岛的问题，“我们是通过扬声器传出来的声音知道的。凶手当时应该在现场，但是突然之间就消失了。总之，留下了一个能让人疯掉的密室，就算及时赶过去……”

“不可能是密室吧？”对方的声音突然打断了紫乃的话。

大海警官顿时扬起自己的眉毛。南美希风也一脸惊讶地看向了电话方向。

“为什么这么说？应该还没有报道……”紫乃也感到非常惊讶。

“是吗？果然……”

“果然？为什么你会这么说呢？这到底是怎么回事啊？”

“嗯……房间从里面被锁上了，是吗？”声音中逐渐透出兴奋，“凶手就从那里逃走了，谁也没有目击到……你们已经识破凶手的逃跑方法了吗？”

“好像找到了，又好像没有……嗯，目前还没有确切的答案。”

“啊，还是用了那个啊，密道。”

“啊？”南美贵子也在心里发出同样的惊讶声。密道？那是什么？

南美希风也跟自己一样，呆呆地站在原地。大海警官和远野宫用疑惑的眼神互相对视了一下。

“等等，长岛先生，你是说这个家里有密道吗？”

“之前不是说过有这种可能性的吗？”

“啊，这样说起来的话，之前……”

“我根据自己的猜测进行了研究，也取得了一定的成果。那栋明治时代的建筑里暗藏玄机，凶手就是从那个出入口逃出去的。”

大海警官跑到了电话旁。南美希风突然站起身来喊道：“就是那个！”

“就是那个！密室的真正含义！”

“南美希风，你是说密室的真正含义？”远野宫的目光异常锐利。

“是的，那就是三重密室的真正含义！”

“那么，南美希风，你是说案发现场有密道吗？”

“应该有，正因为有才……”

就像被人打了一下似的，南美希风突然紧紧地捂着胸口，满脸痛苦，一下子倒在了椅子上。

南美贵子赶紧飞奔到了南美希风的身边，一秒都没有耽搁。

大海警官拿过电话的话筒，热切地说道：“我是负责搜查的警官，我叫大海。长岛先生，你知道舞台房间里的那条密道在哪里吗？”

“不，不，具体的情况我不太了解，我想可能会有建筑资料留下，所以查阅过……但是，中途就放弃了。”

南美贵子、紫乃、青田经纪人、远野宫四个人把倒下的南美希风团团围住。

南美希风一边因心脏病发作而痛苦，一边断断续续地从喉咙里挤出一些声音。

“被隐藏的，是那个……”他流露的声音含着他无法抑制的挫败感，“被狠狠地摆了一道啊！”

“喂，南美希风。”远野宫忐忑不安地缩着身体，盯着南美希风，“还是不要说话比较好。”

“是啊！南美希风，不要再说话了。”

南美贵子从口袋里取出药。南美希风身上也有带着。但是，两个人在一起的时候，如果病情发作，都是用的南美贵子的药。为了防止只有南美希风一个人的时候，他带的药不够用。

南美贵子将药片塞进弟弟的嘴里关怀地问道：“你没事吧？”

南美希风回应道：“还是老样子。”

南美贵子解开了南美希风的纽扣，松开腰带的同时，大海警官还在跟电话另一头的人说通话。

“密道的事，你听谁说过吗？”

“不，谁都没有说过。是我自己想到的。我提出这个可能性的时候，一郎先生否定了。不过他应该知道什么事情。”长岛重新说了一遍，“我想他应该知道点什么。”

“他……还有其他可能知道的人吗？”

“没有人，大家听到这件事情的反应都是一样的。不过，能打听到相关信息的，只有玉世夫人，或是基努婆婆吧。基努婆婆是……”

“嗯，我知道了。”

“关于那栋宅邸的旧资料如果还有的话，我想是在函馆市的乡土建筑资料馆吧。啊，警官，电车来了，我要挂电话了。到了秋田之后，我再和您联系。”

“函馆市的……”

“也许玉世夫人多少会了解一些，请向大家转达我的哀悼之情吧，警官先生。再见。”

大海警官还没来得及叫住他，电话就被匆匆挂断了。

4

南美希风躺在长椅上，呼吸非常微弱。尽管如此，他还在自言自语地说道：“房间里的密道。”

“房间里有没有密道，还需要进一步的调查。”大海警官一边捏着太阳穴上方的眼镜架，一边不紧不慢地走了过来宽慰道，“这只是那个人的猜测而已。”

“……如果真有密道的话，三重密室的意思就说得通了。”

“三重密室？”大海警官露出意外的表情，南美贵子向他投去了责备的眼神。

“请不要跟他说话，他必须静养一会儿，你问他问题的话，他一定会回答你的。”

大海警官这才反应过来。

“你……没事吧？要不要叫救护车？”

南美希风苍白的脸上露出勉强的微笑，看向了另一侧。

“休息两三分钟就会没事的。”南美贵子赶紧说道。她祈祷着这次也别出事。

“药溶解了吗？”

南美希风点了点头。

由于痛苦和忐忑不安，他有时候甚至分泌不出溶解药物的唾液。

大海警官离开长椅，焦躁地来回踱步。几圈之后，他停下脚步突然对紫乃说道：“紫乃小姐，我想问你几个问题。”两人在窗边的座位上相对而坐。

“你听说过密道的事吧？”

“十几年前吧，一郎他们去英国之前。”

“是长岛先生说的吗？”

“是的，他说过宅邸里会不会有这样的密道呢？”

“他怎么会想到密道的呢？”

“不知道，当时可能说了什么，但我完全不记得了。对了，他好像说过墙壁这么厚之类的话。”

南美贵子闻言看向墙壁。文物级别的古老石墙，确实有一定的厚度。就因为有墙壁厚度和粗大的柱子支撑，才能将阳台作为室外舞台，而将内部作为室内舞台。

古老厚重的建筑物，通常都会蕴含着一些历史和秘密吧……

南美贵子思考起弟弟说的话。但是，马上就遇到了阻碍。密室的真正含义隐匿于密道，这是什么意思呢？设置三重密室的动机是否跟密道有关呢？无论怎么思考都无法将密道和三重密室联系到一起。

远野宫和青田也有所困惑，半信半疑，也都想早点知道答案。

“听说这栋宅邸里可能有一条密道之后，你是怎么想的呢？紫乃小姐。”

大海警官还在继续刚才的问话。

“我当时的想法是不可能的，一般都会这样想吧？虽然非常有趣，但也只不过是突发奇想罢了。啊，不过……”紫乃抬起头看着天花板，翘起了自己的长腿。

“关于那个，我曾想过，是不是可以用密道来解释呢？”

“什么事情？”大海警官向前走了几步问道。

“一郎经常在这座宅邸里表演魔术，我们会被当作观众。其中有些关于消失和再现的魔术。非常不可思议。如果有我们不知道的密道的话，就能够做到吧。他在舞台房间也表演过一两次，几个人同时无死角地盯着，就这样在遮挡中消失了。下一刻又突然出现在我们身后。从长岛先生那里听来的时候，我也怀疑过莫非还真有密道，如果魔术的关键是密道，那就能说得通了。”

“原来如此。一郎先生也许知道……紫乃小姐没有问过一郎先生吗？”

“长岛先生的话，谁也不会去认真对待的。而且，长岛先生也问过一郎，一郎矢口否认，所以我认为这是理所当然的事。能够发觉这里有密道的人，除了长岛先生以外，就是那位……”紫乃伸了伸手臂，指向了长椅，“……躺着的少年了。”

大海警官看向长椅。

“青田先生呢？你听说过密道的事吗？”

“我还是第一次听说。”

经纪人一脸茫然，呼吸急促，又开始来来回回独自徘徊起来。

“你也没听一郎先生说过类似的话吗？”

“不，没听说过，或许是想不起来。”

“函馆那边是什么类型的资料馆啊？”大海警官又转向紫乃。

“乡土建筑资料馆。”远野宫突然用粗壮的声音插了一嘴。

“这个名字在斉家是众所周知的吗？”

“不，我不记得有听过。但是，十几年前的那个时候，长岛先生可能说过一嘴，但是我并没有太在意，当时正忙着恋爱呢。”

大致的问讯结束之后，雾冈刑警和一个年轻点的警察走进了“沙龙”。

将最新消息传达给了他们之后，三个人就开始讨论起这些内容的真实性。

在南美贵子看来，南美希风已经度过了高危期，正在慢慢恢复。

大海警官似乎在为该从哪里下手而烦恼。

“乡土建筑资料馆还开着吗？首先要保证和长岛要的联络渠道。”

“再去问一问斉家的人吧，大海警官。”雾冈的表情不觉得惊讶，他现在还没有确凿的证据，“要把密道作为调查对象让搜查本部协助吗？”

“密道与凶手建造密室的含义有密切关系。”

“什么意思？这是谁的观点？”

南美希风坐起身来，开始整理身上的衣服。

“是我。”他忙不迭说道。

雾冈正在看着那个呼吸困难、脸色苍白的青年。忽然听到远野宫继续开口问道：“现在说话没有大问题了吧？”

紫乃和青田也露出担心的表情。

“经常犯病也就习惯了。”南美希风撩起头发宽慰大家道。

南美贵子知道即使阻止他也不会听自己的，只是嘱咐他道：“不要过度兴奋啊。”

一旦兴奋过头，就会发生“经常发生的事情”，每次发作，都是在生与死的分界线上挣扎。

也许人生的最终篇章，正在那里等候着他……

站在死亡的门前，肉体被痛苦侵袭的时刻，迈过去又一道生死关……不，也可以这么说。生死的分界线只有一个，他又一次迈了过去而已。

南美希风的表情稍微缓和了一些，向姐姐点了点头解释道：“很多时候即便兴奋也不会发作，有的时候虽然沉静也会发作。”他说话的时候，雾冈跟上司说起话来。

“警官，就算问这家人关于密道的事，也不会有什么进展吧。如果确实存在密道的话，在案件处于密室状态引发骚乱之时，他们就会如实告知了吧？”

“不，真的是这样吗？”南美希风连忙反驳道。

刑警们的视线顿时全都集中在了南美希风的身上。

“我们可能正是中了凶手的圈套，被带入了盲点。”

南美希风一直目视前方，仿佛是为了尽可能减少体力消耗。他低声细语地推进着话题，声音非常轻柔。

“紫乃小姐说有人提出过密道的事，但是记不清了。毕竟是在很久之前听说过。不过，其他人呢？或许也听长岛先生说过这方面的事，可能有的人比紫乃小姐记得更加清楚。但是，没有人能回忆起来并告诉调查组。是不是，姐姐？”南美希风的视线静静地移向南美贵子，“本案出现了诸多难题，姐姐可曾想起，或是想到过密道？”

“完全没有，完全没有想过啊。”

“可能是因为太抽象吧？不过，古老的建筑物出现密道也挺常见的。某些历史悠久的城下町的古民故居里也会暗藏玄机。更何况是将自家宅邸作为舞台的魔术师呢。即使有密道也不足为奇。雾冈刑警，您说呢？本来，在现实中出现密室就很特别。在这次的案件中，我们是否考虑过从密道进出的手法？大海警官。”

两个刑警纷纷以沉默做出了回应。

指出事实的南美希风深深地长吸了一口气，接着说道：“我没有追究任何人的意思。即使吝家多少听过密道的事，可能也回忆不起来，并提供给我们信息。他们因亲人被杀而惊慌失措，在某种程度上也不是不能理解。但是，面对密室之谜的我们，却一次也没有提出过密道的可能性，是不是太过粗心了呢？刑警先生遇到的案件里，大部分是在普通的公建住宅里发生的，所以很难出现密道这样的元素。即便如此，也不能忽视这个盲点。现场处于密室状态，拿着钥匙的人都有不在场证明。这样的话，就该考虑一下天花板和地板下面是否有与外面相连的通道。这种通道也是一种隐秘的路径。”

调整了一下呼吸后，他又继续说道：“我们以为解开了舞台房间的第二个密室，结果第三个视线密室就在那等着我们。为了解开逃脱之谜，我们遭到了多重密室的挑战。尽管如此，我们没有一个人想到密道，完全没有想到。”

“是这样的。”远野宫歪着大脑袋，陷入沉思，“不知道为什么，连想法都没提出来。”

“远野宫先生，这是凶手的计划，是用密室设下的陷阱，被凶手的诡计迷惑最严重的就是我。”

“现在就妄下定论，未免过早了吧？南先生。”雾冈突然插上一嘴说道，“我们还没有找到密道呢。”

“不，肯定有的，我认为是必须有。”

弟弟的语气比以往任何时候都要自信，南美贵子着实吃了一惊。

“这次一定没错，雾冈刑警。而且，说不定还能找到一郎老师的训练室。”

“啊？”

几个人同时发出了这样的惊叹声。

“除了老师以外谁都不知道的训练室，就在密道之中，或是穿过密道就能到达。”

“啊……”

南美贵子和远野宫也发出了和青田经纪人同样的感叹。

“是这样啊……”紫乃眯起眼睛，仿佛在凝视眼前的一切，她将长长的指甲贴在嘴唇上，“如果有密道的话，确实……”说着露出了清澈的表情。

大海警官接着说：“在这附近，似乎没有找到类似训练室的空间，你确定能找得到？”

“只有一郎老师和凶手知道密道的准确信息。老师将密道用于隐藏训练室，以及魔术表演，凶手则用它来杀人……我认为这次的事件，首先出现的是第三密室。是这个第三密室，唆使凶手制造出了第一密室和第二密室。”南美希风对大海警官解释道。

“是第三个密室让凶手制造了第一和第二密室？”

没听明白的远野宫睁大了眼睛发出疑问。

所有人都在怀疑自己的耳朵。

突如其来的这句话让所有人都没明白过来。

“你确定吗？”果然还是有人提出问题了，首先发问的是雾冈刑警，“密室还具有意识吗？”其中带着一点嘲讽的意思。

“你刚才说的三重密室，究竟是什么意思呢？第三个密室，又有什么特殊性和重要性呢？跟密道有什么关系吗？”远野宫马上就问了几个核心问题。

“为了蒙蔽我们的判断，使我们意识不到密道，所以设置了好几层密室。接下来，我要说明一下凶手逐渐膨胀的野心。首先是阻止‘梅菲斯特’的复出演出，将其华美的舞台染上死亡的颜色。其动机就是从外部难以发现的扭曲的自卑感。挑选了最能充分释放自我表现欲的时间和地点，唯独这一点是他无论如何都不能改变的。尽管如此，也不能只是追求适合犯罪的舞台，还要考虑可行性。能够同时满足这两方面的场所正是舞台房间。中央会馆作为万众瞩目的舞台是最棒的，但没有让凶手全身而退的空间。对于计划周密的凶手来说，刚刚抵达舞台房间的时候，无论是作案时间还是地点都是最合适的。”

“如果把那里作为犯罪现场，就可以利用密道了。”远野宫突然扬扬得意地说道。

“但是，同时也存在问题。”

“问题？”紫乃急不可耐地问道。

“目击者。凶手早就预测到记者们不会老老实实地待在‘沙龙’，会在舞台房间周围徘徊。与其说是预测，不如说是对此有所警惕。既然要行凶杀人，就必须做好最坏的打算。即使没有一个记者离开‘沙龙’，把棺椁运到舞台房间的山崎良春和上条春香，也一定要前往室外的舞台。青田经纪人也会在宅邸里走动。凶手没有办法控制他们的行动。基于这样的理由，凶手预测到了舞台房间周边有目击者的危险性相当高。那么，有目击者的话，会产生什么样的危险呢？”

“通常来说，行凶的瞬间和逃跑的过程都会被看到吧？”南美贵子非常配合地回答。

“是的，这是一般情况。但是在这次案件中，舞台房间被凶手锁上，所以不用担心犯罪过程被别人看到。然后就是逃跑了。这也不难，凶手只需使用除了死去的受害者以外，没有其他人知道的密道。

密道是必须要隐藏起来的，但是，在没有目击者的情况下并不难做到。因为我们会自然而然地认为凶手会打开房门，从走廊逃出去。”

“可是，那里不会被人看到吗？”远野宫紧接着低声说道。

“目击者很可能不止一人，他们会出现在案发现场舞台房间的周围，然后为警方提供证词，说没有一个人从这里逃出去。如果这些证词没有漏洞，那么完美的谜团就出现了。凶手是如何从现场逃走的谜题无法解开，就形成了‘不可能的犯罪’，而凶手并不希望这种情况发生，因为‘不可能的犯罪’可能会使警方的调查人员怀疑有隐藏的密道。”

南美贵子轻声细语地说道：“我好像稍微明白一点了。你继续说吧。”

“在无法逃脱的现场中，经验丰富的警官们会有直觉。哪里都逃不出去的案发现场，墙壁和天花板都相当厚重的石造建筑物的某个房间，有什么机关并不为过，况且还是有着八十年历史的古老建筑。另外，还听说住在这里的魔术师经常会上演忽然消失又忽然出现的魔术。具备了这些前提条件之后，搜查官说提出这栋房子可能有密道的假设，也就不足为奇了吧。”

“这样一来，密道终究会被发现。”远野宫看着大海警官继续说道，“凶手应该不希望这样的事发生吧？”

“他想把密道放在警方的盲点上。”

“放在盲点上？我没明白什么意思。因为这个原因制造了三重密室，但是搞出来这么多密室，不会适得其反更让人怀疑密道吗？”青田经纪人一脸疑惑地问道。

“是啊，非常矛盾。凶手冒着风险，数次制造自己不愿意看到的不可能犯罪，又不想让人们当成是不可能犯罪。确实是非常矛盾的说法，但事实证明做到了这一点。”

“现在也还在发挥着作用。”紫乃说这句话的语气非常冰冷。

“首先，还是确认一下吧。”

为了不给心脏造成负担，南美希风一字一句地慢慢说着。

“被害者在被内部上锁的棺椁中杀害。按照目前为止的说法，棺椁被定义为第一密室，被上锁的舞台房间，叫它第二密室，那么，我们依照顺序打破了第二密室之后，就会接近第一密室。然而，解开第二密室之后，舞台房间就已经不是密室了。滑动锁的事情我们之后再说，我们首先来说第一密室。如果这个密室只是由房间构成的，那么我们在调查中就会想到密道。然而，凶手用了一个棺椁，就把密道的可能性一下子粉碎了。”

三个刑警都在认认真真地聆听。

“正因为是棺椁密室，跟密道就产生不了联系？棺椁无法使用密道，棺椁只是一个被木板做成的物体，而且，棺椁会被当成魔术道具。既然是魔术道具，必然存在机关，自然也会有逃脱的方法。与密道无关的棺椁密室却加上了很多机关，作为魔术道具的那具棺椁就是用来误导我们的。什么内部上锁，棺椁的盖板被挪开，全都是障眼法。我甚至认为棺椁谜题根本没有解开的必要，只要去问知道魔术秘诀的人就可以了。果不其然，熟悉魔术的人直接就解开了谜团。我们很简单就破解了这个谜题，凶手也就利用了这点。虽然不是什么很难的谜题，但它影响了我们的思考方向。这才是凶手的目的，而我们也正好掉进了他设下的陷阱。”

“不会吧，”停下脚步的青田，一脸哑然的表情，“就像魔术的诱导性表演吗？”

“哪里非常类似吗？”紫乃突然问道。

“呃，是的。为了突显效果，让观众更加惊讶，经常会分阶段性地表演魔术。通过前面铺垫的小魔术表演，引导观众心理。甚至有的时候会利用简单的手法让观众笑起来，通过这种表演使观众在心理上有了某种程度的预期。笑的时候，观众会被驯化出一个对事物的观察习惯，对这种表演方法产生深刻的印象。将这种观众的意识作为中心，就很容易使接下来的表演进入盲点，更加出其不意，让人惊喜倍增。”

青田经纪人又开始踱起步来。

“魔术师夸张地晃动着自己的手臂，也是同样的用意，是在诱导观众的意识和注意力。十分明显地做出大幅度挥动手臂的动作，观众的目光就会自然地落在手臂上。如果大家被吸引过去，注意力也就都在那边了。这是一种惯性，是生理方面不可避免的。为了不被欺骗，故意抑制自己的注意力，那要看向哪里呢？看魔术师的脚吗？即便如此，还是在魔术师的掌控之中。观众的视线始终不会离开魔术师的身体，但是机关装置却是在远离魔术师身体的地方，可以说是催眠术的一种。在魔术师的表演中，到处都有这种情况。请抽一张牌，这张牌本身就是诱导和暗示，甚至有一种心理技术叫‘强迫选择’，就是让观众选择那张自以为是自由选择的目标牌。一流的魔术师是能够精准掌握观众的意识走向的。”

“正是如此。”南美希风对青田的讲解技巧表示赞叹，“使用棺椁作为第一密室，就像是为了诱导观众注意力的招手动作。在封闭的棺椁里通过物理手段制造出入口，这个谜题很容易就能被攻破，攻破之后就会给我们带来误导。而且还用那样的杀人行为加深我们的印象。答案本身就是陷阱，是暗示，也是催眠。我们在面对第二密室的时候，就会沿着破解第一密室的经验去思考。这次的出入口在哪里呢？究竟又用的什么样的物理诡计呢？此时，对于密道的怀疑早已烟消云散。”

5

屋里一片寂静。

南美希风像是在稳定自己的呼吸和心跳，隔了一段时间继续说道：“但是，这种暗示，时间久了就会消失。如果短时间内破解不了第二密室，就会从多方面考虑吧。为了避免这样的结果，凶手才故意留下了线索，像是燃烧的蜡烛，地板上的灰，等等。”

“果然是凶手故意留下的吗？”

远野宫像是非常痛苦地呻吟了一声。

刑警们也露出严肃的表情，愤恨不已。

凶手的智谋比大家预想的还要高。南美贵子也绷紧了自己的神经，有些害怕继续追问下去还会知道什么，但她还是在默默地等着弟弟接下来的发言。

“没错，我敢肯定就是凶手故意留下的东西。那个时候我就觉得不自然，因为这些线索都是准备好的，故意展示的东西。凶手很擅长使用物理诡计，那么下一个诡计是什么呢？这样的想法诱导我看向了蜡烛的火苗，就这样被他所误导，并且深信不疑。就好比一根将两个事物联系起来的箭头，这是魔术世界里经常使用的定型化效应吧，青田先生？”

“定型化效应……比起我这个经纪人，学魔术的南美希风应该更加了解吧。定型化效应就是这样的呢，反复进行固定模式的体验，在遇到类似体验时，就会无意识条件反射性地做出与之前相同的判断。在魔术中使用起来就是这样的。”青田站在那里摆动着手臂说，“从右手向左手投掷球，再掷回右手，再向左手投掷。看到这个动作重复几次的观众，会无意识地形成一种定型化效应。所以，同样是转动右手，用左手接住球，当左手打开却没有球时，人们就会大吃一惊，认为球是消失了。观众会误以为‘球明明从空中飞到了左手’，当然，只是右手的球根本没有被投出去而已。”

“第二密室就起到了这样的效果……”南美希风开始自己的话题。

“就是要引发相关人员的定型化效应。因此现场留下的线索，就像是魔术师的动作，放置蜡烛位置不同的骷髅眼睛，被移动的手推车，门把手的根部烧焦的痕迹，地板上的落灰。有了这些显著的线索，诡计也不难被攻破，而这其实只是凶手让我们以为自己解开了华丽的密室诡计。继第一密室之后，第二密室的物理诡计也会被攻破。我们就会掉进凶手准备的陷阱中。案件焦点就从案发现场的舞台房间引向了外逃空间。就像凶手最初使用的手法，达到了将密道从我们的意识中抹去的效果。”

“真是厉害。”南美贵子的声音里混杂着感叹，接着又说，“这个‘梅菲斯特的反对者’是真正意义上的天才魔术师。”

“他是天才的犯罪魔术师。且不说利用密道的事，凶手使用了古典魔术的手法，巩固了诱导意识的定型化效应。为了强调密室的封闭性，阳台的窗户也上了锁。我这次是碰巧出现，但误导计划原本是针对警察的。据调查小组了解，受害者在棺椁中被木桩刺死，而且棺椁还处于没有办法从外面打开的状态。其实这种看似不合常理的谜题，只要询问一下其他人，马上就能解决，只是使用了魔术道具而已。”

“在那一瞬间，就陷入了认知陷阱。”紫乃像是在提醒自己。

“凶手的形象和手法很快就会跃然脑中。警察会认为凶手是个随心所欲的家伙，才玩出这么多手段。这样的凶手造出第二个密室也不奇怪。门把手的烧焦痕迹，地板上的灰，就会顺利地诱导着奉行现实主义的警察，去调查门上用的物理诡计。”

“原来如此。看似不着边际的线索越多，现实主义者们就越容易对戏剧性的手段产生兴趣。”紫乃轻声细语地自言自语道。

“所以，那个出人意料的密道就微妙地进入了盲点。就连奉行合理性的搜查官们，都没有优先考虑天花板和地下的逃跑途径，都在埋头研究如何解开门锁相关的密室谜题。如果解开了谜题，舞台房间就不再是密室，那么密道就会从潜意识中消失了。回到原点，开始进入第三密室。”

“是啊。”南美贵子一边发出感叹，一边整理着自己的思绪说，“原本，走廊里的视线密室才是真的密室，没有办法逃脱的密室之谜。”

“没有答案的密室。”大海警官沉重地说道。

“是的，没有。现实中是不存在的，也从没见到过。这第三道门才是阻止逃跑的铜墙铁壁，第三密室的这道门，才是解开谜题的最大阻碍。本来该考虑要如何逃脱的是凶手本人，他要是逃不出来的话，谜团就会留在舞台房间里，密道就有被发现的可能，但是凶手却巧妙地把这个难题甩给了调查组。调查组撞上了第三密室，由于第一密室和第二密室的定型化效应，所以就会理所当然地深信这里也有诡计，就兴致勃勃地想要看穿凶手的诡计。”

“其实不存在什么诡计，我们挑战的根本就是一扇打不开的门。”远野宫的心里就像受到了强烈的侮辱一般，用鼻子喘着粗气。

“这扇门是无论如何也打不开的，但是调查人员却还专注于还没有看穿凶手的诡计，密道就自然不在搜查范围之内。为了让我们更加迷惑，凶手又拿走了礼帽和斗篷，迫使调查的关注点从房间转移到了走廊。这样一来，密道的想法就更被抛诸脑后了。”

“真是的……被狠狠地摆了一道啊。”

三个刑警此刻的表情更加冷峻，像是钢板一样硬邦邦的。他们苍白的皮肤紧绷着，原本激情四射的眼神似乎被盖住了一般。

“嗯……”青田一屁股坐在了椅子上说，“我明白了，也就是说第三个密室，才是一切的开始。”

南美贵子也在心中重复着这句话。第三个密室，利用第一和第二个密室在……

6

“被多名目击者包围的情况下，为了不让人发现密道，凶手制订了周密的计划。”

南美希风发出了总结性的发言，抬头看着空中。

“凶手想要制造出多重不可能犯罪的假象，首先就选了棺椁，棺椁密室也非常有效。在棺椁中死亡，凶器是木桩，残酷而又猎奇，冲击性十足。在这种残忍的现场加持下，突显出了凶手疯狂的表现欲。满足了误导作用和自我表现的双重目的。”

南美希风又低下了头，眉间笼罩着愁云。

“一切都是为了对抗‘梅菲斯特’而策划的心理战，而我则落入了他的圈套，被凶手的诡计耍得团团转……”

“不，南美希风，你从那个时候就说过不觉得自己看穿了诡计，你还说过诡计的背后好像隐藏着什么，要好好警惕。”远野宫的声音在屋里回响着。

“我只觉得对方太狡猾了。”青田蓦地点了点头，似乎是在自忖。

南美希风稍稍放松了下肩膀，背靠在长椅上。

“虽然三重不可能犯罪前所未闻，但凶手却没怎么费劲，这或许也是值得注意的地方。”

“凶手没耗费多少气力吗？”远野宫深感意外地询问道。

“与收到的效果相比，付出显然是极少的。”南美希风转过头来看着远野宫。

“用在犯罪上的气力越少，就意味着风险越小。这次事件中也留下了迸溅出来的血迹这样的线索，但其他值得一提的也就是被害者戴着的麦克风，除此之外，没有赌运气的成分，也没有对凶手来说很危险的行动。制造密室以后，凶手只是从谁都不知道的隐蔽通道逃走了而已。其他的事，无非是把关键部位用火烧着，或者让灰掉落在地板上。这些设计在行凶之前就能完成，估计在山崎良春离开后，时间上也非常充裕。”

南美贵子也认识到了这个事实。凶手并非冒着被发现的风险逃到走廊后才回到室内做准备的。

“凶手使用的是风险极低的行动。只花了一点点功夫，就构筑了三重密室这个巨大的心理陷阱，让人失去了对密道的认知。”

“……真是令人不寒而栗的智谋。”

青田轻声地说着。南美贵子不知什么时候把胳膊抱在胸前，仿佛感受到了寒气。还稍微裹紧了一点。然而，只过了几秒钟，脑子就开始运转起来，脑海中浮现出了下一个着眼点。

南美贵子先说了句“但是……”，接着又将内容切换成刚才想到的事。

“现场的家具被移动过了吧。会不会是用大一点的家具，把密道的入口隐藏起来了？”

“应该没有。”南美希风立刻回答，“家具被换位反而会受到关注。能在心理上制造盲点的人，不会去做那样的事。”

“不好意思，想简单了。不过，移动家具和清除玻璃都要费很长的时间，实在算不上是高效率的行为。”

“不是那样的，姐姐。这两种行为与创建三重密室的行为模式是不相容的，这种做法有点过度装饰表现欲的嫌疑，甚至做得有些夸张了。我还是觉得基础的动机和设计与密室的布置存在违和感。”

“即使通过密道可以解开密室之谜，但是，玻璃和家具的移动之谜还是没有头绪啊。”大海警官的声音响起，就像在与某位刑警说话一样。

“是啊。”雾冈紧接着回答道。

“我没有办法解释那个行为的动机，已经有了退路，为什么还要费劲做这样的事，那些工作可不是一时半会儿就能够完成的啊。”

“南美希风。”远野宫突然大叫道，“家具位置的调换和被破坏的玻璃这两个疑点，依然摆在我们面前。”

“是的。如果关于密道的搜查工作取得了一定的进展，也许会发现什么，只是……”南美希风带着强烈的紧张感又说，“我还发现了一些更加奇怪的事。”

“你说什么？”

“这个凶手用了相当多的手段来隐藏逃跑的密道。在这个基础上，再加上远野宫先生刚才说的话，一种令人不寒而栗的可能即将浮出水面。”

“刚才说的话吗？是指哪些话呢？”

“自我表现欲强的凶手，很有可能连续作案。凶手隐藏密道的目的会不会包括再次使用它呢？杀死一郎先生的凶手，会不会再次利用这个密道做些什么？”

房间内充满了紧张的氛围。

“等等……”紫乃的声音听起来十分生硬，“你的意思是凶手还盯上了这个宅邸的其他人？”

“是否被凶手盯上，目前还不知道。但是，还是警戒一下比较好吧。如果这次凶手的目的全部达成了的话，密道暴露了也没关系啊。”

“倒也不一定是为了再次利用才想隐藏起来的吧。”年轻一点的刑警突然开口说道，“隐藏真正的逃脱路径也有利于凶手摆脱嫌疑和逃跑，也是非常自然的事情。”

“这样说也有道理，至少凶手没有想着一直隐藏密道。陷入第三密室谜团的调查人员，如果重新审视案件，调整视角，很有可能会发现密道。事实上也是这样，通过新闻报道了解到事件的长岛先生与我们取得了联系……”

说到这里，南美希风中断了片刻，转头看着远野宫和刑警们。

“我作为外部人员这样指手画脚真是不好意思，是不是该派人去保护下长岛先生呢？还有玉世夫人和基努婆婆，他们都是可能知道密道的人。”

大海警官没有做出回答，只是表情严肃地站了起来。

连续行凶的可能性使南美贵子不禁颤抖起来，熟人的惨死已经足以让人精神崩溃，可是万一还有其他人有危险……

青田经纪人和紫乃也露出忐忑不安的表情。

“时间？你是说凶手不过是在争取时间吗？”远野宫目不转睛地盯着某处说道。

“是的，时间久了，密道很可能就会被发现。要是密道暴露，凶手就没有了不在场的证明。我想这样的疏忽，凶手是不会留下的。他不会把一切都赌在密道上。”

“即使发现了密道，想要马上抓到凶手也是非常困难的。也就是说，凶手还有其他隐瞒密道的动机。想要利用它做什么呢？还是在不久的将来……”

“当然，也许凶手会沾沾自喜地认为不管过了多久，密道也绝对不会暴露。另外，其他的可能性也有很多吧。凶手并不认识长岛先生，认为知道密道的人只有自己和吝一郎，或者凶手只是想隐藏密道里的东西一段时间。可是……”

“可是？”远野宫再次复述一遍，“如果能预测到危险，那么采取相应的措施也不会有什么损失。”

大海警官以对手下发号施令的口吻说道：“首先要确定密道是否

真的存在。”

南美希风环视着远野宫和紫乃的脸。

“要不要向玉世夫人请教一下呢？问她知不知道密道的事情，她应该很了解这座建筑的历史和购入时的情况吧。”

“这得看她的身体状况吧。”远野宫连忙答道，“南美希风，你说了这么多话，身体真的没问题吗？”

“总比四处走动要好。我想跟你一起去。”

南美贵子偷偷瞄了一眼南美希风，他仿佛下了坚定的决心。

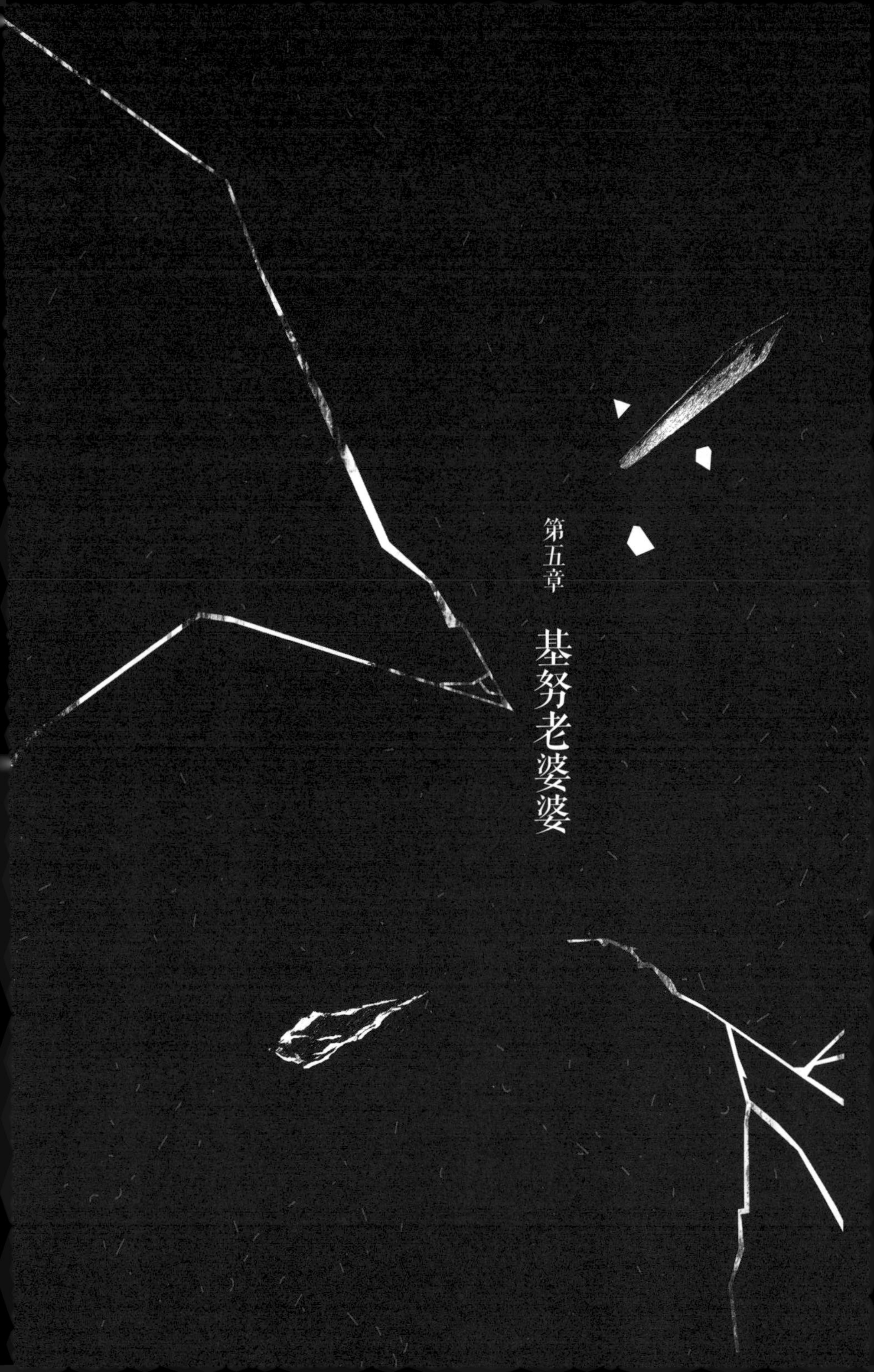

第五章 基努老婆婆

大家又再一次聚集到了玉世的房间里。除了房间的主人，共有七个人。诹访凉子照旧在旁侍立，床铺对面坐着冬季子和二郎，旁边是远野宫、南家姐弟、大海警官四人。还缺一把椅子，南美希风想要把位子让给警官，但警官看着面色青白的少年，便推过来椅子说道："你坐着吧。"

雾冈刑警跟手下去寻找舞台房间的密道了。

远野宫高声地向家人通告道："只要找到密道，就能向前迈出一两步了。"

"凶手好像也做好了被发现的准备，但是，这么快就被人发现，也许会出乎他的意料。所以或许是一个出其不意，攻其不备的好机会。"

南美贵子觉得这不过是在鼓舞士气。根据以往的事例，像这样使人充满希望的做法，是远野宫惯用的心理战术。

"其他人似乎都不知情，所以只能来问问大家。"

管家细田和山崎兄弟已经接受了调查。细田身为管家，又是一郎生前好友，当被问到有没有听说过什么的时候，他表示对密道的事一无所知，没能提供任何有帮助的信息。而对山崎兄弟的询问更加重要，他们毕竟是“梅菲斯特”身边的助手，对魔术表演的内幕，大部分都了若指掌，但是跟密道相关的事却都不知情，什么都没有问出来。被问到隐藏的密道时，他们倒是能回忆起两三个场景，说之前在舞台房间中表演过一次大变活人的魔术，无论怎么想都不是普通的视觉死角手法能够做到的。

另一个助手上条春香和她的丈夫，现在不在这个宅子里，所以要再找机会问询。同为魔术师的早坂君也也是一样。

“只要能够帮上忙，我一定知无不言。”

床上的玉世和刚才一样，没有办法掩饰自己的病态，脸庞就像干透了的枯叶，给人一种弱不禁风的印象，好像只要用力一碰就会噼里啪啦地破碎一样。她的脸色差到与南美希风一样，但是从她的双眼中能够看出充沛的精力，然而让人非常遗憾的是，她的眼睛很快就蒙上了一层困惑。

“可是，我不知道这栋房子里还有一条地道……只能说非常难以置信。”

“其他各位怎么样？”抱着胳膊的大海警官看向其他人，“有哪位知道什么线索吗？”

“没有。”二郎摇了摇头答道。

“我也没有。”冬季子也这样回答道。

“以防万一，诹访小姐呢？”

“怎么可能？”她对于突如其来的质问露出不悦的眼神，“我只是为了照顾玉世夫人才到这里来的，差不多才一年半的时间。”

“但是，警官。”二郎散乱的视线落在了大海警官胸前，“我记得听长岛先生说过那个话题。他当时似乎是在征求大家的认同，认为有一条机关密道也不奇怪。那种认真程度甚至让人怀疑他是一位建筑学专家。”

“我好像想起来了。”玉世上下摆动着看起来要断了似的脖子说，“有那么两三次吧，他曾经说过这样的话。”

冬季子也说道：“那是十多年前的事情了。”

他们的记忆渐渐被挖掘出来了。

“十二年前，也就是一九七六年年底的事……”二郎的记忆力好像不错。

“那时我已经嫁过来了。”冬季子解释道，“要先生也经常出入我们这座宅邸，很快就对这栋历史建筑产生了兴趣。”

“当时听了他的话，你是怎么想的？”

“也没有什么想法。我觉得就像是一个有趣的幻想。”

“玉世夫人，你当时听了长岛先生的假设，有产生什么特别的想法吗？”大海警官继续追问道。

“啊，完全没有……所以，我记得当时我对长岛先生说，如果真的想要调查什么，就去问一郎吧。”

“你是说一郎先生知情吗？”

“因为他是户主。从黑宫家买下这座宅邸的人是我的老伴，如果他知道什么，一定会在去世前告诉长子吧。”

“亥司郎去世是在……”

“那是一九七六年的八月，与今年一样，也是一个炎热的夏天。”

“长岛先生已经向一郎先生打听过密道的事了吧？”

“我觉得是这样的，但是，具体不是特别清楚……”

“您不知道一郎先生是怎么回答的，是吗？”

“是的。”玉世紧接着回答道。

“哥哥准是慢条斯理地敷衍过去了。”二郎说出了自己记忆中的印象。

“我从要先生那里听过丈夫的回答。”冬季子补充说道，“他说，‘作为魔术师的宅邸，这种设计固然有趣，如果发现了密道的话，请一定告诉我啊。’我只能模模糊糊地想到这些。还是找要先生确认一下吧。”

“最近，一郎先生也没有表现出知道有密道的样子吗？”

“嗯，完全没有。”

南美希风突然插话道：“一郎老师有没有亲自指挥，对宅邸进行过装修呢？”

“有的，有过……”

二郎回答完这个问题后，玉世和冬季子也点了点头以示赞同。

“是我老伴去世的前一年吧……”玉世努力回忆道。

“对，是前一年。”二郎也非常肯定地说，“到处都是老化严重的地方，所以我们就顺便把它装修得更现代化一点，也是为了让大家住得更方便。比如，当时改装了窗框。把舞蹈室改成一郎用的舞台房间，也是在那个时候。”

“那个时候，一郎老师有没有可能私下单独开辟了一条密道呢？”

吝家三个人面面相觑后，二郎开口答道：“也是有可能的。因为当时的工程规模相当大，所以制造出一个密道也有可能。”

“那么……如果现在这栋宅邸里有隐藏的密道，不是从建筑本体自带的，就是一郎新开辟出来的。”远野宫接着说道。

“两者都有可能。”南美希风连忙补充了一句，接着又询问道，“长岛先生为什么会想到密道呢？除了‘墙壁厚度’‘历史悠久’这样的推测之外，还有什么切实的根据吗？”

“可能是因为那个吧……”苦寻记忆的二郎眯起了眼睛说道，“这座宅邸建筑是明治时代建造的。长岛先生虽不是建筑师，但他是一个古画的专家。喜欢调查一些古老的东西。这栋房子有着相当长的历史。不过，我们对那些故事和来历并不感兴趣，也不是非常了解。不过，长岛先生对那些东西却兴趣盎然。所以通过调查好像了解到了什么事情。”

“他了解到了什么呢？”大海警官紧接着追问道。

“建造这栋房子的人，是一个叫作黑宫的伟大建筑师。但是，他却是一个胆小如鼠的谨慎居士。而且当时社会局势非常动荡，在统治阶层身居要职的建筑师总是充满了危机感。长岛先生认为那样的人物建造如此庞大的建筑，一定会考虑到居住者人身安全的问题。”

“也就是说，一条秘密的逃生之路。”大海警官突然摸了摸自己的下巴说道。

“长岛先生实地调查过这栋建筑吗？”南美贵子趁热打铁追

问道。

“大规模调查的话是没有的吧。”

与玉世交换了视线过后，冬季子也紧接着回答道：“应该没有。毕竟这里是别人的家，又是历史性的建筑物，也不能太过冒昧。所以，基本上只是从文献记录与传言中收集了比较有说服力的证据。”

“可是，什么也没发现吗？”

“是吧……”

“长岛先生的假设，没有任何进展吗？”大海警官确认性地询问道。

“那个时候，要先生的本职工作越来越忙了，到处飞来飞去，都不怎么常来了。而且，我丈夫的手臂也开始出现了不适，没有人顾得上那些……”

交谈短暂地停止了一会儿，南美希风又开口问道：“哪位知道函馆市一个叫作乡土建筑资料馆的地方？”

斉家的三个人面面相觑，一脸困惑。最后二郎说道：“我不记得听到过这个地方，也是跟密道有关的地方吗？”

“长岛先生好像认为那里会有线索。”

“也许，那个时候……”玉世将瘦骨嶙峋的右手，放在胸口说道，“印象中，长岛先生和一郎交谈过。那个资料馆是不是保管着这个宅邸的建筑图纸呢？”

大海警官默默地点了点头。

“长岛先生跟一郎说过这样的事。将宅邸的图纸捐赠啊什么的……长岛先生是这么猜测的。我记得当时还说出了三个地方的名字，具体都是什么地方，完全不记得了，但是其中的一个，好像就是您说的那个地方……”

“乡土建筑资料馆。”南美希风连忙开口提示道。

“也许就是那个地方吧。”玉世像少女一样，用食指戳着自己的脸蛋，“一郎是怎么回应的呢？我想不起来了……也许他岔开了那个话题。”

大海警官赶紧探问道：“如果有人捐赠了这栋建筑的图纸，那个人只能是亥司郎先生吧？”

“也许吧。”

玉世稍微咳嗽了一下，诹访把自己的手轻轻地放在了她的背上，瞪向了问询的众人。

玉世继续说道：“如果不是那样的话，那就是继承了产权的一郎……不，果然还是亥司郎吧。跟不动产相关的事，他应该不会委托给别人。我们搬到这里之前，他还在到处找地方住呢。”

“亥司郎先生亲自做这件事吗？”大海警官的声音中流露出几许深感意外的语气。

玉世像是又陷入了回忆，似乎是由于记忆的苏醒，突然生出了某种感慨。

“回想起来，那是多么难得的事情啊……”她的声音突然也变得柔弱了，“不依靠任何人，只身飞到陌生的远方，一个人汗流浃背……”

“难得？”这个词唤起了南美贵子的注意力。其他成员似乎也同样注意到了这个地方。

“一个人吗？”大海警官的目光中充满了兴趣。

“准确地说，是跟照顾他的基努婆婆一起呢。”

“哦？”

“基努婆婆。”远野宫蓦然听到这个名字，表情也突然变得严肃起来，“就像长岛说的那样，她可能是个知道很多事情的人。”

斉家搬到札幌的这个宅院，是在昭和二十二年。也就是四十一年前的事情了。

“能请您告诉我当时的情况，以及有关基努婆婆的事吗？斉家祖上是在岛根县吧，也是当地的名门望族，然而为什么要举家搬到还是蛮荒之地的北海道呢？也许问得过于冒昧，但还请您在能说的范围内讲给我听听吧。”南美希风请求道。

玉世伸出手，挡在正盯着手表想说什么的诹访身前，拦下了气势汹汹的她，然后深深地吸了一口气。

“虽然也有不愿对外公开的部分，但是想要听听也是可以的。为了让一郎能够安心地离开，我就告诉你们吧。”

2

几乎只剩下皮包骨头的手从睡袍袖子里伸出来，迷茫地抓起被子的外罩，把它摊平。

“斉家世代都住在老岩村，位于岛根县东部，奥出云町以南的山间。”

老家主的妻子——斉玉世的故事就这样开始了。

“从历史上看，斉家是那个地区最具影响力的家族，是大地主，也可以说是非常有名望的旧贵族。我的丈夫是在这样一个家族中久负盛名的人物。”呼吸之间稍作了停顿，玉世接着说道，“跟大部分封建旧家族一样，顽固不化、因循守旧、刚愎自用。”

“老爹可以说是上个时代的怪物吧，”二郎毫不避讳地评价父亲说，“像一个暴君。奉行绝对权力的大家长制，直到死也没有让位给哥哥和我的意思。从来不听别人的意见和忠告，顽固又自以为是。”

二郎故意说出类似于谩骂的言辞，相当于抛砖引玉，是为了引导玉世说出关于斉亥司郎的事情。不过，南美贵子还是忍不住要插上一句：“在昭和二十年代，封建主义的上下级关系和男权至上是当时的普遍观念，到处都是这样的。”

玉世闭上眼睛点着头说：“那是显而易见的。即使战争结束，民主和平等也无法马上改变社会。”

“就算在这边住了很多年，我也没觉得父亲的思想有受到新时代的影响。”

二郎也颇为感叹：“‘不许顶嘴’……类似这样的独裁者发言始终没有变过。反正都是为了体面。挂在嘴上的尽是‘没脸见人’‘要更相称’，还说什么‘辱没名声’，或是‘珍惜名节’之类的话。”

“他后来多少克制了一点，也变得温和了。”玉世静静地叙说着亡夫的事情，“内心好像有什么畏惧的东西……”

“有一段时间是这样的。”冬季子补充道，“我还记得他当时疲惫不堪的侧脸。我起初以为是他年龄大了，身体逐渐缺少了活力的缘故……”

“以前可比那个时候蛮横得多，就是一个不折不扣的独裁者。”

“村子里有威望的人，大多都是那样的。”玉世觉得也得说些亡夫好的方面的事，“老伴儿经常找我商量，要给有困难的人筹点钱什么的。不过，那个时候吝家本身也不是非常富有，但他表面上还是要表现出大富之家的样子。所以，这也许就是吝家慢慢衰落的原因。”

南美贵子听说吝家是经营砂铁的。战争时期，负责给军部提供砂铁。不过，那个时候的吝家已经没有能力产出优质的砂铁了，吝家的家产也就这样逐渐被消耗殆尽。

“他也是个好人啊。”玉世又用回忆的口吻继续说道，“有时候还会背负别人的苦痛……在家里是说一不二的掌权者，对外又是度量宽广的热心肠。”

“这样的人非常容易被人利用。”二郎像是在分析父亲的性格。

“村里的庆祝活动或者家里有喜事的时候，他经常会邀请同村的人到家里来做客。我生第一个孩子的时候，村里的人都会自发地聚到家里来庆祝。”

“不过，当父亲知道生的不是男孩时，他不是表现出了强烈的愤怒吗？”

第一个孩子就是长女紫乃。

“我可听说父亲老是叹气，说不知该怎么向前来祝贺的人们说才好。如此露骨地表现出‘男尊女卑’的想法，在当时也是正常的吗？”

“嗯，我那时也很难过。”玉世微弱地叹了一口气说，“我还没亲自抱起第一个孩子，他就告诉我下一次一定要生一个男孩。”

“后来，您生下了两个男孩的时候，也没有得到任何回报吧。不仅没有一句安慰的话，还指责你差点让家族倾家荡产。”

南美贵子听到这里吃了一惊，她不知道玉世为什么要受到这样的指责。

南美希风替大家问道：“这是怎么回事呢？”

玉世苍白的脸上露出浅浅的笑容说道：“他们两个孩子出生时的事情，我记得非常清楚。我生他们的时候遭遇了难产，生出一个之后，难产的反应还在继续，接生婆们也非常惊讶，然后发现竟然是双胞胎。我当时由于出血过多，接生婆也觉得力不从心，她们就赶紧请来了产院的医生，给我做了剖宫产。那时我已经昏厥了过去。在那个年代生下双胞胎，对母子来说都是相当危险的事，好在最后没有感染上任何疾病，母子都平安无事，可以说是个奇迹了。”

玉世的表情突然变得阴沉下来。

“但是，双胞胎还是带来了不幸。当时，地方上对双胞胎很是忌讳，这种想法根深蒂固。不，其实在全国都是这样的，哪个家族生下的是双胞胎，这个家族的家产就要一分为二，可能会导致分裂或者对立，所以双胞胎经常不被大家喜欢。那个年代广泛地流传着这样的思想。”

玉世似乎有些难以启齿。

“一下子生下好几个孩子，可谓牛马不如，甚至只能跟猫狗相提并论。只有野兽才会生那么多，有人会管这样一下子生很多孩子的妇女叫作‘畜生腹’。”

“好过分的……年代啊。”南美贵子突然声音僵硬地说道。本来经过难产最后母子平安应该是比什么都值得庆祝的事，但想到母亲和孩子还要被人谩骂，被人蔑视，就不仅仅是鸣不平，而是气愤。记得玉世说过老岩一带被称为“里出云”，与众神保佑的“出云”正好相反。那里留下了很多强调神话阴暗面的传说，是一片充斥着陈规陋俗的黑暗土地。吝家有温泉，据说是因为大蛇在那里孵卵才形成的。

“可真是极端迷信的说法。”远野宫说道。

玉世深深地点了点头。

“老岩一带也根深蒂固地残留着这种迷信思想。”

“我们兄弟没在那样的地方长大，是不幸之中的万幸。我的眼睛看不见，哥哥的手指动不了，如果还在那里的话，不知道会被他们怎么说三道四。”

“这就是你们离开老家的理由吗？”

被南美贵子突如其来地一问，玉世猛地点了点头。

“这是其中一个理由。村里的人怎么看待我和一郎他们，我根本就不知道。肚子上的伤口愈合以后，我的任务就只有培养这对双胞胎了，因此我并不怎么在乎外界的看法。比起周围的反应，主要还是亥司郎自己的意识作祟吧。他当时沉痛地发出感慨，说绝不不能再在这里生活下去了，他有一种没脸见人的耻辱感。因为吝家原本是血统高贵的家族，对于双胞胎的忌讳更加强烈，亥司郎没有办法抹去那种愧疚感，他认为自己是名门后裔，要是生了双胞胎，就是对祖宗的不敬。”

玉世说出这样一番话，语气显得稍有疲惫，然后又匆忙补充道：“不过，他并没有疏远双胞胎。他只是想让儿子们能够无忧无虑地长大，才搬到了不会将双胞胎视为不祥的地方。”

“他只是想逃避周围人的目光才搬走的吧，母亲。”

“即便如此，对他来说也是很难的决断。他抛弃了祖传下来的土地，为我和儿子们开辟出了不必被偏见所苦的环境。”

“将双胞胎儿子的出生视为某种契机吗？”大海警官扫了一眼二郎，又转回来看向玉世说，“您刚才说过好像还有别的理由吧？”

“还有一个理由就是奥泽家族的崛起。吝家的财力已经消耗殆尽，家族已经开始衰落，将吝家逼到这步田地的正是‘亥司郎过度重视体面，打肿脸充胖子’的做法。而这个时候奥泽家趁机取而代之，开始大展宏图。据说是乘上了战后复兴时期的机械工业和铁路产业的东风。他们也是老牌的名门望族，所以村民们就开始依赖他们。迎来昭和变革的同时，吝家人的历史使命似乎已经完成了……”玉世眼中带着寂寞的色彩。

“即便如此，如果只有竞争对手的话，亥司郎也许还会固执己见，虚张声势地撑起老牌家族的威严。双胞胎的诞生，让他笃定在这片土地上没有未来了。”

“然后，就寻找适合移居的地方了？”

“是的，警官先生。”

“亥司郎先生和西上基努婆婆两个人？”

“生完一郎他们，亥司郎没多久就决定离开了。不过，孩子还在吃奶，我又还在康复期，不能远行的。”

“说的也是。”

“所以亥司郎就拉上基努婆婆去了北海道。当时吝家的状况，只雇用得起一个用人。”

“就是基努婆婆吧？当时她多大年龄？”

“比我大十岁，三十九岁。从年轻的时候就侍奉我了……选择北海道作为新的居住地，是因为亥司郎从很久以前就向往那里。而且那边也没有根深蒂固的歪风陋习。过了一个月左右，就传来消息说找到了一处不错的宅邸。我们便卖掉了老岩的房子，搬到这里。”

“基努婆婆也跟着来了吧？”

“因为她无依无靠的，所以我希望她还能跟我们在一起，她也非常爽快地答应了。”

“这样说来……”南美希风突然开口插嘴道，“玉世夫人和一郎夫妇在英国居住期间，基努婆婆没有同行吧？她那时已经不是用人了吗？”

玉世像是要喘口气似的停顿了一下，冬季子则替她回答道：“是的，她已经退休了，一个人居住。按照父亲的遗嘱……”

“遗嘱？”在异口同声的反问中，大海警官的声音最大。

“是亥司郎先生的遗嘱吗？”

“是的。”

“关于基努婆婆的待遇，他留下了什么遗言呢？”

“我记得他的意思是说基努婆婆已经为我们付出很多了，接下来就让她一个人悠闲地生活吧。是这样的吧，母亲？”

“亥司郎希望把自己的养老保险全部用来资助她，甚至为她买了一栋房子。亥司郎主要从事铁道铺设方面的工作，但不稳定，起起伏伏。尽管如此，他还是给基努的房子付了定金，剩下的就要靠养老保险来支付了。嗯，我们也是按照遗嘱做的，每个月都给她寄生活费。”

南美贵子也是第一次听到这样的事。这份遗嘱难道不奇怪吗？即使是长年为自家工作的功臣，也不用如此优待吧。

“还有一个条件，吝家人不要再跟西上基努联系。为了不互相依赖，除了生活费汇款以外，断绝一切联系，让她从工作中彻底解放出来。”

“这也是遗嘱的内容吗？”大海警官接着低声说道。

“作为断绝联系的条件，吝家要雇一个能照顾基努婆婆的人。父亲找到了一个叫安川的人，她也是基努婆婆的朋友。”

“非常周到。”

“不过，基努婆婆当初拒绝了这个提议。”

“是不好意思接受吗？”

“我没详细问过，基努婆婆大概认为自己还没到照顾不了自己的地步吧。”

南美贵子心里思忖道，莫非西上基努是生活不能自理的痴呆状态？这样的话，也可以解释这种破格的待遇。

“实际到底是怎样的呢？”她为了证实自己的猜想问道，“当时的基努婆婆，能够生活自理吗？她当时的行动已经不便了吗？或者脑子变迟钝了吗？”

二郎连忙答道：“多少有点痴呆了。尽管当时还不到七十岁。不过，痴呆与年龄无关。或许正是因为她的脑子出了问题，父亲才指示我们在他死后让基努婆婆退休，度过安稳的晚年生活。”

“一段时间过后，基努也接受了帮忙的安川。”冬季子接着说道，“可能是切实地感觉到自己需要照顾，也可能是一个人寂寞，现在安川夫妇跟她住在一起。”

“照顾老人也是理所当然的。”玉世轻声细语地说道。

“她一生都在为吝家服务吗？”南美希风继续问道，“按照遗嘱，您和基努婆婆之间没有过任何个人来往吗？感觉好像不是这样。”

“我们去了英国之后，很长一段时间没了联系。留在日本的紫乃应该也没去拜访过基努婆婆。

但是，一郎回国的时候，还是通知了她，还见过面，跟流生也见了面……随着公演的临近，我们也开始恢复了联系。”

玉世像是耗尽气力，她的嘴唇的颜色有些异常，每一次呼吸都在消耗体力。诹访见了直皱眉头。大海警官向吝家的三个人同时询问道：“西上基努有没有透露过关于密道的事，或与一郎相关的事情。她有痴呆的倾向，或许曾泄露过与亥司郎先生共享的那部分的秘密。”

三个人想了良久，得到的都是否定的回答。

“如果想起来了什么事情，我会留意的。”冬季子握着不知什么时候取出来的手帕说道。

诹访终于忍无可忍地尖声说道：“你们还打算让玉世夫人继续劳累下去吗？”

大海警官闻言便不再勉强这位老人了。

“这次就到这里吧，让您受累了，非常抱歉。玉世夫人，各位，十分感谢你们的配合。”

其他三个人正要起身的时候，大海警官说道：“冬季子夫人，请在外面的走廊上准备一张椅子。”冬季子非常吃惊，吝家的其他人也同样震惊。

“我想安排一个警务人员。”

诹访有些生气地说道：“你的意思是说我在这里是多余的吗？”

“毕竟你代替不了警察的工作，而且你结束工作后会回去。”

“今天是守灵日，我会额外加班，通宵达旦都在这里守着。”

“玉世夫人，冬季子夫人，”大海警官转移了对话目标，“凶手说不定还有其他企图，所以我会安排警力，夜间巡视房间和庭院。希望你们能够理解，并配合我们的工作。”三个吝家人表情严肃，各自点了点头表示同意。

“最后一点……请告诉我参与过这栋住宅交易的房地产中介的名

字和联系方式。”大海警官最后说道。

二郎和冬季子说是要去查一下文件，跟南美希风等人一同走出房间。众人刚踏上楼梯，南美希风向吝家的二人问道：“基努婆婆有孩子吗？”

“她一直都没结婚。”二郎又加了一句，“父母都曾劝过她几次，要她去相亲。”

3

回到一楼，雾冈刑警正在向大海警官汇报。他们已将舞台房间搜查一遍，但是没能发现暗门之类的地方。不过如此宽敞的大厅，要想证明暗门不存在，还需要请专家进行彻底的搜查。

“要是能拿到图纸就好了，还是等等看吧。”大海警官适时给出了自己的判断。

正午过后，长岛要打来电话，告知大家已经到达秋田车站了。

拨打的还是“沙龙”的电话，这次接听的是冬季子。另外远野宫和南家姐弟也在。听到长岛的声音后，南美贵子叫来了大海警官。南美希风则站在墙壁前，入神地盯着墙壁上的装饰壁画，但注意力却集中在耳朵上。长岛再次表示了哀悼后开口问道：“玉世夫人或者其他人，有谁提到过那栋建筑物里的隐藏构造吗？”

“没有。母亲也说什么都不知道，还没问过基努婆婆。”

“这样啊……我觉得基努婆婆可能知道。”

此时，南美贵子带着大海警官和雾冈刑警来到了房间。大海警官拿着一本纸张已经发黄的旧薄册子，是冬季子找出来的关于土地房屋产权的文件，版本已经陈旧到令人怀念的程度。

大海警官靠近话筒向对面搭话："你好，长岛先生。我是大海。"

"嗯，刚才抱歉了。看来还没有什么进展。"

"不过，将这栋宅邸介绍给亥司郎先生的那家房地产中介公司的名字已经弄清楚了。"

大海警官把文件举在面前。

"砂壁房地产中介服务有限公司。'砂土'的'砂'，'墙壁'的'壁'。"

"对，就是这家公司。一郎说过砂壁好像是那家公司的老板的本名。"

"但是，查了一下，砂壁房地产中介服务有限公司已经不存在了。"

"十几年前吧，一郎先生说那家公司倒闭了。我也大概调查了一下，确实不存在了。札幌市的电话簿上也没有'砂壁'的名字吧？"

"嗯。"

"吝家宅邸的原主人叫黑宫，当时是明治时代的集治监，也就是监狱的负责人，负责这个建造工程。"

南美希风和南美贵子惊讶地对视一眼，佩服对方能调查得如此详细。

"但是，作为史实留存下来的记录也就到此为止，将这栋建筑交给吝家的黑宫，后来怎么样就不得而知了。由于难度太大，我便放弃了追查和询问。”

“但是关于建筑物本身的记录可能还在。”

“一郎先生虽然印象不深，但他本人是认同的。历史建筑物的相关资料是会作为稀有档案，代代流传下来的。不出意外的话，父亲亥司郎一定会捐赠给什么机构或组织。一郎先生曾这样说过。”

“不知道捐给什么机构或组织了吗？”

“是的，我也费了不少劲儿去调查，最后锁定了三个地方。其中最有可能的是函馆市乡土建筑资料馆。”

“为什么？理由呢？”

“嗯，根据对方的反应。面对我的询问，只有那里的反应不一样。通常他们会感到疑惑，经过一段时间的调查再回信给我。但是，那个资料馆很快就给了回复，说就算有这样的个人捐赠，如果捐赠者要求保密，他们也是没有办法回应的。后来，又通知我说是查了一遍，但是不能给予满意的答复。然后就没有下文了。”

“那个时候亥司郎先生已经去世了吧？”

“是的。”

“那么，你有没有委托一郎先生作为捐赠者的亲属，要求资料馆公开资料呢？”

“我委托了，但是他好像没有什么兴趣。而且，那个时候一郎先生的手部麻痹逐渐严重，正在考虑是否继续做魔术师，我也不想因为建筑资料的事情打扰他。毕竟也不是特别重要的学术调查，完全是兴趣而已，而且那个时候也正是我本职工作的上升期，所以也就搁置了……”

“如果函馆的资料馆保存着资料，如今捐赠者也已经去世了，而且对杀人事件的调查非常重要，我们警方出面协商，他们会同意公开捐赠资料的吧。”

虽然大海警官这么说，但南美贵子却并不觉得乐观。首先，从长岛的话来看，函馆市的那个资料馆，不一定就保存着吝家宅邸的建筑资料。即使是捐赠了，也不能保证那份档案一定会有密道的资料。但是，若是有书面材料证明密道确实存在的话，谜团就能解开了吧，凶手的逃跑路线也会曝光。如果凶手还打算利用密道行凶的话，也可以预测凶手的行动。

“刑警先生，我现在就去函馆市，秋田的工作取消了。”

“看过旧黑宫府邸的资料所在后再做打算也不迟啊。”

“哎呀，事到如今，我的心情已经无法平静下来了，我相信自己的直觉，资料应该就保存在那个资料馆，我这就赶往那边。”

“那里有资料的话，我会联系当地警方确保它的安全。希望你能随时拨打这里的电话，与我们保持联。你抵达资料馆前，请一定告诉我们。我们也会确保你的人身安全。”

大海警官似乎还想说什么。他可能在犹豫要不要询问长岛要的不在场证明。最后，他还是没有通过电话讲出来。

“长岛先生，你也要注意自己的安全啊，不要掉以轻心。”

与其说是紧张，不如说对面的声音听起来更像是兴奋，长岛中断了通话。

大海警官靠近雾冈，耳语一般轻声细语地说道：“函馆市乡土建筑资料馆的所在地查过了吗？”

“是的。”

“还是派个人过去比较好。要说服对方公开资料，只用电话沟通可能效果不会太好。当然，黑宫的信息也要查下。”

南美贵子对弟弟说道：“图纸上会画出来那个密道吗？”

“要是凶手没有事先毁掉那些图纸，就还有希望。”

下午两点，远野宫龙造和南家姐弟决定前往西上基努的住所。原本是打算接她参加吝一郎守灵夜的，远野宫主动担下了这个任务，南美希风等人也跟着去了。吃过午饭后不久，三人就离开了吝家。

4

粗糙的石头制成的门柱上，挂着西上和安川两家的门牌。他们顶着强烈的日光，站在玄关口等着本家的人来开门。等待期间，远野宫还顺便介绍了自己的调查结果。

“在亥司郎氏的遗嘱中，指定安川公惠一个人照顾西上基努。公惠女士受雇住进来以后，不久便再婚了，但她事前问过基努婆婆和吝家的人，能不能跟丈夫一起住在这里。”

“肯定会同意的吧。”南美贵子说得理所当然。

“原本只是被提供住宿的用人，现在夫妻居住的地方也有了。非常圆满的安排。”

“需要支付工资吗？”

“不用，好像是跟安川夫妇应该支付的租金抵消了。丈夫也有工作，夫妻的生活能维持下去。基努婆婆不用支付工资，也能得到安川公惠的照顾，不可思议的关系啊。公惠女士现在已经六十八岁了。”

西上宅邸位于丰平区的古老住宅街区，是纯正的日式风格，散发着格外古朴的气息。院子里有很多松树，屋顶上铺的是仿制盖瓦，颇有日式旅馆或古民居的韵味。

“来了。”

透过龟背纹的玻璃窗，南美希风发现屋内有了动静，轻声细语地说道。

一位微胖的老年妇女满面红光地拉开了门。她穿着红色的短袖衬衫，头发挽得就像“海螺小姐”一样，在几个地方扎着小辫子。丰满的鼻子上架着一副眼镜。

“久等了，快进来吧，远野宫先生、南先生还有南女士。”

三人被请进玄关，各自做了自我介绍。

自称安川公惠的这个人，嘴上一边说着“天气真热”之类的寒暄，一边在前面带路。

据说丈夫去工作了不在家。虽然听说过基努心脏不太好，耳朵也背了，但是公惠还是再次提醒了众人这一点。平时交谈还好，就是电话里的声音听不太清楚，因此所有的电话都是公惠来接听。

走廊尽头的左侧也是日式的木造建筑。继续往前便是日式廊台，这在北海道的民居中并不常见。尽头处的右手边是普通的水泥建筑，公惠直接往那里走去。透过走廊左侧的玻璃门，可以清楚地看到院子。精心打理，意境非凡的庭院里，有清澈的水池，水池中有一座小岛，上面架着一座迷你的朱红色小桥。几个圆润的灯笼从树荫里微微露出脸来。然后，大家被带进了一间客厅。与其说是客厅，不如说是一间日式风格的起居室，地板与四壁皆为木制，房梁也带有灵动的木纹，还有一个养着金鱼的水槽，以及一个养着细尾鹦鹉的鸟笼。鹦鹉和老人独有的气息混杂在一起，微微飘散。屋内没有矮桌，用的是普通的桌椅，西上基努正坐在那里等待着他们。

基努身材娇小，穿着墨色和服，背部略微有些驼了，有点皱纹的脸上带着柔和的表情，但是她那无精打采的眼神，给人一种忐忑不安的印象，浅色的头发梳在了脑后。

公惠轻声细语地向身后的三个人说道：“本该在客厅招待你们的，但是换了不熟悉的房间，她可能就不知道自己在哪里了。”

随着年龄的增长，对于空间的认知能力下降也是无可奈何的事。那么作为证人，她的证词可信程度有多高，难免让人担心。南美贵子再次感受到了不安。

“欢迎！”基努突然站起身来，她的声音非常清晰。

“请坐。”她礼貌地招呼大家坐下。

虽说上了年纪，但是每一个动作都优雅无误。

难怪就连挑剔的亥司郎也挑不出她的毛病，让她长年侍奉在身边。大概是担任用人时的习惯已经深深烙印在了她的身上吧。

三个人落座后马上报上了自己的姓名，公惠则去餐厅准备茶水。

基努瞪大眼睛盯着远野宫的高大身躯。

“好大的块头啊。”

“别看我长得人高马大的，但是性情像小狗一样温顺，您不用担心。”

听到北海道警界大人物铜锣般的声音，南美贵子情不自禁地失声笑了出来。

基努露出好奇的眼神，在对面两名男子之间来回穿梭。老成威严的巨汉旁边，是一个皮肤苍白的瘦弱少年。两人的反差稍微有点大。

基努反复回忆着南美希风的自我介绍，感慨万千地说道：“原来是这样的啊……你在一郎先生的魔术学校……”

“承蒙关照，那个时候非常开心。”

基努点了点头以示回应，礼数依旧周到。

“您二位的关系非常要好吧？”

基努与公惠的年龄分别是七十九岁和六十八岁。虽然相差十一岁，但听说她们是好朋友。

“嗯，怎么说呢？”公惠不好意思地笑着，手里没有停下倒着热水的工作说道，“我们是经常一起喝茶的茶友。主要还是时间上合得来吧。”

“当时，公惠女士的丈夫去世了。”基努连忙插嘴解释道。

“我又没有孩子，所以每次基努婆婆休息的时候都会约她一起喝茶。”

远野宫接着向公惠问道：“您的工作是照顾基努婆婆的生活起居，这是亥司郎先生突然委托给您的工作吗？不是安川女士主动提出的吧？”

“我没有提出过，也不会做这种事，我不认为基努婆婆需要照顾。而且我也从来没想过去照顾朋友的起居生活。”

远野宫突然换了一个话题：“亥司郎先生劝说您退休的时候，您是怎么想的呢？”

“我没有办法理解，当时完全呆住了。”看样子即便只是回忆起此事，也会让基努心痛不已。

从迄今为止的对话来看，无须大声说话，基努也能听得见。

“主人突然对我说‘一个人悠闲地生活怎么样，你也该好好生活了’，我很受打击。他甚至还让我把吝家忘了，说过这样的话……我的体力没有大幅下降，我也不记得犯过什么大的过错，当时脑子里一片混乱啊。”

“这么说，您没有轻易接受他的提议吧？”

“是的，我恳求过他了。我不能违背他要解雇我的意愿，但我可以不要工资，只要让我继续侍奉在大家的身边。我也向玉世太太和少爷们请求了……也许是我的虔诚起作用了吧，我后来没有被解雇。‘那在我还活着的时候，你就继续侍奉我们吧。’主人当时是这样说的呢。”

“之后才过了一年多吧。”公惠突然表情沉重地说道，“亥司郎先生就去那个世界了。”

说到这里，南美贵子脑中突然浮现出了吝家的年谱。

一郎出生在昭和二十二年，也就是一九四七年的九月，同年十月底，吝家人搬到了现在的宅邸。后来，一郎与冬季子结婚，同时对旧黑宫宅邸进行大改造。第二年，也就是一九七六年八月，亥司郎去世。一九七七年，暂时放弃魔术的一郎一行前往英国。这段时间留守宅邸的是二郎和上条夫妇。一九八七年初，一郎一行从英国回国。那是一年半以前的事情。

南美贵子向正往桌子上摆放日本茶的公惠问道：“安川太太和亥司郎先生亲近吗？”

“亲近？”公惠将茶杯放在南美贵子的面前，微微前倾，“我跟那位先生怎么可能亲近呢？”她狠狠地摇了摇头表示否认，“他给人的感觉是稍微靠近一点都会让人害怕。沉默寡言，眼神冰冷，一点小事都会咆哮。”

“您却被这样的人叫去照顾西上基努婆婆了？”

公惠将一个轮岛漆盆放在了胸前，站起身来。

“当时他对我说‘基努不久就要退休了，她孤身一人，无依无靠。你能不能作为她的朋友兼监护人，陪在她身边呢’，还说会向我支付劳务费的。”

南美贵子想起几十分钟前南美希风说的话。其实基努是被迫成为了孤身一人。那份遗嘱既是亥司郎的意志，也是他精心的安排。

南美希风一脸不可思议地说道：“还真是古怪的待遇啊。”

亥司郎不仅解雇了如同家人一样的用人，还周详地给她安排好了以后的事。到此为止，亥司郎的做法还是可以从常识上理解的。但是，他没有给基努介绍下一份工作，而是决定让她退休，还拿出了自己的养老金，给她买了房子，负担她的生活费。考虑到晚年难以生活自理，甚至安排了照顾对方的人。姑且可以当作是过度的感激之情，但是，操纵对方人生的做法也未免太自以为是了。或许这就是亥司郎的本性。譬如，从那些有阿尔茨海默病征兆的人那里，夺去活动身体和动脑的工作，将他关在孤独的环境里，就没有想过这样会让其病情加快恶化吗？

或许吝亥司郎急于想让西上基努过上独立的生活。由于他比较好面子，就给了她一栋房子，表现出自己的慷慨。西上基努是被迫退休的，一切都取决于亥司郎的个人意志。说到底，这只是他们之间的私人事情。即使基努被强制退休，与一郎被杀事件也完全扯不上关系。

公惠一边走向饭厅，一边继续说道："当时我失去了生活的目标，郁郁寡欢。我的丈夫也去世了，又找不到工作……只剩下满嘴牢骚了吧。"

"您没有向亥司郎抱怨过吧？"尽管南美贵子非常确信，但还是想确认了一下。

"当然啦，怎么可能呢。我都是跟基努婆婆发牢骚，然后对紫乃小姐也说过一些。亥司郎先生大概是从紫乃小姐口中得知这件事的吧，然后选中了我来照顾基努婆婆。"

公惠又回到起居室，这次喂起了淡蓝色的长尾鹦鹉。

"亥司郎先生的葬礼结束后，基努婆婆就搬到了这里。刚开始是一个人独自生活，说一个人还可以自理，我就继续做着兼职工作，不过几个月之后，她跟我说想让我按照亥司郎先生的遗嘱，留在家里工作。”

“能问问您改变想法的理由吗？”

“大概就是因为寂寞吧。”基努直勾勾地盯着南美贵子，略带自嘲地回答道。

“毕竟这间屋子这么宽敞。主人知道我喜欢纯和式风格的房子，千辛万苦帮我找到的，我很感激地住下了。但是，实在是太宽敞了，到处空空旷旷的，突然之间只需要整理一个人的家务，不知如何打发时间和精力。想着如果能和谁一起生活也不错，只有一个人总会有些忐忑不安。”

“幸运的是，我算是被吝家雇用了。”公惠用十分轻松的语气说道，“亥司郎先生跟我说基努有时候会说些有的没的，希望你能附和着听听，她还是心性很高的人，你要多照顾她一点。”

就像对待喝茶的朋友一样，基努也用日常轻松的口吻回应道：“你倒说说我哪里体现出心性高了？”

“比如，让我接门铃和电话？”

“那不是因为我耳朵的问题吗？又不是当工作交给你的。”

“你要是真爱它，就自己去照顾鹦鹉啊？”

“青助很黏我，我把它当朋友的。”

“基努婆婆……”公惠突然放下鸟笼的盖子，声音变得有些安静低沉，“青助已经死了，是五个月前的事啦，现在这个是皮助哦。”

“啊……”的一声后，看着鸟笼的基努突然转过身来，随后转换了话题。

“刚才说了一些不相干的话，你们还想知道主人的什么事，我可以告诉你们。”

“那么，关于那所宅邸的事。”南美希风赶紧切入正题，“就是吝家现在住的房子，基努婆婆听到过什么传闻吗？像是那个房子里有密道之类的装置。”

如果有人能证明密道存在，将会对案件调查有莫大的帮助。但是，南美贵子不认为大家能轻而易举地就从这个有点痴呆的老婆婆那里得到期待的答案。

“密道？”基努满脸困惑地反问道。

“根据推测，明治时代的房屋建造者可能会保留一条密道，以备不时之需。”

南美希风又说密道有可能会被用在馆内的魔术表演。

“啊？”基努突然大吃一惊，“一郎少爷，用了这样一条隐蔽的通道吗？”

“不不不，我说的是可能。”

“是三角山吝家的宅邸吗？”

“是的。”

“公惠女士，这可真是让人惊讶，原来我住的地方就像忍者的家一样。”

“都说了……”公惠离开了鸟笼，坐在靠近餐厅的座位上接着说道，“还没确定有密道呢，说到底只是一种假设，假设出来的情景啊。但是，还真是令人惊讶，或许真的有那样的东西吧？”

“这么说……”南美希风继续询问，“两位都是第一次听说这个密道的事情吗？”

“想都没想过。”基努可爱地摇了摇头否认道。

“为什么会有这种想法呢？”公惠连忙反问道。

“我们正因案发现场而大伤脑筋时，四处打听之下，冬季子夫人的表兄长岛先生回想起一些过去的琐事。”

“啊……”公惠慨然说道，“还真是奇怪的案件，现场居然被反锁上了，而且还锁了几层。一般来说，只能被认为是自杀吧？”

“自杀？”基努露出了不可思议的表情。

“电视里不都这样演的，基努婆婆。一个人死在了房间里，所有人会觉得他把自己锁在房间里自杀了。但是，这却是一个谋杀案件，凶手在房间外想方设法把门锁上。电视剧里不是经常出现这种桥段吗？”

“自杀……”基努再次感慨一句嗫嚅道。

“是啊！”她一下子恢复了自我意识，突然转向来客们说，“可是，一郎少爷绝不可能自杀，他不是那样的人。”

“我们知道。”远野宫连忙回答道。

公惠也用安抚的口吻继续说道：“大家都知道的，基努婆婆。他们就是想帮我们找到杀害一郎少爷的凶手。警察们也是如此吧？”

“啊……凶手……”垂下肩膀的老婆婆，脸上倏地掠过一抹复杂的情感，“竟然有人会对一郎少爷……为什么会这样呢？少爷他，这么残忍地被……”

“是啊。真是令人痛心……”南美贵子也赞同地附和了一句。

“我亲手带大的少爷，居然比我先走了……”她的双眉紧皱，好像很痛苦的样子，用瘦骨嶙峋的双手捂住了脸继续说，“他那么努力，那么骄傲……神啊，竟然对他做出这样的事。明明不该这样的……”

也许是伤心过度的影响，基努的话越来越混乱。

“为什么会这样……既没有神也没有佛。想要传达什么呢……少爷竟然已经冰冷……凶手？啊，玉世夫人，多么……”

公惠站起身来走近她的身旁，将手轻轻地搭在了基努的肩膀上。

“振作一点，冷静，我们也要帮忙才行……”

基努的眼睛里噙满了泪水，目光看向远处，她握住了搭在肩上的公惠的手。

“谢谢您，玉世夫人。您辛苦了，培养出那么优秀的儿子。没想到……”

“我不是玉世夫人呀。”感到为难的公惠，以柔和的语气说道，“夫人的手没这么瘦吧？”

公惠不知从哪里取出一块像抹布一样大的手帕，递给基努。

“谢谢您，那些手和耳朵都留下残疾的孩子们，全都变得那么优秀……”

说完，公惠长叹了一大口气。

“二郎少爷是眼睛方面的问题啊。”

看来公惠并没有按照亥司郎嘱咐的那样完全附和基努的话。

“当然是眼睛啦，公惠女士。”基努的眼神变得坚毅，仿佛是在说你搞错了似的。

“你们知不知道，突然失明的二郎少爷过得有多么艰难？一郎少爷历经千辛万苦才克服了手上的疾病，成为伟大的魔术师。可是，他突然去世了……怎么会这样……”

基努用手帕擦着桌子，又不可思议地盯着紧紧握在手里的手帕。接着，把手帕举到了眼角的位置，擦着眼角的眼泪，声音也开始颤抖起来。

“啊，各位，请保护好一郎少爷、二郎少爷、紫乃小姐啊。”

她轻轻地感叹了一声，又低下了头说道：

“对啊，一郎先生已经去世了啊……无论如何也要让姐弟、冬季子夫人、玉世夫人从悲伤中走出来。”

“对血压不好啊，基努婆婆。”

听到公惠装着一脸严肃说出这句话，基努瞪大了眼睛，又露出不可思议的表情，逐一环视着来访客人们的脸庞说：“哎呀。非常抱歉，你们是来问我有关一郎少爷的事吧？”她又变得冷静和严肃起来。

“现在可以吗？”远野宫连忙探问道，“又让您想起了痛苦的回忆了吧。”

听到粗壮男人发出的声音，基努似乎更加紧张了。

“好的，请……您有什么要问我的吗？”她的眼神非常坚定，反倒催促起了远野宫。

“那么，说些过去的事吧。”南美希风突然开口说道，“从岛根搬来这里的时候，是亥司郎先生和基努婆婆两个人来北海道找住处的吗？”

“我只是为了照顾主人的生活起居才跟去的。我是用人，没有起到任何作用。而且，当时都是住在旅馆，也没有照顾到很多。”

“不用别人，亥司郎先生自己亲力亲为，这是很罕见的吧？”

“罕见……也许是吧。”

“不会觉得奇怪吗？”

基努好像没听清楚，南美希风提高音量再次问道。

听清楚的基努给出了回答：“我没有任何怀疑。我觉得他就是出于责任感。”

“责任感？”

“他是为了将双胞胎儿子和妻子从偏见中解放出来，还想让吝家重振雄风才做的决定。出于对家庭的责任感，老爷才做出的巨大改变。”

她的说法应该是对的，南美希风理解地点了点头。

“能够找到现在的宅邸，亥司朗先生一定非常高兴吧？”

“是的，是那样……”基努说这句话的时候，她的表情缓和了下来。

“亥司郎先生，没说过他看中的哪一点吗？比如有趣的历史，特有的构造，或是其他什么呢？”

基努用指尖捏了好几下手帕，接着答道：“没有什么特别的，你想问密道的事吧？我想不起任何能够联想到密道的话……”

即使能够回想起与黑宫达成房产交易的那段经历，从她记忆里也提供不出什么有用的信息，从一郎那里也没听说过任何的相关内容，也没有关于函馆市的乡土建筑资料馆的记忆。

“基努婆婆。”远野宫突然用深沉的声音继续说道，“早一日侦破案件，锁定凶手，吝家就能够早一日得到安宁，您要是想起了什么，请务必通知我们。”

“老爷家人的安宁……”基努仔细咀嚼着这句话。

南美贵子觉得她对这一点的反应尤为强烈。她还想为亥司郎一家做出贡献。对她而言，即使是牺牲自己也要保护他们。

“如果有什么需要，我什么都愿意做……”就像在为自己的无能道歉一样，基努的肩膀突然耷拉了下来，“可是，我好像帮不上什么忙……”

“不不不。”远野宫的语调和动作都变得轻柔了许多，“您已经很配合我们的工作了。即使您想帮上什么忙，但现在也无能为力，谁都是一样的。您只要留意就好了。”

又追问了两三个问题，但从安川公惠那里也没有得到有用的线索。

“感谢配合。”南美希风鞠了一躬，“对不起，占用了这么长的时间。”

最终还是没能问出舞台房间的密道在哪儿，也没有从两位老婆婆的口中得到有关凶手的线索。

“那么，我们开始收拾吧。”公惠站起身来说道。

也许是意识到了要参加吝一郎的守灵夜，再次回到了悲伤的现实之中，基努显得有些心烦意乱，言行也流露出难以捉摸的感觉。反复耐心地劝说她的公惠，略显焦躁地做好了吊唁的准备。

五个人乘上了车，向吝家驶去。远野宫开着车，旁边是南美希风，三位女性都坐在了后座。当着基努的面，南美贵子没办法直接问弟弟，他还认为西上基努是关键人物吗？另外，这次杀人事件，真的跟吝家的过去有联系吗？

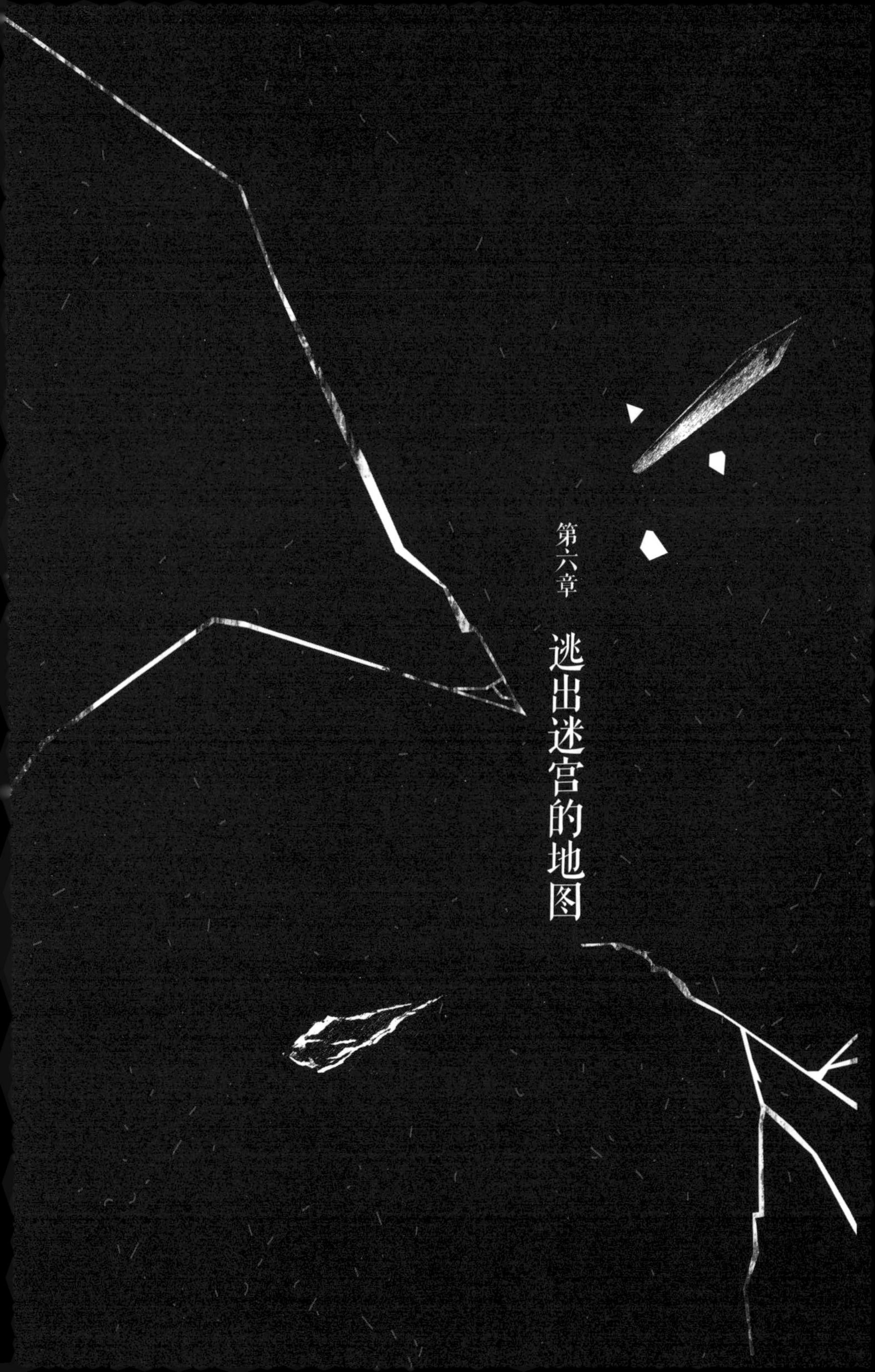

第六章 逃出迷宫的地图

1

南美希风抬头望向天空，眼前浮现出许久都不会忘却的情景……

从火化场的烟囱里微微升起的白烟，以迅雷不及掩耳之势迅速融化在灼热的天空。这位绝代的魔术师，已经消失在盛夏天空的白芒中。

昨天守灵夜之后，又迎来了一个酷暑。但是正午过后，天空笼罩了一层乌云。粗糙厚重的云层，像要强行盖住被火炙烤的铁锅。

伴随着湿气加剧，乌云愈发聚集。似乎要来一场雷雨。

也许会跟案发当天一样，那天晚上没能下雨，谁知道今天会怎么样呢？

南美希风将视线从空中移开，他站在吝家的庭院，即使是凉爽的这里，也难阻挡酷暑满含恶意地肆虐。不管是鞋底还是脖颈，都能感到湿气和暑热缠绕在一起。

从树上传来的蝉鸣声，吱吱地狂叫不停。

紫乃对二郎说在这个季节里，蝉鸣声从没有如此聒噪，今年夏天处处都透露出异常，虫鸣也是，仿佛从地下一股脑儿地全都涌了上来。这么炎热的天气，本以为虫子们不会太多，可没想到这个数量……或者说是整个大地都在嚎叫。

几个男人和一辆平板车正在庭院里工作。装有舞台设备和魔术道具的平板车被停在树荫下，他们要对工具进行分类和整理。他们是一郎的弟子山崎兄弟，魔术学校的学员南美希风，以及魔术师杰克早坂。四个人都已经汗流浃背了。

“有好多你们都不知道的演出道具吧？”抱着木箱的早坂向兄弟二人问道。木箱遮挡住他矮小的身躯，只能看到上方露出的不像东方人长相的英俊面孔。

“有几件吧，这是机密中的机密。”平板车货箱里传出忠治的声音。

从哥哥手里接过东西的良春也说：“当我们被认可是真正弟子时，可能就会教我们了。”

少年非常沮丧，并非因为没有学到高级的魔术技巧，而是因为学成之前老师就已经撒手人寰了。他的脸上写满了悲伤和遗憾，哥哥忠治也是同样。

“夫人也不知道吧？”早坂回头看向了屋子接着问道。

“冬季子夫人？”

“有可能吧，忠治。那个人虽然刚踏入魔术行业就隐退了，但她本来就是个魔术师。她可能是最熟悉吝一郎的同行了，有些魔术也许会找她商量吧。”

“但是，夫人好像完全没有接受魔术教学的打算……”

“是这样吧。如果‘梅菲斯特’的魔术奥义就这样被埋没了，那就太可惜了。”早坂的眼神非常认真，“如果仔细观察这些机密的魔术道具，也许能够抓住掌握技巧的秘诀……”

早坂看着南美希风刚刚转过来的脸，微微笑道：“不过，封藏起来也挺好吧，‘梅菲斯特’的专属魔术就只属于他自己。”

忠治附和了一声。

“如果将这个独特性保留下去，‘梅菲斯特’的传说将会被永远地流传下去。”

早坂这样说着，眼神依旧在探索用于人体切割魔术的大魔方，露出了惋惜的表情。

“山崎兄弟……你们要带走这些遗物吗？”

二人慢慢停下了手上的动作，忠治抢先答道：“我没有想过要拿走遗物，虽然夫人说过，如果有想要留作纪念，随便拿去就好。”

良春接着说道：“只要留个纪念就够了。”

“从伟大的丹乔·一郎那里学到的魔术技巧，对于现在的我们太过沉重，反而不太适合。”

“也许几年以后……”南美希风静静地说道，“你们能够成为‘梅菲斯特’的继承人的时候……”

“是啊。”

兄弟二人点了点头，忠治再次开口说道：“非常遗憾，我们现在只是助手，从来没在专业舞台上表演过魔术。”

“是啊，他没有培养出继承人啊。”早坂突然皱起眉头说，“不过，真想为他做点什么，眼见着这么多魔术……”

大家都陷入了沉默，南美希风长叹了一大口气，擦着脸上的汗水。良春颇为担心地问道：“没事吧，南先生？不要勉强……”他在担心即便是轻微的劳动也会对他的心脏造成负担。

“我没事的。”南美希风的唇边掠过一丝苦笑，“不过，这颗心脏可是个任性的家伙，根本不会考虑别人的想法和顾虑。没关系，我现在的状态很好，没有不祥的预兆。”

“这么热的天，谁都会不舒服的。”早坂好像也已经注意到了这一点，“你要比平时更加小心，你要是倒下了，你姐姐会恨我们的呢。”

“不会恨你们的。”

“啊，那倒也是。”早坂的表情略微舒缓了一些，“很难想像她会怨恨他人。”

“她是非常温柔的人。”良春也用柔和的声音说道。

“让人深深感受到博爱的人。”早坂给出了很高的评价。南美希风脸一红，做出一个表示否定的动作。

“只是温柔就好了，但她爱管闲事，情绪高涨的时候更是如此，就像跳高一样，如果是正常跳还好，有的时候还是撑竿跳。”

三人听了都笑了起来。

“啊……”忠治突然叫了起来，“说曹操曹操就到了啊。”

南美贵子正一路小跑往这边过来。

虽然天空笼罩着阴云，但庭院里依然有阳光弥散开来。南美贵子摆动着波浪的头发，迈着轻快的步伐，迎面走了过来。

“真是的。”她气喘吁吁地笑着，语气中带着一些抱怨，“男人们就是不听话，都说让你们休息了。至少也要补充一些水分才行啊。”

她一只手拿着饮料瓶，一只手拿着叠在一起的纸杯。

南美贵子把纸杯塞给男士们，首先就给旁边的南美希风倒了一杯饮料。

“全部都给你弟弟好了？”早坂的眼里映射出些许戏谑。

“实际上，我就是这么想的哦。”南美贵子反唇相讥道，“不过，还是给大家分分吧。”

“哈哈哈，太感谢了。”

早坂故意行了一个舞会表演才用的大礼。

忠治灌了一口倒在杯中的饮料称赞道：“啊，好喝，真痛快。太凉爽了。”

“这种饮料很容易吸收。”就好像饮料是自己发明的一样，南美贵子颇有气势地说道，“还考虑到了身体所需的营养。”

“没有添加任何化学物质吧？”早坂像是意识到自己破坏了氛围一样，立刻慌张地补充道，“营养均衡得很。”

“营养什么的谈不上吧，没有那么好的滋养作用。”南美希风紧接着说道。

“下次再找一些营养饮料喝吧。”

“说到营养的话，母乳才是最好的，但是不可能啊。”

说到这里，南美贵子突然“咯咯咯”地大笑起来。南美希风则低着头，微微摇了摇头，满脸无可奈何的样子。他正想说什么，就见南美贵子突然侧过头去。

与她来时的相反方向，斉二郎正迈着轻松的脚步往这边走来。戴着墨镜的他没有使用那根白色盲杖，而是小心翼翼地走着。

“大家还在整理东西啊？”

早坂连忙答道：“还需要一点时间。除了山崎兄弟和我，还有南家姐弟。你前面的路非常平坦，没有障碍。”

二郎轻微地点了点头，迈开脚步。

“不过，旧黑宫宅邸的图纸还真是令人期待呢。”

停住脚步的他如此一说，众人纷纷露出了赞同的表情。

“好想看看。”良春两眼放光地说道。

早坂君也则是笑着说了一句：“如果能找到的话就好了。”

“但是……”南美希风则不以为然，“现在还不能保证有没有记载密道，能不能成为线索还不好说……”

上午十点，当地刑警和长岛抵达了函馆的乡土建筑资料馆。那是资料馆开馆的时间。

虽然已经提前一天告知了资料馆事情的原委，但是直到今天早上对方的态度依然不够明确。他们没说藏有旧黑宫宅邸的建筑图纸。交涉过程中能够看出对方相当困惑，没有完全否定，但也没有肯定。最后在警方的强烈要求下，对方终于承认了相关资料的存在，然后具体解释了资料馆的难言之隐。因为捐赠者斉亥司郎曾经要求不能向公众公开，资料馆尊重了他的意愿，似乎只有资料馆内部人员或来馆的研究人员，才能翻阅旧黑宫宅邸的建筑图纸。

就像记者要严格保密消息来源一样，资料馆方面也一直坚持要遵守已故捐赠者的遗志。但最终还是妥协了。即便如此，他们还是表现出了强硬的态度，并未将它交给没有搜查令的警察，而是交给作为捐赠者亲人代表的长岛个人。

交涉过程就耗费了不少的时间，后边的进展也并不顺利。由于保管部门的分类管理太差，关键的施工图被埋没在了庞大的同类资料中。

要从堆积如山的建筑资料中找出旧黑宫宅邸的施工图，为了避免出错，还要进行对照核查，又耗费了相当长的时间，最后才将施工图交到了警察手上。准备打道回府的时候，长岛用电话联系了吝家。

另一方面，要是图纸上没有具体的标记，警方也在寻找其他的方法。目前，警方基本相信存在密道。结合将宅邸作为舞台的魔术师吝一郎的言行，以及独自研究的长岛的证词推断，宅邸存在隐藏的逃脱通道也很正常。

如果有一条这样的密道，那么三重密室也就迎刃而解了。对于搜查本部来说，比起充满谜团和诡计的密室，找到密道更为现实。

警方还寻访了一郎委托进行装修工程的公司，但他们对地道的事也是一无所知。地下通道和暗门的改装很有可能是吝一郎亲自动手打造的。

另外，黑宫一家的消息也无迹可寻。

为了找出毫无线索的密道，警方的鉴别科学研究小组想到了声波技术，正在找能够探测地下空洞的设备制造商寻求合作。

“那张图纸是关键哦。长岛先生在电话里兴奋地说，在资料馆办理手续的期间，长岛先生一直在查阅资料，调查黑宫宅邸建设时的情况。”二郎如此说道。

早坂突然眼睛一亮问道：“查到什么了吗？”

“发现了很多珍贵的资料，像是屯田兵时代的资料。根据那些资料，得知黑宫在当时统领集治监，也就是所谓的监狱行政指挥人员。当时这个地区的治安确实不好，那会儿正是日本全国动乱的时候，哪里都一样的吧。尤其正处于开荒的北海道，还是罪犯们的流放地。所有犯罪的犯人都要被送到这里。”

“还有那样的历史啊……”南美贵子的表情像是在说学校里会教这些吗?

“是的。而且，关押叛国犯、政治犯的集治监也在这里。由于事情错综复杂，所以出现了很多棘手的问题。像是反对该地区作为流放地的反对运动，政治犯展开的政治斗争，还有越狱。越狱是不可避免的，而且在逃出去的凶犯中，也有的人放出话说要回来报仇。在当时那种没有办法放松警惕的情况下，黑宫极为重视自己的人身安全。”

“周围环境使然，也是理所当然的吧。”南美贵子突然同情地说道。

“而且黑宫比其他人更加慎重。在环境愈加严峻的情况下，变得胆小如鼠。这座宅邸正是在那个时期建造起来的。”

早坂发出低低的声音，似乎非常能够理解。

南美希风也若有所思地凝视着灰白色的建筑。

二郎则接着说道："作为当权者的社交场所和总部，投入了大量公款。平民会不会觉得豪华过头了呢？当时有很多贫穷的人，天天干活也填不饱肚子，潜在的犯罪者也不在少数，甚至还有越狱的人。这个宅邸极有可能成为他们憎恨和袭击的对象，所以为了自保和安全逃脱，设置特殊的预防设施也不足为奇。"

"嗯！"早坂又一次附和着发出声音，"建造一条秘密的逃生路吗？"

"锁也是一样的。据说刚建成时，每个房间都会安装两道锁。说明黑宫对袭击者极为忌惮。"

"收集到了这些情报，长岛先生更有理由相信密道了吧？"

"另外，据说资料馆负责人的话也有些意味深长，他说这是非常罕见的建筑，所以想要保存下来留给后世。"

"说不定能发现隐藏的密道呢。"南美贵子满怀期待地说完，二郎就向宅邸的方向挥了挥手。

"历史造就的产物，竟然成了我的家，真是不可思议。我一直住在这样的房子里啊。"

"问题是……"早坂的语气顿时变得严肃起来，"会不会被犯罪分子利用。"

大概是想起了吝一郎悲惨的结局，山崎兄弟的脸色也变得凝重起来。

南美希风也说："凶手能否被揪出来，关键就在这张图纸。至少舞台房间的谜团，一下子就会明朗起来。说不定还能找到更大的线索。”

刚准备说话的早坂突然停住，视线飘向远方。

“刑警先生已经来了。”

雾冈刑警挺着健硕的身躯迎面走来。他的表情绷得紧紧的，不知是因为炎热，还是调查状况的关系。

“正好大家都在。”他一边钻进树荫里，一边环视着众人的脸。

“我想请几位补充一下不在场证明。我们发现了新的目击证人，吝二郎先生。”

“我先来吗？”戴着墨镜的吝二郎对着警察问道：“哪几位目击者呢？”

“我可以问您几个问题吗？”

“我不介意。”

“关于细田先生送您去琴似地铁站的事。”

“好的。”

“您在视觉障碍者支援中心工作，有一位女士的家人曾受到您的照顾，她就住在车站附近，姓林。”

“是吗？我不太记得了……”

“嗯，这没关系。她记得您的脸。那个时候她在地铁站见到了您。林女士说以为你们会乘坐同一车次的地铁，但是您当时临时打了一个电话，没能赶上那一趟车。”

“啊，是的，刑警先生，我打过电话。”

“林女士跑下月台的楼梯，就看到了您的身影。听说您很快地放下了电话，离开了电话机，但您还是没能赶上接下来的那一趟地铁吧？”

“因为我无法跑动啊。”

“啊，是的。”

“差一点就能赶上那一趟地铁，不然聚会也不会迟到。”

“那么，明明有迟到的风险，还要打电话给对方，对方究竟是谁呢？”

“那个，刑警先生。”二郎露出一副忐忑不安的表情，“因为有人在地铁站见过我，就怀疑我是凶手吗？”

“不不不，不是这样的。相反，这是对您证词的补充。从抵达聚会地点的时间和乘坐地铁的途中倒推的话，那个时间点你在琴似站是理所当然的事啊。”

“是吗？嗯，应该是吧。”

“如果你能告诉我电话是打给谁的，就更有说服力了。”

“太遗憾了，刑警先生，对方没有接电话。”

“没有接。这样说来，林女士好像也说过您没有开口说话呢。那么，那通电话是打到哪里的呢？”

“打往基努婆婆家里，那通电话是打给西上基努婆婆的。”

南美希风被基努的名字深深地吸引了注意力。

“只是微不足道的事情。”二郎继续说道，“我答应送给她一郎复出演出的宣传册，结果忘了，所以我想要跟她说一声。聚会还不知道什么时候结束，到时要再忘了就不好了，所以我趁着那个时候抓紧联系她一下……”

“那个电话，对方没有接听？”

“基努婆婆如果不在有电话的客厅，她是听不到铃声的。”

“安川夫妇说他们好像在看电视剧，但是……”

“不是去厕所了，就是离开座位了吧。我也没有呼叫很久。”

“八点四十分左右吧。”雾冈在记事本上记着时间，“到时问一下安川夫妇。我知道了，斉二郎先生，谢谢您的配合。”

说到这里，雾冈刑警倏地转过了身去。

“山崎良春，我也想跟你确认一些事情。”

“我吗？”用挂在脖子上的毛巾擦着汗的少年紧张地站好问道。

“嗯，包括你哥哥在内，我都会问的。将一郎先生的棺椁安放在舞台房间之后，你哥哥和上条春香按照预定的时间前往院子里的舞台。良春，你在舞台上看到这两个人的身影吗？”

“那个时候见到了，就是扬声器传来异常状况后不久。我当时害怕得不知道该怎么办，正打算向周围寻求帮助时，我在客人们的旁边找到了上条小姐。按照计划，上条小姐会从阳台的窗户进入房间，所以要在附近等待。”

“过了多久呢？”

“啊？”

“扬声器传来异常后多久，你看到了上条春香呢？”

“嗯……十秒？不，是三十几秒吧……记不太清楚了，大概就是那个样子。”

少年抬起头窥视着刑警的脸色，仿佛在想有必要精准到秒吗？

“最长也就三十秒左右吧。原来如此。上条当时在做什么呢？听到异常状况后，立刻就跑过去了吗？”

“不，她当时看到我有些不知所措，就给我打了一个手势，告诉我先冷静。像这样双手手掌向下压的动作，然后又做了一个同样的动作指向观众，示意让我想办法安抚下观众们的情绪。最后，做了一个向观众解释的手势，然后就离开了。”

“为什么没从窗户进去呢？”

“呃？”

“她应该知道窗户是没有上锁的，从窗户进去会比较近吧？”

“那……那不就破坏了演出的程序了吗？老师会用灯泡暗示我们可以进入房间，这是只有我们助手才明白的暗号。但是，我们当时没有看到暗号。出于魔术师助手的本能，我们不会擅自打开还没有设置完成的空间。但是，她到底是怎么想的，还是麻烦你们去问上条小姐吧。”

“啊，那倒也是。在那时你看到哥哥了吗？”

“啊？没有，他是混在观众的人群里了吧？我当时没有看到。”

“在向你发出手势信号之前，你没见过上条小姐吧？”

“嗯，这个嘛……如果不算我们之前见面的话。”

“可是，刑警先生。”忠治急忙辩解说道，“我和上条小姐一直是一起行动的。我一直在看着她，我也没有离开过她的视线。”

刑警默默地点了点头，提出了下一个问题。

“那么，良春，当时你一个人被留在室外舞台，你在做什么呢？”

“起初，手忙脚乱的……不，比那还要严重。但想到自己得做点什么，一时血气上涌，都不记得做过什么了。我好像是解释说麦克风出故障了，很快就会有消息的，请大家稍等之类的……表演了些小节目，下面就冷静了一些。”

“你又表演魔术了吗？”

“与其说是魔术，不如说是展示魔术技巧的表演。表演魔术的气氛已经被破坏了，所以只能用其他的方法来吸引观众的注意。就是一种简单的魔术揭露，在孩子们面前表演的那种。即使非常困惑的我，也能够做得到。”

“良春，你做得太好了。”南美贵子饱含敬佩之情，忙称赞道。

“没错。”早坂也表示了自己的认可，“如果五十名观众陷入恐慌，后果不堪设想。”

雾冈刑警望着低下头的良春，决定结束问话。

“谢谢你，良春，我们会采用你的证词，后边可能还要麻烦你。”说完这句以后，刑警便离开了。

快要垂到头顶的树枝上，传来吱吱的蝉鸣声，仿佛在说这是一个酷暑难耐的时刻。从脚下攀升的虫鸣，宛如携着烈阳的声音。男人们的额头和脖子上都是汗……

又要继续做道具的分类整理了。

“二郎先生。宣传册后来交给基努婆婆了吗？”南美希风问道。

“还没有，我觉得守灵仪式上不太方便说这个事。紫乃姐姐会去拜访西上家，我已经跟她说过了。”

考虑到西上基努的身体状况，她没有出席今天的葬礼。痴呆症状好像又出现了。

“就差一点了。”忠治说着蹲了下来。此时，从货箱深处传来“咔嚓咔嚓”的微弱声音。

“什么声音？”南美贵子的惊讶声中夹杂着疑惑和胆怯。

像是生物发出的声音。

“啊，是蝙蝠。”忠治的声音带着朗诵散文的腔调。

“蝙蝠……”南美贵子闻言放下了警惕心。

“是老师在舞台上使用的那六只蝙蝠。”

对于魔术师来说，蝙蝠就像鸽子一样。

“金龟子蝙蝠，在蝙蝠中是非常聪明的一类。已经事先喂过食物和水了。”

“即便如此，放在高温室外的车里，不知什么时候就会死的。所以，请大家一起来帮忙，抓紧……”

在货箱深处的黑暗中，又响起了振翅的声音。

乌云笼罩了整个天空，呼唤雷雨的到来。收工的山崎兄弟一行，遇到了远野宫。此时，大家正通过狭窄的走廊，前往舞台房间。

远野宫难掩兴奋地说道。

“再有一个小时，能够解开谜团的图纸就会送达。”

“还不一定用得上呢。”南美贵子给他们泼了冷水。

“不，按照目前的发展，不可能没用的，就像乌云一定会有雷雨一样。我的预感告诉我，这会是将凶手逼入死角的证物。”

与警界大佬充满自信的语气对比，南美希风似乎仍有一丝忐忑不安。走廊的左侧是一排窗户，他望着窗外的雨水，不知在想什么。

前方走廊的拐角处出现了细田的身影。他一如既往彬彬有礼地说道：“安川公惠女士来电话了，说是西上基努婆婆想见南美希风先生或远野宫先生。”

“啊？”三人同时露出了惊讶的表情。

最先开口的是远野宫。

“有什么事情吗？”

“据说为了尽快搞清楚案件，她认为还是告诉你们比较好。”

“她想起什么了？不，我是说，她要告诉我们什么吗？”

细田的表情在说他没有办法回答这个问题。

“怎么办，南美希风？”远野宫转向身旁的青年问道，“旧黑宫宅邸的施工图马上就要到了。”

南美希风想了一下，又将目光转向南美贵子说道：“我去拜访基努婆婆。姐姐，你就待在这里吧。如果设计图送到的话，你也要看一下。你也想知道后边的发展吧？”

“好的，我来负责这边吧。”

远野宫犹豫片刻，决定一起前往西上基努的家。

开车只需二十多分钟即可到达。

2

雷声只在刚开始的时候响过，雨淅淅沥沥地下下停停。

从西上家起居室的窗户向外望去，乌云渐渐散去。应该不会再下大雨了。

“那天晚上的事，其他刑警已经问过我了。”虽然有些忐忑不安，但安川的精神还不错。

“是在见到紫乃小姐和流生少爷之前。”公惠的视线移向吝紫乃。

吝家的长女悠然地坐在专用的特制皮椅上。一头大波浪的头发和美丽的容貌，依然散发着坚毅，仿佛在抗拒憔悴和悲伤的侵蚀。穿着黑色裤子的双腿交叉着。外甥流生就在椅子旁边的地毯上，认真地玩着拼图。

紫乃和流生是在大约五十分钟前，也就是下午五点左右到这里的。

葬礼结束之后，紫乃就来问候拜访了。安川公惠的丈夫浩太郎是殡仪馆的负责人，殡仪馆帮了很多忙。紫乃作为吝家的代表前来致谢，身负丧夫之痛的冬季子夫人则有太多家事要处理。

紫乃带着流生过来是觉得他也需要放松下吧。本来应该是愉快的夜晚，却突然遭遇了父亲遇害，然后又是守灵和葬礼。媒体一片聒噪，刑警们杀气腾腾地在宅邸内四处巡逻。每一个房间都像是审讯室一样。母亲冬季子也想让流生呼吸一下外面的空气，所以当紫乃提议带流生一起去，冬季子立刻就答应了。

流生在这里的确玩得相当开心。吝家的家教森严，不会允许他坐在地板上玩。紫乃在这方面会宽松不少。

吝一郎的死仿佛打开了吝家和西上家的交流通道，亥司郎留下的两家不要再亲密交往的遗嘱貌似已经失效。

碍于流生在这里，南美希风尽量避开不谈案件的事，但是有些话又不得不问。他还是向公惠询问道：“他们是不是问您一直在房间还是在客厅？”

“是的。”公惠点了点头说道，“还有二郎先生是不是为了宣传册给我打过电话之类的。”

紫乃已经将带来的魔术表演节目单、宣传册、纪念照等，都交给了基努。

“八点四十分左右，您二位都在看电视吧？在这个房间里。”

公惠转头看向隔壁的餐厅。那里坐着一个微微弓背，略显老态的男人。安川浩太郎在殡仪馆做事帮了不少忙，今天是以宾客身份参加的葬礼，现在在休息中。他戴着厚厚的眼镜，一副老实人的样子。

“是吧？”

听到公惠向他征求意见，他转过了脸确认了妻子的话。

“是的，应该是这样的。”

“但是……”他补充说明道，“有段时间手忙脚乱的。”

“是啊，是啊，我在厨房里出了点小意外。我想起来后就告诉了警察。”

“小意外？”远野宫紧接着询问道。

“也不是什么大不了的事。广告时间的时候，我想去厨房热一下鲱鱼干，结果没注意把围裙的套袖给烧着了。我一边大喊大叫一边拍灭身上的火，家里人听到了就都跑了过来……”

“肯定要过去啊。”

“两个人七手八脚地总算把火扑灭了。换作平常，就算在厨房也能听见电话的铃声。可能那个时候太紧张了，就没听到电话的声音。”

“如果不是那样的话……”浩太郎继续补充道，“那就只能是二郎先生弄错了电话号码。”

南美希风微微地点了点头追问道：“那个时候，基努婆婆在哪里？”

“在自己的房间写东西吧？她一心盼望着一郎先生的演出能够成功。”浩太郎解释道。

“是啊。”妻子也点了点头说，“她在房间里写东西……不过，我觉得写东西只不过是为了让我们安心的借口。”

“什么意思？”紫乃连忙插嘴追问道。

“她的身体状况不是很好。说是写字，其实也就写那么一点点的时间，大部分时间都是坐在那里发呆。但为了不让我们担心，她就经常说自己在写东西。我们有空了就会去找她。那天晚上电视剧结束后，刚刚过了九点，我们就去房间里找她，她比我们想象的还要精神。”

“基努婆婆，大概是觉得遗憾吧……”紫乃的语气非常干脆，“遗憾没能看到一郎久违的舞台表演。如果身体没有问题的话，她一定会去现场吧。”

“我觉得不仅仅是身体的原因。”

公惠的话让紫乃吃了一惊。

“她摆脱不了亥司郎先生的影响。亥司郎先生让她远离吝家人，过自己的生活就好。这对基努婆婆来说是必须遵守的命令。这最后的指示长久以来束缚着她。甚至是一郎先生的复出公演，她也坚决不能出席。”

浩太郎也默默地点了点头说。

“基努婆婆只能用身体不允许自己去现场这一点来说服自己……”

“我怎么也看不惯。”远野宫说出了心里话，“亥司郎的那句话，至今还在影响着一个人，剥夺了那个人的自由。”

南美希风顺着话题继续问道：“基努婆婆是哪里不舒服呢？”

“哪方面都不太好。”公惠坦率地回道，语气中却洋溢着亲人之间谈话般的轻松，“她有高血压，胆固醇也偏高，肝和脾的数值也不正常。心脏也不好，虽然一直在吃药，但是有的时候还是会发作。”

南美希风下意识地把手放在左胸上说：“我也有心脏病，总是随身带着药片。”

“药片，也有。基努婆婆也拿到过这样的处方。”

这个时候，流生的声音突然传来。

“基努婆婆，太慢了吧。”

房间里陷入一片沉默。

“这样说来，还真是……”公惠转头看向屋内的挂钟。

从南美希风和远野宫抵达这里算起，已经过去二十分钟了。因为跟公惠聊得起劲，所以没能感受到时间的流逝。

“你确定通知基努婆婆了吗？”紫乃直接地向公惠确认道。

“我通知到了，我是看着她的眼睛告诉她的。”

见到亥司郎的孙子后，基努婆婆说给她一点准备的时间。然后就回自己的房间去了。不久，南美希风他们乘坐出租车抵达。公惠便去告知了基努。

“基努婆婆还没下定决心吧。”远野宫推测道，“如果有重要的事告诉我们，她应该马上就出来的，是哪里感觉不舒服吗？”

“没有，非常正常，没有什么特殊情况。”

“我再问一下，你们知道基努婆婆想说什么吗？”

“不知道，完全不知道。”

“您丈夫也不知道吗？”

“也是一样的。我问她是不是想起了什么，基努婆婆也没有回答，只是沉默不语。”

南美希风接着继续问道：“基努婆婆是在警察离开不久之后才说出这番话的吧？”

浩太郎回答道：“是的，听了刑警的话，切实感受到了吝家人也成了嫌疑人。这让她陷入了沉思，估计是有认真地搜寻记忆吧。”

“这样一来，她就觉得有必要把知道的事情说出来。”

“是的，她下定决心要说出来。但是，告诉刑警就等于出卖了吝家的秘密，所以才会犹豫不决吧。你们二位就成了被选择的对象。”

远野宫继续说道：“基努婆婆说想要告诉我们吝家的秘密，是不是关于家主的呢？”

“这……”就像突然被胆小鬼附了体一样，背过脸去的浩太郎的声音也变小了，“是吧，有可能吧。”

南美希风在心里表示赞同。到底是什么样的重要内容，完全想象不到。

“既然已经下定决心要告诉我们了，可她却迟迟没能出现。”远野宫说完这句话，众人又陷入了沉默。

鹦鹉叽叽喳喳地叫着，墙上挂钟发出滴答滴答的声音。

几秒钟过后，南美希风说道：“我们去找她吧。”

紫乃接着提议道：“再去叫一下她吧。”

公惠站起身来主动请缨。

“还是再去叫一下她吧。”

南美希风怀着难以平复的不安慌忙说道：“我跟您一起去？”

“嗯……嗯，也好。说不定基努婆婆会在房间里跟你们说。”

远野宫连忙站了起来，紫乃也跟着站了起来说了一声：“我也去吧。”

流生交给浩太郎照看，四个人来到了走廊，沿着窗户朝南的走廊往东走。

“基努婆婆是为了给流生少爷拿礼物才回房间的。”走在最前面的公惠继续说道，“她知道流生少爷要来，提前就准备好了。叫我去买来的，一个可爱的小狗吊坠。流生少爷特别喜欢狗。”

众人走到了北海道少有的外廊的拐角处。

公惠示意是左手边的房间。

“这就是基努婆婆的卧室和西式房间，她应该在那边的茶室里。”

被称为“茶室”的房间，是在外廊另外一角的纯日式的建筑，看上去就会联想到茶室。

刚才走过的走廊，左边的房间尽头就是整栋建筑物的尽头，前面是朝北的外廊。通往尽头的外廊与通往南边的走廊呈直角，隔开的房间就是“茶室”。东西方向延长的建筑，在它的东南角呈四角形独立出来的就是这个“茶室”。

外廊的遮雨窗被打开了一扇。

“虽然我们叫它‘茶室’，但也不怎么喝茶，只是因为氛围和茶室很像。”

公惠走着走着停住了脚步。

“啊？”她盯着脚下惊讶地问道，“这是什么？”

南美希风也看到了，外廊上有污泥。

这是可以通到北边院子的外廊。在“茶室”的这个部分，有一组两扇的拉门，现在是关闭的。

污泥的痕迹横穿过外廊。

南美希风从开着的防雨窗看向院子。

眼前是一串来路不明的痕迹，像是一个粗大东西移动过的痕迹……滚来滚去一样……

南美希风能看出这不是正常的痕迹，顿时觉得毛骨悚然。

这个时候，突然间一束夕阳照了进来，染红了整个庭院。厚厚的云层笼罩的昏暗被一扫而光，被雨淋湿的庭院闪耀出橙色的光芒。

恬静的和风庭园中，枝繁叶茂的松树和硕大的庭石形成了庄重风格，布满青苔的石灯笼则散发出古色古香的味道。湿漉漉的树叶和不时掉落的水滴闪闪发光，橘黄色的光珠直射进视网膜。以石做岸形成的池水也是如此，反射着夕阳耀眼的光芒。被雨水浸湿的泥土和草，沾满了就像一下子冒出来的水蒸气，在阳光下，仿佛要渗透到外廊里一般，四处摇晃。

污泥的粗壮痕迹，延伸到了水面摇曳着夕阳倒影的池塘附近。不知道那是终点还是起点，靠近池塘的地方，地面上一片狼藉。

是混乱的脚印还是人摔倒的痕迹？仿佛有人打斗过一样，地面变得泥泞不堪。

从那里一直延伸下去的混乱痕迹有五六十厘米宽。有的地方会变得细一点，大概是拖拽什么东西留下的痕迹吧。

引人注目的是拖拽的痕迹更靠近中央部分，宽度有三四十厘米，地面陷得更深。不，还有更深的，能看出来是两条强弱不均的痕迹，与泥浆混在一起乱作一团。应该是在这个拖痕之后，又下过了雨，泥浆被雨水融化，所以整体上不是那么明显，但还是可以清晰地看到这几个特征。

最让南美希风在意的是，在被轻微被挤压的泥土的痕迹中，有一段较深的部分，约有三四十厘米宽……

那是什么痕迹？想到这里，南美希风充满了疑惑。

不管怎样，光是见到巨大的东西被拖走的痕迹，就已经很忐忑了。

“发生什么事情了，基努婆婆？”在有违常识的泥污面前，公惠一步也动不了，向着茶室里大声喊道。

房间里没有任何回应。

远野宫的眼神也变得凌厉起来，认真观察着周围的动静。泥痕似乎一直延伸到室内，一组两扇的拉门就在近在咫尺的前方，阻挡住了污泥的痕迹。

“你在吗？发生了什么事吗？”

公惠一边小心翼翼地注意着脚下的泥土，一边把手放到拉门上。拉门“嘎吱”摇晃了一下，但是没有再动。

“啊？”

公惠觉得不可思议。

“喂，基努婆婆。”公惠马上敲了敲门，向里面大声招呼道。

“基努婆婆，你在干什么？门打不开了。”

还是没有回复。室内出奇的安静。

公惠又向前迈出一步，抓着里面那扇拉门的黑色外框，用力拉了一下，拉门纹丝不动。

所有人都不明白是什么情况。因为拉门是没有锁的，为什么两边都动不了？

“基努婆婆是不是晕倒了？”已经有了不好预感的南美希风说道。

紫乃点了点头建议道：“从这边的拉门进去。”

西侧的走廊尽头，也有一组拉门。这里不在外廊，而是普通的走廊。夕阳从窗户照进来，将白色的拉门染成了暖色。这里也是一组两扇的拉门。

远野宫上前一步，用手抓住拉门的拉手，想要打开。但是，这扇门虽然“嘎啦嘎啦”地摇晃着，却也打不开。

远野宫愣了一下，其他人也都面面相觑。

这显然是异常事态。

远野宫又抓住另外一只把手，也没有拉动。

一北一西两组拉门都不打开，这是绝对不可能的。

“可恶！”远野宫开始咒骂起来，“我可以强行打开这道门吗？安川先生。”

“好，来吧。”

远野宫抓住右侧拉门的把手，以及另一侧的门框，使劲地摇晃起来。拉门不停地上下晃动，“咔嚓”一声被卸了下来。

“基努婆婆！”

公惠率先向屋里大喊。南美希风也从一扇拉门大小的入口向屋内望去。

夕阳洒满室内，从正面看向被夕阳照射的房间，刹那的光景就像是一张被曝光的相片。

不是深褐色，而是难以形容的枯叶色的照片。照进来的阳光被斜着放置的巨幅穿衣镜反射着，在狭小的室内演绎出了立体的光影。满溢的阳光中，点点尘埃化作光粒飞舞。室内闷热如蒸笼一般，曼舞的光粒，尽管是静止的，还是形成了就连太阳的移动都会让人感受得到的光之空间……

穿衣镜反射阳光的角度，在这一时刻，仿佛成了追踪着太阳移动的日晷。发着亮光的枯叶色榻榻米和褐色的和风家具在夕阳中，都成了泛黄的柿子色。

室内唯一的人物，身着的和服也是同一颜色，那是比茶色稍亮一点的颜色。但是，和服的某处色彩有些不同，在腰带的上方，胸部的中央，插着什么东西，那个部分被红黑色打湿了。

西上基努背靠在家具上，胸口被刺，俨然已经没有了呼吸。

她的时间停止了……

一个走过漫长的昭和时代的女人……

此刻就像浸在被阳光眷顾的水槽里的一张照片……

上半身被扭着半边，可以稍微看到她的后背。她的后背满是污泥，腰带上的污渍更为严重。腰带结的上部，头的一侧，也沾着大量的泥土，给人感觉就像是把泥土铲了起来一样。

南美希风突然想到了。

大概就是腰带上的结，把地面上的泥土弄乱了吧。就像推土机铲平积雪和土堆一样。这就是刚才院子里那道痕迹中间有更深一层的凹痕的原因。那两条泥痕，是她的脚跟留下的……

院子里的痕迹，一定是仰面朝天的基努被拖拽时留下来的。

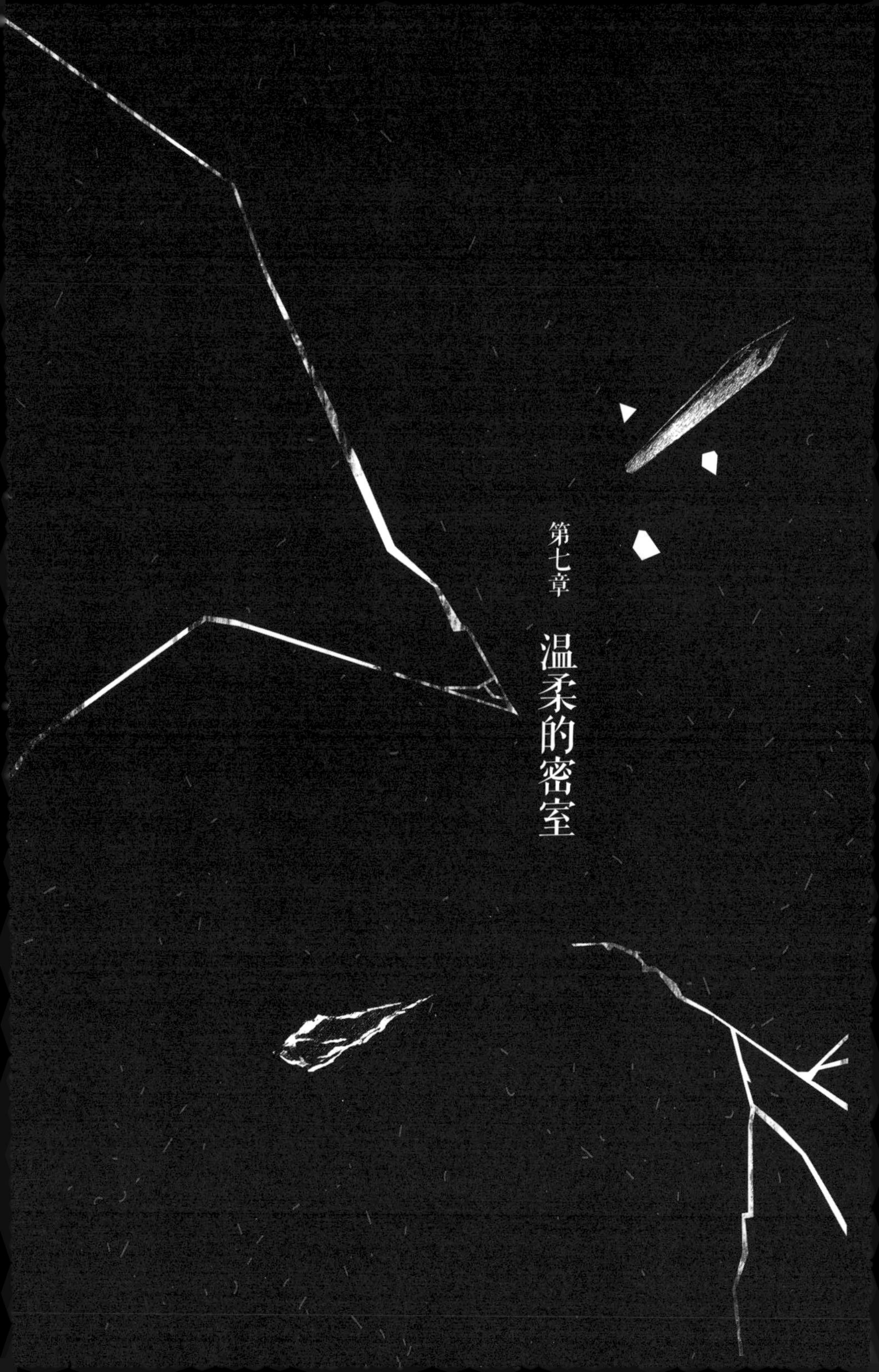

第七章 温柔的密室

1

斉家娱乐室的门被打开的时候，室内氛围突然变得高涨起来。

长岛要与同行的函馆市署的刑警终于抵达了这里。

原本宽敞的娱乐室，最近变成了临时警察总部。

大木桌前坐着五个人，分别是大海警官、雾冈刑警，还有一名年轻警员在跟青田经理和诹访说着什么。

穿着黑色衣服的诹访凉子满脸严肃，平时打扮得花里胡哨的青田，配了一条有玉色光泽的口袋巾，给朴素的葬礼服装增添了些许亮点。

他们两人最初不是被叫来问话的，只是在娱乐室里待着。诹访在用既是古木材保护剂又是光泽剂的洁净剂擦拭桌子，青田则说着无关紧要的日常话题。随后，三位刑警走进了这个“临时警察总部”，等待旧黑宫邸的设计图送来的时候，顺便对他们进行了漫无目的的询问。

诹访被再次问到事件发生前后，斉一郎和家属们的样子时，回答依然没有异常。她更在意的是桌子才擦到一半，有点虎头蛇尾，便继续擦拭起桌子，搞得空气中都是刺鼻的光泽剂味道。

就在这个时候，细田引着长岛他们进来了。

长岛是中等身材，身高也很普通，体型匀称。四十多岁的年纪，实际看起来更年轻一点。戴着眼镜，给人一种沉稳的印象。不过，嘴角似乎带着张扬的笑容，眼睛也总是转个不停。

他腋下夹着软质的商务包，逐一跟警察打过招呼之后说道："虽然我早就想看这些资料了，但这个啰唆的警察不同意啊，太死板了。"他冲青田和诹访故意露出几分苦笑。

"好久不见了，我是经纪人青田。" 青田站起身来，倏地低下头说道。

"是啊，青田先生，好久不见啊。那位是诹访吧？我听冬季子说过，一眼就认出来了，跟她描述的一模一样。"

"我是照顾玉世夫人的诹访。"

她一边应声回答，一边想着此话的深层含义，不觉间皱起了眉头。

青田坐了下来又开口说道："长岛先生，还没看吧？"

"是啊，所以就算问我也没用啊。"

"还是大家一起看看吧。"

正在说着，三名男女出现在细田身旁的门口。

正是吝二郎、冬季子和南美贵子。

长岛高举起自己的商务包，开心地向现任户主大声喊道。

"以吝家的名义，我将资料全部拿到手了。"

"辛苦了，您可算是来了。里面会有什么样的重要信息呢？"

长岛面对着表妹冬季子，眼神多少多了一些严肃。他做了一个低头的动作，表示哀悼。

南美贵子和长岛是第一次见面，冬季子连忙介绍道：“她是春香的朋友，她的弟弟是一郎的得意门生。”

雾冈刑警此时站了起来，向长岛伸出手臂，似乎要打断两人的寒暄。

“好了，交给我吧。”

但是，二郎马上制止了他。

“请等一下。那毕竟是还给吝家的资料，也是历史性建筑物的资料。我们也要看看，所以才拿到这里来的。”

二郎无法亲自参与，但却可以帮助吝家的其他人分析资料。

雾冈正准备用这是证物来反驳，由警察来掌握主导权，却被大海警官叫住了。

“是不是证物要取决于内容，二郎先生。雾冈，坐下吧。不管怎样，都要先听听专门研究古建筑的长岛先生的意见。”

雾冈和其他人坐下后，诹访站起身来，观察二郎和冬季子能否找到合适的椅子。椅子是从房间的各处收集过来的。

长岛坐在扶手椅上，挺直腰杆，从包里拿出一大本册子，平放在桌子中央。

这份资料终于要被打开了，南美贵子的心脏紧张得怦怦直跳。弟弟认为三重密室，只是为了隐藏密道的心理陷阱。眼前的历史资料能够证明这一点吗？那位西上基努想要告诉我们什么呢？根据南美贵子的直觉，很有可能也是关于隐藏通道的事吧。依靠基努的证词和资料这两处线索，搜查工作或许会取得很大的进展。

所有人都全神贯注地盯着这本册子。

细田也只靠近了两三米，目不转睛地盯着。

这本册子的尺寸相当于B4大小。外部包装是高级的焦茶色合成皮革。封面上写着《旧黑宫 现各家建筑设计用图纸》。

“装帧一看就是资料馆给做的。”长岛一边抚摸着用塑料包裹的封面，一边说道，“完全防水，听说里面的每一页都是这样的。”

“不怕水……那就肯定怕火。一见火就咕嘟咕嘟地熔化了吧。”青田这样说道。

“不过，据说有一种阻燃性的涂层，能够更好地保存收藏，虽然无法阻挡紫外线。”

“那么……”长岛说着，手指搭在封面上，翻开了第一页。

在塑料状的透明涂层中，有一页如同旧纸一样的淡枯叶色书页。用旧字体书写着“黑宫邸设计指示书”的字样。建筑公司的名字非常小，墨水的颜色更接近蓝色，而不是蓝黑色，褪色的样子充满了年代感。

在众人的瞩目下，下一页被掀开了。

长达两页的扉页上，罗列着建筑物的基本数字。长岛对这些记述也产生了浓厚的兴趣，但是现在他只是匆匆浏览了一下，手指便指向下一页。

下一页是横跨两页的宅邸示意图，是一张平面图。

伴随着“啊”的一声叹息，青田、冬季子和刑警们立刻探出身体，想知道有没有隐藏的密道。

图纸摆放的位置正好是北方在上，所以方位特别容易辨识。南美贵子也探着上身，凝神注视。

东西走向的长方形建筑，用线条描绘的墙壁、走廊……

长岛的指尖在有涂层的纸面上游走。

“啊，有了！”他突然发出了欢呼声。

青田也兴奋地说道：“这个，延伸到外面去了。这就是隐蔽通道吧？”

两条虚线形成带状，斜穿过南边的庭院，像是走廊或小路。如果这是隐蔽通道的话，就是地下通道吧。

二郎粗声粗气地问道：“有关于秘密通道的备注吗？”

“嗯，看这里！”长岛再次指向现在被称为“舞台房间”的位置说，“通道的一端与舞台房间相连。”

刑警们都挤了过来，像是要把图纸遮住，都用锐利的目光盯着图纸。

长岛的脸涨得通红，像遇到了心爱的人。

“啊，有啊！果然有啊。”他喃喃自语道。

冬季子、诹访、南美贵子，所有人都屏息凝视。细田也走到了靠近桌子的地方，看着图纸。

舞台房间面向庭院的北侧墙壁，在中央偏右的位置，是一条虚线绘制的通道起点。隐藏的通道好像有好几条。有一条横穿过庭院，可以通到墙外。粗看之下，有独立的，也有分支的。

从舞台房间北面墙壁出发的通道，沿着墙壁往西，折向宅邸中央。

刑警们一边轻声细语地确认着发现，一边交换着各自的意见。

果然有秘密通道啊。

南美贵子此时既激动又安心。弟弟的推理果然准确。

“那么，暗门在舞台房间的哪个地方？”二郎用略带犹豫和震惊的语气说道，“杀害哥哥的凶手就是从那里逃走的……”

正在看图纸的冬季子抬起头，转向长岛和刑警们。

“凶手逃到哪里去了？通道连接到哪里？”

诹访听到凶手能通过暗道作案，脸色变得苍白，突然忐忑不安起来。她使劲拉了一把册子，想要近距离看清楚。

“不会是通往玉世夫人的房间吧？”

“别自作聪明，冷静点。”

雾冈刑警将被粗暴对待的册子拉了回去后，长岛抢先凑到图纸前。

“能去好几个地方啊……”

“什么？”雾冈皱起眉头指向一处问，“这个很大的空间是哪里？”

原本表示狭窄通道的虚线，圈出了一个大大的方形。

“这是什么？”长岛也没能马上回答，“地下室有房间吗？”

“玉世夫人的房间呢？玉世夫人的房间呢？”诹访连忙催促道。

“这一页只有一楼。”

长岛似乎也想看看其他的页面，用手指翻向下一页。

“这是二楼的平面图……但是，完全找不到有关隐藏通道的标记。”

没有多余的虚线。

“要整体地观察，还是需要立面图，应该有吧……”

“在那之前……”大海警官翻回到前一页一楼的平面图，“得看清楚舞台房间隐藏密道的全貌。”

大海警官要把册子移到自己面前时，突然跑来一名刑警。

“大海警官，报告。”

他的表情相当僵硬。

“什么事？”

“总部收到一个通知，是电话报案，西上基努在自己家里被杀害了。”

“你说什么？”

房间里顿时混乱起来，所有人都愕然地瞪大眼睛。

南美贵子惊叫一声，完全愣在了原地。

一向高冷的诹访也脸色苍白，露出恐惧的表情。

三名刑警则是摇摇晃晃地直起身子。

“被杀了？西上基努？”

“是，是的。”

南美贵子猛地站了起来叫道：“我弟弟呢？有人受伤吗？其他人都没事吗？”

冬季子也发出悲鸣般的叫声：“流生！流生也去了！紫乃也在。”

南美贵子祈祷所有人都平安无事。

紧走两步的大海警官，向传达消息的刑警抛出了自己的三连问。

“什么情况？出现伤者了吗？有凶手的线索吗？”

“目前只知道西上基努被刺杀身亡，尚不清楚详细情况。”

“大海警官，”雾冈突然开口叫住他，“这些图纸资料该怎么处理呢？应该由我们保管吧？”

大海警官思索了两三秒。

“这里有个图书室，雾冈，你亲手把它放进那堆书里。”大海警官一边回忆一边吩咐，“图书室的窗户上都有格栅……门前再派一名警察站岗。”

手拿册子的雾冈开口说道。

“长岛先生，斉二郎先生，你们没有意见吧？”

大海警官向陪同长岛同行的函馆市署的年轻刑警问道：“根据资料馆的说法，斉一郎先生没有看过这个图纸吧？”

“是的，警官，好像都没有来问过。”

“斉家的其他人或朋友，也没人看过设计图吧？”

“是这样的。”

大海警官点了点头，大步迈向走廊。雾冈和其他刑警紧随其后。

冬季子看向南美贵子的目光除了痛苦就是紧张。

“我们也得一起去。”南美贵子的心早就飞向了西上宅邸。

与此同时，有股不知名的飓风涌上了南美贵子的心头。虽然难以置信，但只要想到那个无辜的老婆婆死了，就会有种懊悔的哀伤，牵动着南美贵子的心。她的鼻子深处涌现一股热流，喉咙也跟着颤抖。

2

赶赴现场的大海警官一行人，与辖区警署联手完成初步调查的时候，夜幕已经降临。

吝冬季子和南美贵子，也随着大海警官一起到了现场。起初她们被要求在车里待命，刚刚才得到进入西上家的许可。就在离开吝家之前，远野宫打来电话，告诉她们流生和其他人都没事，南美贵子她们也就不那么焦急了。

南美希风正坐在客厅的长椅上，低着头，在尽可能回忆案发现场。

被称为“茶室”的和式房间，有四张半榻榻米的大小，小桌子被收了起来倚在墙边，西侧和北侧各有一组隔扇拉门。南侧的墙壁上则是圆形的窗户，外边嵌着树枝状的合金护栏。虽然是对开的窗户，但窗户被像月牙锁一样的锁牢牢地锁着。即使没有锁，人也无法进出，合金护栏非常坚固，间距也非常窄。

西上基努倚靠着的家具，是靠在东侧墙壁的小型收纳柜，基努称之为“道具箱”。基努的身体呈半坐半跪的姿势，左肩就靠在了这个收纳柜上。背部的情况较为糟糕，身体两侧与和服也被泥土弄脏了，但却没有淋到雨的迹象。凶器插在她的胸口上。经过现场初步验尸认为，流血并不是真正死因。只是衣服表面渗出了血迹，并没有大量的出血，死因可能是胸腔内积血，使心脏停止跳动。

凶器是一把修剪植被用的剪刀，为花剪的一种，属于基努的随身物品。刀刃又细又长，握柄也很修长，锋刃几乎全部没入，贯穿和服，刺进了基努的身体。

死亡时间是在下午五点四十分前后，也就是公惠通知她客人到访后十分钟的事。

“没想到，魔掌伸向了她……”

南美希风抬起了头，看到了远野宫龙造，他不知什么时候回来的，直接坐在了桌前的座位上。吝紫乃和安川公惠也围坐在桌前。

南美贵子轻声地坐在了南美希风的旁边。

听着远野宫的话，看着姐姐忧郁的脸色，南美希风涌起一阵歉疚和悔恨。他陷入了深深自责与后悔中，从图纸中发现了密道的消息也没能让他高兴。

“我好恨啊……”南美希风狠狠地咬着牙说道，“基努婆婆果然是关键人物……对凶手来说也是如此。我应该正式向警察提出保护她的安全。”

“不要太责备自己，世事无常嘛。”远野宫宽慰着说道。

南美贵子和紫乃也默默地点了点头。

“又没有杀人预告，我们无法在屋里安排警卫，而且基努婆婆也不是一个人住，你没有必要责备自己，甚至会让人觉得你是在侮辱警察这个职业。当然，谁都不想见到受害者……”

“都是凶手的错，凶手……”公惠突然双手合十说道，“一切都是凶手的错，怎么这么没有人性……”

已经哭了好一阵的她，眼睛都是红的，手上摆弄着像抹布一样大的手帕。

在她试图让自己冷静下来的时候，愤怒和悔恨让南美希风产生了一种寂寥感，仿佛置身于冰冷而平静的湖水上。

生命的无常萦绕在胸中，南美希风被冰冷的湖水侵袭着，虽然还没有沉入黑暗之中，但是他感受到了自身的极限，感受到了自己的无能为力。进入这种状态的南美希风，通常会浑身无力，目光呆滞地望向远处。

南美贵子曾经说这样的他，就像是对自己施加了某种心理暗示，快要进入梦境的感觉。

南美希风从少年时代就经常使用“梦的世界”这个词。他想把人的死亡当作永久沉睡的梦，但他也认为梦有很大的价值，甚至觉得梦具有启示的作用，无论怎样否定，那种感觉都没办法抹去。进入青春期以后，他曾认为这种情况属于幻想，事实却不是这样。梦中出现的话语，似乎真的富有启示性，有时甚至充满了意想不到的智慧，他不止一次被梦中的启示所救，仿佛重获新生。南美希风始终认为梦的世界可以依靠，并且是另一个现实。

在这个无情的俗世当中，老师乃至医生都有世俗的一面，而梦境开启的境界，却具有绝对的崇高性。正如某作品中有一句名言“梦想不是非现实的，而是非物质性的”。当他初次听到这句话的时候，不免欣慰。

南美希风并不认为梦的世界属于更高的次元。他觉得两个世界是相通的，互为表里的关系。如果无法做一个善良的人，那么梦中的对话就会变质，最终只会转化为自我陶醉式的逃避。

不过，要维持一颗善良的心并没有那么简单。

但这种想法本身不也是逃避吗？想要逃离丑陋的现实世界。

对于现实中的事物抱有善良和共情的心，这是否算是成长呢？南美希风每天都在探索这样的问题。

“基努婆婆是自己到院子里来的吗？”南美贵子问道，“还是说犯人是熟人，她是被诱骗出来的呢？”

短暂地沉默了几秒钟后，南美希风回应说：“作为凶器的剪子是基努婆婆的东西，那就有两种可能，其一凶手事先拿到了剪子，其二凶手指使基努婆婆拿着剪刀到院子里。我觉得第二种的可能性更高。”

“是要修剪花枝吗？”

“我们到达这里之前，雨就停了，她会到院子里来也不奇怪。只是我不明白为什么是那个时候。基努婆婆好像是去拿给流生的礼物，回到房间，在那之后，公惠去叫她并通知她我们来了，这时她却打算去院子里做园艺，有点不对劲儿……”

“不会是那个吧？”紫乃看着天花板，像吐出一口烟似的说了一句。

“天目琼花。”

房间里弥漫着愕然的气氛，所有人都没有理解这是什么意思。

是一种灌木吗……

“公惠，基努婆婆当时不是问过流生嘛。”

“是吗？什么？”

“问他喜欢什么颜色，就在回房之前。”

“啊，是啊，是这样的。”

公惠依旧还是不解。

“流生说喜欢白色。基努婆婆可能是打算将白色的花一起送给流生。基努婆婆被人袭击倒下的那里，有一株天目琼花吧？”

南美希风也回忆起了那个地方。池塘的边缘和巨大的点景石，还有比人都高的树上结出的白花。几朵五瓣的花朵围成一圈，给人楚楚可怜的感觉，那些湿漉漉的白花也染上了夕阳的颜色。

“估计是想用白色的花衬托吊坠……又或是将流生带到自己的房间，制作白色的插花吧。如果是这样的话……”公惠说着用大手帕擦拭着鼻子。

远野宫粗声粗气地叫道：“有可能的，公惠离开之后，基努婆婆就来到雨后的院子里。然后……”

南美希风这时插话道：“等等，那凶手是什么时候进到院子里的呢？”

“应该是一起吧。”

“凶手巧妙地避开公惠女士，等她离开后才出现，然后尾随基努婆婆走进院子。或许是跟着基努婆婆后边同行，或许是悄悄地跟在她后边溜过去的。”

“你为什么总是强调后边，有什么意义吗？”远野宫和南美希风讨论起来。

“没有凶手的脚印啊。没有基努婆婆走到天目琼花处的脚印，是因为凶手沿着基努婆婆过来的路线拖走的她。因为这样的路线最短，所以基努婆婆去时的足迹就被拖拽的痕迹抹去了。”

“也就是说，为了不留下脚印，凶手也必须沿着同样的路线过去。”

“没错。凶手和基努婆婆走的一条路线……这就是为什么现场没有留下凶手的脚印的原因。”

没有见过现场的南美贵子发出惊呼：“没有脚印吗？没有凶手的脚印？”

南美希风答道：“也不能说没有，有的痕迹很像是拖基努婆婆时留下的脚印。搬重物的时候要张开脚才能站稳的吧。”

“是啊。”

“拖拽基努婆婆留下的痕迹两侧，发现了很多椭圆形的凹陷。受到雨水冲刷过，只能看到凹陷和泥巴，无法当作是鞋底的形状取证。”

“要取证的确很难。”远野宫说出了自己从专案组那里得到的经验。

“那么，凶手靠近基努婆婆的时候没有留下任何脚印吗？”南美贵子向弟弟问道。

“是的。基努婆婆被袭击的地方，周围是既没有铺路石也没有草坪，旁边更是没有粗壮的树木，所以也不可能踩在树枝上。”

“可是……”远野宫转向南美贵子那边说，“你弟弟还提出了一个假设。”

“不是说凶手和基努婆婆走的同一条路线吗？”

“不是这个。”

“那是什么呢？”

“是池塘，姐姐。基努婆婆被袭击的地方就在池塘附近。池塘并不是很深，所以人也可以通过。就算踏入池塘，池底的泥被带起来也会再次下沉，而不会留下脚印。”

“你说凶手是从池塘里过来的……”

南美贵子喃喃自语着，南美希风接着补充道：

“只是假设而已，缺乏现实可行性。在不发出声音的情况下，穿过水池靠近基努婆婆，很难做到。基努婆婆的听力并没有那么差。而且，我也不认为凶手会站在水池中，面露微笑跟基努婆婆招手。那种情况太怪异了，马上就会遭到怀疑。所以，凶手接近基努婆婆的路径，应该不是池塘那边，而是小心翼翼地踩着基努婆婆的脚印，从后边跟上来的吧。”

“可是，池塘路线也不能完全否定。”远野宫接着说道，“警察也在验证这条路线。池塘的哪个地方，有没有人上来的痕迹，凶手要从哪里才能逃走，都是调查的重点。”

“不管怎么说……”远野宫继续说着，眼中闪着老刑警特有的表情，环视着大家的脸。

“通过搜索凶手的路线，就能搞清楚到底是内部作案还是外部作案。”

“内部？”公惠的表情一下子严肃起来。

“能从基努婆婆背后接近她，说明凶手就在屋子里。理论上，从外部侵入穿过院子也是有可能的，但应该还是在屋里的可能性更大。”

“这么说吧，凶手是在天目琼花处接触基努婆婆的。”南美贵子继续说道，“然后，抢了一把剪枝用的剪刀作为凶器……这不是有预谋的犯罪吗？使用随手拿到的凶器，怎么看都像是因为争吵而引发突发犯罪……”

“不好说啊。”南美希风思索着说道，“也许准备了凶器，但是那个剪枝用的剪刀刚好更顺手就用了吧。或者说刚好看到基努婆婆手里拿着剪刀，而这把剪刀正好符合犯罪计划。如姐姐说的那样，本来没有杀心，却不小心将人误杀了，也不是没有可能。”

说到这里，远野宫又插了一句：“从杀人动机角度分析，没有杀意的说法是不可能的。”

“从西上基努被杀的节点来讲，她刚要告诉我们对于调查有帮助的事，就被凶手杀了，不可能是碰巧吧。”

“这是杀人灭口。”南美贵子的语气中充满了愤慨。

“很难想象凶手是本打算说服基努婆婆闭嘴的，他一定是从一开始就动了杀机。”

南美希风继续说道：“前提是凶手知道基努要干什么。”

“另一种可能是凶手偶然间知道了她的打算。”

“在基努婆婆去摘天目琼花之前知道的吧？然后凶手就慌慌张张地跟在基努婆婆的后边。”南美贵子对弟弟说道。

“然后，五点四十分左右发生了案件。”

“是四十分之前吧。”

“为什么？”

“对照一下我们的记忆，五点四十分左右刚好下雨，过了五六分钟就停了。地面上的痕迹，刚好被雨水冲刷了五六分钟，而基努婆婆没有被雨淋湿。”

“五点四十分之前，基努婆婆被抬到屋檐下……凶手以时而仰面，时而侧身的姿势，拖动着基努婆婆的尸体。”

“不过，即使非常小心，凶手接近基努婆婆时还是留下了脚印，这场雨无法让痕迹完全消失。院子里的土壤本来就很湿润，会留下深深的足迹。而这痕迹，不可能被五六分钟的雨给冲没了。警察也是这么看的。”

“拖拽基努婆婆身体的时候留下的脚印，虽然已经变淡了，但是一定还残留着。”

“然后凶手把基努婆婆的身体从外廊抬了起来。基努婆婆在院子里用的拖鞋被丢在外廊下面，基努婆婆的身体被抬进了‘茶室’。”

紫乃叙说着自己的记忆。

“的确到处都是泥，脏兮兮的。”

“是吗？”远野宫的印象却有所不同，“我觉得泥渍出乎意料的少，不是非常黏稠。”

“刚被拖入室内时还挺明显的。”南美希风是这么想的。

榻榻米上的泥污，一直延伸到摆放在东墙的家具中央。那里有一个小收纳柜，一个小抽屉被打开着。

收纳柜的南侧，一米半左右的地方，发现了西上基努的尸体。

那里也有一个小收纳柜，基努婆婆上半身靠在上面，已经没了呼吸。抽屉开着一点，里面有张白纸，写着什么。似乎是死前留言。

“但是……”南美贵子紧接着提出了自己疑问，“凶手为什么要四处拖动基努婆婆的身体呢？”

远野宫对她说道：“大概是妨碍他制造密室吧。毕竟房间非常狭窄。”

“……嗯，是密室啊。”

南美贵子眯起了自己的双眼，像是在沉思着什么。

“和式房间里布置的密室，但是……”

南美贵子停顿了一下接着说：“凶手为什么要那么辛苦地将基努婆婆搬到‘茶室’呢。是为了把尸体关在密室里吗？这么做的动机是什么啊？”

“是个好问题。”远野宫抱着双臂，接过对方的话茬说道，“在那种情况下还执着于密室，首先从死法上也不可能会被认为是自杀啊。对于拖延尸体被发现时间也没有什么帮助，拉门轻而易举就能打开……如果说有意义的话，只能是自我满足了。如果不是这样的话……”

如果不是这样，这次的密室之谜就更加扑朔迷离了。

“而且制造密室的方式也很不寻常啊。”远野宫轻声说道。

3

“听说用的树枝？”

南美希风马上就在脑中构筑出了场景。

就在远野宫拆下的拉门旁的榻榻米上，放着一根带着红花的树枝。榻榻米与夕阳交相辉映，颜色融为一体，只渗出了一点花朵的红色……

“是石榴花。”

南美希风接着说：“比较粗的树枝，是茶室里配合插花用的装饰树枝。”

公惠默默地点了点头。

“正好利用了分叉的部分。分叉之前的那段，被用剪刀之类的东西剪掉了。”

“只留下了Y字形。”

“是的，被剪掉的树枝被扔在了花瓶到拉门之间的地方。两根枝杈是被倒着用的，形成了一个倒着的Y字，就可以用分开的枝杈各挡住一扇拉门，分叉抵住的位置可以是距离地面五六厘米的地方，插进去就能捅出两个一点五厘米的洞。”

南美贵子已经能想象到当时的场景了。

“那要刺穿拉门吧？”

“是的。只要有洞，就可以找一根线穿过洞系到树枝上，然后从外面拉动，就可以把树枝拉过去。总之，通过类似的办法就能伪装成只能从内部操作的情况。但是，那两扇拉门并没有发现有切口或开孔，所以没办法进行外部操作。”

“用来插花的树枝……”远野宫摸了摸下巴，轻声细语地说道，“还真是优雅的道具。”

“嗯……”

“插入树枝的是北边的拉门吧？”南美贵子继续追问道。

“嗯，就是我们打开的那扇门。西侧的拉门是用西洋剪刀卡住的，我没有碰，只是看了一眼。”

“西洋剪刀……嗯，是非常普通的剪刀。”

“是那种银光闪闪，非常厚重的类型。听公惠女士说，刀刃也非常锋利。”

“那个剪刀的用法，与树枝如出一辙。”

“从上向下，深深地插进去。刀刃的一头扎进门槛。与内侧的拉门接触，使内侧那扇门动不了。而另一头，扎进外侧的拉门。深深地扎在框上，不过从外面却看不出来。正如远野宫先生说的那样，那么简单的措施，只要想打开根本不需要时间，轻而易举就能做到，但是剪刀这边只能是在室内布置完成的。”

“窗户是怎么样的？”

“只有一个，因为外面有护栏，人无法穿过，就算是小孩子也不行。而且锁得非常牢，是日式风格的半月形卡扣锁。”

“可是……”远野宫稍加解释地说，“茶室是一间古风的日式房间，天花板和地板下面都有空间，就算修一条密道也不足为奇，专案组现在正在调查这件事情。”

“是吗？”

南美贵子突然沉思了几秒钟，又继续问弟弟：“推理小说里不是都有死前留言的吗？”

“那个死前留言啊。基努婆婆倚靠的收纳柜，抽屉被拉出来一半。那里装着书法用的纸，其中有一张不知是用泥还是别的写着什么，像是用手指写的。”

“写了什么，你看到了吗？”

南美希风点了点头说：“从被害人的角度看，像是平假名的‘し’，也可能是‘い’的左半边，当然，也可能是‘も’字写了一半，或者小写字母的‘t’的一半。”

“基努婆婆打开抽屉，想在白纸上写点什么……但那个时候的她，已经筋疲力尽了。”

远野宫遗憾地皱着眉头。

“到底想留下什么，根本没有办法判断。”

“你的第六感没有启动吗？南美希风。”

“不行啊。目前这个阶段还无法做出分析，现在不是着急的时候。”

“可是……”

远野宫像是想到了什么，说道：“如果不是一只手按住纸另一只手写字，指尖的泥痕也不会那么清楚。然而，那张纸上并没有其他泥污，如果是被从庭院里拖过来的，基努婆婆的手上应该有很多的泥，但抽屉的把手上，也没有泥污吧？”

公惠回答了对方的这个疑问。

“是基努婆婆的生活习惯吧。她以前是非常出色的用人，喜好干净，人又勤快，不怕麻烦，按照她的性格……如果想在纸上写什么，就会自然而然先擦干净手，手指脏了，至少会拿袖子擦一下，那个人……如果袖子也是脏的，就会再找一个合适的东西……”

“即使是在身体失去力量、濒临死亡的时候吗？”

“即使在濒临死亡的时候也会如此。”

公惠的点头动作，坚信对方会这么做。眼睛里带着淡淡的哀伤，望着前方，仿佛在怀念以前的时光。

“基努婆婆……如果是她，即使无意识地做出这种事情也不奇怪，没有什么不可思议的。倒不如说，这才像她……”

纷至沓来的思绪让她的声音略有颤抖。只见她低下头，双手“啪”的一声拍在了桌子上……

南美希风想起基努衣服上的污渍分布。腰带，臀部，乃至下半身的泥渍最为明显，腰部以下的两侧也同样沾满了污泥。

“擦掉手和手指上的泥污。”远野宫的口气里充满了怀疑，“打开抽屉，摁住白纸。用什么来写字的呢？好像没有时间找墨水了。基努婆婆就想到了用泥巴，于是用右手指尖沾着衣服上的泥巴……”

远野宫对自己的这个推论半信半疑。

“我认为是有可能的。”

紫乃觉得这个说法能说得通。

南美希风突然想到了什么，向公惠继续问道：“没有放置相关工具的抽屉好像也被打开了。公惠女士，那里连半张纸都没有吧，那会是凶手打开的吗？”

“这个我可不知道，不过，那个抽屉里一直放着一把剪刀，就是插在拉门上的那把剪刀。”

“只放着那把剪刀吗？”

“还有基努婆婆的药、保险证……”

“那就是凶手打开的抽屉。”远野宫的语气非常肯定，“凶手从抽屉里取出剪刀，用来卡住拉门，另一边则用的树枝。说不定，最初是为了将树枝剪成合适的形状才用的剪刀。”

公惠一脸茫然，轻声细语地说道：“石榴枝上的刺是刮下来的。”

从走廊上传来了一阵脚步声，随后进来的是大海警官和雾冈刑警。

两个人的表情凝重，目光深邃。

安川浩太郎也从餐厅探出头来，冬季子和流生仍然留在餐厅。

大海警官缓了口气说道：“为了方便大家配合我们，接下来我来介绍下案件情况。”

南美希风聚精会神地听着。

“首先是逃跑途径。收集整理各位的目击证词后，我们发现两个出入口，都被从房间内侧封锁了。理论上凶手是逃不掉的，从窗户逃跑也是不可能的。然后，我们对建筑物是否存在其他空间构造进行了调查，结论是完全没有所谓的密道之类的秘密通道。同时，天花板也没有被拆卸的痕迹，逃跑后再用胶水粘好是不可能的。”

人们不约而同地把视线投向雾冈，听他继续解释。

“屋顶乍看上去都是瓦片，其实那是形似瓦片的钢板，无法轻易拆卸，就算拆掉再恢复原状，也不是普通人能做到的，即便是专业人员，也不是很容易就能做到，需要耗费很多的时间完成。因此，从屋顶逃脱绝不可能。通风口也比普通的要更小，也可以排除从通风口逃走。

“墙壁也是一样的，我们尽可能谨慎地调查过了，根本就不存在隐蔽入口。房屋的结构也不支持这种可能性。

“这只是一栋普通的住宅建筑，也就是一般的民宅。”雾冈直截了当地断言道。

“从地板下面逃走的说法也被否定了。榻榻米是可拆卸的，但是下面的地板是用钉子钉死的。那些钉子已经锈迹斑斑，没有最近被动过的痕迹。尽管如此，我们还是掀开地板确认过了，下面铺满了耐热材料，也没有被移动的痕迹。再把下面外侧的地板揭下来，都是毫无痕迹的干净地面，而且非常自然，没有人工操作过的痕迹，地面也很干净，可能连老鼠都没走过。”

“这样一来，上面、下面、侧面都被否定，没有所谓的特殊出口。”

“时间上也有限制。”大海警官连忙说道。

“案发后的十到十五分钟，大家就抵达了现场。这么短的时间里，根本不可能做出复杂的逃跑计划，最多也就是普通地拉开门逃跑。”

说到这里，大海警官环视了一下大家的表情。

“不过，大家说拉门是从室内一侧固定住的。”

“是这样的。”远野宫凝视着大海警官说道，“我们进入房间的时候，没有人抢先进去，不可能在那时布置现场。而且，大家进来时都看到了那把剪刀。”

“或者是……树枝的问题？打开拉门的瞬间，树枝刚好掉落了下来，也许门并不是被树枝卡住的。有发现什么树枝以外的东西吗？或是其他的方法吗？”

紫乃扭过上半身说道。

“不会的。”远野宫紧接着说道，“是我亲自拉开的。当时的那种阻碍感，就在拉门重叠的位置，能感觉到是个有弹性的障碍物。”

“这个证言非常重要，我要再问一下。大家考虑清楚你们的证词，调查中不能出现偏差。”

大海警官用中指敲了敲鼻子，想要缓和下屋里紧张的气氛。

“不过呢，密室问题只要多分析证词就可以了。问题是怎么通过脚印的线索来锁定嫌疑人的范围。”

“嫌疑人的范围？”远野宫反问道。

“凶手可能是从池塘方向接近被害者的……”大海警官的视线一下子捕捉到了南美希风，“还有，试图通过拖拽被害者销毁足迹。综上所述，从常识上判断，凶手应该是家里的人。”

雾冈适时抓住了这个时机，补充了上司的发言。

“当然，也不排除外来者犯罪的可能性。就算不翻围墙，从玄关也可以进入。从正门到玄关都是石子路，所以不会留下任何脚印。但如果去其他地方，绝对会留下脚印的。而且，玄关门并没有上锁，可以随便进入宅邸。进来之后，站在走廊，有两个方向可以选择。左边就是案发现场的日式房间，右边是这个客厅和餐厅。从玄关到现场的距离相当远，外来人员入侵时要冒着被人发现的危险。因此，内部犯罪的推测更切合实际。”

“下一个研究课题……”

大海警官挺起胸膛双手叉腰。

“为了慎重起见，我们也不能忽视凶手是从池塘处接近被害者的假设。那个池塘的确可以通过，所以我们研究了能够进入池塘的路径和痕迹。”

远野宫急切地追问道：“鞋印呢？发生冲突的地方，有凶手的鞋印吗？”

“没有清晰的痕迹。拖拽基努婆婆的痕迹旁边，有类似脚印状的凹陷，但检测不出鞋底的纹路。另外，如果是池塘路线的话，甚至不会留下脚印。”

“怎么回事？”

“安川夫妇知道吧，池塘的东侧堆放着大大小小的点景石。如果从那里过去的话，就可以不留痕迹地来到草坪。当然，从草坪到池塘也是同理。那块地方是不定形状的草坪，类似高尔夫果岭那样的长条状，没有靠近围墙，从东面绕到南面的庭院，然后延伸到主房的西端。接下来，从草坪通向圆形石子铺的路面处，有个后门……明白了吗？再走池塘路线，就会回到家里。”

房间里一片寂静，南美希风也陷入沉思。

过了片刻，安川浩太郎说道：“那就是说……”他的声音有些紧张，“警察认为凶手就在这间屋子里吗？有怀疑我们的依据吗？”

“等一下。”还没等刑警回答，紫乃插嘴说道，“凶手留在地面的脚印会不会被雨冲刷掉了？警察先生们，就是比五点四十分那场更早一点的雨。如果在那之前，凶手就已经藏在房间里了，脚印也同样会消失吧？那样的话随便外边的谁都有可能作案吧？”

“这一点也讨论过了。”大海警官的语气非常礼貌，且充满自信，“四十分之前的那场雨，下得比较久一些。不过，五点十分就停了。是你们抵达这里的十分钟之后。从五点十分到案发时间的五点四十分之间，凶手漫无目的地潜伏在院子里长达三十分钟，显然是不合理的。虽然也不是没有接触基努婆婆的可能，但我们觉得可能性很低。”

“也许藏在房间里了。”

“这些到时都会被问到。比如，有没有听到奇怪的声音？有没有动过的家具呢？”

雾冈的语气更加强硬。

“简单地说，只要能够找出关键的嫌疑人，就不用一直问话了。”

“关键的嫌疑人。”浩太郎的眉间夸张地聚在一起。声音里流露出前所未有的严厉，“你是说我们都是嫌疑人。接下来，要把我们当嫌疑犯对待吗？”

“好啦好啦。”大海警官的嘴角微微上扬，解释说道，“冷静一点，这只是最基本的问话。”

“让我们不用生气，因为这是搜查的流程，所以被严厉地询问也不能生气吗？”

“既然没做亏心事，就没必要担心被调查。”

大海警官把视线从浩太郎身上移开，转向他的妻子公惠继续说道。

“夫人，可以请您先到别的房间吗？”

“啊？我……”

“请允许我根据新增的调查内容向您问话。”

4

南美贵子转过头去看向走廊那边，听脚步声应该是安川浩太郎。

公惠被带去另一个房间已经十分钟了。

浩太郎摇摇晃晃地回到起居室，“扑通”一声坐在椅子上。

由于担心妻子，他一直在走廊上徘徊，尽可能靠近刑警们临时办公用的会客室。

“嗯，通常警方问话时会说那种话吗，远野宫先生？”

浩太郎抬起微微下垂的苍白的脸，透过厚厚的眼镜片问道。

“哪种话啊？”

“被带去问话的时候，对我妻子说要是需要律师，可以向他们提出要求。”

抱着流生坐在桌子旁的冬季子和南美贵子、紫乃的脸上都蒙上了一层阴霾。

“还说，如果觉得对自己不利，可以保持沉默。这怎么都是审问的说辞。”

“他们也是干劲十足啊。”远野宫接着说道，“因此，才对人权问题格外慎重。”

“不只是我妻子被这样对待吗？所有人都会被告知这个吗？那我多少就放心了……不，但还是不能理解，非常气愤。您觉得我们之中会有凶手吗？”

“至少刑警现在是这样认为的吧？”

“可是，谁都不可能是凶手啊。”紫乃离开椅背继续说，“作案时间是五点四十分左右，那个时间大家不都在这个房间里吗？公惠女士去通知远野宫先生到了，回来之后就没有人离开过……”

南美贵子好像想到了什么。

浩太郎也忐忑不安地皱起眉头，同样像是想到了什么。

“当时没有人离开这个房间吧？”

远野宫和南美希风交换了一下眼神，心情似乎非常沉重。

“不过，安川先生。”他赶紧解释说，“警方认为有一个人还不能确定。”

“是谁？不确定什么？”

远野宫微微抬起头来，仿佛要给自己下一句话营造气势。

“夫人，只有公惠的不在场证明，不太确定。”

“怎么会这样……为什么？”

“推定的死亡时间通常都是一段时间之内。五点四十分左右，是推定时间的中间值，五点三十分也很有可能是案发时间。这个时间，有可能来到基努婆婆身边的人是谁呢？”

“怎么可能……”

南美贵子心里一阵紧张。

“所以啊，安川先生，警方的着眼点也不是没有道理，当时是公惠女士去通知基努婆婆，后面发生的事只是警方的假设。为了告知基努婆婆我们已经到了，公惠往‘茶室’方向去了。然后，靠近来到院子里的基努婆婆背后，夺过剪枝的剪刀，将其杀害。再若无其事地回到客厅。”

浩太郎沉默了一会儿，眨了两三下眼睛，然后转过头，看着远野宫。

“可是，时间也不够啊。我妻子出去后一两分钟就回来了啊。布置密室也是需要时间的吧？她没有时间布置密室啊。”

“是啊，那个……”

南美希风想要说什么，远野宫连忙回应道：“嗯？有什么问题吗？”

“啊，没有，对不起……我刚有了一个想法。”

“什么想法？”

“就是密室的意义，凶手制造密室的动机。”

“制造密室的动机？”南美贵子顿时想起了三重密室的动机，然后问道，“跟不在场证明有关系吗？”

“可能会有关系。”

南美贵子偷看了一眼浩太郎，为了不让他的情绪失控赶紧解释道：“说到底，只是假设而已。”

“我只是单纯地探讨案件，安川先生，请您原谅。”

浩太郎摘下鼻梁上的眼镜，抚摸着自己的额头，低下沉重的脑袋。

“制造密室的动机和不在场证明。”远野宫把之前的话强调了一遍，“是和时间有关吗？”

“是的。由于没有时间制造密室，所以安川公惠的不在场证明能够成立。为了给她创造不在场证明，同伙就进行了密室的布置。”

“公惠回到客厅以后，同伙再继续作案。”

“在下雨之前，将基努婆婆的尸体拖回屋内。然后，使用剪刀和树枝等工具，花了很多时间制造密室。在此期间，只要公惠女士不让其他人接近现场就可以了。”

“这样说起来的话，还真是一个不错的搭档。”

“可是……”

浩太郎连忙反驳远野宫说：“哪来的同伙？其他人一步也没有离开过这里，那么同伙只能是从外面进来的，但警察又说是内部人作案。这不是自相矛盾吗？”

“同伙的确不在这里。”

南美希风接着远野宫的话说道：“但是，如果有同伙策应的话，无论是潜入和隐藏都会变得轻而易举吧。比如事先将同伙带入家中藏起来，再设计好逃跑路线。通过合作就会大大提高犯案的稳定性和可行性。”

“你是说警察觉得我妻子有共犯吗？”

远野宫冷静地回答道：“说到同伙，外部侵入者才是主犯。或许警察觉得公惠女士只是受到指示，仅仅是从犯而已。”

这番话对浩太郎似乎并没什么作用。

“没问题的，浩太郎先生。”冬季子安慰着浩太郎。她的声音恰到好处，具有安抚人心的作用，使人暂时摆脱迷茫。

“公惠女士是不可能杀人的，也绝对不会参与犯罪，是吧？误会很快就会解开，正式的调查也会展开的。”

流生好像是肚子饿了，变得不再安静。

“基努婆婆，你在哪儿啊？”他那黑溜溜的眼睛环视了一下四周说道，“还没回来吗？”

原本平静的冬季子，表情变得悲伤起来，只能用力抱紧儿子。

南美贵子也无法保持沉默了。

“你就没有别的推理了吗？南美希风。”

紫乃耸了耸肩膀打趣地说：“比如说我才是凶手。”

远野宫“哼”了一声大声说道：“南美希风，这次的密室留下了很多的线索。从犯罪现场的状况往往可以看出犯罪者的状态、心情、思维。这种密室本来也不常见，线索如此之多的现场，肯定是发生了凶手没有想到的意外。我想循着这个思路找出突破点。”

“说得没错，这个密室留下的线索非常关键，说不定就会成为突破口。”

“线索，也就是说……”南美贵子追问道。

“落在现场的花，用树枝别住的密室门……如果只看布置手法，甚至有点唯美主义的倾向。在血腥的犯罪活动中，却营造出这样的氛围，确实少见。凶手到底是怎么想的……”

“当然是凶手拿到的工具只支持他使用这样的方式，没有选择的余地吧？”南美贵子说道。

“如果凶手这么做的原因是工具的原因，那么就没必要探讨工具的问题了。”

“有点不对劲儿。就算工具是顺手拿的，但是密室的用处呢？或许……凶手没有准备制造密室……只是一时兴起，才布置出的密室……”

南美贵子突然觉得，凶手大概是瞬间想到的，将插花用在作案上面。因为是即兴想到的，准备时间很短，所以才会紧张。尽管如此，凶手还是没有留下痕迹地从密室中完美消失了，就像在嘲笑搜查人员的想象力……

凶手使用了什么样的诡计呢？凶手是有犯罪的才能吗？

“而且，我怎么觉得这个案子有点不太对劲儿。”

“不对劲儿？”

“什么意思？”

“指的什么？”

“……时间吗？时间……留给基努婆婆的时间？”南美希风自言自语地说道。此时，走廊里传来了几个人的脚步声。

首先进来的是公惠。浩太郎见到垂头丧气的公惠，一下子就从座位上蹦了起来，主动迎了过去。只见公惠的脸上露出了忐忑不安和紧张的神情，她的脸色比丈夫还要苍白。

大海警官和雾冈刑警站在门外。

公惠躺倒在椅子上，用依赖的眼神抬头看着丈夫说：“说是要去警察局。”

浩太郎猛地回头看向走廊，目光死死地瞪着刑警们。

“只叫她去？那我们呢？”

大海警官赶紧回答道：“暂且，请夫人协助我们吧。”

“是接受审讯吧？”

“她是自愿接受审讯。传唤不代表就有嫌疑，请您理解。”

“嫌疑……”

浩太郎的表情顿时僵住了。

“公惠不会杀人的！”

他显得有些激动，可能是马上就想到要用道理说服对方，于是深吸了一口气，仿佛是在整理思维与心情。

“如果我妻子尾随到院子里去了，那鞋子怎么办呢？她放在玄关的鞋子检查了吗？检查出院子里的污泥吗？”

“没有污泥。”雾冈用低沉的声音回应道，“不过，也可能是清理掉了，或者根本没穿这双鞋子。而且脚底上沾着泥的只有您夫人一个人呢。”

“那是她发现茶室有异样，为了打开那扇拉不动的拉门，才踩在泥地上的。”

“虽然可能是这样，但是这已经成了深入调查的证据，希望大家能够理解。”

“指纹呢？”浩太郎像是自暴自弃似的提高了声音说道，“凶器上有我妻子的指纹吗？”

“没有可以采集的指纹。不过，也有可能是外部人员作案，一切都还处于调查阶段。”大海警官接过话题继续说道，“安川公惠，为了证明你的清白，明天还请多多关照啊。”

微微前屈的远野宫，抬眼看向大海警官说：“到了明天，尸检解剖结果的数据就齐全了，到时就会真相大白的。”

大海警官握住门把手，将门开得更大一些然后说：“要是能真相大白就好了，但愿能找到凶手的线索。”

5

车里一片沉默。

他们在蒙蒙夜色之下，驶向旧黑宫邸建筑施工资料所在的吝家。

南美希风被夹在南美贵子和远野宫中间，坐在后座，闭目养神。

雾冈刑警坐在副驾驶，开车的是一个叫土肥的年轻刑警。大海警官暂且回了搜查总部，负责基努案件的初期调配，冬季子、流生、紫乃三人则坐在紫乃驾驶的车上，跟在前车后边。

南美贵子看着弟弟的侧脸，感觉他又要进入梦境了。他的思绪一片混沌，虽然吸收了现实部分，却又是支离破碎的状态，但是，当表象被层层剥去之后，就能看清蠢蠢欲动的本质。他仿佛正处在这样的状态之中。

南美希风有时会用“黄昏下的国度”来形容他的这个状态。据说，小说《德古拉》的出版人布拉姆·斯托克，将只有在做梦时才能抵达之处叫作“黄昏下的国度”。

南美贵子不止一次问过弟弟梦到了什么。他说就像濒临死亡时的状态中，只能感受到光和声音一样。而在梦里，几乎得不到听觉方面的信息，而视觉能感受到的大多是抽象的事物。南美贵子能够理解他的说法。在理性和合理性的背后还有一个世界，那里面呈现的影像，不正是德·基里科，以及马格里特的画中描绘的那样吗？可以自由地提取无尽的意象，但是也正因为如此，对事物的理解就会变得随意和任性。从某种意义上说，与信息提供者建立对等、直观的信任和默契，是必要的。

但是，在南美贵子看来，这种精神感应更接近于心灵感应和神灵启示，过于抽象，属于神学的范畴。

但是，只要弟弟觉得有用就行。

实际上，南美希风一直在用这样的方式获得救赎和实感。南美贵子和家人也经常被他的灵光一闪拯救。

另外，在家人没有照顾南美希风的时候，他也会依靠某种契机，自己振作起来。从他刚懂事的时候开始，就懂得了生命无常的道理。常年与死神做伴的情况下，为了不让自己的世界观崩塌，寻求某种精神上的寄托是必须的。

南美贵子断定弟弟现在的身体没有问题，他正在寻找自己需要的东西。移开视线以后，她回想起着案件和调查的细节，陷入思考。在西上家，为了印证安川公惠的陈述细节，所有人都被问了两三个问题，但是并没有发现新的线索。

虽然安川公惠的嫌疑也没有增加，但也没能证明她的清白。无论怎么考虑，南美贵子都不认为安川公惠会杀害西上基努，那两个人是老朋友，也已经一起度过了漫长的岁月。她们既是朋友，又是家人，完全无法想象那对老姐妹之间会产生杀意。

而且对公惠来说，没有比这更痛苦的事了吧。正当她为基努的死哀叹的时候，却被怀疑成凶手。被怀疑，被调查，那种感受……

就没有别的办法了吗？南美贵子长叹了一口气。这时，车里传来了雾冈刑警的声音。

“累了吧？南美希风。”可能是从反光镜里看到了一直闭着眼睛的南美希风，然后他接着说道，“全身心投入案件的我们，是有一点累了，但还不至于困倦。”

南美贵子毫不畏惧地回敬了一句：“我想，把无辜的受害者当成犯罪嫌疑人的人是无法理解这种疲惫的。而且，他又不是在睡觉。”

“哦，外面一片漆黑，还用得着闭眼睛吗？”

远野宫吃力地摇着肩膀，接过话题：“是在闭目养神吧？”

南美希风闭着眼睛说道：“在集中注意力的同时，让视网膜变暗，才能触及各种各样的刺激。”

“你集中精力就能向我们展示出优秀的推理？我也能那样的话，就轻松了。不巧的是，我只能睡六七个小时。闭上眼睛的时候，我可指望不上有助于案件解决的灵感闪现。”

“刑警先生，其实视网膜在黑暗中得到休息的时间比您想象的更长哦。”南美希风依旧闭着眼睛。

“此话怎讲？”

“除了睡眠，您白天也在无意识地进行着这一行为。”

“闭着眼冥想怎么会是无意识的呢？”

“我想说的是眨眼。”

“什么？”

“人眨眼的时间相当长。一分钟平均眨眼二十次，一小时约一千两百次。雾冈刑警一天睡六个小时的话，清醒时间就是十八个小时，一千两百乘以十八……两万一千六百，就会眨眼两万一千六百次呢。”

“嗯，次数很多，但是，时间很长吗？”

“一次眨眼，仅有零点二五秒，合计的话……五千四百秒，有一个半小时呢。也就是说您在白天会有一个半小时的时间切断外面的光线，并在那段黑暗中看到什么吧。”

如果把“视网膜睡眠”集合起来，就会出现连续的梦吗？南美贵子提出疑问的同时，想起南美希风以前曾经说过的话。当记录着现实片段的幻灯片运动起来，就像现实一样。但是因为黑色的外框，把画面隔开了，相当于切断了信息流。当黑色的框架出现在观察者的视野中时，视觉信息就会变得有序，观察者就会出现感觉看到了下一帧的错觉。

也许眨眼也起着同样的作用，南美希风说出了自己的想法。眨眼是用来给画面做框架的。这是为了让现实世界看起来更连贯的，在意识中有序的断层。所谓的现实就是思绪的连续性，也可以说，那是眨眼带来的错觉……那么，真实的连续性在哪里呢？或许，只要窥视光栅，穿过缝隙走到内侧，就能抓住这个世界的全貌。

眨眼，就是那个黑色的条纹……

眨眼是白日梦的片段。

梦境的片段不断积累，就会与另一端的理性世界接壤。

当她回想起弟弟说过的话时，南美希风突然“呼……”的一声连续吐气。

“我刚才发现了新的线索……”南美希风突然睁开双眼，“刑警先生，能够听一下我的想法吗？”

“你是刚做了一个打发无聊时间的梦吗？”

“不，是对基努事件的分析。”

车里的空气立刻紧张起来。

南美希风接着说：“是全新的理解。”

南美希风的决绝态度让空气变得凝固。

看雾冈没有回话，南美希风就继续说道：“如果方便的话，麻烦您听一下。”

远野宫接过话头说：“我们没有权利阻止你的推理，更何况是全新理解，听了也没有损失，我倒想听一听。”

“我也想……”

没等南美贵子说完，远野宫便催促道：“南美希风，说说你的想法吧？”

“我的观点是没有人杀害基努婆婆。”

所有人都愣住了，南美希风接着说道：“西上基努会不会是意外死亡？”

这个听起来十分大胆的见解，令在场的所有人都惊愕不已。

土肥刑警用力握住方向盘，雾冈刑警则大声叫道：“你说什么？”

南美贵子再次重复地说着：“意外死亡……”

远野宫思考片刻后也开口说道：“你的意思是说那根长长的剪刀刺中基努婆婆是意外，凶手将其伪装成了密室杀人？”

“不，自始至终就没有凶手。”

“不，可是……”

“要是凶手真的存在，时间上就会发生矛盾。”

“什么矛盾啊？”

“基努婆婆好像用尽全力想要留下什么信息，也就是所谓的死前留言吧。手指沾上泥，想在白纸上写点什么……那个时候凶手并不在场。”

“凶手要是发现她的行为，就会马上阻止她。”

远野宫接过了话头，仿佛经他这么一说，那个场景被形象地描绘出来了。

“信息不是被毁了吗？”

南美希风继续说道：“我们暂且假设基努婆婆是等凶手离开以后，才想要留下信息的。她想留言的时候，凶手已经不在现场了，那么凶手从进入房间到离开用了多长时间呢？将基努婆婆拖进茶室，然后开始布置密室。剪下树枝插在拉门上，再把剪刀扎进去，然后以某种手段逃出密室。经过认真搜查仍然无从下手的密室布局，难道这么容易就能做到吗？就算凶手进行布局之前，头脑里已经有了方案，要把它变成现实，无论如何都需要一定的时间。”

“我不认为凶手能够如此轻松地脱身。”远野宫表示赞同地说道。

“在凶手作案的几分钟里，基努婆婆没有发出一声呻吟吗？”

“呻吟声……”

“如果听到什么声音，凶手马上就会注意到基努婆婆还没死，便会再给她补上一刀，而不是觉得她迟早会断气就放任不管。要是不管的话，万一基努婆婆被人发现的时候没死透，那么她就会把凶手的形貌，以及真相都告诉目击者或警察。这样一来，耗费时间和精力布置密室不就白费了，就连凶手自己可能都会被捕。因此，凶手非常有必要确认基努婆婆是不是死透了，而实际上也一定会这么做的。那么，基努婆婆会一声不吭地忍受剧痛继续装死吗？”

短暂的沉默之后。

“胸口插着剪刀……当时一定非常痛苦吧。”南美贵子一边想象着一边继续说道，“她能够保持不动，毫无表情吗？我觉得人类是做不到的。已经超越了意志界限，身体会自然做出反应的，受伤后的她一定非常痛苦和害怕。”

听到这里，雾冈以无所谓的语气说道：“被害者可能已经失去意识了。”

“如果没有意识的话，那更会自然地呼吸吧。”

“嗯……那就是一种假死状态，外行是看不出来是不是还活着的。”

“凶手离开后，基努婆婆就从假死状态中醒过来了吗？你的意思是她清醒后在非常短的时间内做出行动，然后就又断气了吗？”

“那么，”远野宫连忙反问，“你认为基努婆婆的死是意外还是自杀呢？”

“不可能吧。”雾冈立刻坚定地反驳道，“如果不是谋杀的话，又是谁把基努婆婆的身体拖走的？啊？南美希风先生？那个痕迹的意义非常重要啊，是构成谋杀的重要依据。”

“是啊。”远野宫也非常赞同雾冈的观点，“那个痕迹给我留下了深刻的印象。这个线索的含义显而易见，基努婆婆是仰面被拖走的，除此之外还有别的解释吗？”

南美贵子突然感到一阵忐忑不安。

“其实冷静分析的话，地面上的痕迹也有可疑之处。”南美希风开门见山地说道。

“哪里呢？”雾冈有点迷惑不解地反问。

“有腰带的痕迹。”

“腰带？”南美贵子倏地抛出了自己心中的疑惑。

远野宫继续回应道：“腰带的结在和服背面正中的位置，而它的拖拽痕迹位于整道痕迹的中央。基努婆婆和服上的带子也非常脏。南美希风，腰带的痕迹有什么问题吗？”

“被人仰面朝上拖拽的时候，背部是不会紧贴地面的吧？”

啊？

南美贵子又感到一阵困惑。

后背不会紧贴地面吗？

“请想象一下，拖着仰面朝上的人，要长距离移动的时候，比较常见的姿势是将双臂伸到被拖拽者的腋下，往上拽吧？”

“没错。”远野宫表示同意地说道。

“然后呢，被拖动的躯体的背部就离开地面了吧？”

远野宫“嗯”了一声，表示听起来很有道理。

南美贵子也能想象出那个画面。

“这样的话的确没有贴在地面上。拖拽人体的时候，重心往上提会比较轻松，所以尽量要将被拖拽物抬高。”

“结果，被拖拽的人的肩膀就变高了。虽然不会抬得特别高，但起码腰带是碰不到地面的。”

雾冈突然开口说道：“有同事也对这一点提出过质疑……但拖拽人体的姿势和方法不止一种，也不一定是从腋下把胳膊伸进去。”

“还有其他方法吗？”

“比如从上面抓领口，极端的情况下还会抓头发吧。”

“抓着穿着整齐的和服的领口，然后提起来吗？基努婆婆的领口可没有被拉扯过的痕迹，头发也非常整齐。如果不是职业摔跤手，或者举重选手，没有人会采用这样的方法。还是说准备了绳索，绑住基努婆婆往前拖呢？”

雾冈闭上了嘴，南美贵子打破了短暂的沉默。

“不过，如果没被拖拽，又是怎么回事呢？地面上还留有腰带的痕迹，的确是基努婆婆的身体留下的痕迹。”

“那是基努婆婆自己移动留下的痕迹。虽然有些不合理，但那是仰面爬行的痕迹。”

“爬行……”

“脸朝上，用手肘和脚跟爬行……”

“为什么要这样爬行呢？”提出这个理所当然疑问的是土肥刑警，“匍匐前进才是最轻松的爬行方式吧。”

“因为胸口插着一把利刃。”

两名刑警同时身体一震，用动作惊呼一声。

当然，远野宫和南美贵子也呆住了。南美希风的观点的确新颖，也给他们提供了一个新的视角。

“大概是在胸口上方吧，刀身刺入体内而刀柄是在外边的。在这种情况下，能够匍匐前进吗？体力、腕力强壮的人，或许可以挑战一下，用手臂撑着身体爬行。但是基努婆婆是个年近八十岁的老太太，而且当膝盖接触地面或地板的时候，身上穿的和服就会限制动作。唯一安全的方法，就是侧卧或仰卧。”

如果姿势稍微倾斜，剪刀柄的前端就会碰到地面……光是想想就一身冷汗。不只是地面，在移动过程中，也有碰到自己手臂的风险。这段行程是多么无情又痛苦。南美贵子心里思忖道。

“可是……”雾冈刑警的声音里已经没有了几十秒前的气势，“有脚印啊，在那痕迹的两侧，有像脚印一样的凹陷……”

“那是基努婆婆手肘留下的痕迹吧。她用手肘撑在地上，挪动身体。”

远野宫长叹了一大口气。

“因为有几分钟的集中降雨，轮廓已经模糊了。”南美希风紧接着说，“拖拽重物时踏出的脚印，以及为了移动自己的身体，用手肘撑在地面上留下的深印痕……这两者之间是有相似之处的。从这一点深入考虑的话，那个脚印应该是脚后跟的痕迹。基努婆婆脚后跟的痕迹，好像有强弱变化，一会儿变粗，一会儿变细，那也是用脚跟交替蹬地的缘故吧。”

车内顿时陷入一片沉默之中。

雾冈刑警用拳头抵着额头。

“那么，剪刀刺进去也是……”远野宫稍稍起身，把视线转向南美希风，“基努婆婆被那把园艺剪刀刺伤，也是意外吗？”

“只能这样认为了。为了给流生剪一朵白花，基努婆婆去了院子里。然后，找到好看的花，正要去剪下来的时候，因为地面湿滑，不小心跌倒。剪刀在手中改变了方向，掉落地面时正好插在了她的胸部。”

“雾冈先生。”土肥刑警急忙看向副驾驶座，“岩石上的痕迹。”

“啊……”

远野宫突然探出身体问道：“你在说什么？”

雾冈赶紧扭过身体说道：“西上基努摔倒的附近，有一块很大的点景石，在那块石头上有一块非常小的、新的痕迹。我们觉得可能是搏斗造成的，难道那是……”

“是园艺剪刀撞到的痕迹吗？”

“摔倒在石头上……”南美希风缓缓地抚摸着自己的嘴唇说，“有可能啊。手部触地受到冲击，乃至握着的剪刀的方向发生了改编，冲着稍后即将落下的身体那侧，由于体重产生的惯性无法停下来，胸部就迎了上去。剪刀在插入胸部的时候，剪刀握把与手部发生了剧烈的移位，导致指纹和掌纹都没留完整，才没有办法检测出来。”

“和服上，好像没有大量喷出血迹。”雾冈刑警像在回忆当时的情况缓缓地说道，“没有血液飞溅的痕迹。”

远野宫补充说道：“地上一片泥泞，并不是搏斗的痕迹啊。”

“那是基努婆婆脚下一滑，为了控制身体平衡而留下的痕迹，也是摔倒后痛苦地扭动身体留下的痕迹。如果假设有犯人，就会被当作是没有留下脚印的打斗痕迹。”

雾冈刑警突然说了句“不”，他反驳的声音多少又恢复了一些气势。

“现在就断定没有凶手还为时过早吧，远野宫先生。拖拽痕迹之外，还有更大的谋杀证据，就是密室。如果没有凶手的话，是谁布置的那个密室呢？是那位年近八十岁、几近濒死的老人做的吗？是这个意思吗？南美希风先生。”

压抑的思绪被瞬间打开了，随后，传来了南美希风肯定的声音。

“是的，是基努婆婆拼命布置出来的一间密室。”

“什么？”雾冈把话又咽了回去。

南美贵子的心中也充满了惊讶。

南美希风以平静中略带忧伤的语调说道：“没想到基努婆婆的想法起了反作用，弄得大家晕头转向。”

“基努婆婆的想法？”

“是的，远野宫先生，我认为那间密室里蕴涵着西上基努的遗愿。”

楼群的灯火在背后闪烁，低矮的山影逐渐向眼前逼近了。

银杏树的林荫道非常宽阔。放下车窗的时候，有银杏的香味和夜风一起飘进来的季节，似乎还非常遥远。

“南美希风，我们来梳理下你的推理。”远野宫接着说道：“握着剪刀的基努婆婆脚下一滑，倒在院子里的景观石上，剪刀尖刺进了她的身体。由于跌倒事故引起的动作，在地面上留下了痕迹。”

“基努婆婆是向后仰面跌倒的，至少，是类似的姿势。和服正面几乎保持着干净，就说明了这一点。基努婆婆发现胸口刺进了剪刀，想要回到房间里，但是却无法站起来。也不可能用让剪刀接近地面的姿势爬行。因为意志力或手臂力量稍有松懈，身体的重量就会落在剪刀上，那样可能死得更快，而且穿着和服爬行，膝盖很难活动，所以，基努婆婆决定仰面躺着在地上爬过去。”

“都没有呼救一声，唉。”南美贵子说着一阵心疼。

“胸口插着剪刀，不能大声说话，距离起居室还有一段距离，只是移动一下身体，就会引起剧痛。”南美希风把手放在胸前感同身受地继续说，“基努婆婆当时肯定知道心脏受到了致命一击。她认为比起出血，最重要的是拯救心脏，所以，她的目标是茶室的药。”

“心脏的药吗？”远野宫像是想起来什么似的说道：“公惠女士说过，药放在收纳柜的抽屉里。”

“那里就是基努婆婆的目标。回到房间最短的路线就是来时的路线，因此无意中抹掉了自己的脚印。仰面移动速度很慢，令人焦急，她就换成侧卧的姿势，这个姿势累了或是感受到了疼痛，就再换回仰卧的姿势。她就这样重复着，忍受着痛苦，回到了廊檐下。她留在地面的痕迹，在下雨后就变得模糊了。”

土肥刑警不失时机地问道：“她爬上外廊的时候，总不能是背身的姿势吧？”

“应该是侧身，或者相似的姿势吧。进入屋内会触碰到室内家具，她用袖子或什么东西擦掉手上的泥污，这是基努婆婆长年养成的习惯。公惠女士也说过基努婆婆就是这样的人。”

南美贵子回想起公惠说过的“即使是在临死前”的那句话。

“从泥污的情况推断，拉门当时是开着的。基努婆婆回到茶室以后，直接爬到放药的收纳柜那里。”

远野宫接着说道：“从泥巴的痕迹来看，没有问题。”

“刑警先生。”这是南美希风在呼叫雾冈，“现场验尸的时候，检查过基努婆婆的舌头下面了吗？”

雾冈用了几秒钟，整理了一下记忆。

“不，没有。验尸的法医还没检查到那种地步。”

“在进行解剖之前，会仔细检查的吧？请务必确认舌下有没有药片。如果我的推论是正确的，应该能找到一些融化的药片残留。”

“嗯……”

“还有，门框和剪刀上的指纹怎么样呢？有明显的基努婆婆的指纹吗？”

“这有点不好说。有一些不是特别清晰的指纹，门框和剪刀上有西上基努的指纹也是理所当然的，而且还附带一些泥污，不是指纹采集的最佳条件。目前判断凶手有可能戴着手套擦拭过这些地方。”

“那么，这样就不能否定是基努婆婆自己布置密室的说法了。”

“从目前的物证来看，是这样的。但是，你的说法存在一个很大的疑问，就是动机。”

远野宫也连忙回应道：“基努婆婆只不过是遭遇了一场意外，为什么她在死前还要制造密室呢？”

“就是这里。”雾冈刑警会意地接着说道，“一个临死的老婆婆为什么要制造密室？是为了伪装什么吗？不，那个年代的女性，一个极为普通的老婆婆西上基努会有密室的概念吗？”

“如果是一般情况的话，正如您所说的。我也不认为基努婆婆会仔细揣摩密室犯罪的细节，并且会为这些想法付诸行动。但是，最近一段时间，西上基努被卷入了密室杀人事件的旋涡。密室是什么，它意味着什么，也听我们说过好多遍。我们之前交谈的时候，曾经感叹道如果尸体是在内侧封闭的室内，那就只能认为是自杀或者意外了吧。”

雾冈刑警沉默了。

远野宫也静静地听着南美希风的解释。

“基努婆婆出事前不久，刑警先生也去调查过吧？”南美希风继续说道，“因此，吝一郎密室杀人事件理所当然地占据了基努婆婆的大脑。而且，凶手没有抓住，吝家的人都会被怀疑。在这样的背景下，基努婆婆最后终于下定了决心。”

“什么决心？”

远野宫仿佛意识到话题进展到了关键时刻。

“这只不过是一场意外，不要给吝家人添麻烦。我要是就这样死了，会被人误会是一起杀人事件。”

“被误会是一起杀人事件吗？”

“服用了药片之后，基努婆婆想到了什么呢？她觉得自己尽全力做了能让自己得救的事。她这时已经没有爬到客厅的力气和体力了，只能期待有人能过来救助自己，出血程度也只能听天由命。但是，基努婆婆最大的不安还是心脏。因此吃过了药，剩下的也只能是听天由命。基努婆婆在这时花了一点时间审视降临在自己身上的事情和状况。”

当然，这些都是在极度的痛苦和忐忑不安中的……想到这里，南美贵子简直就要崩溃了。

“胸部插着一把剪刀。会不会被误以为自己是被杀害的呢？如果自己死了，那就是杀人事件。一切就从这个想象开始。”

“基努婆婆认为这里不能发生杀人事件，若是发生杀人事件，必然就有杀人凶手。警察就要搜查凶手，那吝家人和安川夫妇都会被看作是嫌疑人。”

“啊……”南美贵子的喉咙里传出了惊讶的声音。

远野宫闭着眼睛，低下了头。仿佛感受着基努脑中的思维。

“一郎先生被杀，吝家人本就很痛苦了，现在还要被怀疑。不能再让自己的死给别人添麻烦，如果认为我是被杀的，身边的人就会因谋杀而被调查，会更加痛苦了。”

两名刑警也沉默了，像是在追寻这位老婆婆的内心世界。

“那个时候，在西上宅邸的人有吝家的紫乃小姐，还有流生，他是继承了亥司郎的血统，被视为心肝宝贝的唯一的孙子。当然，还有住在一起多年的老朋友安川夫妇。基努婆婆不愿意让他们背上杀人嫌疑。”

只是因为这样。

“她的头脑浮现出不会被认为是谋杀的方法。如果死在从内侧封闭的房间里，就不是他杀了吧。这句话在基努婆婆的脑海中回荡良久，最终她决定付诸行动。”

“密室……吗？”远野宫轻声细语地问道。

“心脏会停止跳动，还是逐渐恢复，这是没办法预料的事情。但是，自己稍微还有一点时间。基努婆婆决定利用那点时间把自己锁在茶室里。窗户上有锁，就只剩下拉门。基努婆婆在拿药片的同时，看到了抽屉里的剪刀。想到可以利用剪刀，另一侧的拉门，则用通过剪刀联想起来的树枝。”

“那把剪刀的刀刃上，附着了植物的汁液。”雾冈刑警在这里补充了一些情报，“就是用那把树枝剪下来的吧。”

“这样啊……基努婆婆拼尽全力将树枝和剪刀插入拉门和门框上。但要是想从外面打开的话，根本没有任何阻抗力。因此，如果有人过来救助自己的话，也不会造成延误。对于基努婆婆来说，自己被救当然最好，但是如果没有如愿，这就变成了有着特别意义的密室了……”

这就是被温柔地封闭起来的密室的意义，浸润在悲伤之中的南美贵子默默地接受了。

“考虑到付诸行动时，仰面朝天的动作的确效率不高，有点勉强。估计是直立身体行动的。因此，榻榻米上没有留下污泥的痕迹。制造出密室之后，忍受着几近崩坏的心脏，基努婆婆还想到了另一种方法，那就是用笔记录下情况。”

雾冈刑警在喉咙深处咆哮着，并用拳头砸了一下大腿。

“意识恍惚的基努婆婆强忍着痛苦让身体移动，想用泥在白纸上写下真实的情况。虽然把我和远野宫先生叫到家中，是有什么想告诉我们。但是，在她临终前考虑的却是传达自己死亡的真相。于是，她想在纸上写下一个‘じ’字，这个表示意外的‘じ’。基努婆婆最后想说的是这是一次意外，所以不要怀疑任何人。”

南美贵子情不自禁地闭上了眼睛。

被封在密室里的老婆婆的遗志，正从房间里侵袭而出，洗涤着每个人的心底……

在只能听到引擎声的车内，南美希风接着开口说道：“那白纸上的文字当然是给我们的信息，但是更重要的是那个密室房间，就是基努婆婆用全部身心向我们传达的信息。那才是……豁上性命的遗言。”

南美贵子心想那个老婆婆在被死亡召唤之时，脑子里会浮现出什么呢？没有亲人，以侍奉吝家为信条，以自己的过去为荣……她或许会想起刚刚见过的吝流生的脸。西上基努将少年的笑容藏在心底，踏上了去见亥司郎的旅途。

“基努婆婆，托付给我们的信息……”说着，南美希风白皙的眉间浮现出一缕皱纹，“我们没有读懂。基努婆婆根据她对身边发生的密室杀人事件的了解，留下了非常简单的讯息，只要是密室就不是他杀。但是，作为接收信息的我们，受到三重密室杀人事件的影响，被连续杀人作案的疑虑影响，只会与之联想到一起。没有考虑到自杀或意外的情况。”

沉默了一会儿，远野宫开口说道：“雾冈刑警，我们应该再谨慎一点，尽快验证南美希风的推断，如何？”

雾冈以稍显做作的慢动作，伸手去拿对讲机。然后，他向调查本部的警员们，做出了一些具体的说明。尸体的口腔内可能有药片，外廊上如果有西上基努的指纹或掌纹，应该都可以推断出她的动作和姿势，等等。

6

晚上九点。

暑气笼罩的夜晚，斉二郎来到了庭院里。不，该说是被迫出来的。

为什么自己要做这种事，他的胸中很是不满，因此对着二楼窗户说话的声音，也夹带着一丝不快。

上条春香从窗户探出头来，就是她叫二郎到院子里去的。

“你确定是引擎的声音吗？”

“是的。”

春香的声音从上方传来。

“现在什么声音都没有。”二郎主要靠听觉接受外部信息，但他此刻没有捕捉到任何的声音。

春香回头向屋里的玉世确认后答道：“只是在三十分钟前听到过

一次。”

不久之前，玉世说有个声音让她特别在意。只是一瞬间的声音。不，正因为是一瞬间，所以才觉得可疑。据说那个声音是从窗外传来的，好像是汽车引擎发出来的。

玉世的房间下面，稍微靠西一点的地方是一间车库。二郎现在就站在那附近。

三十分钟前，刚好是山崎兄弟要回家的时候。玉世以为有人开车去送他们，但是后来又听说给他们兄弟叫的出租车。那么，刚才那种像是只踩下了油门，又马上停止的声音到底是什么呢？

是有人搞错了，想开车去送山崎兄弟吗？不过，如果想把车开出去的话，引擎的声音还会继续。为什么只有那一下呢？

还是说那不是汽车发出的声音……

虽然不是什么大不了的事情，但是不知为什么总是很在意，玉世就向细田和诹访询问是否有人发动了车子，但是两个人都说没有发现这样的事情。明明没有人去碰过，为什么会听到引擎的声音呢？

如果跟汽车无关，那又是什么声音呢？玉世有些在意，这事不久传到了上条夫妇的耳中。然后，春香就觉得有必要去看看车库周围有没有异常情况。

听到西上基努被杀的消息，玉世受了不小的打击，变得意志消沉。她的脸色苍白，一脸痛苦地闭着眼睛，大家都很担心她。春香觉得至少要消除她的顾虑便这样做了。如果调查之后什么事都没有，或许可以让玉世稍微放心一些。

当拜托二郎去外面看看的时候，二郎皱起眉头说道：“春香，你可以让你老公去啊。”

“但是，利夫的身体状况实在靠不住，我也是没有办法。神经敏感的上条利夫，又跑厕所里蹲着去了。”

上条夫妇听玉世说了这事之后，没过多久，利夫就跑厕所去了。恰巧这个时候，前来看望玉世的二郎就成了唯一人选。春香坚持要求他去确认一下，二郎没有办法只得同意。

拿着像武器一样的白色盲杖走在草坪上的二郎，内心想必十分复杂。既有不安与不快，也有些许的亢奋，如果能够完成这项任务，多少能得到一点他人的尊重。

另一方面，居然把这种可能会有危险的勘查工作交给一位盲人，春香的做法有些鲁莽或是欠缺考虑，但是她没有把二郎当作残疾人，反而表现出了对二郎的信赖。

或许春香觉得盲人在黑暗中会更有利，比较适合这项工作。于是由二郎负责听，她站在二楼窗边向外观望。

二郎一边听着一边思索着二楼的光能照亮多大面积呢？反正一楼是没人去的小仓库，平时都不会亮灯。

空中残留的雨云，让夜空更显幽暗。

二郎停下脚步侧耳倾听，听听周围有没有什么不寻常的迹象。

根本就没有什么引擎的声音……

因为有风，听不到更加细微的声响。只能听出草坪波浪起伏，树叶在枝上摇曳，还有虫鸣这样的“风景”，具体细节就不知道了。

二郎用白盲杖一步步地摸索着，缓慢挪动穿着凉鞋的脚。

“车库的卷帘门是关着的吗？”楼上传来春香的声音。

白色盲杖触到了卷帘门，顺势向下滑了一下，碰到了车库的一角。

因为已经掌握了大体位置，二郎顺着感觉移动着身体，弯腰用指尖摸索着卷帘门的把手，是那种凹陷的把手。二郎用手指勾住把手，将卷帘门提了上来。卷帘门被卷起来的瞬间，隔开内外的防御墙消失了。即使知道不会有什么意外，身体也会不由自主地紧张起来。

没有急促的呼吸声，也没有人跑出来的迹象。

车库里有可以停三辆车的空间，现在只停了一辆轿车和一辆板式货车。

二郎用白盲杖往最左边试探了一下，碰到了轿车，停放在中间的是板式货车。好像车没有被谁开出去过，或者曾经开了出去又放了回来。

二郎挪步到轿车前面，伸出右手摸了下引擎盖，略带温度的触感，不能确定是引擎转动过的余温……还是错觉。在这个闷热的夜晚，仿佛什么都裹着温度。

走了几步，又摸了摸车身的侧面。感受不到与引擎盖之间的温差。也就是说，没有办法确定是否有人发动了车子的引擎。

他又试图拉开驾驶座的门，发现是锁着的。二郎再次将听觉和皮肤触感发挥到极致，一边敏锐地洞察着周围，一边想象着令人毛骨悚然的画面。有人一直躲在车库里，此刻正屏住呼吸，坐在驾驶席上，眼睛不眨一下地盯着他的行动……透过薄薄的车窗，浮现出凶手那雪白的面孔，有种一触即发的紧张感。或者那人正站在车库某处的黑暗中，瞪着冷酷的双眼，就像蜡像一样面无表情，身体里充满随时都会袭击过来的爆发力……

二郎呼了口气苦笑着。

而现实中并没有什么奇怪的地方，那些情景只是自己的胡思乱想罢了。

板式货车也没有任何异常，他在车的周围挥动着白色盲杖，那里仍然是空无一物。

二郎回到外面，放下卷帘门，把脸转向二楼的窗户。

“没有异样，引擎也不热。”

春香赶紧复述了一遍，为了让玉世听得更加清楚。

二郎点了点头，绕到了春香视线死角的车库南侧。

挥着像触角一样的白盲杖，动用全身所有的感应功能，小心翼翼地走着。

能听到的只有风声，无法靠声音捕捉到人的气息。而且，也听不到风撞到异物或绕过它的声音。

二郎绕过车库，慢慢地向宅邸走去。他的心跳似乎比自己想象的更加强烈。

凝神静听……

这个时候，隐约听到了那个声音。

引擎的声音？

好像从远方传来了汽车行驶的声音……

在各二郎拉开车库卷帘门的几分钟前，南美希风心不在焉地注视着车窗外的夜色。道路是没有铺设完成的斜坡，估计就快到吝家府邸了。这里完全看不到民宅的灯火，只有树木的影子重叠在一起，任由深邃黑暗在窗外无尽延伸。

雾冈刑警开口说道：“如果尸体在坚固的密闭空间里，是不是该优先考虑自杀或是意外……”

这句话在南美希风听来，像是在自言自语，远野宫却对此给出了回应。

“也有例外。”

“呃？当然，也有一些特殊情况。比如受害者为了摆脱凶手的追击逃到某个房间后上锁，在室内被下毒之类的。不过，这种情况就会使用所谓的物理密室诡计。通常完美的密室，都会在室内设置机械道具用来杀人，或者考虑从密室外将对方杀害。不过，在不同于小说和电视剧的现实世界，出现在密室里的尸体，一般都是自杀或意外死亡。”

望着窗外的南美希风接着说：“可是潘多拉的盒子已经被打开了。”

“潘多拉的盒子……”像是在琢磨神话中出现的词汇，南美贵子轻声地重复着。

“凶手可以反过来使用尸体所具有的意义。在犹如禁地的盒子里，可以做很多的手脚。如果用神话来比喻，就像是普罗米修斯带来的火种，会在人间广为传播，并且呈现出独创性和多样性。”

南美希风又把头转回了前方。

“近代推理小说的雏形，据说来自一八四一年的埃德加·爱伦·坡的《莫格街凶杀案》。有趣的是这里描写的犯罪，正是我们所知的密室犯罪。而且，据说爱伦·坡是从现实中发生的密室犯罪中得到了灵感而创作的这部小说。”

“现实中发生的密室犯罪吗？”雾冈刑警紧接着反问道。

“十九世纪初，在巴黎的蒙马特，一个女子死在了距离地面近二十米的顶层公寓中。死者被刀从前胸穿透后背，窗户和门都是从内侧上的锁，钥匙也还插在锁孔上。壁炉的烟囱非常狭窄，即使再瘦的人也不可能出入，没有被盗的物品，也没有仇杀的迹象。”

“那件事情最后怎么样了呢？”南美贵子连忙追问道。

“一直都是未解之谜，如今已经过去了两百年。”安静的车内只能听到南美希风的声音，“以现实中的不可能犯罪为原型，写出了历史上首部侦探小说。在那个瞬间，现实和虚构还存在着脐带联系，可以说是只有一个潘多拉的盒子。然而，《莫格街凶杀案》的诞生，变成了一个分水岭。潘多拉的盒子逐渐呈现出了两面，就是现实和虚构。在虚构的世界中打开潘多拉的盒子，其内部要素就会以惊人的速度和数量，向世界喷发出去。用令人眼花缭乱的魔法改变人们的意识，以人们的智慧为食。盒子没有关闭，困扰人类智慧的枷锁就会不断涌现。密室杀人的故事也随之无穷无尽……当然这是指的虚拟世界，所以把产生新事物的盒子关闭本身就是一种罪恶。整个世界都会笼罩着一层感性和知性的终结之色。”

南美希风稍微平静了一下，继续说道。

“现实的世界中，已知的密室杀人的概念也被潜移默化地扩大了，恶意使用普罗米修斯火种的智慧也在逐渐进化，将密室杀人伪装成自杀和意外的诡计也时有发生。但是，基努婆婆的密室，却回归了神话时代的本质。或许，在潘多拉魔盒被打开之前……在密室中死亡的时候，不是意外，就是自杀。密室是不含任何杂质的圣域，那种纯粹的姿态是基努婆婆用尽最后一丝力量创造出来的，而这个圣域本身就是基努婆婆的遗愿。”

装载了基努婆婆纯粹的思想，仿佛被夕阳停住了时间的那个密室空间，就是圣域……南美希风对此深信不疑，但是，他并没有疏忽对于每个观点的验证。

结束了上一话题的南美希风，又开始了关于“意外或者自杀”的讨论。

“那么，作为可能性来说，也不能忽视基努婆婆是自杀的。”

“基努婆婆，自杀？”南美贵子倏地露出一脸不能接受的表情。

“想象一下动机，也不是没有可能啊。”

“什么动机？”

“基努婆婆，本打算跟我们说一些事情。脑中徘徊着想要说出来的内容，那是原本是打算一直隐藏到死的秘密。那个秘密有可能会导致与他人关系的破裂，所以基努婆婆的内心在激烈地挣扎着。说出这个秘密，可能会使调查有很多突破，但是与此相反，也是一种背叛的行为。到底该不该说呢，基努婆婆非常迷茫和痛苦。”

远野宫接着说道：“所以，在院子里戳中了自己的胸口吗？”

“是的。但是基努婆婆马上就后悔了，对生命又产生了眷恋。为了服下治疗心脏的药，她努力爬回了茶室，然后制造了一个密室，留下了自杀的遗言……”

“自杀通常不会用那样的方法吧？”雾冈刑警赶紧表示否认，然后接着说道，“女性用刀具类自杀的时候，大部分会选择脖子周围。不会用剪刀去刺结实的衣服，因为不太容易实施。况且西上基努年事已高，也不具备那个条件。用剪刀穿透衣服一击致命，不太现实。”

“而且，时机也非常不合理。”远野宫也提出了自己的意见。

“我不信她会选在流生少爷做客时自杀。基努婆婆将少爷看得很重，非常在乎两个人在一起的时间。即使这个时候突发癔症，也不会想要结束自己的生命。如你说的，南美希风，只要是会给安川家，乃至斉家带来麻烦的事，她是断然不会做的。”

“是的，我也这么认为。”南美希风深表赞同地说道，“她不会将流生也卷进自己的死亡事件中。”

“这一点毋庸置疑，南美希风。基努婆婆不是自杀，而是意外死亡。”

“不再考虑一下他杀吗？”

远野宫的脸上露出了疑虑的表情，好像在说不是已经讨论过了吗。

“通过以上的推理，也不是没有他杀的可能。”

“不会吧……”

“说实话，我不希望基努婆婆的死是他杀。因为我不想承认基努婆婆的死是因为我们没有充分保障她的人身安全。这样的心理状态会使我变得盲目。因此，希望专业的刑警们能尽力地调查真相，不管是意外死亡的断定，还是排除他杀的嫌疑……都请你们根据科学搜查做出判断。”

“伪装成意外死亡不太可能吧。”远野宫的语气中略带着一丝安慰，“南美希风，你的推论很有逻辑，几乎就是真相，根本没有杀人凶手的可乘之机。”

“是啊。”南美贵子也确信地说道，“的确不可能啊。冒着随时都有可能被发现的风险，设计如此周密的伪装，痕迹也处理得面面俱到，这不是正常人能够做得出来的事。这么复杂的准备，一旦掌握不好时间，布置密室时就会被随时赶赴现场的人们目击。”

南美希风把后背和后脑勺靠在座位上说：“我最信赖的那部分感性也说一定是意外死亡……”

车子右转进了一条小路，这是专为吝家开辟的小路，道路两旁的树丛近在咫尺。车灯扫过黑暗的右边，很快就会看到吝家的围墙了。

“如果警方也认可意外死亡的可能性，那就请解除安川公惠女士的嫌疑，让他们安心吧。”

南美希风闭上眼睛，按他的话讲就是眨眼吧，漫长的眨眼……

眨眼的那一刻，视网膜上立马就浮现出那个房间的景象，洒满了明亮的枯叶色的光。那个悲剧性的、优雅的日式房间……

“这是西上基努婆婆余烬生命留下的讯息。”

南美希风突然把手搭在自己的胸前，想着自己的心脏停止的那一刻前，又能够做些什么呢?

下一次，也许就是自己濒临死亡了吧。

在那之前，活着的自己能够做些什么呢？能留下一些什么……

“密室本身就是死亡讯息吗？”远野宫的嘴里兀自嘀咕着，仿佛在感叹着什么。

“插花的枝条就是一杆笔。”说出这句话之后，闭着眼的南美希风又无意识地轻声说着什么。就像是被人问话，一边持续深入地分析对方的问题，一边轻声地回答着对方的提问。

“密室是有含义的。”

车灯的光里浮现出吝家的石墙，没过多久就看到了后门。

“果然一个记者都没有啊。”雾冈刑警悻悻地说道。

大门周围没有人影。这么晚的时间，又是不起眼的地方，没有守候的采访团也不足为奇。注意力都转移到了西上宅邸事件了吧。

土肥刑警下了车，推开双开的门。两块门板竖着并立在那里，虽然不高，但是宽度却有几米。

雾冈刑警换到驾驶席上，从门口慢慢地开进去。

这时，土肥刑警做出了一个奇怪的举动。他没有走向副驾驶座位，而是快步靠近驾驶席。黑暗中的那张脸混合着怀疑、惊讶、困惑与焦躁。

“雾冈警官……”他隔着车窗说道：“我好像看到了火焰……”

“火焰？”

“就在那边？”

土肥刑警指向漆黑的宅邸。是窗户，一楼的窗户。

室内没有亮灯，窗户处也一片黑暗……

就在那黑暗中，闪烁着橘黄色的光……摇晃着……

车子缓慢前行，雾冈刑警和车内的所有人都目不转睛地盯着那里。

“是火啊。”雾冈刑警突然满面惊恐地说道。

没错！室内有火焰燃烧。

“那个窗户，那里是……”雾冈愕然地叫道，“是图书室的窗户！”

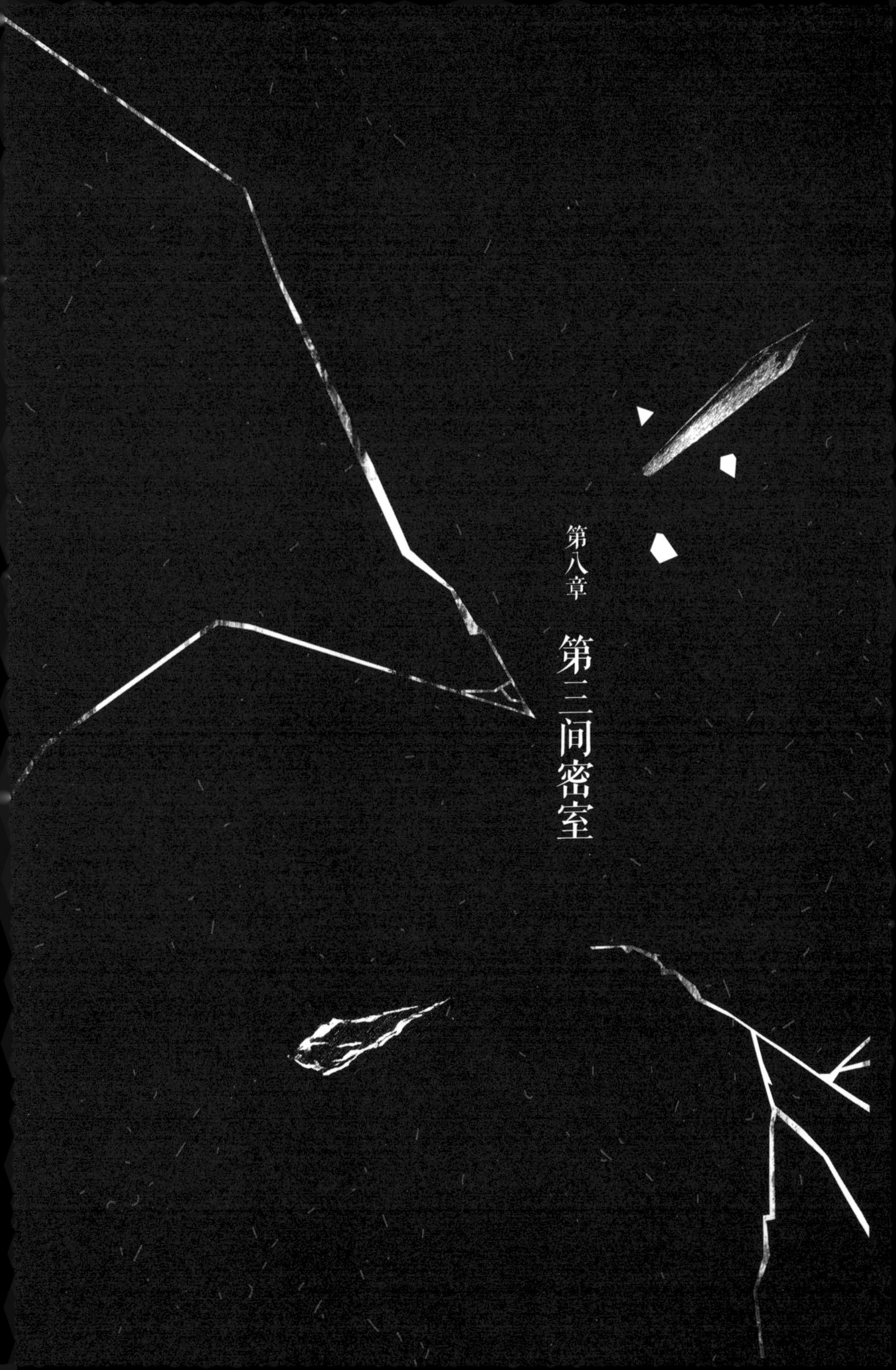

第八章

第三间密室

虽然南美希风也一时难以置信，但那确实是火焰。火焰虽然非常小，但室内有什么在燃烧着……

“不会吧……”紧张起来的远野宫立马探出自己的身体，“地下密道的设计图？”

“会不会被烧毁了……不，可是……”雾冈刑警一边手足无措地说着，一边驾驶着汽车。他把土肥刑警留在外面，让他沿着小路一路先跑过去查探，自己则把汽车停在了宅邸的常用便门附近。

除了身躯庞大的远野宫，其他人都第一时间跑了过去。一阵骚动扰乱了闷热的夏夜。

南向的便门左侧就是图书室的窗户，再往左的草坪处有一个车库，南美希风在那附近发现了一个人影。

那人本来正向南美希风等人的方向走来，但在跑向便门的一行人的惊扰下，他停住了脚步。

原来是吝二郎。

周围昏暗，加上他戴了墨镜，从远处看不到他的表情。他好像正在疑惑大家为什么慌张。南美希风的脸上也闪过一丝疑惑。这么晚，吝二郎为什么会在外面？而且还是在出事的图书室附近。

但南美希风很快就抛开了这些疑惑，他一边跑着，一边朝着二郎大声地喊：“图书室里着火了。”

“啊？”

二郎惊讶地转头面向房屋，然后疑惑地仰起头看向二楼的窗户。屋里亮着灯，两个女人将上半身趴在窗台上，探出身体看向外面。是上条春香和诹访凉子。春香在一脸诧异地说着什么，但听不太清楚。

总之，现在必须赶紧处理。

南美希风认为这不只是单纯的失火，更像是有人纵火。

正如远野宫所说，目标应该是标有隐藏密道的旧黑宫邸的施工图。火焰非常的小，是刚刚被点燃，还是已经快要燃烧殆尽了？

“可恶！”雾冈刑警怒吼着打开便门，一边骂着，一边把鞋子从脚上踢开，一口气冲进了走廊。

南美希风也做着同样的动作。后面跟着南美贵子和远野宫，土肥刑警也紧随其后。

他们径直跑到D走廊上，经过右手边的舞台房间，直到尽头左转。

雾冈宛如蒸汽机般不断吐出愤怒和焦躁的气息，一路狂奔。南美希风紧追其后。沿着走廊走了片刻向左拐，前方就是图书室的门。周围的景象清晰地映入眼帘，就在那一瞬间，雾冈和南美希风都停住了脚步，呆呆地站在原地。

笔直铺设的地毯呈现着浓重的暗红色，就像吸收了黑色液体一样的红色，显得门的颜色要比其他的地方红。

在那条红色的走廊里，最引人注目是一件白色衬衫。昏暗的灯光下，以红色的门为背景，白色的长袖衬衫非常特别。

穿着衬衫的男人背对着图书室的门，坐在走廊上。两腿微微分开，向前伸展，低垂着头，像是睡着的样子。但眼前的一幕绝对是异常的。

一种不祥的预感涌上心头。南美希风的心悸已经传递出紧急的信号。

从瘫坐在地上的男人身上感觉不到一丝生气，皮肤下没有脉动的迹象，连头发都没有了呼吸带来的颤动，虽然睁着眼睛，但却没有眨动一下，身体已经呈现死后僵硬，他已经死了……

众人一时无法看清这个男人到底是谁，南美希风调整了呼吸，把视线集中在那人的脸上。刘海下的额头、鼻梁……因为对方低着头，他看了许久，也还是没有认出是谁。

南美希风在喉咙深处发出了疑惑的声音。

是谁？不知是怎么回事，竟然有陌生男子死在了吝家宅邸。追赶上来的南美贵子也惊讶地停下脚步，前面两个人站在一起宛如一道墙挡住了去路。就在气喘吁吁的南美贵子还在观察周围情况的时候，雾冈刑警往前走了两三步。看到眼前难以接受的场景，他的侧脸更加严肃起来。然而，数秒之后，他的面容开始变得扭曲。

“间垣！”他立刻冲了过去，跪在那个男人身旁，撕心裂肺地喊着。

“喂，间垣！你怎么了？”

南美希风这才知道了那个男人的身份是警察，留在图书室看守的警察。被派到这里之前，他应该一直在看守玉世的房间，是唯一留在斋家的警察。

他上身没有穿制服，但制服裤子还在，警帽也不见了。

间垣看上去二十多岁的年纪。没有出血的痕迹，虽然睁大了眼睛，表情上却看不出一丝痛苦。他脸上那种奇异的表情，既不扭曲，也不惊恐，那种平和反而让人感觉奇怪。从某种意义上讲，这与西上基努临终时的表情甚至有点相似，但又不完全相同。他的表情充斥着困惑，像是对自己的死感到惊讶。当时一定是发生了让他难以置信的意外状况，但是他并没有被强烈的恐惧感和痛苦袭击过的痕迹。

这位专业的警员究竟遇到了什么？到底是什么人袭击了他？为什么他没能阻止？他的死因又是什么？一串的疑问在脑海中萦绕，但思考这些与观察周围的环境，都是在电光火石之间。

“间垣巡警！”

雾冈晃了晃这位警员，忽然停住了手。对方的肌肤没有任何温度，眼球不再湿润，能够看出他死亡已久。

雾冈咬紧牙关，紧握的拳头因悲叹而颤抖，眉间卷起了悔恨的褶皱。这一切只是十几秒的事情，从门前跑到这里也只经过了十秒钟左右。

为了让战战兢兢地凑过来的南美贵子，还有气喘吁吁跑过来的远野宫和土肥刑警知道这里发生了什么，南美希风向雾冈问道：“是在这里站岗的刑警吗？”

紧咬牙关的雾冈沉重地点了点头。

土肥刑警突然失声惊叫道：“死了，他死了吗？”

“是的。”

南美希风再次看向那位被害者，他这个时候才注意到。

“警官先生。”

“嗯？”

“脖子后面有针一样的东西……”

“什么？”雾冈刑警连忙看向间垣的身后。

有根银色细金属针插在他脖子后面中央偏上的位置，看上去有几厘米长度。被刺进去的位置没有出血，但那根针应该已经深深地扎进了皮肤组织的深处，贯穿了大脑或者脊髓。

“这就是凶器吗？”雾冈气喘吁吁地说道。

土肥刑警接着追问：“被针刺中要害身亡？”

“看起来是这样的。”

土肥刑警当场惊愕得说不出话来，南美贵子也因为连续的惊吓而脸色发青。

这时，还在调整呼吸的远野宫焦急地说道：“雾冈，图书室里还在着火。”

雾冈这才反应过来，僵硬地站起来，向土肥刑警招了招手。两人将这位警察的遗体小心翼翼地放到旁边。

必须抓紧时间，火可能正在蔓延。这么想着的南美希风掏出手帕握住门把手，但转不动。

“不行，锁上了。”

无论怎么摇晃把手，门都纹丝不动。

位于图书室的东侧，面向右手边的门是唯一的出入口。

“钥匙呢……”

雾冈和土肥在巡警的口袋里翻找，但什么都没有找到。

“只能破门而入了。”

离开遗体的两名刑警，让南美希风让开，站在门前。那是一扇以左侧的合页为轴，向屋内打开的门。刑警们配合默契地向门踢上一脚后，发出了巨大的声响。

对于门的阻挡，刑警们的脸上霎时露出了痛苦的神色。但他们随后又更猛烈地向门踢去。

“吱嘎”的一声响，传来什么东西被破坏的声音。门和门框之间出现了一条缝隙。

下一脚踢上去，滑动锁的螺栓变得弯曲。远野宫看着缝隙不由大吼：“可恶！怎么又是密室！”

第四次，门猛地被踢开了。

图书室内熊熊燃烧的火焰发出的亮光，射进众人的眼睛。焦臭味扑鼻而来，卷着热浪打在脸上。

起燃点在正前方偏左的桌子上。正面纵深方向立着狭长的书架，左边靠近窗户的地方放着一张桌子，桌子上还放了一把厚重的椅子，周围堆着厚厚的书。现在熊熊燃烧着的正是那些书。在冲天的火焰和烟雾中，黑宫府邸的图纸资料也正在慢慢消失吧。

屋内没有开灯，却已被红色火焰照得通红。屋内深红色的地毯、椅子上的红色皮革、全套书籍的茶色封面以及桌子上铺着的朱红色桌布，所有的一切都被染上了火焰的色彩。在那间通红的房间里，只有火焰披着它本应有的颜色，凌乱狂舞。

但是，眼前的热浪与火焰带来的冲击，只让众人惊讶了片刻。被火柱和浓烟旋涡淹没的那一瞬间，南美希风敏锐地捕捉到了屋内的动向。

墙壁上的一部分突然关闭了。那是靠近入口的右侧墙壁，面积和门差不多大小，迅速关上，只留下了一点缝隙。

雾冈刑警好像也看到了，立刻就向那边大声喊道："混蛋！"

"这里应该没有隐藏的密道啊。"

根据雾冈查看设计图资料的记忆，这个房间好像没有设置密道。大海警官也这么认为，所以才提议将资料放在这个房间里保管。

可是现在，暗门就在眼前。

墙壁上的门还没有完全闭合，而且就在刚刚，门还在动，试图关闭起来。窗户上有铁栅栏，门从内侧上了锁，这就意味着……

"别想逃！"

雾冈刑警在浓烟和炙热中蜷缩着身体，向暗门冲了过去。南美希风用手挡住热浪，也反射性地跟在后面。

"土肥！"雾冈向背后大喊，"灭火器！把火灭掉！"

庆幸的是屋内左侧墙角处放着一个灭火器。正在环顾四周，同时发现了灭火器的土肥，穿过热浪，直接向那边跑去。

图书室的墙壁贴着红色的墙板。那些墙板嵌在墙壁里，被纵横交错的装饰间柱隔开。每一块都隔成了房门大小。其中之一就是那道暗门。暗门的开闭方式与通常的门相同，以右侧为轴向屋内打开。没有把手或者手指可以扣住的凹陷处，不能从屋内打开，估计只能用隐藏的开关控制。雾冈用力地拉开门，向里面望去。南美希风也从刑警的背后向里望去。厚厚的石墙被挖出一个方形的洞，一条陡峭的石阶通向地下。石阶的下面是深邃的幽暗。这是一个狭窄的空间。

身后传来咔嚓一声，像是什么东西散落的声音。南美希风回过头来，发现是燃烧着的椅子坍塌在了桌子上。

南美希风避开火焰，放低身体靠近那里。椅子的一条腿快要从桌子边上掉下来。他迅速握住没有被烧着的那端，靠近椅面的那一端正在燃烧着，刚好可以当火把使用。

南美希风转过身，回到暗门前。火焰映射出的影子在眼前晃动，仿佛是那道暗门正在向他招手。

往下走了一两步的雾冈刑警，察觉到了光亮，回过头来。看到是火把的光，又看到了拿着火把的脸，正要说些什么，南美希风制止了他，抢先开口说道："如果遇到凶手还得靠警察，所以你得解放双手。"

虽然雾冈有些犹豫，但是远野宫的巨大身影紧贴在南美希风的身后。他充满了威严的眼神和态度仿佛在催促说："快点走吧！"

扭过头的远野宫，向身后的南美贵子继续说道："南美贵子小姐，你去找细田把手电筒拿过来，然后让土肥刑警带着手电筒，追上我们。"

南美希风没有看向姐姐，而是跟在雾冈刑警的身后走下楼梯。他知道南美贵子一定在用关心自己的眼神看着这边。为了避免事后被骂，还是慎重行动比较好。南美希风在内心告诫自己。

三人离开正在喷洒灭火剂的房间，向未知的幽暗中走去。

地板下面的楼梯通道略宽一些，可以容纳两人并肩而行。台阶是用岩石凿成的，与墙壁一样。岩壁上没有涂砂浆，也没砌石，而是保持着挖开的状态，在岩盘中形成一条通道。

“有股难闻的味道。”远野宫不快地哼了一声。

南美希风站在雾冈刑警的左后方，拿着燃烧的椅腿，照亮靠近墙边的脚下。因为火把在靠近身体的地方，雾冈刑警会被灼热炙烤。

用于照明的火把，效率出奇的低，根本照亮不了多大的面积，更何况南美希风手中的火把小得可怜，只能照亮前方两米左右的距离，再往前就已经一片漆黑，完全不知道有什么在等着他们。雾冈刑警凝神细看，用脚试探着，小心翼翼地向前走。

三个人都屏住了呼吸，提高警惕。在空气沉闷的黑暗中，即使不情愿，恐惧也会被本能激发。

走下石阶，通道变得平坦了。

“不觉得有些向下倾斜吗？”远野宫的声音在地下空间回响着。

好像是个斜坑，越往前走，越向下延伸。

潮湿的空气充斥着皮肤和鼻腔，令人不快。通道的地面湿漉漉的，墙壁的岩石上还渗着地下水。虽然脚下照着亮光，但是头顶上还是浓厚的黑暗，给人一种强烈的压迫感。

为了不让火光熄灭，南美希风不时调整椅子腿的角度。随着他们不断前行，地面变得又黑又湿，黑暗就像是从地下涌出来的一样。

在黑暗中，比起眼睛，耳朵更适合用来勘探前方。他们需要时刻警惕着有没有人潜伏在左右。可能是紧张的缘故，南美希风感到有些呼吸困难。

令人毛骨悚然的斜坑还在延续。

“这是要下到地狱去吗？”雾冈不快地吐出这样一句，接着又发出了“嗯？”的疑问声。

脚步突然停了下来。

“怎么了？”远野宫赶紧轻声地追问道。

“这个。”雾冈盯着地面上一块黑乎乎的东西说道。

南美希风赶紧将火把靠近地面。

“是蝙蝠。”

虽然像是一块扁平的石头，但确实是一具蝙蝠的尸体。

“嗯……”远野宫倏地皱起了自己的眉头，“是蝙蝠，而且死了。”

“是刚刚死掉的。”

说着，雾冈用锐利的目光看向前方，摆出前进的架势，继续向前走去。

紧张的气氛更加高涨。

南美希风也紧绷了神经，做好了要么拼命逃跑，要么殊死搏斗的准备。肌肉和肾上腺素在此刻被全面激活，这种充满野性的肉体反应，还是第一次，脖颈上的动脉都在偾张。

身上充满了渗着汗液的紧张感……

接下来会出现什么呢？难道只有吞噬一切的黑暗吗？

除了自己的脚步声，听不到任何声音。

南美希风猛然意识到自己的心跳在加速，他的呼吸有些困难，即使肺部全部张开，也无法正常呼吸。这不是心脏的问题，难道是过度紧张导致的身体反应吗？

“啊！”雾冈刑警突然全身一震，呆呆地站在那里。南美希风也停下脚步，他也看到了前方的地面上有什么。

在岩盘上凿出的地面，光亮可及的范围内，出现了一双人类的脚，这个人像是趴在地上。

“嗯……”远野宫大口呼了口气，他也感到了呼吸困难。

走近定睛细看，果真是人，是一个趴在那里的男人。

另外还有一个发现。

“路到了尽头。”

没错，地下秘道已经到头了。就在倒在地上的男人的前方，岩壁挡住了去路。还有，墙壁上画着东西……

“这是什么？”远野宫也注意到了。

雾冈刑警屈膝对倒在地上的男人大声喊道：“喂！”

墙上被用粗糙的技法画了一个十字图案，因为光线太暗看不太清，但大概是用红色油漆刷上去的。而且，十字图案的下方是一个箭头，指向地面。或许是刚画上去不久，靠近还能够闻到油漆的味道。

但是，不管它有什么意义，那个图案只会带来傲慢、轻视、冷酷的戏谑感。

或许是把这块石墙当作了墓碑，刻上了这个十字架。并且，昭示着下方的死亡。宣告这里将是你们的坟墓……

看到男人的模样，雾冈突然大声惊呼起来。

“长岛！是长岛要！”他赶紧咳嗽了一声，调整了一下自己的呼吸，接着继续说道，“他的后脑受伤严重，还有微弱的呼吸。”

南美希风本想看清一点男人的面孔，但是光线实在昏暗，未能如愿以偿。也许是打算弯下身去的缘故，他突然感觉到一阵头晕目眩。

昏暗？为什么如此昏暗？

大口喘着粗气的南美希风，看着手里拿着的木棍，上面的火焰极其微弱，马上就要灭了。本来还能充分燃烧的木棍，角度也适合火势蔓延，火苗却变得十分微弱。

只见雾冈刑警突然捂着眼睛，踉跄着靠在墙上。

那一刹那，南美希风的体内响起了警报。

糟了！

肾上腺素开始飙升，在体内游走。

缺氧！

“不好！”声音都发不出来了。

“是煤气！有毒。”

雾冈和远野宫的脸上马上闪过惊恐的表情，两个人也都感到了呼吸困难。这也解释了为何身体状况突然恶化，因为身体和大脑都缺氧了。

“可恶！”

雾冈刑警勉强打起精神，调整姿势，把手臂搭在长岛要的身上。三人之中，远野宫似乎受缺氧的影响最小，也给雾冈搭了一把手。

南美希风为了不让微弱的火苗熄灭，不停地挥动着手中的木棍。

“好嘞！”

雾冈和远野宫分别把长岛的胳膊搭在自己的肩上，从两边支撑起长岛的身体。在意识随时都有可能中断的状态下，男人们沿着地下秘道原路返回。肺部在拼命地寻找着微弱的氧气，混乱的气息在黑暗中蔓延。

萤火微弱，四周越发显得昏暗，仿佛要被真正的黑暗所吞噬。即使知道是一条直路，也不想遭受黑暗的裹胁，有一种被盖上棺椁盖，埋在墓穴里的错觉。

身体非常沉重，视野和意识都快要沦陷在黑暗中。

千万不能让这点微弱的火苗彻底熄灭。南美希风将自己的全部意识都集中在了保持清醒上面。这是一种自我暗示，一种自我催眠，将自我意识集中在一点上，想办法保持着身心的机能……就算变成木偶也没关系，就这样在地下坑道中继续前进着……

大家都拖着疲累的脚步向前走，不断给大脑输送着微薄的氧气。

仅凭着缓慢步伐所产生的空气流动，就足以熄灭这微弱的火苗。

必须要从这个能将人吞入死亡世界的黑暗之口中逃出去……

昏厥前迈出的每一步，都在缩短着到达终点的距离。

前方可以看到泛着微弱光线的石阶了。

“差……只差一点点距离了。”

不知后面的两个人有没有听到他沙哑的声音。

只剩下仿佛带着足枷的脚步声，以及痛苦的喘息声。

棍子顶部的火苗开始逐渐变大。

氧气的浓度也上升了。

即使想以此鼓励自己，可是身体却快要不听使唤了。

终于走到了石阶，抬起脚，一步，再一步，但两只脚像是灌了铅一样。

光亮已经非常充足。空气也没有问题了。氧气已经充满了肺部，但是，效果却还没有完全传达给四肢。

尽管如此，也许是氧气瞬间点燃了大脑的火种，南美希风的大脑迅速恢复了能够思考的状态。

这个坑道是一条死路，根本就没有分支。在缺氧的危险场所被打倒的长岛，目前很难说他就是真正的凶手。那么，凶手究竟是怎么从图书室这个密室里顺利逃脱的呢？

然后……

难道我们是中了凶手的诡计，被引诱进了地下坑道吗？其实他有其他的逃脱路径。

即便如此，凶手到底是用什么方法使那扇暗门动了一下呢？这显然不是在图书室内的人能推开再关上暗门。从走廊破门而入的瞬间，视野是开阔的，房间里没有任何人。难道是用什么东西撞上了暗门使它关上了？但是，做那件事的人，既没有逃跑的时间，也没有任何可供隐藏的场所，只能被关在图书室里。

谜一样的引诱手段，密道尽头的石墙上冷笑的十字架……

在缺氧的黑暗中，困住追赶者的恶毒奸计，剥夺了人的自我意识，危及生命的死亡陷阱……还真是叹为观止的魔鬼手段。

南美希风抬头看向前进的方向，图书室的灯光近在眼前了。从四方形的门口射进来的灯光，就像把地面作为目标的人的希望，要是凶手的魔爪已经伸向了那里……这种恐惧仿佛在变成现实，眼前仿佛有个突如其来的人影，遮住了那里的灯光。那个逆光的人影，将手伸向隐藏的门。刹那间，南美希风被染上了绝望的颜色。

随后，“啪”的一声，一束光线照了进来，是手电筒的灯光。

拿着它的人影正是土肥刑警。

“那个男人是谁啊？”不知内情的土肥发出的声音，听起来慢吞吞的。

宛如鼓风机一般的呼吸间隙里，雾冈费劲地回答道：“是长岛，他被人打倒了。”

土肥刑警的身后，钻出了南美贵子担心的脸。

“怎么了？大家的脸色怎么都这么差啊。一定都累坏了吧……”

“缺氧。”回到图书室的南美希风，只是说出这两个字就已经筋疲力尽了。

有如处于贫血状态，眼前还是昏天黑地的。心跳“咚咚咚”地敲打着胸腔。

虽然大家终于抵达了图书室。但是这里的空气也不能说非常清新。即便现场的火已经被扑灭，但是燃烧剩下的灰烬还在冒烟，天花板附近的烟雾也没有被驱散，弥漫着刺鼻的异臭。

“快叫救护车。”

雾冈一边指示，一边把长岛的身体放在地上，轻声地说了句“我快受不了了”，便朝着唯一的窗户走了过去。

南美希风也摇摇晃晃地跟了上去。这是极其自然的反应，就像一个溺水的人拼命地爬出水面一样。身体需要空气，氧气……

但是，理性仍然存在，在触及窗户之前，雾冈刑警本能地观察了一番。南美希风也不例外。

破旧的、褪色的乳白色窗框，纵横细密的窗棂。这是一扇左右对开的窗户，整体不大，宽一米左右，都不及张开双臂的程度。而且是非常普通的腰高窗，从腰部到头顶，有几十厘米的高度，左右窗扇相接的纵向窗框上固定着锁，右边窗框上是旋转型螺栓，左边窗框上有锁鼻。螺栓是一个扁平的长方体，相当于两块口香糖的厚度，从上面滑落在锁鼻上。锁上的时候，能让人联想到门闩。

虽说年代久远，但是还没有破败零碎的感觉，因此在改建维修的时候就原封不动地保留了下来。肉眼看不到窗扇之间的缝隙，因此没有出现什么伤痕或变形，锁也非常完整。窗框与合页也是同样的状况，没有任何缝隙有废旧的残留。

南美希风怀疑这样开窗的行为，会不会也在奸诈的凶手的算计之内，会被加以利用……

在还没有调查取证之前就打开了犯罪现场的窗户，简直是一种愚蠢的行为。但是，无论如何也抑制不了必须要这样做的冲动。如果有人从密道里活着出来，作为维系生命的需求，理所当然地会来到窗边寻求新鲜的空气。即使没有进入密道，这里作为一个火灾现场，空气会被浓烟污染，让人难以忍受。在这种迫不得已的情况下，想要让身处其中的人抑制开窗的行为，绝对不是一件容易的事情。

并且，如果凶手有意利用这种本能的行为的话……

很有可能由于这种开窗的行为，导致取证痕迹的彻底消失。凶手甚至预判了刑警们的行为，把难以抑制的人类欲望也筹划其中，这种恶魔般的伎俩，正是这个被叫作“梅菲斯特的反对者”的风格。

心脏在胸腔里震动。

抱有同样担心的雾冈刑警，用卷着手帕的手握住窗上的锁，小心翼翼地将所有的感觉和变化都刻印在脑海里。

螺栓没有发现异常，也看不出窗户有哪些与平常不同的变化。

打开窗户时的动作带着豪放，看不出一丝的谨慎。这表明已经没有办法再忍受下去了。

窗户打开后，空气“嘭”的一声冲了进来。外面的空气扑在脸上时，带着一种新鲜的香味。由于高气温而产生的温热感，已经不那么重要了。外面的空气饱含着珍贵的新鲜和活力。大口呼吸时，新鲜的空气通过鼻腔，顺着气管进入了肺里。

随后而来的远野宫也在大口地吸着外面的空气。

窗外有铁栅栏，由三根横着的铁条连接着七根竖向的铁条。竖向的铁条上端，并没有镶嵌到墙壁里，而是以箭头的形状指向天空。但是，那里的空间大约只有二十厘米厚，即使是孩子也没有办法通过。

院中的小路上有一辆车驶了过来，那是由紫乃驾驶，冬季子和流生乘坐的车子。

视线落在左侧，二郎和青田经纪人正站在便门的附近。

南美希风回头看向室内。透过被外界空气扰乱的烟雾，站着几个人的身影。

伫立在刺鼻的空气中咳嗽的南美贵子。

烟雾少了很多的走廊上，则是上条春香、诹访凉子和细田寿重的身影。

南美希风突然走到房屋的中央，向上看去。

天井上方安装着天窗，看起来好像也上着锁，而且是用两种方式锁上的……

2

快到午夜十二点时。

大海警官在紧张严肃的干部们的陪同下赶到现场，今晚的初步调查也终于告一段落。这是继西上基努死后发生的第二起重大事件。

证据资料被毁，线索只有纵火者、死者、重伤的人，以及神秘的地下密道。

在接下来如火如荼的搜查活动中，无处不弥漫着愤慨。因为同行的警察被杀害，刑警们充满杀气的怒火，使他们像拉车的马一样充满干劲。

调查容易造成缺氧的地下坑道，也下了一番功夫。动用了仓库里的大型鼓风机更换坑道内的空气，根据烛火强度判断氧气浓度，确保安全，尽量在短时间内轮班搜查。

“气味不强，硫化氢等似乎不是造成缺氧的原因。”精通土壤分析的鉴定科员发表了初步意见。由于有机物的分解和铁质的氧化，让土壤处于缺氧状态，就夺走了空气中的氧气。同时这个地下坑道里，很容易流入附近产生的腐蚀性气体。

不管怎样，缺氧是自然现象。

尽管看起来是个死胡同，但其实应该有更隐蔽的出入口，不过目前还没有找到证据。

“这是图纸上不存在的地下密道吗？”大海警官再次确认道。当初雾冈刑警问的时候，大海警官记得自己说过图书室里不存在密道。

“这种密道可能是没挖通的吧。”

“图纸的标题上写着完成图。”雾冈刑警解释道，“图书室的地下密道可能是中途被放弃了，也许是那些有毒气体阻碍了施工。我想在最初的设计图上应该会有那条通道，但是在完成图上没有记载。”

充当临时搜查本部的吝家宅邸娱乐室聚集了五个人。

由于接二连三地处理特殊事件，大海警官的秃头上都快冒起了烟，眼镜也蒙上一层水汽。

雾冈刑警像是下定决心要与敌人同归于尽一样，两眼放着寒光。

其余三人是远野宫龙造和南家姐弟。另外还有一两个刑警不时地进进出出。

大海警官听南美希风说了西上基努是意外死亡的说法。与大海警官联系的搜查本部，似乎也倾向于这种新的假设，正在调查是否有物证能否定这个说法。

但是，间垣巡警的死不可能是意外，这使得吝家搜查本部的气氛十分紧张。

这时，远野宫比较冷静地说道：“同样，宅邸可能还有其他没有完成的地下密道，或者坍塌的通道。即使存在非常复杂的密道，也不用惊讶。”

“凶手到底了解多少？”低着头的南美希风突然自言自语地说道，“吝老师又了解多少呢？”

“这次凶手又利用了密道。”远野宫的话让南美希风抬起了头。

“是的，要想了解这些看上去非常复杂的地下密道的全貌，恐怕不能只依靠图纸，而是要实地探查了。”

南美贵子瞪了弟弟一眼，像在说你就没必要参加了。她还没有原谅南美希风刚才的轻率举动。自己就该阻止他进入密道，就算他说会马上回来，但要是发生意外可怎么办。如果当时被凶手袭击呢？被担架抬走的长岛，那半死不活的样子还历历在目。

被送往医院的长岛要昏迷不醒，后脑受到了强烈冲击，而且全身处于低氧状态，情况十分危急。即使恢复了意识，大脑功能上也会留下后遗症。

凶手杀害了看守的警察，袭击了长岛。

“凶手不惜杀害警察也要进入图书室……”南美贵子连忙说道，“果然是为了销毁宅邸的图纸吧。图纸已经被烧毁了吗？”

刑警以外的人都是这么认为的，但警方似乎还没有公告结果。

“至少，那张图纸已经从我们保管的地方消失了。”

大海警官接过雾冈刑警的话说道。

“我们还发现了很多被认定是其残留物的东西，包括阻燃性涂层材料融化后缩成一团的东西，以及其中的纸纤维，还有很多这种黑色的灰烬。”

“从灰烬中还原图纸内容是不太可能的吧？”远野宫听对方这么说连忙追问道。

“首先，不可能的。如果只是被烧掉了，利用燃烧后维持的形状，回收原有部分或许可以还原。但是，使用灭火器灭火的时候，强力的喷力吹散了灰烬。与其他的各种各样的灰烬混杂到一起，根本不可能收集和挑选出来。”

南美希风接着说道：“或许这也在凶手的计划之中吧。即使火情被提前发现，通过灭火器也能让图纸彻底消失。”

“理所当然的举动，却被凶手巧妙地利用了啊。”远野宫紧皱眉头继续说，“这个凶手能使出这样的手段也不足为奇。”

“而且还带着讽刺意味。警方做出的适当行为却对凶手有利。这是凶手是怀着嘲讽的恶意在设置圈套。”

“仅仅是为了烧毁一打资料，就建造了那么夸张的舞台，由此可见一斑。凶手一直沉醉于表现自己的才智，像是利用椅子和几本书，制成了一个焚化炉。”

“也有类似导航灯的作用吧？”

“导航灯？”

“如果只是一沓资料着了火，可以把外套盖在上面灭火。因为图纸上涂了阻燃性的涂层，所以能在接近原始形态的情况下确保燃烧的残留物。但是，如果椅子和书都着火了，那就不可能了。我们需要采取正统的灭火行动。此时就需要灭火器，在巨大的火焰中，灭火器必不可少。幸运的是灭火器就在附近。在这个常识的引导下，我们势必会对火焰进行扑灭。”

“感觉像是被诱导了……”雾冈刑警嘟囔着，又坦率地说道，“打开窗户的时候我也有类似的预感。刚从地道出来的时候，呼吸困难，不得不打开窗户，此时我突然在想这会不会也是凶手的陷阱。”

男人们都沉默了，南美贵子也觉得如果是那样的话，简直就是单方面的戏耍。

“连理所当然的事情都不能做……”

“我认为这也是一种心理操控。”

南美希风再次开口说道：“另外，这也是魔术领域经常使用的技巧。即使我们已经意识到我们的行动会被利用，面对突如其来的危机事态，还是会条件反射般地采取理所当然的行动。但是，可能会因为犹豫踌躇或者疑虑而导致行为滞后。就像在条件反射性的行为目标前，蒙上了一层无形的幕布，让人在瞬间做出判断之前产生几秒钟的失常，最终让人失去果断的行动力。”

“到底怎么做才好呢？好难啊，一旦放松警惕，又会变得迷茫。”

“陷入迷茫的人，就成了对方的棋子。之前也说过，魔术师指着右边就有意识地看向左边，事实上，这样做就已经步入了对方的心理局。我们必须注意，过于警惕，反倒会弄巧成拙，而且心理上的影响不止于此。当我们知道凶手对我们的行动了如指掌，并加以巧妙利用的时候，一定会感到愤怒，无意识地紧张，失去冷静。”

“这确实是一种心理策略。”远野宫露出一副容易理解的表情，“利用紧张和愤怒，在对方的精神世界兴风作浪。这是一种适用于任何比赛的技巧。”

“如果凶手谋划到这种程度……”南美贵子突然说道，“他会不会把施工图拿走，而制造一个看起来像被烧毁了的假象？”

“也不能说不可能。”大海警官回答道，“那份图纸也许对凶手有用。要是这样的话，就会保留下来。另一方面，把耐火材料做成的伪造册子烧毁，作为障眼法……也不是没有可能。从这个意义来说，那个过度的火焰，可能就是南美希风说的心理上的诱导灯了。”

南美贵子不知道“这个意义”指的是什么，便用疑问的目光看向大海警官。

“这是另一种心理上的诱导。花了很多心思才制造出来的大火，我们会非常自然地认为是为了销毁某些东西。这样的判断就会形成一种错觉，把燃烧剩下的灰烬当成施工图。南美贵子小姐没有被先入为主的想法束缚，做出了大胆的设想呢。”

随后说出一句既不像是安慰也不像是褒奖的话。

“不管怎么说，”雾冈刑警突然愤怒地说道，“地下通道的图纸确实是在我们面前消失了。”

“非常可惜，火是刚刚被点燃的，如果我们早点采取措施的话，也许能抢救下图纸的一部分。如果……那个被烧毁的是真的图纸的话。”

“不，凶手不会留下隐患的，姐姐。就算不用灭火器，灰烬也会四处飞散的。”

“什么意思？”

“我是指堆积起来的书和椅子。如果不用灭火器去灭火，椅子不久后也会被烧毁，厚书也是一样。这样的冲击也会让保持原样的灰烬飞散。”

“是啊……”

“反过来说，如果用灭火剂把火扑灭，椅子就不会倒塌。即使没有倒塌，灭火剂的喷力，也会把珍贵的灰烬像泡泡一样吹散。”

“那个堆砌的椅子和书，借用远野宫先生的话来说，就像一个‘焚化炉’，我觉得这个‘焚化炉’还包含着很多含义。”

“警察的制服也在那里被烧了。”

南美贵子理解中的“焚化炉”是这样的。

首先，桌子被移动了。从靠中央的位置，向靠近窗户的方向挪动了两米左右。上面堆放着图鉴一样厚的书，做成一个小小的隧道。除此之外，文库本和其他尺寸的书也散落在那里。但是，支撑焚化炉的主要是大型图书。将重叠平放的十本书，稍微拉开一些距离做成两个柱子。以此为支柱，中间搭上一本尺寸大却薄的图书。在这条隧道的最下面，铺满了被撕掉的书页。遇难警察的制服被团成一团，与警帽一起，放在上面。

顺便一提，那名牺牲的警察幸好没有带枪。

图书室的窗帘卷成一团跟制服一起放在那里。这窗帘也是经过阻燃加工的，应该不是那么容易燃烧。但是，不管怎么说，凶手收集了很多东西构筑了一个完整的“焚化炉”。

最关键的图纸放在揉成一团的制服上，还是在书本组成的隧道上，或是在椅子上，似乎难以确定它的位置。

南美贵子本想问下制服和警帽为什么会被烧掉的话题，雾冈刑警却先开了口。

“连制服都给脱下来了。”刑警的表情仿佛在忍耐，双眉紧皱，嘴唇颤抖，“这个凶手，仅仅为了一册图纸，就杀了间垣，而且还把作为警察的装束……”

咚的一声，手掌狠狠地拍在桌子上。

“他只是一个碰巧巡查的人，却葬送了性命……”

他的喉结上下移动，仿佛是在掩饰悲伤。

“对了，是后天，后天他的孩子就两岁了。”

“吝老师也是……”

南美希风轻声说道。

在一片默哀的沉寂中，传来了开门的声音。

细田像气体一样嗖地一下飘了进来。水平端着的托盘上，摆着几个玻璃杯。

“请大家喝点东西吧。”

他的语气和举止一如既往的专业，但是，他的话里总有一种让人无法拒绝的力量。

大家确实也口渴了。接下来的讨论会更加激烈，或许喉咙会更加干渴，南美贵子心里思忖道。

杯子里是漂着冰块的凉茶。

南美贵子连忙说了声“谢谢”，南美希风也跟着道谢。

细田一边分发一边低下头深表歉意地说道：“这是我的失误，没准备足够的冰块，可能会觉得不够冰，实在非常抱歉。”南美贵子却觉得冰块的温度恰到好处。

雾冈刑警像是在给狂躁的自己降温，大口大口地把冰茶灌进嘴里。

南美贵子喝了一口，切身感受到了细田的细心。

“再来一杯怎么样？”细田试着向雾冈刑警问道。托盘里还剩下一杯冰茶。

“不用了，等会还会有其他同事过来，放着就行。”

“那个时候我再准备，毕竟也不费什么事。”

“嗯。”

等雾冈喝完后，细田把杯子放回托盘。

虽然细田也因为接连发生的事件而备受打击，但是他却几乎没有表现出不安的样子，只留下淡淡的微笑就退了下去。

门关上后，远野宫放下杯子说道：“那么，要不要从头开始梳理一下图书室事件？”

“问题是从哪里着手呢？”南美贵子连忙询问道。

“首先凶手的脑海里会浮现出这样的问题。”远野宫紧接着继续说道，“该如何解决保管在图书室里的施工图呢？可以打破窗户放一把火。但是，如果不知道施工图放在哪里，就有点不太明智。烧毁整个图书室的话，或许会引发殃及整个宅邸的大火灾，并且在那之前，还会被巡逻的警察发现，把火扑灭。想要彻底地毁掉，只能是把施工图弄到手。这样一来就只能亲自潜入图书室。于是看守的警察就会变成阻碍。”

南美希风赶紧向大海警官求证道：“验尸的结果怎么样，死因是那根针吗？”

“基本上可以断定，也没有证据可以否认。脊髓的一部分被切断，引起内出血，导致呼吸和心跳停止，几乎是当场死亡……没有发现任何指纹。”

“听说，是缝纫机用的针？”

“是放在小客厅里的旧道具，以前是用于编织厚重的丝织品的，大约有两毫米粗，七厘米长。”

“凶手到底是怎么使用那根针的呢？”南美希风把手指托住下巴上问道。

“你是问凶手怎么接近警察的吗？”南美贵子补充道。

“走廊是笔直的……”雾冈刑警解释道，“在不被发现的情况下靠近是不可能的，但是，如果是跟吝家相关的人或许就能做到。”

“装作有事找他就行了。”南美贵子接着雾冈的话说道。

“比如，问他现在的情况，或是从图书室的外边看到了人影，用这类话题吸引警察的注意力，但是怎么绕到脖子后面的呢？”

“只要站到身后就可以。”大海警官一边这样说着，一边伸出自己的手去摸旁边雾冈刑警的脖子。

“利用话题分散他的注意力，站在边上让他仔细地看向某处，趁这个时候再后退半步。”

“这样还是有些奇怪啊。”大海警官拿着杯子陷入沉思，“会疏忽到那种程度了吗？他可能根本就没有想到自己会被袭击吧。”

“吹箭的可能性可以排除吧？”

面对南美希风的问题，雾冈刑警倏地点了点头。

“插得那么深，那种方法不太可能。”

“如果是用麻醉枪这样的工具呢？”

“吹箭也好，麻醉枪也好，箭上是需要有接受空气阻力的装置的，就像注射器的底部那样，有漏斗状的通风筒。要想更深地刺进人的身体，对箭的重量是有要求的。如果有什么东西能充当漏斗状的通风筒，凶手拿走了它还有讨论的必要……”

面对雾冈刑警凌厉的反驳，南美希风也立马闭上了自己的嘴。

“没有意义。”远野宫接着说道，“至少没必要做如此复杂的装置。再说，要想隐藏凶器，将针拿走不就可以了吗。留下了针是想误导我们，让我们以为他是接近受害人之后才行凶的，而不是使用了什么辅助工具。这样做有什么好处呢？”

“没有好处啊。”

南美希风的语气不以为然，仿佛在说只是推论过程中的一个想法而已。

“用飞针道具的说法，还有其他的不合理之处。”大海警官继续说道。

“巡警站在走廊的尽头，因为是看守，所以会持续地盯着前方。那凶手和巡警应该是面对面的，这样的话，脖子后面是不可能中箭的，除非他背过身去。那要怎样做才能让一个巡警转身呢？而且还不能是稍微回一下头，还要背对着凶手。要说凶手刚好碰到他转身，一击命中也不现实吧？”

“完全不可能的。”雾冈刑警紧接着说道。

“隔着一段距离找借口让间垣巡警转身，是绝对不可能的。若无其事地接近，通过搭话转移他的注意力，相比之下可能性更大。另外，可拆卸的箭，发射道具都不是在短时间内可以造出来的。安排巡警看守保管着施工图的房间，是临时做出的决定。我们得到西上基努的死讯，才离开了这里，时间是下午六点二十分左右。间垣巡警的推测死亡时间是八点半左右，之间大约有两个小时。”

对于雾冈刑警的判断，南美贵子认为也不一定就是这样。凶手可能事先准备好了特殊的发射器，碰巧在这次用上了，但是她觉得自己像是抬杠，缺少证据。正常来说，应该不会使用发射器或吹箭。但是如果是这样的话，就能突显出凶手的大胆和天马行空的想象力。悄无声息地将警察一击毙命……而且是在能感受到呼吸的距离。

为了证实这一令人难以置信的罪行的可行性，南美希风想必也进行了全面的研究。

“难以置信啊……”南美贵子不由自主地自言自语说道。

众人的目光聚了过来，她接着说出了自己的想法。

“凶手那种超出常人的行动力太吓人了。”她的声音可以说是颤抖的，“面对面地装模作样接近巡警，然后用隐藏起来的凶器伺机偷袭，确保能一击毙命。完全不担心被对方识破或者反击，实在是太自信了。”

远野宫的眼神也暗淡了下来，说道：“他的胆子确实很大，他确信可以自由支配警察的行动。”

南美贵子脑中突然浮现出那位殉职警察的遗容，一种悲哀的痛楚涌上心头。

远野宫继续发言道：“从最初的三重密室的案件观察，这个凶手具有异常的表现欲和行动力。以此为准，继续追查这次图书室事件中凶手的动向吧。”

远野宫喝了一口冰茶，晃动着杯子，让冰块发出咔嗒咔嗒的撞击声。

“大海警官，图书室是锁着的吧？”

“我让他们锁了，因为可能会发生不得不离开现场的情况。钥匙在巡警手里。”

“那把钥匙，就是那个插在钥匙孔里的东西吧？”

“是的。”

“灭火结束后，土肥刑警发现在屋内的锁孔里插着一把钥匙。滑动锁也是一样，都是从室内上的锁。”

“凶手杀害了巡警，然后抢走了钥匙。”远野宫认真地再现着案发当时的情景。

“使用钥匙打开门。进入房间后，凶手立刻开始寻找地下密道的施工图。拉上窗帘，使用手电筒……但是，找施工图很麻烦吧。雾冈刑警，你把施工图放在哪里了？”

“施工图是 B4 尺寸，所以就夹在相近尺寸的照片资料集里了。图书室里有很多 B4 尺寸的图书，所以不是那么容易就能找到的……”

“想必凶手也非常焦急，但是图书室并不大，需要找的地方非常有限。总之，凶手找到了施工图，之后他就制作了‘焚化炉’。他扯掉窗帘，把书堆起来，把椅子放上去，在地下坑道的尽头画十字架，也是那个时候做的吧？”

“十字架是刚刚被画上去的，”大海警官补充道，“在图书室的角落里发现了油漆罐子和刷子。好像原本是放在小客厅里的东西，凶手在制订计划的阶段，就把它们和作为凶器的针一起拿出去了。”

“完成戏耍我们的操作后，凶手点燃了‘焚化炉’。当然，在此之前，还留下了一个大问题，那就是长岛要为什么被凶手袭击了？他是什么时间来的图书室呢？这是个尚不明确的因素。”

“起火之后还有一个大问题吧。”南美贵子开口说道，“凶手是怎么从图书室逃出去的呢？现场也是一个密室吧？大海警官。那个地下密道真的是死路吗，会不会是双重的隐藏通道呢？”

“我们觉得不可能有双重隐藏通道。总之明天拿到声波探测器后，就能搞清楚了。”

南美希风又开口询问道：“图书室没有其他暗门了吗？”

“不能排除这个可能性，但现在无从得知。”大海警官突然愁眉苦脸地说道。

“很难找到。如果是像地道一样的岩壁，很容易就能发现出入口的缝隙，但是这是一栋建筑物，有很多框柱与墙壁的交界，以及壁板的边缘。如果巧妙地伪装成了门的缝隙，就很难被发现。或许墙壁上的书架也可以旋转，就像电影里的那样。说不定连天花板都得调查一下。现在还不能说没有其他的暗门。”雾冈刑警补充道。

“我试着关上了那扇暗门，敲了敲，听了一下它的回声。但是我不认为与其他墙壁有什么差别。所以，只能说是通过声音的差异，很难判断墙壁后面存在空洞。”

“请吝二郎先生来帮忙怎么样呢？”南美希风赶紧提议道，“他的听觉一定比常人灵敏得多，哪怕是细微的差异，都能听得出来。”

南美贵子觉得是个好主意，但是两名刑警不太赞同，脸上就像写着“暂时保留”一样。

雾冈刑警回应道：“明天就能用专业的仪器得出科学的调查结果了。”

“可是……”大海警官露出一副十分笃定的表情说道，“现在的情况是不知道图书室到底有没有密道。”

“以目前的情况来看……”远野宫突然皱起了自己的粗眉，“完全看不出来凶手的逃跑路线，如果诸位经过现场勘查，没有发现任何隐藏的密道，那么凶手就只能从窗户和门逃出去了。然而，高腰窗、天窗和门都从内侧上了锁。凶手是从哪里逃走的呢？大海警官，窗户的铁栅栏不会因为过于陈旧而自动脱落了吧？”

“没有，紧紧地贴在墙上，纹丝不动。如果动了手脚能看出来，但是没有这样的痕迹。”

“那把锁也没问题吧？”

打开那把锁的雾冈刑警确信地说道：“正如我刚才所说的，我非常小心地打开了那把锁，没有发现任何异常。”

南美希风将自己的目光停留在杯子的边缘，若有所思地说：“凶手是从天窗逃出去的吧。”

“天窗？”雾冈刑警的脸上倏地露出了与其说是反问，倒不如说是质问的严厉眼神，“排除法吗？”

“不仅如此，还有桌子和椅子的布置。”

“布置？”南美贵子重复道。

“凶手移动桌子有他的目的。那张桌子相当重吧，雾冈刑警？”

“抽屉里放着一堆纸和书，特别的重。”

“把桌子从原来的位置移开，再在上面放上椅子。爬上椅子的话，就可以摸到天窗了。”

“站在椅子上吗？”南美贵子突然恍然大悟地说道。

“这就是‘焚化炉’的另一个用处。椅子被当成了点火的工具，就消除了作为踏板的怀疑，另一方面，它被当作是踏板，又起到了可以拍散施工图灰烬的作用。”

“好像是够得着，而且高度足够让人轻松翻过天窗。”雾冈刑警继续说道，“但是，天窗也是上着锁的，而且还是两道不同的锁。”

“两把锁都锁上了吗？”

“是的，毫无疑问。而且，其中一把还不是由锁鼻和锁环组成的简单挂锁，是非常结实的扭锁，没那么容易做手脚的。”

“这么断定未免太早了一点啊。”

“从那扇窗户逃不出去的。”

“如果绝对逃不出去的话，那现场就会变成真正的密室。这次事件也会变成人类不可能做到的犯罪。”

雾冈刑警略带几分讥讽地回答道：“要是凶手真的逃走了，是这样的。”

“你说什么？”

“也许这就不是密室事件。”

说到这里，雾冈和大海警官交换了眼神，然后轻轻地探出了身体。

“要是凶手一直留在室内的话，就不用考虑逃跑手段，也不存在密室了。”

“你是说……”

南美贵子还没理清头绪，雾冈刑警接着说道：“如果长岛就是凶手，那就没有什么谜团了。”

3

南美贵子、南美希风和远野宫都没说话。

雾冈警官用冰茶润喉后，继续说道：“那个图书室确实是一间完美的密室，等到明天进行科学调查后，就清楚了。为什么如此完美呢？因为被发现的时候，凶手还留在室内。正因为太完美，所以从正常逻辑判断，凶手一定还在室内。南美希风，这就是你说的潘多拉魔盒。”

对最后一句不解的大海警官挑动几下眉毛，但他没有说话。

雾冈刑警的称呼方式，从最初的“南先生”到“南美希风先生”，最后变成了“南美希风”。

南美希风接着说道：“你是说长岛先生是伪装成受害者的凶手？”

“这是常有的事情。”

“长岛先生当时真的快要死了，非常危险，已经奄奄一息了，现在也还没度过危险期……这样会是假装的吗？”

“这是一个意外。”

“意外？你是说长岛先生也不知道他倒下的地方会缺氧？”

“这很有可能啊。”

“难道他头部的伤也是自己故意弄出来的吗？”

“要做的话也并不是做不到。”

“长岛先生的伤口非常深，流了很多血。在他倒下的地下密道里，发现血迹了吗？发现凶器了吗？”

雾冈警官被问得一时语塞。

“头部是在其他地方打伤的，然后制造出假象，把凶器扔进火里了。”

一直默默听着的远野宫，突然插嘴说道：“雾冈刑警，你能从头说一下他是怎么伪装成被害者的吗？我想了解一下事情发展的顺序。”

“好的。”雾冈将上半身面向远野宫，“我们假设作案动机是长岛打算把这个宅邸的密道施工图拿到手，也许是打算复制一份，毁掉原件。他把椅子和书籍堆放在一起，放上施工图后实施放火。但是这个时候，他注意到了窗外的人声。正是我们看到火焰，从车里跳下来飞奔过来的时候。长岛知道图书室已经引起了警方的关注，这让他始料不及，进退两难。他原本是想从天窗中逃出去的，但是被人发现的话，就没办法辩解了。”

“应该是觉得被发现的风险很大吧。实际上，二郎先生就在外面。没过多久，青田经纪人也赶了过来。”

“嗯。本来长岛只是想偷偷从门窗逃出去，并没有想过要导演一场内侧全部上锁的密室案件。在得知无法逃向院子后，他也想过直接从门口逃跑，但是这样也同样存在危险。警察们正在向这里跑来。那么该怎么办呢？”

“怎么办呢？”南美贵子兴趣盎然地听着。

“为了阻止别人立刻冲进室内，他将门上的两道锁全都锁上。之后，凶手就只剩下这个办法了，伪装成遭受袭击后被拖入图书室的受害者。他用钝器从后面击伤头部，销毁痕迹之后逃入密道，打算假装失去意识。”

“门的滑动锁被锁上了吗？”南美希风以打破砂锅问到底的气势继续追问道，“使用有钥匙的锁来争取时间就足够了，为何要锁上两道锁呢？”

“耐久度会增加一倍，破门的时候，多少会麻烦一些吧。”

“那个程度，还起不到拖延时间的作用吧？不，与此相比，我更好奇的是留下凶手逃跑路线的线索，其实可以减少自己的嫌疑吧。这样一来，就不该锁上滑动锁，因为滑动锁不可能从外面上锁。至于钥匙，储藏室里有一把备用钥匙，所以室内有一把也很正常。我们会认为门是凶手从外面用备用钥匙锁上的。但是，钥匙必须得从锁眼里拔出来。我想说的是长岛先生如果想伪造出一个虚拟的凶手，就不该锁上滑动锁，也不该把钥匙留在锁孔里。这都是能轻易做到的事情，他却一件也没有做。”

“那……是做不到吧，那个时候我们已经赶过来了，无法靠近不知何时会被推开的门也是理所当然的。他本能地就想逃离那个地方。”

不知是不是瞥到了远野宫脸上露出了“有道理”的表情，雾冈刑警又从容地为自己的假设补充了一句。

“南美希风在坑道里的表现值得表扬。不过非常遗憾，如果他救出的人是凶手的话，恐怕就得不到感谢信了。”

“但是，长岛先生就是凶手的说法，还有很多疑点。我也并不是想要感谢信才这么说的。”

“就旧黑宫府邸的施工图来说，长岛要的言行从一开始就非常可疑。”雾冈刑警用强调的口吻继续说道，“他对于施工图非常执着吧？他利用自己熟知的密道杀害了齐一郎。而且那个案件还有一个价值，就是为了能够拿到记载着旧黑宫府邸的密道施工图。在第一个案件发生之后，是他把密道的事告诉了我们。我们很自然地采取了行动，确认真伪。最终，我们找到了保管施工图的资料馆，而且在警方的强势要求下，将施工图原件从资料馆拿了回来。”

南美贵子听到这里，觉得既新鲜又意外，似乎还有些道理。

“从资料馆到这里的途中，长岛试图调换施工图，但是没有办法逃过警察同事的眼睛，就错过了大好时机，所以才犯下了第二桩罪行。南美希风，你刚刚提过凶手会设下心理陷阱，就是类似于魔术师使用的心理操纵。魔术师也经常会用这样的手段，让人以为是降灵术或超能力吧？图书室的案件也是一样，其实案件非常简单，根本没有必要被密室迷惑。”

“一旦被操控了心理，就会觉得什么都是复杂的。这样一来，反而会陷入困境。长岛伪装成被害者，并不复杂，所以我们也没有必要过度烦恼。”本以为南美希风会理所当然地反驳，没想到他却顺着对方的思路，说出了下一步。表情非常自然淡定，眼神里没有一丝执拗，就像在不露声色地揣摩时机。

“长岛先生或许是让同伙把自己的头部打伤的吧？”南美贵子不由自主地表现出疑问。她觉得弟弟会这么说，非常出乎意料。

“同伙？”

“姐姐，三重密室的时候也推测过有同伙吧，这次也可以是同伙一起行动。”

“……是啊，毕竟桌子特别沉重。就像移动舞台房间的家具一样，一个人很难做到，图书室的桌子也需要更多的力量。”

“不止这些，还有巡警的制服。”

“嗯？”雾冈刑警突然歪着头，发出了一声疑问。

“南美贵子小姐，你觉得警察的制服和警帽为什么会被烧掉呢？”

被问到的南美贵子开始紧张起来。而且这个问题，正是她刚才想要问的。

“嗯……会不会是凶手跟巡警打斗的时候，受伤了，血渍沾在了制服上。所以他想毁灭证据。”

“凶手并没有和巡警发生打斗，间垣是被一击毙命的。”

“是啊……”

“巡警的衬衫上也没有任何打斗的痕迹。”

“那么，焚烧掉制服和警帽究竟有什么意义呢？”

“因为凶手穿过了。”

“穿过了？制服？为什么啊？”

回答的是声音非常沉稳的南美希风。

“为了将自己伪装成警察。”

“伪装……”

“代替警察，扮演看守的角色。”

“不能让门口空无一人。原来如此，警察被杀后，尸体不能放置不管，必须当场处理掉。”

“但是，这次在图书室内作案需要一些时间。”

“尸体估计被拖进屋内了。不过，在犯罪的过程中，要有人到走廊来了，看到走廊深处的图书室门口没有人就麻烦了。虽说看守偶尔去个厕所也很正常，但是长时间没有人在，就难免会惹人怀疑。是这样的吧，南美希风？”

“我也是这么推理的，刑警先生和远野宫先生也是这样认为的吧？”

两人默默地点了点头。

“姐姐听了我们的说法也会这么想的。凶手穿着巡警制服，戴着警帽遮住眼睛，站在光线幽暗的走廊上。当然，不会站很长时间。制服可以隐藏个性，改变气质，更何况警察的制服也不是日常生活中随处可见的。如果两脚分开，用一种挺拔的姿态站在那里，俨然就是一个让人难以接近的巡警了。但是，这样的话，凶手就无法行动了。”

“是啊，需要有人在屋内行动啊。那必然是两个人以上的犯罪团伙了。”

“目的达成以后，把制服烧掉比较安全。再穿回去非常浪费时间，而且要是沾上了自己的头发，那可就完蛋了。”

“这么说，南美希风，其中一个凶手应该是和间垣巡警体型相差不大的男性吧？”

南美希风同意地点了点头。

“雾冈刑警。”他换了个说话的对象，“我刚才推理的时候还想到了一点。”

“除了长岛要和间垣巡警的体型相似，还有什么？”雾冈始终带着讽刺的口吻。

“长岛先生被袭击的原因。”

“哦？”大海警官突然伸长脖子说道，“你想到了什么？”

“雾冈刑警刚才说的就是理由。”

“我说的？我说什么了？”

“长岛先生对施工图资料的执着，得知记载了密道的情况之后，就更加感兴趣了。热衷之物就在图书室里，他还能坐得住吗？”

“嗯……”

“施工图被保管在图书室里，也有一段时间了。长岛先生想到图书室去一探究竟，也不是不可能的。凶手也有这种担心，他不仅仅会在走廊里溜达，甚至有可能去跟巡警搭话。所以凶手认为长岛先生绝对是一个危险人物。”

“的确。”

“另外，对于凶手来说，这也是个寻找替罪羊的机会。如果在密室里发现了一个人，那个人就有可能成为凶手的替罪羊。”

话还没说完，雾冈刑警就露出了怒气冲冲的表情。

“你是想说，我们陷入了凶手的圈套吗？”他的声音有些嘶哑，

“作为常识，长岛是最大的嫌疑人。考虑过多而忽略了最单纯的事情是愚蠢的。”

“你还是冷静一点比较好，雾冈刑警。”

深沉又响亮，远野宫的声音让人联想起那些日久年深的重量级乐器。

他掸了掸肚子上面的灰尘，马上接着说道：“那就是凶手葫芦里卖的药，动摇你的心理，使你的判断力变得迟钝，蒙蔽你的双眼吧？”

灭火行动正中凶手下怀，让刑警自己打开密室现场的窗户。

说不定地下密道也是被诱导进入的……这一串的侮辱性行为，让人不禁想到自己是杀人犯的傀儡吗？不愿承认这一点的心理，会影响到更深层面的思维活动。气愤与悔恨，只会使寻求真相的意志消磨殆尽。

“我理解你是因为悲愤而情绪激动。”

听到远野宫表示理解的发言，雾冈刑警轻轻地长叹了一口气。

“根据南美希风的说法……”大海警官重新开始了讨论，“凶手的目的是一箭双雕。”

“是的。排除了有人接近图书室带来的风险，又把杀人的罪状嫁祸给别人。也许是凶手们正在伪装成警察的时候，长岛先生碰巧来了。”

“如果不是这样的话，就是被引诱过来的吗？”

“凶手是在监视图书室的走廊和T形的东西向走廊吧。因为长岛先生来了，就把他诱骗到图书室里。具体做法就无法推测细节了……

为了引起长岛先生的注意，可能故意开着图书室的门，凶手们则藏在图书室里。发现了门开着的长岛先生走近，向屋里喊话窥视。碰巧看到了旧黑宫府邸的施工图。他不由自主地迈进房间，被凶手用凶器击伤了头部。”

“是打在了这个位置吧？”远野宫拍了拍自己的后脑勺，继续说道，“我想，如果长岛先生今晚不在宅邸的话，成为替罪羊的可能会是细田先生。”

“他……”

“作为管家，他是在公馆里走动最频繁的人吧？而且，他是一个非常细心的人。可能会对看守的巡警说：‘需要帮您拿些饮料吗？’”

“确实很有可能。对于伪装成看守的巡警来说可能有些麻烦。不过挥挥手赶走他就可以了。按照优先顺序，长岛要是第一顺位被袭击的对象，但是凶手最担心的是细田，不是吗？”

“不过……”

调换了一下跷起的二郎腿，雾冈刑警盯着南美希风接着说道：“我不认为长岛这个真凶会让同伙把自己打伤。”话题又回到了长岛是真凶的假设上。

“我们假设长岛因为无路可逃而击打了自己的头部，进行伪装。既然在屋内没有发现同伙，说明他已经逃跑了。如果在那个时候还能逃跑的话，长岛也直接跑掉就可以了。因此，他在对头部进行击打的伪装时，同伙已经不在现场了。”

大海警官用总结性的口吻说道：“从作案顺序来看，同伙先从图书室逃出去。留下的长岛进行放火等收尾工作的时候，你们就开车赶到了。大概就是这么回事吧？”

“是的。”

雾冈刑警对南美希风等人故弄玄虚地补充道：“当然，同伙还在附近的可能性也非常大。不过就目前的情况来看，长岛头部的伤就是伪装手段。”

“请允许我向雾冈刑警问一个问题。”南美希风说道，“作为凶手的长岛先生，不知道地下密道的深处是缺氧状态吧？所以才陷入了奄奄一息的状态。”

“十有八九就是这样。”

“画在密道尽头石壁上的十字架，是凶手在那之前画上去的吧？”

“只能这样认为了。你是想说那个时候也会受到缺氧的影响吧？但是，只要行动迅速，可能在察觉到缺氧之前就完成了。而我们在照明不足的情况下，不仅要小心翼翼地前行，还要提防没有办法预测的凶手的行动，最终延长了在地下密道的停留时间，导致体内的氧气浓度越来越低。但是凶手不同，他可以用手电筒不紧不慢地进入密道，在迅速地涂完油漆后便能顺利折返，可能只会感到些微的呼吸困难，因此没有意识到那个地下空间是非常危险的。”

南美贵子觉得还是有说服力的，但是南美希风立刻反驳道：“但是，在这种情况下，难道对时间差不会产生疑问吗？”

“时间差？”

“雾冈刑警，你们踢开门的时候，正是暗门刚要关上的时候吧？

那时，长岛先生已经跑进了地下通道吧？”

“确实如此。”

“那么，在我们到达的前一分钟，长岛先生才到达地下密道的深处，趴在地上。”

“我们拿起火把，立刻就进入了地下密道。可能是因为保持着高度的紧张感，小心翼翼地前进，让我们感觉时间很长。但是到达尽头的实际时间大概只有一分钟，最多也就两分钟左右。”

“差不多就是这样吧。”远野宫流露出回忆的眼神承认道，“最长也不过两分钟。”

“这么短的时间，整个身体会因缺氧而陷入病危状态吗？血液里面的血红蛋白不再输送氧分，造成一氧化碳中毒是非常危险的。但是，企图中毒自杀的人，经过几十分钟后，接受治疗也会迅速恢复，甚至有些被送往医院的患者还有意识。虽说混杂着腐败气体，处于氧气浓度较低的空气中，但会像长岛先生那样陷入濒危状态吗？换句话说，就是呼吸停止多久的问题。”

“只有一分半或不到两分钟的时间。”

雾冈刑警突然沉默不语，过了一会儿，他没有说出反驳的言语。

“但是，长岛要那个时候已经陷入了濒危状态，这是医学上的事实。”他整理了一下论据继续说道，“说明他那个时候已经倒在地下密道里很久了……”

雾冈抬起头看着南美希风。

“但是那个时候，是谁动了那道暗门呢？你也看到了吧？那个瞬间，有人突然关上了门试图逃跑。虽然图书室的灯没有开，但火把的光亮提供了充分的照明。没有问题吧？”

两个人的说法存在着很大的矛盾，让南美贵子困惑不已。无论哪一种说法，都充满了谜团。

雾冈的问题在于长岛的身体状况。如果是在图书室的门被踢开之后，长岛才跳进了地下密道，那么长岛就没有理由处于如此危险的状态之中。

但是另一方面，指出这一点的南美希风也存在着矛盾。如果有人在刑警和南美希风追去之前逃进地道，那个人最终能逃到哪里去呢？据说可以确定那条密道里没有其他的岔路。那条密道本身就是另一个密室。如果逃跑的人不是长岛，那另一个人就如同烟尘一样从地下的密室里消失得无影无踪。

南美贵子担心地看着弟弟，南美希风却表现得若无其事地说：“咱们要不要讨论一下那个时候的暗门为什么会动呢？”

“什么？”

就在远野宫提出反问的时候，门突然打开了，一个年轻的刑警走了进来。

他慢慢地走向大海警官，附在他耳边窃窃私语起来。

在传令的刑警离开后，大海警官静静地闭上了自己的眼睛，仿佛在给自己留出时间去整理那些得到的信息。

“是西上基努的案子。”大海警官向众人说道。

“有什么情况吗？”雾冈刑警赶紧向上司询问道。

“有意外死亡的佐证。从现场解剖来看，死因果然是由创伤性休克引发的心脏骤停。除剪刀的伤口外，没有其他大的创伤。并且在她的舌头下方，发现了表面已经融化的药片。”

果然，她在服用了速效药物后，才意识到吃药已经来不及了，便在剩下的时间里尽可能地传达着信息……

有些证据是大家已经知道的。

比如作为凶器的园艺剪刀，其握把的末端，有一道崭新的伤痕。这表明基努倒下的瞬间，剪刀掉在了点景石上。据说之前就有部分刑警认为这个伤痕和点景石上的伤痕有关。

仔细观察院子地面上人体留下的长条凹陷痕迹，就会发现这是支撑着用后背爬过的痕迹。但在爬上外廊时，她改变了后背着地的姿势，不然外廊上就会有大量污泥。这明显与拉拽背后留下的痕迹不符。调查结果也显示，没有发现背部或者臀部等下半身摩擦留下的大块污泥，只有像是侧卧时留下的泥渍。

就算有人把基努的身体拉起来或推上去，也不自然。拉动她时，手臂会放在腋下使劲，这个时候基努的后背会接触到外廊。把她从下往上推的时候，通常会将泥污较少的正面朝向自己，再扛在肩上，这种情况下也会将大面积的污泥转移到外廊。

“指纹也是有力的证据。”大海警官连忙又补充了一点，“我命令重点留意外廊上的指纹，再次鉴定时有了新的发现。之前遗留的不明显的掌纹，可能是爬行时摩擦地面留下的，经过仔细分析，确定是西上基努的。也就是说是从院子爬到外廊上的时候留下的……”

远野宫仿佛在感慨着什么似的，将后背靠在了椅子上。

“可以否认舌头下的药片之类的都是凶手制造假线索实施的伪装，从时间条件、常识来看，不存在他杀的可能……”

远野宫用沉重而有力的眼神环视着所有人的脸。

“西上基努老太太在用尽自己的最后一丝力气之后，因为意外而死，已经毋庸置疑了。”

没有人反驳这个结论。

这一切只是偶然碰到了一起，超出了人的认知。

“不知道该说不凑巧呢，还是天命难违，基努婆婆刚想要告诉我们关于这次事件的信息，她就离开了。”

只能说是命运的不幸。

南美贵子心里思忖道，不是命运，而是魔鬼无情又讽刺的安排。南美希风开口说道：“只有基努婆婆的密室，和其他两个密室的风格截然不同。”

其他两个密室……

虽然已经心中有数，南美贵子还是配合地问了出来。

“是吝一郎先生的三重密室和这间图书室密室吧？”

“这两起事件毫无疑问都是同一种精神的外露吧，是非常明显的同一性质犯罪。”

“过分胆大妄为。”远野宫接着说道，“带着迷惑人心的伪装。”

“是的。为了销毁一份资料，竟然做到了如此地步。这次假扮巡警，冒着被发现的风险也要达成目的，不满足表现欲就势不罢休。

那个油漆涂上的十字架是什么？匆匆犯下杀人罪行，并试图掩盖的时候，还开玩笑般地搞出这么一个东西。估计蝙蝠的尸体也是凶手放的吧。”

那只蝙蝠其实是舞台表演中使用的蝙蝠，在笼子里的六只蝙蝠，全部都消失了。察觉到这一点的正是山崎兄弟。

西上基努的死讯传来后，刑警和南美贵子等人离开了吝家宅邸。接着，兄弟二人再次来到了吝家。得知基努的死讯，虽说有些不安，但是并没有因此就放弃对蝙蝠的照顾。两个人去查看了一下情况，发现蝙蝠全都消失了。

很明显不是因为笼子松动了，而是有人故意把蝙蝠放出来的。

“为了渲染死亡的威胁和气氛，故意把蝙蝠的尸体放在那里，又像暗示死亡之地一样画出一个另类的十字架。这种大胆又目中无人的行为，仿佛在极尽所能地嘲讽。这就是恶贯满盈的‘梅菲斯特的反对者’的伎俩。”

“真是华丽的犯罪。”远野宫也这样评价道，“这种脱离常识的手法，我至今都没有遇到过。可谓是前无古人，后无来者。不，希望不会再有来者。”

南美贵子细细咀嚼着两个案件里许多令人惊愕的细节要素。

不顾客人和记者们在场，在即将表演的舞台上，上演了一场触目惊心的杀人案。即使被害者戴着麦克风，也毫不在意由此可能带来的风险。选择木桩作为凶器，并在棺椁内侧上了锁，是为了让大家的视线集中在密室解谜上。但不知出于何种原因，家具全部被挪动了位置，所有的玻璃也都消失不见了。这是一个与平时完全不同的，独一无二的另类作案现场。

在第二个图书室事件中，使用了针这种极为罕见的凶器，将警察的生命和形象玩弄于股掌之中。在现场放火后，利用暗门的动静，诱人进入地下密道，布置下了蝙蝠、十字架和黑暗中的死亡陷阱……

又是一个自我意识过剩的作案现场。

难道……南美贵子忽然比较起了两个事件中使用的凶器。

木桩和针，一大一小。针是对木桩的讽刺吗？为了这种极端的对比，才选择这样两种凶器吗？

不，也许是为了不让警察的制服沾上血渍，才选择了便于隐藏和携带的凶器吧。所以只是偶然罢了，但感觉这个凶手会看着自己设置的一切而暗自得意……总之，是种陷入疯狂的状态。

“西上宅邸事件完全不符合这种华丽的犯罪流程。”南美希风的眼睛里充满悲哀，仿佛是想到了西努用遗志制造出来的密室，“果然还是不同的。那起事件，就像……漂浮在眼泪和血池中的莲花。”

话语在几秒后中断了。

“可是……”

雾冈刑警接着说道：“虽然违背了西上基努婆婆的遗志，但我们仍要怀疑吝家众人。案件已经升级了，没有人可以逃脱嫌疑。”

他用沉甸甸的声音叫嚷道：“南美希风，你认为图书室事件的真凶不是长岛要，对吧？如果是这样的话，你的推论就与现场的密室状态相矛盾。人不可能从封闭的密室中逃脱，也是推断长岛要就是凶手的有力根据，让你的说法站不住脚。尽管如此，你还坚持凶手另有他人吗？”

“密室状况可以破解，破解密室的手段和如何破解都不是问题。”

“你说什么？”

雾冈刑警惊讶到面有愠色，南美贵子也是同样的表情。这样的说法未免太过自大。密室是左右整个事件的关键所在，破解密室怎么看也不是简单的事。

远野宫和大海警官都瞪大了眼睛，像是在揣测南美希风的真实意图。

雾冈的目光突然变得凌厉起来。

“你是说密室不重要吗？”

“正好相反，雾冈刑警。密室关系到长岛先生是否有罪，所以是很重要的事。我指的是制造密室的手段。”

“哦，是吗？”

雾冈刑警像相扑选手出场一样，握成拳头的手就放在桌子边上。

“也就是说，你能识破对方的诡计吗？”

“只要是人设计的，就能够被识破。”

“照你这么说，你有信心能够解开谜团吗？”

“我没说过我能解开谜团。只要大家群策群力，有人能够解开就可以了。而且这也不是自信，而是心态，我希望有人能够解开。我感觉不要把看穿诡计想得过于重要。与这个凶手较量的时候，识破对方诡计之后才更重要，不是吗？”

“之后吗？什么意思？”

“识破物理诡计的瞬间，心理诡计才刚刚开始。从物理诡计过渡到心理诡计，那道看不见的灰暗边界，令人毛骨悚然。在舞台房间事件中，我们已经被那个迷宫狠狠摆了一道，甚至引诱我们解开的谜团都被设了圈套。当我们确信真相的瞬间，照亮心中的白光仿佛就会变成白色的阴霾。这虽然是一种光与暗相互颠倒的奇观，但在意识上却很难接受。与这种心理诡计相比，物理诡计应该更加容易应对。”

“容易应对吗……”南美贵子的声音里充满了忐忑不安。

“这次的图书室密室，比起舞台上的门的诡计，更加麻烦。为什么呢？因为这次的诡计更加难以勘破，所以长岛先生的嫌疑也会越来越大。我们不得不认为，在没有办法逃脱的空间里，只有长岛先生才是那个凶手。这就是凶手的计划，看来这次凶手是认真的。”

“即便如此，你觉得你能够识破他的诡计吗？”

“可以。人类的思考是值得信赖的，一定会发现什么。即使不可能马上找到答案，不断尝试之后，也一定会……可以想象成魔术的奥秘。如果懂得原理，再加上灵活的思维，就能看破大部分的把戏。”

自嘲中夹杂着恼怒，远野宫从鼻子里“哼”了一声。

“我有生以来，还没有识破过魔术的秘密。”

南家姐弟温柔地苦笑着。

“南美希风……”大海警官突然说道：“关于密室的问题，你似乎已经做好了正面应对的心理准备。难不成你觉得那扇暗门，也是一个圈套？”

南美希风露出洁白的牙齿，说道："确实如此。"

"暗门？"

"就是雾冈刑警他们破门的时候，发现室内的暗门已经关上了。主观认为有人逃进了地道，但是里面却没有人，这就产生了矛盾。"

"话说，你说有必要讨论一下。但是……"

"这个不用讨论吧。"雾冈刑警抢先一步打断，并观察着南美希风的反应说，"肯定不是屋内的人把门关上的。不管怎么想，只要屋里有人就会被看到的。而且本来就没有人躲在图书室里，也没有逃跑的机会。"

还没等南美希风开口反驳，大海警官突然两眼放光地说道："是这样的吧，南美希风。"

"你把那个当成是诡计就好。只要使用一些手段就能让暗门关闭，在没有人的情况下也是可以做到的。至于用的什么手段，无非就是用丝线把走廊的门和暗门拴在一起，开门的时候会产生联动。"

"可是，警官。"提出反对意见的正是自己的手下，"不管是线还是其他东西，我们没有在门的周围发现啊。"

"是啊，南美希风。现场没有留下线之类的东西。即使现场正在着火，用火精准地烧掉线也没那么容易吧？即使用了三重密室中使用过的那种瞬间烧毁的油，留下来的痕迹也不可能逃过所有人的眼睛。即便如此，你还认为这是诡计吗？"

"还有比您说的更简单的做法。"

大海警官吃惊地说道："更简单的？"

“与其说是一种手段，倒不如说是对于现象的利用。不过，能否实现，就要验证后才能知道。如果不行的话，就得换一个想法了。”

“现象的利用？”

大海警官似乎有兴趣了。他想知道比使用线更简单的手段是什么。南美贵子也觉得不可思议。而且，警察已经调查过了，没有发现任何可疑之处。

“简单调查一下就能知道。”

南美希风的话似乎激发了大海警官的热情，也可能被视为是对他专业的挑战。

他敏锐地盯着南美希风一会后，抬起下巴继续说道：“现在就能知道结果吗？”

“是的，很快就能知道。”

此时，负责现场调查的警察起身说道：“那我们现在就去看看吧。”

4

南美贵子刚站起身来，一股疲惫感就涌上全身。毕竟从傍晚开始，就一直在经历非正常死亡。

两个案件都有可能是谋杀，因此难免要接受警方的问话。

即便是身经百战的刑警，恐怕也是第一次遭遇如此密集的调查吧，而且案件与熟悉的犯罪方式截然不同，可以说是史无前例的大案件，凶手把警察玩弄于股掌之间。

而且，几乎没有人能好好地吃上一顿饭。

虽然众人难掩疲惫的神色，但他们被内心燃烧着的斗志所驱使，没有停下工作的步伐。

南美贵子观察着弟弟的身体。呼吸、脸色、状态，都没有值得担心的异状，但是她还是有点担心，毕竟在早些时候，刚刚经历了很多的压力和精神冲击，还遭遇了密道的危险。不过，现在还没出现不舒服的情况实属罕见，不会是外表看起来没事，其实身体已经超负荷了吧？胡思乱想的南美贵子暗中告诫自己不要杞人忧天，要往好的方面去想。

南美贵子又想到了自己的事情。

自己会不会因为疲劳导致面容憔悴呢？扑灭图书室的火以后，去洗了脸，又补了妆，但在炎热的夜晚，可能已经出油脱妆了……

不过，这些日常的烦恼让她的头脑变得更加灵活，她突然冒出了一个念头。

“雾冈刑警刚刚说过……”南美贵子停顿了下，继续说道，“各家的人，都摆脱不了嫌疑。”

“嗯，是的。”

“但是，当时去西上家的人，有不在场证明吧？至少，图书室事件跟他们毫无关系。紫乃小姐自不必说，与我同行的冬季子夫人也是如此。那个时候施工图和巡警都还安然无恙。”

“是啊……”

“说起来也非常讽刺。意外死亡的基努婆婆，让西上家的所有人都背上了嫌疑。现在形势逆转，居然提供了无罪的证明。真是塞翁失马，焉知非福啊。”

南美希风若有所思地答道：“基努婆婆的愿望，也算实现了一点吧……”

没错，那时待在她身边的人，都不会被当成凶手和共犯。

沿着走廊往左转过去就是图书室。

走进越发昏暗的走廊，南美贵子本能地停下脚步，脑海里倏地掠过坐在地上的死者身影。

“会不会是？”突然开口的是远野宫。

“凶手会不会是故意将巡警的尸体放在门口，这也是计策吧？”

“什么计策啊？”大海警官紧接着问道。

“拖延时间。不知是为了争取逃跑的时间，还是为了完全毁掉密道的资料，但是这么做确实能拖住赶来的人。无论谁在走廊上看到倒下的人，步调都会放慢。为了确认倒下的人的情况，就会花费大量时间。要进门也得把尸体挪开。”

“凶手冒充巡警时，尸体自然是被隐藏在室内的，到了最后才会把尸体放在门前。其意图可能正如您说的一样。但就凶手而言，主要还是出于他的强烈表现欲吧。”

五人终于到了图书室的门前。那里已经拉上了禁止入内的警戒带。

南美希风向大海警官问道：“大海警官，巡警的尸体是靠在门上的，这样能从室内把门关上吗？”

“可以关上的吧。从门的缝隙中探出上半身，伸出手扶住巡警的尸体。让尸体保持平衡后，迅速放开手，从室内把门关上。这时尸体有可能会倒下，也有可能保持不动。”

“也就是说，即使凶手从室内把门关上，也没有不自然的地方。”

“你是想问是不是同伙做的吧？如果有从这扇门逃出去的同伙，只要在门外将尸体摆好就行。如果能够证明从室内无法将尸体的姿势摆放得那么自然，就能推断是凶手的同伙在门外做的。”

“是啊。”

雾冈刑警皱起了鼻子冷冷地说道：“可是，事情不会那么顺利。先不说这个，你还是快点演示一下在无人状态下关闭暗门的方法吧。”

“只是试一下是否可行，也许也行不通。”

“先来试验一下吧。”大海警官把注意力都放在了暗门上，“你需要什么道具吗？南美希风，你想要怎么做呢？”

“只要帮我打开暗门就可以。”

“这样啊。”大海警官用半信半疑的眼神盯着南美希风，看了一两秒后接着说，“这样就可以的话，那就省事了。”

大海警官亲自抬起警戒带，打开房门踏进了室内。坏掉的滑动锁发出咔嚓的响声。雾冈刑警也钻过警戒带，紧随其后。

南美希风还站在走廊上，南美贵子和远野宫没有动，只是好奇地看着他。

电灯被打开后，照亮了泛红的墙板、深红色的地毯……

图书室的面积有十五六张榻榻米大小。纵深方向呈长方形的房间里放着一张桌子，桌子后面是一扇窗户。以桌子为中心，四周还残留着触目惊心的焦痕，甚至还能感觉到刺鼻的烟尘。暗门位于右前方较远的地方，但它离房间右侧的出口并不远。大海警官打开暗门，合页装在靠近一侧，沿着竖轴向屋内打开。

“这样可以吗，南美希风？”

打开的宽度大约有五六十厘米。

“可以了，窗户是关着的吧？”

“那是自然。”

“那么，请回来这里吧。”

两名刑警困惑地对视一眼，就又回到了门外。雾冈刑警满脸都是不耐烦的表情。

两个人回到走廊上后，南美希风有些紧张地环顾着屋内。

“跟当时的条件差不多。”他自言自语道。

“然后呢？”大海警官催促着说道。

“把门关上，谢谢。接下来，我只需要用力再把门打开。”

“什么？”雾冈刑警大声地吼道。

南美希风淡然地补充道：“因为是重要证物，在搜查过程中没有被粗暴对待过吧。那么现在粗暴一点，可以吗？”

大海警官好像理解了他的意图。

“想要完全再现出来啊？原本应该用力踹开才行，是吧？”

“是的。”

“虽然鉴定工作已经结束，但是，现场留下被踢坏的痕迹还是不太好。以手用力推开的话，不行吗？”

“那就试试看吧。”

雾冈刑警做了一个“知道了”的手势后，把门关上了。

为了不遮挡众人观察暗门的视线，雾冈刑警放低了身体。

“像要踹开那样，用力推开就行了吧？”

“拜托了。”

雾冈深吸一口气，把力量集中到肩膀和手臂用力推开了门。门向屋内弹开，张开了手臂长短的缝隙。

视线集中在暗门方向的南美贵子，“啊”的一声大叫起来。

其他人虽没有出声，但都愕然地瞪大了眼睛。

暗门突然动了起来，像是要关上一样。

虽然只移动了二三十厘米，但是，暗门确实动了。

“跟那个时候一模一样吗？”

面对大海警官气势汹汹的提问，觉得自己猜对了的南美希风，如释重负地答道：“那个时候，暗门打开的缝隙更小。”

雾冈刑警弯着腰，伸着胳膊的，惊讶地说道：“我知道了，是风和空气把那扇门关上的。”

听他这么一说，南美贵子也理解了原理。

“是吧，南美希风？”雾冈刑警激烈地说道。

“是的，说气流有点夸张了，但是空气的流动确实能造成这种现象。”

远野宫恍然大悟地说道：“是猛地打开门时产生的风压引起了空气的流动，产生了风。”

“其实是十分日常的现象，大家应该都遇到过的。有时在特殊的空气流动下，远处的门会砰的一声自动关上。当然，这也不是随时都会发生的现象。通常与房间结构和通风程度有很大关系。即使在同一地点，也要满足一定条件才会发生，例如在打开窗户时。”

“话说，我家以前也遇到过这种情况。”南美贵子帮弟弟解释道，“我家二楼是西式房间，当套间的门和窗户都开着的时候，打开走廊的门时，套间的门就会‘砰’的一声关上，那时吓了我一跳。”

“图书室也会出现同样的情况，可能是因为墙壁和书架之间的间隔太窄造成的。”南美希风指着暗门的方向说道。

屋内有一个书架与有暗门的墙壁平行，相隔约一米左右。这个书架就像一堵墙一样，塞满了大开本的书籍。书架位于房间的中央，窗户一侧和走廊一侧各留出一部分空间作为通道。

“就算走廊的这扇门开得再猛，造成了风压和空气密度的变化，对整个图书室来说也不会有太大的影响。”

在南美希风解释的同时，屋内的雾冈刑警已经走到了暗门旁边。

“不过，当被施加压力的空气瞬间流进墙壁和书架之间，因为通道变得狭窄，速度就会随之增加。”

“流体的速度、压力、空间的横截面积。”远野宫像是在想起了曾经学过的知识说道，“是伯努利定律。”

“还要加上房屋的特殊条件。例如，施加在门上的强烈震动，容易传递给暗门，还有足以支持暗门移动那么长距离的合页，等等。”

雾冈刑警将暗门开得更大了。

“也就是说，能够打开暗门的凶手很清楚这栋建筑物的特殊性和空气压力带来的影响？”他一边带着厌恶的口吻说道，一边回到了门口。

“凶手正是利用了这一点。在室内着火的紧急情况下，一定会强行破开被锁住的门。”

雾冈刑警觉得只凭一次实验就这么断定，有点不服气，便又重复了一次实验。他先是缓缓地打开门，但这次暗门没有动静。当他关上房门，再次用力地把门打开时，果然还是出现了同样的结果，暗门像是要关上了。

“破门的时候，我好像看到了那边有人影……”

“我也觉得看到了。”南美希风表示了赞同。

可能是臆想出来的假象吧，南美贵子在心里思忖道。

“但是……”雾冈刑警有些不能理解地问道，“那个时候暗门移动的角度更大，几乎要关上了。”

“不是火焰的影响吗？热气流使房间内外产生了温度差，引起了空气的流动。再加上屋内的氧气被大量消耗，空气形成对流，所以那一刻产生的空气流动要比现在更强烈，也使暗门关闭得更加剧烈。”

“不得不承认，被凶手摆了一道啊。”

“那个暗门说不定就是潘多拉魔盒的盖子呢，雾冈刑警。”南美希风接着说道，“潘多拉魔盒创造和传播了密室杀人。因此凶手搞出密室之后，我们就会被困在密室杀人的概念中，追逐虚幻的凶手。门是关上了，但是潘多拉的盒子却被打开了。”

“你是说密室杀人是只在故事中出现的概念，暗门关闭的那个瞬间，屋内不一定有人。既然如此，按照常理又要怀疑长岛要了。他倒在密道中的时间，可以提前几分钟，在十分钟或二十分钟之前倒下，情况才那么严重吧。”

“不过，这种情况下……”南美贵子追问道，“是谁放的火呢？在警察进入图书室的五六分钟之前，就有人放火了吧？”

几个人同时核对着记忆，放火的时间是在进入房间的五六分钟前。最初，是在车上发现了小火苗，时间是九点五分左右。然后大家冲进屋内，在图书室的走廊停下脚步，一边警戒一边小心翼翼地靠近，然后发现了死亡的巡警。再把尸体移开，踢开了门。虽然感觉过了很久，但是实际上也就用了五六分钟，这一点所有人已经达成共识。

回答南美贵子的问题之前，南美希风又问了一个问题。

“未必是亲手放火吧，雾冈刑警，也许是用了定时点火装置呢？”

“没有发现类似的机械装置。”

“也有不使用机械装置，利用化学现象的方法吧。如浓硫酸、黄磷、生石灰和水的反应、氯酸钾……有短小的蜡烛头吗？”

“关于这一点，已经提醒过鉴定部门了，但是目前的情况是完全没有发现任何相关的痕迹或成分。明天我们会请专业的火灾调查员进行调查。”

“但是，如果是亲手点燃的话……”

“没错，南美希风，如果是这样的话，除长岛以外还有其他凶手的说法，就说不通了，因为放火的人也没有时间从密室里逃出去。”

“嗯……间垣巡警的推测死亡时间，是在我们发现他的三十分钟前，大概八点半左右。然后其中一个凶手假扮成巡警，在屋内做好了焚烧施工图的准备，在密道里也画上了十字架。按照我的说法，长岛先生是遇袭后，才被抬往密道的尽头……”

远野宫接着补充道：“还有密室的诡计。不管怎么说，现在可以证明暗门是自动关闭的。”

也许是为了调节气氛，他又轻快地向大海警官建议道：“顺便说下，大海警官。这个年轻人认为天窗可能被凶手做了手脚。能让他看一下锁的构造吗？或许能提供一下推理的材料。”

出乎意料的是大海警官没有犹豫。

“就当作是特例吧。”他一边移开视线一边继续说道。

南美希风提出的西上基努是意外死亡的观点，以及刚刚解开了暗门的秘密，都给大海警官留下了不错的印象。

不过，大海警官向南美希风和南美贵子投去了严肃的目光。

“这可不是值得推崇的特例，所以请不要对外公开。尤其是你，南美贵子小姐，绝对不能刊登出来，最好也不要告诉你的上司和同事。如果在调查程序和立案方向稍有差池，南美希风就会成为调查官们针对的对象。”

“您不用给我们施加压力。南美希风是自愿帮忙的，所以我们也会好好地协助你们。而且，警官先生，如果出了什么事情，下达指令的你也有一半的责任，请你不要逃避责任。”

“不会有什么问题的。”远野宫腆着大肚子，露出确信的表情。

“大海警官和南家姐弟都是深谋远虑、聪明理性的人。适度合作，能有效地找出这个狡猾的凶手。”远野宫接着又斩钉截铁地说道，“再说我们已经处于特例之中了。”

“首先这次的事件就极为罕见。我作为事件相关人士，能够与现场的各位警务人员一起进行调查工作，本身也是特例。对于充满特例的本次事件，墨守成规的保守态度，只会成为调查工作上的阻碍。当然，还是要谨慎一点的，以免引起周围人的怀疑。”远野宫说着轻轻一笑。

“大海警官，现在正是使唤这个青年的时候，你怎么看呢？”

大海警官转过脸看向南美希风。

“你想看看天窗吗？南美希风。”

“如果允许的话，我想看看。我还想检查一下大门和周边环境。”

“门锁上做了手脚吗？”雾冈刑警依然是不信任的口气，“作为踹开门的人，我可以负责任地说门是锁着的，门闩也一样。那样的锁能做什么手脚呢？”

“雾冈刑警，你们挪动了巡警的尸体。那个行为要是也被凶手利用了呢？这也是凶手的惯用伎俩吧？”

“就算挪动了又能怎么样呢？”

南美希风蹲在门前。

“门下面有缝隙，可以穿过线。有没有可能通过门缝，把线绑在尸体上拉动滑动锁的螺栓呢？”

大海警官露出思考的表情，盯着锁的位置。

雾冈刑警抿着嘴唇凝视着房门思考片刻，开口发表了意见：“这跟螺栓的移动方向不符。从走廊上看，螺栓只有向右滑动才能锁住门，就算从门的门缝里拴上线，也无法滑向右侧。”

从门缝里用线拴连，只能移向下方或者左下方。

“改变线的方向吗？那就只能将螺栓向右拉扯的线，顺着某个点绕一下调整到左斜下方方向，再通过门的缝隙，将线拴到尸体上。”大海警官这样说道。

弯下身体的南美希风观察着门的下方。

“但是……”大海警官又接着说道，“没有发现使用那个方法的痕迹吧？雾冈刑警。”

“改变方向的基点痕迹吗？墙面上没有凹凸部分，为了拉住线，要有一个能挂得住的点。但是，墙壁上没有任何针孔或者胶水的痕迹。”

看到南美希风站起身来，脸上一副毫无线索的表情，雾冈刑警便对他说道。

“按照你的说法，还缺少一件物证吧。间垣巡警的皮带上绑了线吗？结果没有的话，那滑动锁上也不会有。”

“也有可能在慌乱中，凶手悄悄收了回去。两名刑警专注于灭火和潜下密道追捕凶手时，现场一片混乱，尸体就停放在走廊上。”

南美希风充分调动着想象力，继续观察着门和周边环境。

“可是仔细想想，没有必要做那样危险的事情。可能是我过度关注尸体了。如果用线的方法，凶手亲自动手就可以了，不过这不太切合实际。即使凶手再大胆，也没有必要选择这种冒失的方法。”

“冒失的方法是指？”远野宫连忙追问道。

“如果凶手是在门前实施密室诡计的话，那个时候巡警的尸体就只能放在门口了。”

“嗯，不在室内。”

“将尸体放在身边，被人看到的话，对凶手会极为不利。当他将遗体搬到走廊后，一定会想尽快地离开，而不是在有尸体的门前耗费时间。”

“你的意思是那种情况下，并不适合布置精密的密室诡计。但是，如果只能通过这个方法才能让密室成立的话，凶手就没有其他选择余地了。”

“是啊。但如果没有能够改变线的方向的基点，这样的推论也只是空中楼阁。”

“还有钥匙的问题。钥匙是从屋内插进钥匙孔的，凶手在外面能够做到吗？”

“我想确认一下，如果钥匙插在里面，就不能再从外面用钥匙上锁了吗？”

“不行，钥匙都插不进去。”

南美希风再次观察了一下钥匙孔和还留有破坏痕迹的锁舌部分，继续说道：“锁舌歪了，看来是上了锁啊。”

“当然是上了锁的。”雾冈刑警声色俱厉地回应道。

“以前好像在推理小说里看过类似的情节，把线系在钥匙上，穿过钥匙孔，再从外面拉动线，使钥匙插进锁孔里……”

“不可能的。我们也考虑过可能会做手脚，便都做了检查。”

“用线做不到吗？”

“这个锁肯定做不到。钥匙和锁孔的尺寸是非常吻合的，钥匙上缠不了线之类的东西。在钥匙齿上缠线也行不通。即使巧妙地利用线把钥匙拉进了锁孔也没用，门锁一旦锁上，钥匙的齿轮和锁内的钥匙槽就会咬合在一起，线就会被夹在里面。”

“老式锁也是一大难题啊。”

“当然。你要进屋里亲眼看看吗？”雾冈刑警哼着鼻子追问道。

“那就进屋吧。”大海警官打开了房门。

“在此之前，为了避免引发问题，请戴上这个触碰物品。”雾冈刑警一边这样说着，一边将白手套递给了南美希风。

“好的，谢谢。”

南美希风戴上手套走进室内，刚进门就检查了门左侧面积不大的墙壁。

那边是一堵平整的墙，上面有电灯开关，但没有照明灯具，墙壁前也没有摆放任何家具。

南美希风摸着墙说道：“我们讨论下密室被发现时的情况吧，也就是由发现者打开密室后，藏在室内的凶手有没有可能逃走。”

“这个问题已经确认过了。”

大海警官回复后，便再次观察起了那堵墙。

“你们所有人冲进门时，都被熊熊燃烧的火焰吓了一跳，那个时候你们都堵在了门口。”

“确实如此。”远野宫确定地回应道。

“雾冈刑警和南美希风跑进了暗门，远野宫先生和土肥刑警在离门不远的地方，南小姐……南美贵子小姐等人，站在屋内和走廊的交界处。接着，接到雾冈刑警灭火指示的土肥刑警，去屋内的东侧拿到灭火器后，便回到桌子前开始灭火。南美贵子小姐为了拿手电筒又回到走廊，但是快要跑到东西向的走廊时，遇见了赶来的上条春香小姐和诹访小姐。南美贵子小姐讲述了情况，表明了想要手电筒的意愿。诹访小姐就跑向了位于东侧的杂物间和储藏室。这时，注意到骚乱的细田先生也跑了过来，便拜托他去拿手电筒了。抛开短暂离开的诹访小姐，南美贵子小姐和半路赶来的春香小姐一直都站在走廊里。”

南美贵子不自觉地点了点头，表示认可。

“因此，就算是凶手能够趁土肥刑警不注意时逃跑，也会被人看到……南美贵子小姐，你和春香小姐的视线没有离开过图书室门口吧？”

“只有两秒左右，我和春香目送诹访小姐离开以后。因为背对着犯罪现场，突然感到害怕，就马上回头了。再加上我也担心南美希风。”

“我们的安危就无关紧要啊。”雾冈刑警苦笑着调侃道，随后又一本正经地说道，“两秒钟之内，没人能做得到什么，也做不了什么事。”

大海警官总结道：“总之，不管两秒也好，十秒也罢，这条走廊上就没有其他房间的门和窗，根本没有可以逃跑的地方。”

“如果走廊没有隐藏密道的话。”

南美希风的话让大海警官顿时语塞。

“即使有调查的必要，也不可能成立。凶手没办法预测门前会聚集多少人，他无法期望自己能有逃跑的机会。就算有暗门和火焰等分散我们的注意力，也不能保证可以逃过聚集在门前的所有人的眼睛。妄想避开他们的视线，根本不现实。”

“确实如此。除非是孤注一掷，否则不太符合常理。而且走廊上的暗门还得是那种能够轻易打开的类型，从物理上来说基本不可能。何况还有姐姐她们这些目击者，就更不可能了。”

“我再补充一点上锁的事吧。根据案发时的举动，只有你们距离图书室大门内侧比较近。所以，在门被踢开之前，也只有你们才有机会往锁眼里插入钥匙，做出伪装。”

“也就是说……”南美贵子苦笑着说道，“警方不认为有人能在当时插入钥匙，也就说没有怀疑过我们吧？”

“姑且这样认为吧。”

“在门被踢破之前，钥匙就已经从屋内插进钥匙孔里了。”

南美希风说完，又把电灯开关和地板都仔细地检查一遍，最后只能无奈又不甘地离开。

“让我看下门锁吧。”南美希风在门前做好准备。

舞台房间以外的滑动锁上虽然没有固定的锁簧，但是都相当结实。南美贵子也看了一眼，发现可以滑动的扁平棒状螺栓已经弯曲得非常厉害。比起锁本身的状况，锁鼻的扭曲更加明显。固定的木质部分也有裂缝，可以看到内部露出了新的木纹。使用钥匙上锁前的锁鼻和螺栓也是如此。

“看起来非常自然。”

“是啊。”南美希风同意姐姐的说法，又检查了整个门，“滑动锁的旋钮也没有异常，没有任何可以激发想象力的痕迹。”

室内一侧的合页虽然陈旧，但也很结实，毫无异常。

“警官，接下来可以看看那扇暗门吗？”

“那可颇有意思啊。”还没等大海警官回答，远野宫就抢先说道，并向前走去。

南美贵子也抑制不住好奇心，跟了上去。

迅速来到暗门前的雾冈刑警关上了还开着的门，似乎打算负责解说。

南美希风、南美贵子和远野宫都盯着墙壁和门的交界处。门被浮雕模样的柱子分割成了整块，所以柱子和墙面的交界处会有缝隙。

“有点难以理解啊。”远野宫感叹地说道，“这么一看，感觉就只有缝隙啊。”

一脸赞同的南美希风用拳头敲敲门的表面。

“听起来不像是空心的。这是怎么打开的呢？雾冈刑警。”

“是这里。”站在门左边的雾冈，轻轻抬了抬脚。

“踩这里。”

他把脚尖踏在踢脚线的右上方。稍一用力，开关就沉了下去，与此同时，暗门就打开了。

“原来如此。”

远野宫看向暗门的转轴。

“这个厉害。如果转轴也伪装成墙壁，门就会受到柱子的妨碍而打不开。”

南美贵子能够理解这个原理。她的朋友在厨房的空隙里放了大小正好的冰箱，结果冰箱门被墙壁抵住就打不开了。

“所以，这道门的轴部在内侧，门会向内打开，是很完美的构造。”

“这个开关也设计得非常巧妙。”

南美希风突然蹲了下来。

“没人告知的话根本找不到吧。这个能向下按进去的开关，为了配合纹理，是光滑的不规则形状，宽七八厘米，高两厘米。”

南美希风稍稍站起身来，向门的背面看去。

“这边也有同样的开关，一按就开，好厉害啊。”

“现在还可以发挥作用的装置……”南美贵子把原本的喃喃自语，提升到了正常音量，“是一郎先生或者其他人在保养吧。”

“估计是从亥司郎那里继承来的。”

南美希风关上门，转身回到屋内。

“雾冈刑警，你能告诉我旧黑宫邸的施工图藏在哪里吗？”

雾冈轻轻用手指了指，一言不发地走了过去。

在图书室里连接走廊和窗户的南北向上，摆着三个不面向墙面的独立长书架。其中一个在桌子的右侧，剩余两个则在左侧。

雾冈刑警站在从入口往左数的第二个书架的靠窗一侧。

“我夹在了第二卷和第三卷里面。”

那里整齐排列着五卷黑色封面、B4尺寸的资料图鉴。

“从外边根本看不出施工图夹在里面。”

南美希风理解地点了点头，环顾四周。书架上摆满了数千册图书，其中B4尺寸的图书数量在整个图书室中恰到好处。

“凶手应该是在很短的时间内就找到了，大概是运气好吧……”

南美希风转过身看向了大桌子。

“那么，差不多该看看天窗了吧。”

远野宫露出一脸期待的表情，雾冈刑警却斩钉截铁地说：“我倒觉得那里不会有什么线索。”

5

桌子的中央部分被烧得特别厉害，已经变成了鳞片状的焦炭。尽管整个桌板也有损伤，但因为灰烬和灭火器的残渣已经被清理干净了，桌子还是显得很整洁的。朱红色的桌布几乎都被烧光，只剩下了一小部分。

再次见到中央部分那历历在目的烧痕，南美希风的眼前又浮现出了火焰的威势。满屋满眼都是耀眼的红色光芒，迎面袭来的热风，本能的恐惧……

“房间里到处都是易燃物，幸运的是没有演变成一场大火。”

南美希风的这句话提醒了南美贵子，她不禁问道：“这么说起来的话，凶手知道窗帘也是防火的吗？”

“嗯，应该不知道吧，毕竟没有使用阻燃材料的理由。”远野宫连忙回答道。

“在寻找可燃材料的时候，最明显的就是窗帘，顺势就用了吧。”

虽然这种观点很正常，但南美希风多少有点在意。比普通纸张更难燃烧的施工图和阻燃窗帘，肯定存在什么共同点。但是，这样做有什么意义吗？

目前只能认为是偶然，做出判断的南美希风对雾冈刑警说：“我可以把椅子放在桌子上吗？”

“可以啊。”雾冈刑警和大海警官用眼神进行交流后，做出许可。

南美希风选择了火灾中受损程度最小的椅子。其座面、靠背、扶手部分都是红色的皮革，非常气派。“焚化炉”也使用了同种椅子。

将具有相当分量的椅子放在桌上后，南美希风一边喘着粗气，一边打量着位置。天窗就在“焚化炉”的椅子的正上方。

“从桌子到椅子，再到上面的天窗。乍一看，确实很像逃脱用的梯子。不过很有可能是长岛为了误导我们故意设置的，想让我们浪费时间调查这条逃生路线。”雾冈刑警说出了自己的想法。

“是的，太显眼了，就像魔术师挥舞的手帕。”南美希风抬头看着椅背，“但是，总觉得那里有什么重要的东西在等着我。”

“密室诡计？”

“有可能，也许又是一个陷阱。但不解决它的话，就没办法继续前进，不是吗？”

“明知山有虎，偏向虎山行吧？”

远野宫的口中，总是会出现一些老谚语。

“总之，还是上去看看吧。”

南美希风踩在桌子上，小心翼翼地爬了上去。然后小心地站了起来。

他走动时，桌子依旧稳当，完全没有因为火灾而变得脆弱。

他用右脚踩上椅子，站到上面，一下子就靠近了被煤烟熏污的天花板。

天窗是竖直安装的。走廊一侧的天花板高出一段，因此这里要更低一些，天花板在这个高度水平地延伸到窗户。

同室内的窗户一样，这里的窗户也非常陈旧。纵向直立，有半张榻榻米的大小。厚重的奶油色的木质窗框中，纵横排列着细小的格栅。虽然还残留着煤烟的污渍，但是因为鉴定人员已经调查过锁头，所以被清理得干净了一些。

由底部向外推开的窗户，会像钟摆一样移动。

此时从下面传来了雾冈刑警的声音。

“在这栋宅邸中，只有天窗是这种样式。锁的样式也是一样。这样的天窗还有三处。”

窗户上有两把锁，一把在左边，另一把在底部窗框的左边。

接着又传来了雾冈解释的声音。

“本来，只有左侧的一把锁，但是因为老化严重，再加上图书室又是最怕漏雨的地方，为了以防万一，就在底部的窗框上新加了一个执手锁。说是新加上去的，也过了十几年了。”

细长的圆柱形插销安装在窗框上。它在窗框的表面，也就是室内的一侧。关上窗户后往下一推，插销芯就会钻进窗框的洞里上锁。

抬头向上看去，就能看到主要的那把锁。它在窗户的半腰处，是一种可以拧动的锁，会让人联想到水龙头的把手。虽然没有那么大，倒是容易握住，看起来也非常结实。

锁的外螺纹部分横跨墙壁和窗框两边，内螺纹部分则是在窗框上。

南美希风抓了下淡蓝色的开关把手，感觉像是坚硬的橡胶。将粗大的外螺纹顺时针旋转，就会水平地插进内螺纹。虽然是年代久远的东西，但是出乎意料的润滑流畅。转动四次左右，就会完全锁住。

在窗户的右侧，有一根开窗时用来固定的杆子。

这时又听到了雾冈刑警的声音。

“过去使用的普通执手锁，可以用一种类似锯子的工具从外面插入窗框的缝隙里开锁。不过这里的锁不行，窗户和锁都不一样。”

“窗框也没有缝隙，连一页纸都塞不进去。”

“所以绝不可能从外面打开或者锁上那把锁。”

“单单这把拧动的锁就已经是坚不可摧了，何况还有一把插销。两边都上着锁，就更不可能了。所以，我再三强调过凶手不可能在窗户上做什么手脚。”

仔细观察了整个天窗和周围墙壁的南美希风不得不承认：“这确实不是一件容易的事情。”

说完立马望向窗外。

“外面的屋顶情况如何？有没有人走动过的痕迹呢？”

“这个很难判定。被雨水冲洗后，尘土都被冲走了，屋顶和墙壁都变得非常干净。即使有人走动过，也很难留下痕迹。而且也没有发现鞋子摩擦的痕迹这类的证据。”

透过天窗，能够看到天窗下方平坦的石砌屋顶。这部分没有二楼，就像缺了一块的立方体凹了进去。加之两侧有高墙，所以在这里做手脚，倒是不太会引起别人注意。从屋顶的边缘滑下去回到地面，也不困难。

南美希风打开窗户，努力保持平衡，仔细观察外面。锁、合页、窗框周围、屋顶……

然而警方并无疏忽，没有一点能够引起注意或刺激想象力的线索。

南美希风锁好天窗，准备下去。

在被雾冈刑警询问之前，自己率先开口说道：“确实给人一种坚不可摧的感觉。”

“这种情况下也能做手脚吗？”

“人的智慧会创造出各种意想不到的东西。我非常期待自己能够找到那个灵感。”

密室关系着到长岛要的命运，是至关重要的问题。如果他是无辜的，那么他不仅差点被凶手杀死，还成了嫌疑人，背负了杀害警察、连续杀人等不实之罪。

从桌子下来的南美希风，感觉自己抓到了方向。正因密室的坚不可摧，才有了前进的方向。

门和天窗，凶手没有留下任何痕迹，也就是说，可以排除掉挑衅式心理诱导。这与三重密室的性质完全不同，换句话说，这回没有设下以识破诡计为前提的陷阱。凶手在认真地谋划，不想让刑警掌握这次密室诡计的线索，并让长岛抵罪。即使警方还没有正式确定长岛就是凶手，但只要怀疑上长岛就偏离了方向。

凶手瞄准的正是这一点，才设置了眼前这个不会被识破的密室吧。

还是说，考虑到警方从第一起案件中吸取教训，才设下的这个陷阱，也就是尽量减少了自我满足的表现欲。我们暂时还不清楚有没有可能留下不易察觉、极其细微的虚假线索来误导我们……

“不可能的。”南美希风连忙摇了摇头说道。

能够察觉到精神陷阱是好事，但是过于过度揣摩，只会束缚住自己。曾经也有历史人物写过“无知和迷茫误导着我们”，但是过度摄取知识，也会带来同样的后果。

南美希风的感觉是凶手有自信不被识破，才设置了这个密室。

另外一个感受是煤灰的问题。煤灰覆盖天窗，或许是凶手计划中的关键部分。天花板上的窗户很少有人触碰，所以被蒙上了一层灰尘。如果凶手在这种状态下触碰窗户，就会留下痕迹。为了避免这种情况，凶手就用煤灰覆盖了天窗。

实际上搜查过的锁的周围，已经没有煤灰了。也就是说，灰尘也一起被擦掉了。这也是凶手的目的吧。

说不定凶手事先就掸去了整扇窗户上的灰尘。这样一来，即使观察煤灰下面的灰尘，也不会产生怀疑。只要在这一点上没有违和感，就能让观察的人断定，灰尘只是隐藏在煤灰下面的薄薄一层而已。正因为有了这样精妙的算计，“焚化炉”才被放在天窗的下方。所以，凶手在明知会暴露逃生路线的情况下，不得不把桌椅留在那里。或许那把椅子可能并非误导用的。

情绪逐渐亢奋的南美希风向雾冈刑警问道：“最近有没有人打开过或者打扫过天窗呢？”

“嗯？还没有问过相关人员呢。”

“这样啊。”

南美希风再次爬上椅子观察天窗。果然，煤灰比较碍事，妨碍自己调查。令人吃惊的是，整个天窗并没有积下厚厚的一层灰。

南美希风爬下来后又认真地思考起来。除了灰尘之外，还有什么能被煤灰掩盖住的东西吗？只能是动过手脚的痕迹。例如，使用胶带的痕迹。从锁上撕下胶带后，可能会粘掉表皮。黑色的斑点或者纹理的粗细都会发生变化。但是，如果上面沾上了煤灰，当煤灰被整个擦掉的时候，其他部分的表面也会变成类似的状态，至少有问题的地方，又会恢复成被煤灰熏过的样子。这也是模糊状态差异的有效手段。

没准凶手就是想要抹去触碰过天窗的痕迹，才这样做的。而且这个方法与图书室事件中出现的特征都有惊人的共同点。就是让发现者或警察采取理所当然的行动，帮助凶手完成自己的计划。为了鉴定调查，必须清除煤灰，证据就被破坏了。聚集在天窗周围的煤灰，也许就是顺着凶手谋划产生的必然结果。如果是这样的话，就是说煤灰下面藏着凶手真正想要隐瞒的东西。

南美希风一边思考，一边靠近室内的腰高窗。即使相信自己的直觉和观察力，也不能把注意力都放在天窗上面。因此。南美希风也要对腰高窗也进行缜密的观察。

双扇的推窗看不到灰尘，窗框的中央有一把月牙锁。南美希风仔细地观察着窗框和玻璃窗……

他打开窗户，用手晃了晃铁栅栏，并检查了与墙壁的接合部分，完全没有异样。

等他关上窗户，离开那里之后，雾冈刑警说道："材料收集完了吗？"语气中没有讽刺，甚至带有做过同样搜查工作的理解。

"没有什么遗漏吗？"

"目前来看，暂时想不出还有需要调查的东西了。感谢你们允许我调查……"

远野宫来到南美希风的身旁，轻轻地拍了拍他的肩膀。

似乎在说你这样操劳，心脏没问题吧。南美希风能体会到他的担心，做出了一个让他放心的表情。

接过手套后的雾冈刑警不耐烦地看着屋内。

“这个凶手制造密室的手法固然惊人，但是凶手也会有失误的时候吧，甚至有可能是重大失误。”南美贵子转向雾冈说道。

“在密道里面意外缺氧，差点死掉的失误吗？”

“不能否定这一点。也许他一开始就打算演一出苦肉计，结果计算失误。”

雾冈刑警用追问的眼神看着南美希风。

“你还坚持你的立场，认为长岛要是无辜的吗？”

“没有证据，不敢断言。要是长岛先生是凶手的同伙，倒是有这样的可能。凶手认为长岛先生已经没有利用价值了，就把他引诱到密道里。但是，在这种情况下，真正的凶手也必须从屋内逃出去。”

“你还是认为这是一个典型的密室杀人案件吗？”

“是的。”南美希风再次确认道。

这个密室事件，才是整个事件中真正的密室杀人事件。图书室的这个密室，是继吝一郎事件、西上基努事件之后的第三个案件。但是，被认为是封闭的舞台房间其实有逃脱密道。因为存在出入口，所以那只是仿造的密室杀人。西上基努的事件也不是密室杀人，而是意外死亡。但是，这次的事件却不同。房间里没有什么秘密的逃脱路线。间垣巡警的死，也非自杀或者意外。在现实世界里根本不可能发生的密室杀人事件，确实地发生了。正因为认为现实世界中不可能有密室杀人，所以雾冈刑警他们才会坚决否定，保持符合现实逻辑的思考。不仅如此，这次事件的另一个特点也给南美希风带来了很大的冲击。

“如果这是一起完美的密室杀人案件，将会是十分反常的现象，无疑是个特例。”

这次案件既是真正的密室杀人案，也具有打破原有形式的要素。如果是偶然当然再好不过。但要是凶手刻意为之的，就会让人毛骨悚然。

“哪里比较反常呢？”

无论“梅菲斯特的反对者”是怎样的天才，也没有办法做到如此深不可测的地步吧。

“不管是伪装成自杀，还是利用意想不到的逃跑路线，密室杀人的前提是尸体出现在现场吧？”

“嗯……”低声嘀咕的远野宫，倏地看向了门外。

“但是，这第三起案件，虽然是密室杀人，尸体却在密室外面。”

无比的讽刺，已经超出了限度。

“的确……”大海警官略显苦恼地说着。

“而且，雾冈刑警，如果长岛先生是凶手的话，就会产生奇妙的反转。”

“还有什么其他情况吗？”南美贵子的声音中带着几分恐惧。

“这次凶手在密室里面，被害者的尸体却在外面。像这样内外颠倒的异常密室，在虚拟世界中应该也是不存在的，至少大家都没有见到吧？”

形式上是真实的，但本质上是颠倒的。就像在嘲笑从诞生伊始有着漫长历史的密室杀人手法，彻底地将内外颠倒……

“内和外？”

接着，南美希风的脑中灵光一闪，高声说道：“那个三重密室……也是内外颠倒的。最初进入视线的是外侧的第三密室。那是为了引诱我们进入内侧的第二密室和第一密室故意设计出来的。而这次的内和外也是颠倒的。如此少有的情况却出现了两次，真是迥异的共同点。”

南美希风本不打算激动，但是他的声音却有些颤抖。

“这样的统一性，都是凶手计划出来的。无论如何，对于人类来说，都是不可能的，不该存在的。与基努婆婆的死亡一样，这同样也是命运的恶作剧……”

虽然远野宫和南美贵子对密室的形式和分类都没概念，但他们充分地认识到了事态的严重性。深受打击的他们也一动不动地站在原地。

同样语塞的雾冈，然后又皱起眉头说：“这里的密室也许是个不同寻常的案例，但是并不意味着长岛就不是凶手。相反，怀疑留在室内的人是凶手才是常识。”

“可是……”

南美贵子没有直接反驳，而是在接下来话里带着疑问的语气。

“长岛先生倒在缺氧的地下密道，有十分钟或二十分钟吧？如果